Grenzenlos

Harald Seifert

Grenzenlos

Roman

Bibliografische Information der Deutschen Nationalbibliothek:
Die Deutsche Nationalbibliothek verzeichnet diese Publikation in der
Deutschen Nationalbibliografie; detaillierte bibliografische Daten sind
im Internet über dnb.dnb.de abrufbar.

Satz, Umschlaggestaltung, Herstellung und Verlag:
BoD – Books on Demand, Norderstedt
ISBN 978-3-7481-7051-8

Inhalt

Die Abfahrt

Heftige Schläge gegen die blecherne Wand des Gasmeilers übertönten das ebenmäßige Blubbern des Motors, der die sechs Frauen in einen dämmrigen Zustand zwischen Schlaf und Wachsein hat gleiten lassen. Das ungleiche Geschaukel des Gefährts auf dem holprigen Pflaster tat ein Übriges. Sie empfanden es als einen körperlich direkt spürbaren wohltuenden Begleiter auf ihrem Weg aus der Stadt.

Plötzlich aufgeschreckt hoben die Frauen jetzt ihre Köpfe und blickten auf Gesine, die wie von Sinnen mit einem armlangen Holzscheit auf den Meiler einhieb. In ihrem Gesicht spiegelte sich Angst und panisches Erschrecken. Die siebenjährige Lise regte sich nicht mehr. Unbemerkt war das Kind vom Schoße der Mutter allmählich zu Boden geglitten. Dort schutzlos dem scharfen Fahrtwind eine ganze Weile ausgeliefert, hatte es schon das Bewusstsein verloren.

Eine Bodenwelle ließ Gesine aufwachen und im ersten Reflex nach Lise ins Leere greifen. Sofort in Panik, hob sie das Kind hoch, schüttelte es und schrie es an. Lise zeigte jedoch keinerlei Reaktion.

Erschrocken über die lauten Schläge hielt Gruner, der Fahrer des kleinen Lastautos, sofort an. Er nahm die reglose Lise sogleich mit nach vorn in das Fahrerhaus und quetschte sie neben sich und Gesine, während seine Frau auf die Ladefläche kletterte, um sich dem kleinen Bruder von Lise anzunehmen. Dieser hatte sich, unbeeindruckt vom Geschehen um ihn herum, in eine Bettdecke in der Nähe des Gasmeilers, von dem etwas Restwärme ausstrahlte, eingerollt und schlief.

Inzwischen war es dunkel geworden. Die Kälte legte spürbar weiter an Schärfe zu. Gruner beruhigte die Frau neben ihm so gut er konnte und kündigte an, gleich beim ersten Haus der nächsten Siedlung am Wege anzuhalten, um Hilfe zu suchen. Er hatte bei dem bewusstlosen Mädchen einen schwachen, zaghaften Puls gefühlt.

Seit mittags schon waren sie unterwegs. Elfriede, die Ehefrau des Fahrers, brauchte Gesine und einige andere Frauen aus den Häusern der unmittelbaren Nachbarschaft nicht lange zu überreden. Sie hatten alle ohnehin längst jede für sich überlegt, wie sie der deutlich hörbar näher rückenden Front ausweichen könnten, vielleicht zu den Eltern oder zu anderen Verwandten aufs Land gehen. Aber auch dorthin bewegte sich die aus dem Osten auf sie zu rollende Gefechtslinie. Zu groß war die Angst vor den bald eintreffenden Russen, die, wie sie gehört hatten, überall grässliche Greueltaten verübten. Sie sollen sogar einige Frauen brutal zu Tode vergewaltigt haben. Wie wilde Tiere verhielten die sich, ließen die Rundfunknachrichten durchblicken.

Heute morgen, in aller Frühe, hatte der Gauleiter die Erlaubnis gegeben, die „Festung Breslau" verlassen zu dürfen. Das kam dem Aufruf gleich: „Rette sich, wer kann!" Nur eine reichliche Stunde hatten die Frauen Zeit, diejenigen Habseligkeiten in einen Koffer zu verstauen, die sie für lebenswichtig hielten, vor allem Unterwäsche und Bekleidung für sich und die Kinder. Die Papiere und das noch vorhandene Geld wurden in der Handtasche verstaut. Der große leinene Rucksack, der sonst mit Kartoffeln oder Rüben gefüllt war und der manchmal auch zur Beschaffung von Kohlen herhalten musste, nahm jetzt Brot, Speck, Wurst, Fleisch und Thermosflaschen, gefüllt mit Malzkaffee, auf. Proviant für wenigstens drei Tage.

Nun kauerten die sechs Frauen neben ihren Habseligkeiten auf dem blanken Bretterboden des Autos an diesem ersten kalten Februartag des letzten Kriegswinters. Schnell stellten sie fest, dass sie es in dieser Weise nicht lange aushalten würden. Gesine kletterte kurz entschlossen noch einmal von der Ladefläche herab, auf der sie sich schon niedergekauert hatte und stieg die drei Treppen zu ihrer Wohnung in der Lohestraße hinauf. Behänd fingerte sie den Schlüssel aus der Handtasche. Dann sammelte sie alle vorhandenen Decken ein, warf das Bündel zum Fenster hinunter vor den wartenden Laster und schloss sorgsam die Wohnungstür hinter sich wieder ab. Nicht ohne noch einmal den geschlossenen Gashahn zu prüfen, obwohl schon vor drei Tagen das städtische Gaswerk stillgelegt wurde. Aber sicher ist sicher, dachte sie noch in diesem Moment und begab sich gleich darauf zurück zu dem Laster.

Gruner wartete bereits ungeduldig vor der Fahrertür. Er wollte endlich losfahren, bevor es sich vielleicht noch eine der Frauen anders überlegt. Er fand die Idee seiner Frau geradezu genial, die Frauen aus der Nachbarschaft mit bei sich aufzunehmen. Mit dieser „Ladung" glaubte er, unterwegs einigermaßen gegen die Wegnahme seines Fahrzeugs durch deutsche Feldjäger geschützt zu sein. Erst vor einem Jahr leistete er sich für nur dreihundert Reichsmark den Kauf des Lasters, um die wenigen noch geöffneten Läden und die drei Kasernen der Stadt mit Waren aller Art zu beliefern. Mit der Umrüstung vom Benzinbetrieb zum Holzvergaser hatte er das Richtige getan und schlug damit den Konkurrenten von der Nachbarstraße aus dem Rennen. Vor allem aus diesem Grunde durfte er das Fahrzeug behalten und musste es nicht wie sein zweites Lastauto, an die Wehrmacht abgeben.

Eigentlich planten die Gruners, das Fuhrgeschäft durch ein drittes Auto zu erweitern, einen Fahrer einzustellen und so mit zwei Wagen und einem Reservefahrzeug, einen stabilen Fuhrbetrieb zu unterhalten. Jetzt jedoch ging es ihnen nur noch darum, wenigstens den kleinsten Lieferwagen behalten zu können und in Sicherheit zu bringen. Wenn es sein musste, auch ganz weit weg zu fahren, bis ans andere Ende der Frontlinie, möglichst hinter diese, egal wo das dann sein würde. Auch dort würden garantiert Fuhrunternehmer gebraucht werden. Die „Geschäfte" mussten ja trotz Allem weitergehen!

Keine der Frauen wusste seit Einbrechen der Dunkelheit mehr, wo sie sich gerade befanden. Nach mehreren gescheiterten Versuchen, die Stadt hinter sich zu bringen, suchte Gruner nach Schleichwegen. Er kannte sich aus und probierte es nun einfach, den Laster durchzubringen. Direkt aus der Innenstadt auf der Taschenstraße und der Neuen Sandstraße, dann auf der Drebnitzer Straße die Alte Oder zu überqueren, misslang. Die Steinhalden, die sich aus den zerbombten Häusern in die Breite ergossen, taten sich als unüberwindliche Hindernisse auf. So lenkte Gruner kurz vor dem immer noch unbeschadeten Dom das Auto in die entgegengesetzte

Richtung um und landete wieder in der völlig unzerstörten Lohestraße, dem Ausgangsort der Fahrt. Er fuhr nun aber auf ihr in der anderen Richtung dem östlichen Stadtrand zu.

Bald darauf konnte er beschleunigen und änderte kurz vor Schweidnitz die Richtung und hielt nun nach Westen. In weitem Bogen um die Stadt herum war schließlich doch das niederschlesische Liegnitz erreicht.

Längst waren inzwischen die Frauen auf der Ladefläche verstummt. Als sie sich noch in der Stadt befanden, tauschten sie vielwortig ihre Ansichten aus. Nur für höchstens sechs Wochen würden sie hier das Feld räumen müssen. Dann ginge es wieder zurück, versicherten sie sich übereinstimmend gegenseitig. Sie hätten es im Rundfunk gehört.

Im Vorbeifahren warfen sie jedoch bange Blicke auf die „Jahrhunderthalle" und den Dom, innerlich unsicher, ob sie dies Alles jemals wiedersehen würden.

Es glitten die vertrauten Läden vorüber, in denen sie fast täglich einkaufen gingen, in denen sie mit den Verkäufern über ihre Alltagsprobleme redeten, mit dem Schuster über den Sinn neuer Absätze verhandelten. An der Zahnarztpraxis fuhren sie vorbei, dachten an die Leute im Warteraum, in dem sie ausharrten, bis sie an die Reihe kamen und durch die gepolsterte Doppeltür in den Behandlungsraum eintreten durften und die Kinder oft von dem freundlichen jungen Arzt für umsonst, für ein herzliches Dankeschön, behandelt wurden.

Als das Rathaus in Sicht kam, zeigte Irmgard auf den Eingang des Tanzlokals im Gebäude daneben. Sie verriet, wie sie dort ihren Mann kennen lernte. Hinter der jetzt weit offen stehenden Tür hatte er sie fest an die Wand gedrückt und so entschlossen das erste Mal geküsst, dass sie bald darauf vor dem Traualtar standen. Das lag nun fast acht Jahre zurück, stand aber noch lebhaft vor ihren Augen, als ob es erst gestern gewesen wäre. Deshalb musste sie es gerade jetzt den anderen Frauen erzählen.

„Na, mit dem Aufzug heute wäre das wohl sicherlich nicht so gekommen", scherzte die neben ihr sitzende Hannelore. Einen kurzen Moment lang hellten sich die Gesichter der Frauen unter ihren dicken Mützen und Wolltüchern auf. Erstaunt stellten sie fest, wie gern jede von ihnen, so oft es ging, dieses Lokal aufsuchten. Auch als ihre Männer schon an der Front waren.

Der triste Kriegsalltag mit den Lasten zur Versorgung der Kinder, die sie alleine bewältigen mussten, war leidlich zu ertragen, wenn sie ab und zu das Tanzbein schwingen konnten. Mit wem spielte keine Rolle. Selten kam es zu harmlosen Techtelmechteln mit einem der übrig gebliebenen Studenten der Technischen Hochschule, die vom Kriegsdienst freigestellt, an der Entwicklung wichtiger Waffen forschten. Auskunft darüber geben durften diese allerdings nicht, ließen aber durchblicken, vielleicht mit ihren „Erfindungen" das „Ruder" herumreißen zu können, bevor das ganze „Boot", in dem alle saßen, im Abgrund verschwindet.

Am Nachmittag kamen sie mit dem Laster nur langsam voran. Sie legten immer wieder kurze Fahrpausen ein. Gruner bestückte dann den Gasmeiler. Er schob neue Holzscheite in das Feuerloch, ließ aber die Klappe erst einmal offen, wartete, bis die Scheite in Brand gerieten. Dann erst schloss er diese Öffnung, damit das Holz ins

„Verschwelen" überging und Gas absonderte. In dem zylindrischen Behälter über dem Feuerloch sammelte und verdichtete sich das Holzgas und konnte über ein Rohr zum Motor gelangen. Durch die Auf- und Abwärtsbewegung des Kolbens saugte dann der Motor das Gas an. Von einer Zündkerze wurde es, nochmal verdichtet, gezündet. Diese kleinen Explosionen, die als „Blubbern" zu hören waren, hielten den Motor am Laufen.

Um das mitgenommene Holz aufzusparen, suchte Gruner am Wege beiläufig stets nach passenden am Boden liegenden Ästen. Er ignorierte die Menschen, die dort lagen, erschossen oder erfroren, unter ihnen auch viele Kinder, die halb vom Schnee bedeckt, im Graben oder am Straßenrand lagen. Er tat so, als sähe er sie nicht. Die Frauen aber, die hinter die Büsche liefen, um umständlich ihre Notdurft zu verrichten, kamen mit im Gesicht geschriebenem Entsetzen zurück. Nur schnell weiter, weg von hier, weit weg, dem Grauen entfliehen. Nur dies beseelte die kleine Schicksalsgemeinschaft und schweißte sie in ihrem Überlebenskampf zusammen. Wem ein Kissen, wem eine Decke oder ein Mantel gehörte, war plötzlich völlig unwichtig. Die Frauen rückten aneinander und klemmten die Kinder in Körpernähe dazwischen. Vor allem doch wegen der Kinder nahmen sie diese Tortour auf sich. Es einte sie der unerbittliche Wille, diese schrecklichen Tage irgendwie zu überstehen. In den entstellten gefrorenen toten Körpern an beiden Seiten des Weges offenbarte sich ihnen hier auf dieser Fahrt die unmenschliche Brutalität dieses Krieges ganz direkt in extremer Form. Am schlimmsten in den Kindern, die wie weggeworfen dalagen. Ein aus einem Kinderwagen emporgerecktes dünnes Ärmchen klagte sie an. Eine erstarrte Frage nach dem „Warum". Dabei wollte keine der Frauen diesen Krieg. Keine von ihnen hatte Hitler gewählt, auf dass dieser Reichskanzler würde. Ungefragt und ungewollt wurden sie in den Strudel des Wahnsinns hinein gerissen.

Die aufgesammelten feuchten Äste verlangsamten jedoch die Bildung des Schwefelgases. Obwohl die holprige Landstraße für eine ordentliche Durchrüttelung der Holzscheite im Feuerloch sorgte, wollte eine schnelle Fahrt mit ihnen nicht recht zustande kommen. Deshalb hielt Gruner immer wieder nach trockenem Holz Ausschau. Er riss sogar in Dörfern, die sie durchquerten, ganze Zaunslatten von den Vorgärten ab. Niemand hinderte ihn daran. Die beiden Jungs der Gruners halfen, die Latten zu schichten, während der Fahrt in handliche Stücke mit dem „Fuchsschwanz" so anzusägen, dass sie beim nächsten Halt schnell übers Knie gebrochen und auf die Glut gelegt werden konnten.

Inzwischen war es dunkel geworden. Die Kälte legte spürbar weiter an Schärfe zu. Gruner beruhigte Gesine, die ihre Lise an sich gepresst hielt und kündigte an, gleich beim ersten Haus der nächsten Siedlung anzuhalten, um Hilfe für das bewusstlose Mädchen zu suchen.

Tatsächlich näherten sie sich bald einem kleinen Dorf. Alle Häuser lagen im Finstern da, als sei es schon verlassen worden. Aus einem jedoch, halb hinter einer Scheune verdeckt, leuchtete ein spärlicher Schimmer durch das abgedunkelte Fenster.

Gruner klopfte dort mehrfach in kurzen Abständen an der Tür. Kein Laut drang nach außen. Kurz entschlossen schlug er dann kräftig mit einem faustgroßen Stein erst an den geschlossenen Fensterladen, danach an die Tür.

Endlich vernahm er ein kaum hörbares Trittgeräusch, wie als wenn jemand die Treppe herab stieg. Gleich darauf drehte sich der Schlüssel im Schloss. Spaltbreit öffnete sich nun die Tür und eine tiefe Männerstimme fragte, wer da wäre.

„Aufmachen, Hilfe, Hilfe", rief Gruner energisch. Zögerlich wurde jetzt die Tür vollständig geöffnet und der Bauer in ihr blickte ihn fragend an. Als er sah, wie Gruner das Mädchen vom Auto zum Haus trug, lief er schnell voran und stieß die Tür zur Küche auf. Dort wies er auf eine Sitzbank, direkt neben dem noch warmen Herd.

Geräuschlos aus dem Innern des Bauernhauses aufgetaucht, stand in diesem Moment auch die Bäuerin hinter ihnen. Unter dem Arm eine Decke und ein Kopfkissen eingeklemmt, trat sie ohne ein Wort zu verlieren, auf die Hereinströmenden zu. Sie bereitete geschwind die Decke auf der Bank aus, legte das Kopfkissen bereit und blickte Gruner auffordernd an. Mit einer leichten Kopfbewegung forderte sie ihn auf, das Kind auf der nun gepolsterten Bank abzulegen. Er tat es wie von ihm erwartet und stellte einen Stuhl seitlich zur Abstützung daneben. Dann trat er zurück.

Gesine hatte indessen eilends ihr Federbett vom Auto geholt und legte es über die reglose Lise. Dann setzte sie sich auf den Stuhl neben dem Kind und streichelte Stirn und Wangen, bis sie merkte, wie die Bewusstlosigkeit von ihm wich und in einen tiefen Schlaf überging. Lise war gerettet.

Sehr viel später noch wird sich Lise erinnern, sie habe beim Wachwerden die Hand ihres kleinen Bruders in der ihren gespürt. Es sei ihr wohlig warm gewesen, habe sogar ein wenig geschwitzt. Aufgehoben und behütet fühlte sie sich in einer heilen Welt an einem milden Sommertag. Sie stand neben dem Rosenbeet der Großeltern und betrachtete die Knospen. Einige schon verblüht und dem Verfall preisgegeben, andere direkt daneben gerade im Entstehen begriffen. Rosenblüten um Übergang.

Inzwischen erkundeten die Kinder das Bauernhaus. Bald entdeckten sie die Wohnstube, warfen einen neugierigen Blick hinein und öffneten die Türen zu den beiden Kammern, die links und rechts im Flur gelegen, ins Innere des Hauses führten. Am Ende des Ganges stießen sie auf den unverschlossenen Zugang zum Stall. Nur eine weiß gefleckte Kuh drehte ihnen den großen Kopf zu. Außer ihr waren keine anderen Tiere zu sehen.

Mit Zustimmung der Bauersleute holten die Frauen ihre Taschen, Koffer und Federbetten vom Lastauto. Erst wärmten sie sich eine Weile in der Küche auf, aßen von ihrem Proviant und tranken dazu lauwarmes Wasser aus einem gusseisernen Krug, den die Bäuerin bei ihrer Ankunft auf die Herdplatte gestellt hatte. Dann verteilten sie sich im Haus.

Irmgard mit ihren drei Kindern und Elfriede mit den größeren Jungen richteten sich sogar eine Schlafstelle im Stroh ein, direkt neben der Kuh, die gutmütig ihre Körperwärme mit ihnen teilte. Mensch und Tier gemeinsam im Widerstand gegen die eindringende Kälte.

Der neue Tag deutete sich mit fahlem Schimmer an, der durch die Oberlichter des Stalls und durch die geschlossenen Fensterläden der Wohnstube eindrang, wo die kleine Gemeinschaft die Nacht verbrachte.

Nach und nach schälten sich die Frauen aus ihren Decken, weckten die Kinder und erschienen in der Küche. Die Bäuerin musste schon früher auf den Beinen gewesen sein. Vielleicht hatte sie ja auch die ganze Nacht gewacht, beunruhigt über die ungebetenen Gäste. Sie füllte jetzt ohne Eile einen riesigen Blechtopf mit Wasser, welches sie wiederum aus einer Milchkanne schöpfte. Als das Wasser anfing, sich in Blasen aufzulösen, goss sie einen Teil davon in eine schon bereit stehende Waschschüssel. Fürs Gesicht und die Hände reichte es. Als alle fertig waren, reichte das immer noch genügend heiße Wasser, um eine Kanne Tee zu bereiten. Hartes Brot, Gänsefett und Marmelade, in der noch unzerkochte Apfelstückchen schwammen, holten einen Hauch normalen Wohlbefindens in die dämmrige Küche.

Unterdessen beschäftigte sich Gruner bereits damit, den Gasmotor seines Lastautos vorzuheizen. Er machte Druck, wollte weiter. Vom Bauer ließ er sich knochentrockenes Weidenholz geben. Auch einige Birkenäste waren darunter. Überall roch es schon nach Qualm.

Ungläubig wiegte der Bauer seinen Kopf hin und her, der durch die wattierte Mütze mit unter dem Kinn zusammen gehaltenen Ohrklappen riesig wirkte. Er ließ Gruner nicht aus den Augen und verfolgte skeptisch die zunächst vergeblichen Versuche, den Motor in Gang zu setzen. Dieser brauchte offenbar noch Zeit. Das entfachte Feuer muss auch die Motorwände, das Öl und die Kurbelwelle leicht anwärmen, meinte ein nach vorn gebückter junger Mann. Er war, ohne dass es jemand

17

bemerkte, vom Nachbarhaus herüber gekommen und stand nun neugierig ebenfalls vor dem Auto.

Gruner musterte ihn erstaunt von oben bis unten, bis dieser auf den nur wenige Schritte entfernten Hof wies. Ohne zu Zögern fragte er den Nachbarsbauer nun, ob er einen Arm voll der trocken Buchenscheite bekommen könne, die seitlich an dessen Scheune aufgestapelt lagen und Gruner jetzt direkt in den Blick fielen. Die Weiterfahrt würde ihnen damit leichter fallen. Widerstrebend nickte schließlich der junge Mann, nicht ohne schnell einen Blick mit seinem Nachbar ausgetauscht zu haben.

Die beiden halbwüchsigen Söhne von Gruners schichteten daraufhin die vordere Ladefläche bis in die Höhe der Seitenklappe mit Scheiten zu, bis der Bauer abwehrend die Hände hob und meinte, das Auto käme nun mit dem trockenen Holz gut hundert Kilometer weiter. Offenbar kannte er sich mit Gasmotoren aus. Seinem Hinweis folgend, die Feuerklappe jetzt zu schließen, denn die Scheite im Gasmeiler dürfen ja nicht brennen, sondern nur „schnüffeln", versuchte Gruner sogleich einen erneuten Start. Und wirklich sprang der Motor nun an. Gruner lachte kurz auf und drückte ein wenig auf den Gashebel.

Langsam richteten sich die Frauen mit den Kindern wieder auf der Ladefläche ein. Das dauerte eine ganze Weile, denn sie rechneten mit einer längeren Fahrt. Dabei halfen sie sich gegenseitig.

Vor allem die Kinder wurden sorgfältig eingepackt. Zusätzlich wurde um Beine, Bauch und Oberkörper seitenweise altes Zeitungspapier von einem Stapel im Keller des Bauern gewickelt. Sie schoben dessen Ränder in die Strumpfenden, Unterhosen und Hemden, damit das Papier nicht allzu sehr verrutschen konnte. Darüber zogen sie Pullover, Jacken und Mäntel, um den zu erwartenden eisigen Luftzug auf der offenen Ladefläche des Autos aushalten zu können. Halb liegend, halb sitzend warteten sie so auf die Weiterfahrt.

Die Federbetten zwischen ihnen strömten noch den heimeligen Geruch von Geborgenheit und Zuversicht aus, bis sie den Rauch des schwelenden Holzes annahmen, der wie eine Wolke hinter ihnen her schwebte.

Sie seien dankbar für die Übernachtung und die Hilfe, versicherten alle der Bäuerin und dem Bauern beim Abschied. Wenn sie nach einigen Wochen zurück kämen, wahrscheinlich auf dem gleichen Weg, würden sie sich noch einmal bedanken und sich selbstverständlich erkenntlich zeigen.

Elfriede Gruner entnahm ihrer Handtasche einen Schreibblock und notierte den Namen der Bauersleute und den Namen des böhmischen Dorfes. Für alle Fälle, meinte sie. Die größere Stadt in der Nähe, von der der Bauer auf Nachfrage berichtete, als er erklärte, wo sie sich hier eigentlich befänden, behielt sie wegen der Einfachheit im Gedächtnis. Sie hieß „Leipa".

Den sichersten Weg nach Westen beschrieb der Bauer, indem er mit seinem Filzstiefel im dünnen Schnee eine Landkarte malte. Dann riet er Gruner, von hier aus direkt eine Stadt anzufahren, in der eine Sammelstelle für Leute wie sie eingerichtet wäre. Er habe davon gehört. Dort könnten sie sich erneut ausruhen und für den Rest des Weges nach Mitteldeutschland Kraft sammeln.

Dabei warf er seiner Frau einen kurzen aber vielsagenden Blick zu. Diese schlug die Augen nieder, wendete sich ab und ging ins Haus. Bevor sie in der Tür verschwand, sah es so aus, als bekreuzige sie sich.

Froh darüber, ein nächstes Fahrziel zu kennen, richtete sich der Blick der Frauen nach vorn.

Ein folgenreicher Irrtum

Von der nächtlichen Rast in dem Bauernhaus gestärkt, ging es mit der Morgensonne im Rücken wieder langsam voran. Nur selten begegneten ihnen auf den furchentiefen Nebenstraßen einzelne Pferdefuhrwerke. Dann wich der Laster jedes Mal aus den gefrorenen Fahrrillen aus. Geschickt manövrierte Gruner ihn jedoch immer wieder in seine Spur zurück. Ab und zu blieb er auch stehen und vergewisserte sich bei den Entgegenkommenden, ob er sich noch in der gewünschten Richtung bewegte. Wenige Worte der Verständigung genügten.

Er hatte sich eine Landkarte mitgenommen. Doch allein nur auf diese wollte er sich nicht verlassen. Die Feldwege waren ohnehin nicht verzeichnet. Die größten Städte galt es zu umfahren, weil außer ihnen noch viele andere Menschen nach Westen unterwegs waren und von Militärkolonnen aufgehalten werden konnten. Diese wurden auch gezielt aus der Luft beschossen. Die Kampfflieger nahmen dabei auch flüchtende Zivilisten uns Visier. Das hatte Gruner in Erfahrung gebracht.

So ließen sie „Böhmisch Leipa" rechts liegen und umfuhren auch „Reichenberg". Solche Städte boten Angriffsziele und mussten gemieden werden.

Im Lichte der aufgehenden Sonne fanden die Frauen allmählich ihre Sprache wieder. Mechthild, die älteste unter ihnen, fischte jetzt ein Foto aus ihrer Handtasche. „Ist das nicht der Erwin noch einmal", stieß sie die neben ihr sitzende Irmgard an und wies auf den kleinsten ihrer drei Söhne auf dem Auto. Irmgard betrachtete skeptisch das Foto und gab es kommentarlos an Gesine weiter, die sogleich nach ihrer Manteltasche tastete. Auch andere Fotos machten nun die Runde, die zwar nur flüchtig beäugt, aber doch zu manch neugieriger Bemerkung Anlass genug gaben.

Über mehrere Stunden fuhren in dieser Weise die Ehemänner, Eltern, Schwiegereltern und Großeltern der Frauen und Kinder ein Stück des Weges ins Unbekannte mit. Die Ladefläche des Lasters wurde damit zur imaginären Begegnungsstätte der Angehörigen von sieben Familien. Alle waren voller Hoffnung, diese Reise zu überleben und die Angehörigen wieder zu sehen. Es half ihnen dabei, die Ungeheuerlichkeit des Augenblicks gefasst zu ertragen und nicht zu verzweifeln.

So erreichten sie am Nachmittag des zweiten Tages seit ihrer Abfahrt den Ort, auf den sie der Bauer am Morgen hingewiesen hatte. Er musste es sein, denn Gruner ist genau dessen Wegbeschreibung gefolgt.

Als Erstes wurden die beiden schlanken Kirchtürme sichtbar. Ihre Kuppeln glänzten matt in der bereits schräg stehenden Sonne, als riefen sie den Ankommenden einen vertrauten Gruß entgegen.

Das Stadttor stand weit offen und lud zum Passieren ein. Bald waren auch schon die ersten Häuser erreicht. Niemand hielt sie auf. Der Marktplatz konnte nicht mehr weit sein, denn immer dichter bewegten sich die Menschen auf ihn zu. Entlang der Seitenstraßen konnte man im Vorüberfahren ein reges Treiben erkennen. Die Leute standen in kleinen Gruppen beieinander, lösten sich spontan auf, um sich gleich darauf wieder neu zusammen zu finden.

Ein Uniformierter winkte Gruner und wies in die Richtung entlang der Hauptstraße. Dann überquerten sie eine Brücke über einen zugefrorenen Fluss und standen unmittelbar darauf vor einem geschlossenen Tor.

Ihr Nahen musste wohl schon bemerkt worden sein, denn wie von Geisterhand betätigt, öffneten sich die beiden Flügel. Die Frauen sahen, wie zwei Soldaten mit Stahlhelmen hinter ihnen das Tor sofort wieder verschlossen. Einer der Soldaten wies Gruner auf den sich vor ihnen eröffnenden rechteckigen gepflasterten Platz. Mit einer Handbewegung bedeutete er ihm dann, den Motor abzustellen. Sogleich trat er an die Fahrerkabine heran und befahl Gruner, auszusteigen. Dieser versuchte, dem Soldaten die Hand zur Begrüßung zu reichen. Unwirsch verlangte dieser jedoch nur die Transportpapiere.

Gruner stutzte und zuckte mit den Schultern. Er hielt dem Soldaten nur seinen Ausweis und den Führerschein hin. Der Uniformierte stutzte jetzt ebenfalls, blickte Gruner erstaunt an und sagte, er müsse mit ihm in das Aufnahmebüro kommen.

Beide verschwanden hinter einer unscheinbaren Tür in einem der Seitengebäude des Platzes. Dort betraten sie einen Raum, der an ein Büro erinnerte, aber keines war. Hinter dem schlichten Holztisch saß eine Frau mittleren Alters. Sie trug ebenfalls eine Uniform. Vor ihr auf einer Bank längs der Wand unter dem einzigen Fenster, räkelten sich vier weitere Stahlhelmträger. Offenbar Wachmänner in Bereitschaft, vermutete Gruner.

Als Gruner und sein Begleiter eintraten, verstummten die Gespräche der Wachleute. Sie schauten erwartungsvoll auf die beiden Männer. Der Soldat mit Gruners Papieren in der Hand lief zum Tisch. Er müsse mit „Birkner" sprechen, so zu der Frau gewandt, griff ohne sie weiter zu beachten zum Telefonhörer und wählte eine einstellige Nummer.

Es dauerte nicht lange und in der Tür erschien ein schlanker junger Mann in schwarzer Uniform. Grußlos schritt er auf den Schreibtisch zu, nahm den dort abgelegten Ausweis und den Führerschein auf, blätterte den Ausweis flüchtig durch und musterte Gruner eindringlich.

Wie er hier herein gelangt sei, fragte der als „Birkner" benannte sofort barsch, halb an den Wachsoldat, halb an Gruner gewandt. Gruner erklärte daraufhin, wie er den Hinweisen der Uniformierten in der Stadt gefolgt sei und das Tor sofort geöffnet wurde, als er davor stand. Und ob denn dies hier etwa nicht das von ihm erwartete Zwischenlager für Flüchtlinge sei, die weiter nach Westen wollten.

Jetzt wurde Birkners Ton noch harscher. Sofort müsse Gruner wieder abfahren. Und zwar aus der gesamten Stadt hinaus, wohin auch immer. Da hätten sich die Wachen am Eingang geirrt, die das Tor geöffnet haben. Hier wären sie völlig falsch. Wo sie sich hier befänden, könne er ihm nicht näher erklären. Eine Unterkunft für die Nacht käme nicht in Frage. Dann gab er Gruner die Papiere zurück, befahl dem Wachsoldaten, das Tor zur Ausfahrt zu öffnen und wendete sich brüsk ab.

Er stand schon wieder an der Tür. An der Schwelle blieb er jedoch stehen, zögerte, als ob ihm gerade noch etwas Wichtiges eingefallen wäre, drehte sich um und trat auf Gruner zu. Er würde doch erst gern das Auto in Augenschein nehmen, bevor sie wieder abfahren.

24

Sein Tonfall wurde freundlicher, fast schon höflich. Er versuchte sogar ein zaghaftes Lächeln. Ohne auf Erwiderung zu warten, schob er Gruner entschlossen auf den Hof hinaus und lief neben ihm her zum abgestellten Laster. Über den Rand der Ladefläche wandten sich die Köpfe der Frauen und der größeren Kinder ihm zu. Angst war in deren Gesichter deutlich zu erkennen, denn sie alle spürten das Unheimliche der Situation. Eben noch auf dem Weg bei ungehinderter Fahrt, empfanden sie beklemmend, plötzlich eingesperrt zu sein, wie in einer Falle, die unbemerkt zugeschnappt ist. Im windstillen Geviert des Hofes kroch ihnen die Kälte des Winters wieder unter die Haut, der sie bisher tapfer stand hielten.

Birkner setzte seinen rechten Fuß auf die Aufstiegshilfe an der hinteren Ladeklappe. Er konnte so den Oberkörper an ihr abstützend, die vor ihm sitzende Gesellschaft überblicken. „Ach herrjeh", entfuhr es ihm.

Geistesgegenwärtig, die Starre abschüttelnd, rief ihm Mechthild entgegen, er sei heute ihre Rettung. Ein solch schmucker Leutnant würde wohl für sie gleich ein gutes Nachtquartier finden können. Ihr Bruder Gustel wäre auch Offizier bei der Wehrmacht.

Nach nur wenigen Augenblicken sprang Birkner wieder vom Auto herab. Dabei knickte er ein wenig ein, straffte sich aber sofort und wandte sich Gruner zu, der immer noch abwartend dastand. Er habe es sich anders überlegt, meinte er. Gruner entging die deutlich wahrnehmbare Veränderung im Gesichtsausdruck Birkners nicht, so als wäre dieser von einer Idee erfasst worden, der er sich nicht entziehen wollte oder konnte.

„Ich zeige euch, wohin wir jetzt fahren". Birkner lief ins Aufnahmebüro und kam nach nur wenigen Minuten mit einem der dort wartenden Wachmänner zurück. Dann stieg er mit in das Fahrerhaus. Dem Wachsoldaten gab er Zeichen, vor ihnen her zu laufen.

Der Motor war noch warm und sprang sofort an. Sie überfuhren im Schritttempo den leeren Innenhof und passierten den hinteren Ausgang, dessen Tor von dem Soldaten geöffnet wurde. Jetzt tauchte ein halbhohes Backsteingebäude auf. Ein breiter kiesbelegter Weg führte durch eine dünn mit Schnee bedeckte Wiese direkt auf den Eingang eines imposanten Gebäudes zu. Die Wipfel der kahlen Bäume zu beiden Seiten des Weges wurden gerade noch von den letzten Strahlen der Sonne beschienen. Wenig später begann es zu dämmern.

„Hier könnt ihr bis morgen bleiben", kündigte Birkner an und betrat mit Gruner und dessen Frau das Haus. Es war von Offiziersfamilien bewohnt. Nur eine der geräumigen Wohnungen, gleich links neben dem Flur im Erdgeschoß, war unbesetzt.

Er händigte Gruner den Schlüssel aus. Der Offizier aus dieser Wohnung sei seit vergangener Woche nach Berlin versetzt worden. Seine zwei Kinder müssten dort eine höhere Schule besuchen, die es an diesem Ort nicht gibt. Sie können alle Wohnräume, das Mobiliar und die Küche benutzen. Ein Baderaum sei auch vorhanden. Er erwarte, dass beim Verlassen der Wohnung morgen früh, auf Sauberkeit geachtet würde, wie es bei Deutschen eigentlich selbstverständlich sei. Für die heutige Abendverpflegung würde er sogleich Anweisung geben.

Nur eines müsse unbedingt unterlassen werden: Kein Umherlaufen außerhalb des Gebäudes. Die Frauen und ihre Kinder seien gewiss sehr erschöpft und müssten sich bald zur Ruhe begeben. Morgen früh würde er sie alle dann persönlich aus dem Haus hinaus begleiten.

Damit ging er mit leicht federndem Schritt, nicht ohne jeder der Frauen, die nun vom Auto kletterten, die Hand gereicht zu haben, dabei ein feines Lächeln im jugendlich glatten Gesicht.

Schnell verteilten sich die Ankömmlinge auf die Zimmer. Es dauerte nicht lange, bis der Soldat, der vorhin vor ihnen her gelaufen war, eine Weile verschwand und jetzt mit Holz und Kohlestücken in einem Handwagen erschien. Er heizte den riesigen Kachelofen an, der bald auf die drei Räume eine wohlige Wärme ausstrahlte.

Nachdem auch das Bad überschlagen war, vergingen die nächsten Stunden wie im Fluge mit Waschen, Kleidungswechsel und der Vorbereitung der Schlafstellen. Ein Gefühl der vorläufigen Geborgenheit bereitete sich aus.

Gruner beanspruchte mit seiner Frau das Schlafzimmer, in dem die kompletten Ehebetten der fortgezogenen Familie standen. Die anderen arrangierten sich im Wohnzimmer und im Kinderzimmer. Mechthild schlief mit ihren drei Jungen im Kinderzimmer, Gesine und Lise durften auf die Wohnzimmercouch. Die anderen legten sich auf ihre Federbetten am Fußboden. Sie rollten Jacken und Hosen zu Kopfkissen zusammen und bestätigten sich gegenseitig, seit ihrer Abfahrt keinen solch guten Platz gefunden zu haben.

Schnell senkte sich die klare Nacht mit bitterer Kälte herab. Das ganze Haus lag ruhig im Mondschein wie im tiefsten Frieden. Nur fernes Hundegekläff und leise Geräusche, das an auf- und abschwellendes Gemurmel erinnerte, tönte verhalten an ihre Ohren. Sie hinderten jedoch niemanden am Einschlafen.

Plötzlich fuhr Gesine hoch. Ihr war, als hätte sie die Tür klappern gehört. Und wirklich, ihren fünfjährigen Sohn Michael fand sie nicht mehr an seiner Schlafstelle neben der zwei Jahre älteren Lise. Er befand sich überhaupt nicht mehr im Zimmer.

Sie sprang auf und lief hastig zu den noch schlafenden Gruners. Ohne zu Zögern rüttelte sie Gruner am Arm.

Noch nicht ganz wach, drehte sich dieser auf den Rücken, blinzelte. Als er Gesine erblickte, stieß er mit einem Ruck die Bettdecke von sich, schob den Arm seiner noch schlafenden Frau zur Seite und richtete sich auf. Ob es denn der Lise wieder nicht gut gehe, wollte er gerade fragen, als er Gesines besorgtes Gesicht sah.

Diese hatte sich aber schon wieder abgewendet und rief im Hinauseilen, sie suche Michael. Er sei in der Wohnung nirgends zu finden. Unbemerkt muss er wohl zeitiger als alle Anderen wach geworden, aufgestanden und vielleicht noch im Halbschlaf orientierungslos in fremder Umgebung, weggelaufen sein.

Nun vollends wach geworden, nur mit dem Nötigsten angetan, warfen sich Gruners die Mäntel über. Gesine stand schon an der Haustür. Diese fand sich als nur angelehnt. Während der Nacht über verschlossen, hatte sie anscheinend jemand morgens geöffnet, der zu den im Haus wohnenden Familien aus dem ersten Stock gehörte und seinen Dienst in diesem Lager antreten wollte.

Vor dem Gebäude war niemand. Ein kurzer Blick in das Fahrerhaus des abgestellten Lastwagens überzeugte Gruner. Hier hielt sich Michael nicht versteckt. Auf den Rasenflächen neben dem Zuweg zum Haus konnte er auch keine Trittspuren im dünnen schneeigen Reif ausmachen.

Die Weisung Birkners missachtend, entschied sich Gruner rasch, rechts um das Haus herum zu laufen. Gesine und die ihr zu Hilfe geeilte Hannelore schlugen den linken Weg ein. Hinter dem Haus sahen sie niemanden. So bogen sie auf einen zum hinteren Hauseingang zuführenden Weg ein und folgten schließlich dem schmalen Durchgang, der in eine von ihrem Haus wegführende breite Seitenstraße einmündete. Auch auf dieser war Michael nicht zu entdecken.

Ohne Nachzudenken, getrieben von heftiger Unruhe, liefen die beiden Frauen eilends weiter, hasteten an einer mannshohen Umfriedungsmauer entlang, an die sich nach einigen hundert Metern niedrige Barackengebäude angliederten. Ihre hölzernen Wände stützten sich auf kniehohen gemauerten groben Sockelsteinen ab. Die meisten der kleinen Fenster waren geschlossen. Die erste Tür jedoch stand ein spaltbreit offen.

Wie unter Zwang traten Gesine und Hannelore ein. Ein dumpfer Geruch nach menschlichen Ausdünstungen schlug ihnen entgegen. Als sich die Augen an das Dämmerlicht gewöhnt hatten, erblickten sie zuerst die dreistöckigen aneinander gereihten Liegen. In den schmalen Gängen zwischen ihnen konnten sie dann hagere Gestalten in verhaltenen Bewegungen ausmachen. Die meisten Menschen in dieser Halle saßen auf den

Liegen, einige wenige auch an rechteckigen Holztischen, hielten irgendwelche Gegenstände, die sie nicht erkennen konnten, in den Händen. Es waren alles Frauen.

Diese Frauen nahmen von Gesine und Hannelore keine ersichtliche Notiz, kamen ihnen nicht entgegen oder sprachen sie an. Schnell glitt der Blick der beiden Eingetretenen über die Gestellreihe, über die Arme, Beine, ausgemergelten Körper hinweg. Fast am Ende der ersten Reihe entdeckte Gesine zwei ihr bekannt erscheinende Kinderbeine, die über den Rand der obersten Liegestatt herabhingen. Sie erkannte beim zweiten schärferen Hinsehen jetzt die Schuhe und stürzte wie besessen auf diese los.

Hier saß ihr Michael zwischen zwei Frauen. Fast zärtlich strich die einer der Frauen ihm gerade über seine pausbackigen Wangen und sein dunkelblondes Haar. Die andere Frau redete leise auf ihn ein, als wolle sie ihn trösten. Dem Weinen nahe, reckte er die Arme seiner auf ihn zueilenden Mutter entgegen und klammerte sich sogleich, jetzt lauthals schreiend, an ihr fest, nachdem ihn Gesine hastig von der Pritsche zu sich herunter gerissen hatte.

Schnell liefen Gesine und Hannelore mit dem Jungen, den sie fest an beiden Händen hielten, wieder nach draußen vor die Baracke. Hannelore folgte Gesine auf dem Fuße, die im schnellen Schritt, fast rennend, von diesem schrecklichen Ort floh. Erst in atemlosen Schritten, dann, nach einigen Metern sich mäßigend langsamer, bis Hannelore ein befreiendes „Gott sei Dank" über die Lippen brachte. Sie blieben für einen Moment stehen und sahen sich an, wortlos. Sie begriffen jetzt, in welcher schlimmen Lage sie gerade gewesen waren.

Getrieben von panischem Erschrecken, gelangten sie, den kleinen Michael hinter sich her zerrend, zum Wohnhaus zurück. Drinnen warteten die Anderen und waren schon im Begriff, ihre Sachen zum Aufbruch zusammen zu packen. Gruner war nach erfolgloser Suche bereits eher zurückgekehrt. Im Glauben an die baldige Rückkehr des Kindes und der Frauen, heizte er schon den Gasmeiler des Autos an, denn irgendwo in der Nähe musste sich ja der Junge aufhalten, dachte er. Wie nebenbei fragte er erleichtert, wo denn das Kind gesteckt habe.

Gesine und Hannelore verständigten sich mit einem vielsagenden Blick. Sie wichen der Frage aus und erklärten, Michael habe sich, unbedacht und aus purer Neugier und einfachem Bewegungsdrang heraus in einer Seitenstraße hinter dem Gelände verirrt und nicht mehr allein hier her zurück gefunden. Erst drei Tage später, sie waren wieder unterwegs, hielten sie es nicht mehr aus und berichteten den Anderen von dem Erlebten. Sie erzählten ihnen von der Baracke, dem Geruch, dem vielstimmigen Stöhnen, welches sie immer noch im Ohr hätten und nicht losbekämen. Sie schilderten das Leid dieser zusammen gepferchten Frauen, in deren Augen die Hoffnung erloschen schien.

Gerade wollten sie wieder ihre Plätze auf dem Laster einnehmen, da kam Birkner zur Tür herein. Ihm zur Seite zwei Wachsoldaten. Der eine stellte einen großen dunkelgrünen Thermosbehälter auf den Tisch der Küche. Der andere verschwand in den Wohnräumen. Er solle dort nach dem Rechten sehen, wies ihn Birkner an.

Ohne Passierschein kämen sie nicht aus dem Lager heraus, verkündete Birkner, der einen der vier Küchenstühle an sich heran zog und sich auf diesem niederließ. Dann griff er in seine rechte Brusttasche und zog ein Blatt Papier heraus. Es trug bereits eine Unterschrift und war auch schon abgestempelt.

Wie viele Personen sie denn insgesamt seien, fragte er Margot, die zufällig vor ihm stand. Sie legte das Tuch beiseite, in dem sie ihr schulterlanges Haar vor dem Küchenspiegel einbinden wollte, überlegte kurz und zählte an den Fingern ab. Es seien alle zusammen dreizehn.

Birkner fischte nun aus seiner Hosentasche einen Stift, setzte die Zahl auf den Schein, faltete ihn umständlich und verstaute ihn gleich wieder in seiner Uniformjacke. Er würde mit ihnen bis zum Ausgangstor mitfahren. Ob sie denn jetzt soweit wären, blickte er fragend aus dem Fenster zum Auto hinüber. Gruner in der Fahrerkabine schüttelte verneinend den Kopf. Er musste wohl die Frage geahnt haben und gab damit zu Verstehen, es brauche noch eine Weile, bis er starten könne. Wahrscheinlich wollte er sicher gehen, genügend Schwelgas zu haben, um anzufahren. Sobald der Motor lief, sollten die Frauen mit den Kindern zum Auto kommen. Das würde man deutlich hören und riechen, hatte er angekündigt. Noch gab aber der Motor keinen Laut von sich.

Drinnen in der Küche zeigte Birkner indessen auf den Thermosbehälter. Da sei Bohnensuppe drin. Die Gesellschaft sollte sich vor der Abreise ruhig noch einmal stärken. Ein zweites Frühstück, meinte er und öffnete den Schnappverschluss des Behälters. Im Nu füllte sich die Küche mit Essensgeruch, der durch die offene Tür nach draußen drang. Bald saßen und standen, von ihm angezogen, fast alle Frauen und Kinder um den Tisch versammelt.

Margot richtete sich auf und ergriff Birkners ineinander verschränkte Hände auf der Tischplatte. Der widerstand dem ersten Reflex und zog sie erst nach einem kurzen Moment des Verharrens zu sich zurück. Dem irritierten Blick zu Margot folgte gleich darauf eine wohlwollende Geste, die zum selbständigen Bedienen aus dem Thermosbehälter einlud, begleitet von einem angedeuteten Lächeln um die Augen und die Mundwinkel.

Diese Dankesbezeugung von Margot tat ihm offenbar gut. Durch sie ermuntert, setzte er jetzt an. Es klang wie der Versuch einer Erklärung. Den staunenden Frauen erzählte er jetzt, wie er in dieses Lager geraten sei:

Nein, Kommandant wäre er nicht. Der Kommandant habe ihn als nächst ranghöheren Offizier zum Stellvertreter bestimmt, weil dieser in die Hauptverwaltung nach Prag beordert wurde. Auch dessen beide Adjutanten sind ebenfalls dorthin bestellt. Er, Birkner, sei erst seit Kurzem hier. Und bleiben wird er auch nicht mehr lange. Seinem Versetzungsbegehren sei bereits stattgegeben worden. Er ginge wieder an die Front, an die Ostfront.

Er stamme vom Lande. In einem verschlafenen Nest in Pommern sei er aufgewachsen. Sein Vater kümmerte sich als Gutsverwalter um alles Mögliche. Mit einer eigenen Parzelle Land zur Selbstversorgung waren sie damals zufrieden. Das Schwein im Stall hinter dem winzigen Häuschen, in dem er und seinen drei Geschwistern lebte, wurde kurz vor Weihnachten geschlachtet. Es lieferte ausreichen Fleisch für die sechsköpfige Familie das ganze

Jahr über. Auch viele Bohnen wurden gegessen und vor allem Kartoffeln. Ein völlig normales Leben, fügte er hinzu.

Birkner machte eine Pause und schauten den löffelnden Frauen zu. Dann berichtete er weiter.

Es gab keinerlei Berührungsängste. Seine Geschwister und er selbst dachten sich zusammen mit den Kindern der Gutsherrschaft immer neue Spiele aus. Gemeinsam eroberten sie die Wiesen und angrenzende Wälder, durchstöberten den riesigen Speicher des Rittergutes. Der gleichaltrige Sohn des Gutsbesitzers und er galten als unzertrennlich, als richtige gute Freunde, die sich ohne viele Worte verstanden.

Nun mit verklärtem Gesicht sprach er jetzt von den hohen Apfelbäumen der Gutswiese. Diese entfalteten in jedem Frühherbst eine unwiderstehliche Anziehung. Die säuerlichen Früchte schmeckten. Aber vor allem reizten die riesigen knorrigen Bäume zu verbotenen Kletterpartien.

Als an einem Sonntagnachmittag der Ast brach, auf dem Friedrich stand und plötzlich viel zu hoch in der Luft hing, sich nur mit den Händen festhaltend, war er es, Birkner, der geistesgegenwärtig blitzschnell in die Werkstatt des Vaters rannte, ein Seil schnappte und zurück am Baum aller Gefahr trotzend, die nach oben zu dünner werdenden Zweige erkletternd, das Seil anknüpfte, an dem sich sein Freund herab hangeln konnte. Unten am Stamm schwuren sie sich ewige Freundschaft, die bis zum Ende der ersten sechs Schuljahre ungetrübt bestehen blieb.

Dann verschwand Friedrich. Mit dreizehn Jahren besuchte dieser in der Stadt eine Internatsschule. Birkner blieb jedoch im Dorf. Nur an den Wochenenden kam sein Freund auf Besuch nach Hause. Birkners Vater holte ihn an jedem Samstag mit der Pferdekutsche ab, manchmal von seinem Jungen begleitet.

In den ersten Jahren dieser Zeit freute er sich die ganze Woche über darauf zu hören, was der Andere in der Stadt und in der Schule so alles erlebte. Er nahm lebhaften Anteil daran. Friedrich eröffnete ihm eines Tages, er wolle zur Marine gehen, Steuermann oder Kapitän werden und ferne Kontinente aufsuchen, von denen Birkner bisher noch nicht einmal den Namen gehört hatte. Da waren sie gerade fünfzehn geworden. Nur einmal im Monat sahen sie sich jetzt noch, denn sein Freund besuchte inzwischen die Kadettenschule in Kiel.

Birkner hatte da schon die Schule verlassen müssen und arbeitete im Gutshof. Als er einmal Friedrich in seiner schicken Kadettenuniform ankommen und fortfahren sah, keimte in ihm ein immer brennender werdendes Gefühl der Minderwertigkeit auf. Ohnmächtig sah er sich den Umständen machtlos ausgeliefert, verloren in absoluter Chancenlosigkeit. Auch nur annähernd konnte er nicht etwas Ähnliches aus sich selbst heraus machen wie sein Freund.

Dann brach eines Tages der Krieg aus. Er wusste weder warum noch weshalb. Aber es entstand damit eine neue Situation.

Mit gerade erst siebzehn Jahren meldete er sich beim Wehrkreiskommando. Dort befeuerte man seinen Ehrgeiz. Gegen den Willen seiner Mutter aber mit Genehmigung des Vaters, nahm er an der militärischen Grundausbildung für Infanteriesoldaten teil.

Dort wurden sie alle hart angepackt, regelrecht „geschliffen", bis sie fronttauglich schienen. Keinen Feind sollten sie auf deutschem Boden dulden und deren böse Absichten gnadenlos durchbrechen, koste es das eigene Leben. Das wurde ihnen eingebleut. Wer sich bei der Verteidigung des Vaterlandes bewährt und hervortut, der würde belohnt werden. Vor allem könne er aufsteigen. Ungeahnte Möglichkeiten eröffneten sich dabei, unabhängig davon, ob derjenige aus einem Bauernhaus, einer Arbeiterfamilie oder einem Gutshof kommt. Und besonders schnell fände eine Beförderung statt, wenn er sich zur WaffenSS meldete. Diese sei die Elite der Wehrmacht.

Das habe er geglaubt, kam es doch seinem Streben entgegen. Er sei ohne lange zu Überlegen dort eingetreten, schloss Birkner seine Erzählung, in die Runde gerichtet und kleinlaut geworden, ab.

Nach einem Blick in den fast leeren Thermosbehälter fügte er aber dann doch noch hinzu, dass er tatsächlich bald zum Unterleutnant ernannt wurde. In Frankreich habe er gekämpft, dort wegen Tapferkeit vor dem Feind das „Eiserne Kreuz" erster Klasse erhalten. Nach einem glatten Schuss durch den Oberschenkel sei er direkt aus dem Lazarett nach hierher abkommandiert worden. Eine Weigerung wäre unmöglich gewesen.

Dies hier sei für ihn ein unerwünschter Ort. Was er hier sähe und erlebe, habe mit Kriegführung, wie er sie verstehe, überhaupt nichts zu tun. Und als Verwalter eines Lagers sei er nicht geeignet. Er sei froh, in der nächsten Woche wieder an die Front zu kommen. Es klang wie eine Entschuldigung. Auch für die nachlassende Disziplin der Wachleute brächte er ein gewisses Verständnis auf.

Damit sah er Margot offen ins Gesicht, die ihm gegenüber saß. Leise sagte er, mehr für sich selbst, er wünschte sich, mit dieser kleinen Gesellschaft fortfahren zu können, wenn er dürfte. Hier würden jeden Tag Menschen durch Krankheit, Erschöpfung und Mutlosigkeit umkommen. Denen könne er aber nicht helfen, so sei die Befehlslage von „oben". Sie jedoch, damit meinte er die Frauen und Kinder am Tisch, seien ganz und gar irrtümlich hierher geraten. Nun führe er sie heute wieder von hier weg. Und dann, die Worte einzeln betonend, vielleicht brauche er eines Tages auch einmal ihre Hilfe. Er habe sich alle Namen und Adressen notiert.

Nach diesen Worten erhob sich Birkner abrupt. Die Frauen, ein wenig verwirrt über diese Ansprache, bestiegen nun den Laster, der schon eine ganze Weile vor sich hin röhrte. Niemand wagte aber, Birkner zu unterbrechen. Jetzt half er den Frauen beim Aufsteigen. Dabei rutschten seine Ärmel nach oben und gaben den Blick auf die Unterarme frei. Das dort eintätowierte Boot mit übergroßem Steuerrad und viel zu kleinem Anker brannte sich Gesine unwillkürlich ins Gedächtnis ein. Es sollte ihr Jahre später noch einmal begegnen.

Als die komplette Mannschaft auf der Ladefläche Platz genommen hatte, ging Birkner nach vorn und setzte sich neben den schon ungeduldig wartenden Gruner und gab diesem ein Zeichen zum Losfahren. Der kurze Weg zum Innenhof war schnell zurück gelegt und bald standen sie vor dem Tor nach draußen.

Halt, einen Moment noch. Birkner holte den Passierschein aus seiner Brusttasche und reichte ihn an Gruner weiter. Er war bereits ausgestiegen, wollte vom Auto zurück treten, zögerte aber noch und öffnete noch einmal die Beifahrertür.

Heute Nachmittag fände die letzte Vorstellung eines Theaterstücks in der Stadthalle hier im Ort statt. Weil sie doch ein paar Kinder dabei hätten, würde ihnen dieses Stück bestimmt sogar gefallen, sei ihm gerade eingefallen.

Ungläubig starrte ihn Gruner an. Birkner, ohne auf eine Antwort von ihm zu warten, stieg wieder in das Fahrerhaus ein. Er dirigierte den Laster jetzt durch die Straßen der Stadt, bis sie an ein größeres, die anderen Häuser überragendes gelbes Gebäude kamen. Hier hieß er Gruner den Motor abstellen, der es nicht wagte zu widersprechen.

Sie standen vor dem Kinderheim des Ortes, dem man die ehemalige Schule ansah. Hier könnten sie noch für eine Nacht unterkommen. Wenn sie aber nicht wollten, dann dürften sie auch gleich weiter fahren.

Gruner befragte die Frauen. Nach kurzer Abwägung stimmten sie zu. Gesine und Hannelore blickten bei dieser Abstimmung zu Boden, nickten jedoch stumm, als sie hörten, dass es die anderen Frauen verlockend fanden, noch eine dieser kalten Nächte in einem festen Haus überstehen zu können. Zusätzlich reizte auch noch die Aussicht auf ein Theaterstück. Dies zusammen überdeckte die Bedenken und Sorgen, wie es mit ihrer Fahrt weiter gehen würde.

So richteten sie sich nach einer nur sehr kurzen Fahrt in einem der leer stehenden Schulzimmer ein, die genügend Feldbetten enthielten.

Birkner war inzwischen verschwunden. Von den Wachleuten in den Korridoren des Heimes wurden sie nicht beachtet. Es waren überwiegend weibliche Bedienstete.

Aus dem ersten Stock über ihnen drangen Stimmen der dort untergebrachten Kinder zu ihnen hinunter. Auf die Frage nach diesen Kindern erklärte eine der vorübereilenden Wächterinnen, dass im Obergeschoß noch einige Waisen verwahrt werden müssten. Von den Kindern, die das Erdgeschoß noch bis vor Kurzem bewohnten, seien die meisten nach Dänemark und in die Schweiz verschickt worden. Der Rest wäre in andere Lager, weiter im Osten, weggegangen. Genaueres wüsste sie nicht, nur, dass nach und nach hier das Heim aufgelöst wird. Alles ginge streng nach Listen vor sich.

Was sie anginge, habe Birkner befohlen, ihnen alles Nötige zu beschaffen. Sie sollten es nur sagen. Einen Augenblick wartete die Wächterin auf die Reaktion der Frauen, dann begab sie sich nach oben.

Gesine, Irmgard und Hannelore schrieben noch schnell einen Feldpostbrief an ihre Männer, legten sich anschließend mit den Kindern auf die Liegen, die sie vorher in Gruppen zusammen geschoben hatten. Sie schliefen sogleich ein. Nach vielleicht zwei Stunden schreckte sie aber ein schon bejahrter Soldat mit lauter Stimme aus dem Schlaf. Er war zu ihnen ins Zimmer getreten und forderte nun die Frauen zum Aufstehen auf. Sie richteten sich halb auf und blickten ihm ärgerlich entgegen. Er, sofort ruhiger, bedeutete ihnen, dass er draußen warten würde. Seine Aufgabe wäre es, sie zur „Aufführung" zu begleiten.

Wenig später, auf dem Weg zur Stadthalle, durchquerte die kleine Gesellschaft erst einige ringförmig angelegte

Straßen, gesäumt von meist zweistöckigen Häusern. Viele waren gelb, braun, auch in dunklen Pastelltönen gehalten und vermittelten beim flüchtigen Hinsehen einen an südländische Städte erinnernden Eindruck. Sie zeugten von ihrer Errichtung unter österreichischer Herrschaft durch Kaiserin Maria Theresia.

Dieser Eindruck veränderte sich jedoch bald. Je näher die kleine Gruppe auf die Stadthalle zuschritt, um so mehr verdüsterte sich das Bild. Sie liefen nun eine gerade Straße an einförmigen, grauen Häuserfronten entlang, die fast alle gleich aussahen. Die Türen und Fenster befanden sich bei allen Häusern an der gleichen Stelle. Diese Gleichförmigkeit bedrückte die Frauen noch mehr als sie es schon waren. Sie bereuten jetzt, ihr Einverständnis zum Bleiben gegeben zu haben. Aber jetzt war es zu spät zur Umkehr.

Nur wenige Menschen begegneten ihnen, die gleich, als diese der Gruppe mit dem Soldaten in Uniform vorneweg angesichtig wurden, in Hauseingänge oder in schmale abzweigende Gassen eintraten. Alle hatten einen weithin sichtbaren gelben oder weißen Stern an ihrer Kleidung. Diejenigen, die ihnen nicht mehr ausweichen konnten, traten zur Seite, den Blick nach unten gerichtet, blieben stehen, bis die Frauen und Kinder vorüber waren.

Endlich standen sie vor der Halle. Hier drängten sich plötzlich vor der offenen Tür viele Leute, überwiegend Frauen und Kinder. Nur wenige Männer befanden sich unter ihnen.

Gleich beim Betreten des großen Saales vernahmen sie einzelne Musikfetzen. Völlig unerwartete Geräusche, die so gar nicht in diese Umgebung, in diese Stimmung passen wollten. Eine Violine unterbrach den sonoren Ton eines Cellos. Zu ihr gesellte sich eine Flötenstimme, in die sich die tieferen Töne einer Oboe mischten.

Seltsam berührt scharte sich die kleine Gruppe um Gruner, der, vom Wachmann am Arm gepackt, nach vorn zur Bühne hingeführt wurde, an den bereits voll besetzten Bankreihen vorbei. Die Frauen und Kinder folgten dicht hinter ihm bis zur ersten Reihe. Dort nahmen alle Platz. Bald kamen weitere Uniformierte und mehrere Männer mit einer breiten Armbinde dazu. Das seien Vertreter der Selbstverwaltung, erklärte der Wachmann.

Mit leuchtenden Augen erzählte jetzt der Wachmann dem neben ihm sitzenden Gruner, wie sehr er sich schon auf die Vorstellung freue. Er würde heute das Stück nun das sechste Mal sehen. Die Aufführungen seien immer ein wenig anders gespielt worden. Ständig mit wechselnden Darstellern, die ihre Eigenarten zeigten. Mal sei es langweilig, mal schwer verständlich, wie die Szenen aufgebaut wären, aber trotzdem immer lustig.

Sie Sprache des Stücks verstände er nicht, verstünde aber, wie die Geschichte gemeint wäre. Nach der dritten Vorstellung sei ihm endlich ein Licht aufgegangen. Er begriffe das Stück nun als Abenteuerspiel von Kindern, die einen bettelnden Leierkastenmann an der Nase herum führten.

Die Melodien und Lieder kenne er alle auswendig, weil diese sich bei den einzelnen Vorstellungen am stärksten glichen. Vielleicht ist dies heute leider die letzte Aufführung. Denn es wäre schon bei dieser sehr schwierig gewesen, ein komplettes Orchester aufzustellen.

Nein, nicht der Mangel an Instrumenten wäre das Problem. In ihrer Gerätekammer im Keller der Stadthalle unter ihnen, häuften sich Geigen, Flöten aller Größen. Sogar eine beträchtliche Anzahl von Kontrabässen und Celli seien vorrätig. Aber immer weniger Leute fänden sich, die spielen können. Er habe sich aus der Geigensammlung kurzerhand drei schöne Exemplare ausgesucht und an seine Familie nach Osnabrück versendet. Eine davon sei ihm durch die sehr schöne Verzierung in die Augen gestochen. Hinten drauf habe er sogar die Jahreszahl Achtzehnhunderteinundsechzig ausmachen können. Da konnte er nicht widerstehen. Übrigens, Baierlein sei sein Name. Im Redefluss wollte er, zu Gruner gewandt, noch weiter plaudern, als zwei hagere größere Jungen den an einem Drahtseil aufgespannten Vorhang beiseite schoben.

Ein kärglich möbliertes Zimmer kam auf der Bühne zum Vorschein. Vor dem Schlafsofa stand in gebückter Haltung ein Arzt, erkennbar an der „Rotkreuzbinde", die am rechten Arm seines weisslichgrauen Kittels prangte. Er hörte mit einem riesigen hölzernen Trichter die Atmung der Mutter zweier Kinder ab, die am Tisch sitzend aufmerksam zusahen. Ein Junge und ein Mädchen, etwa zwölf und elf Jahre alt.

In den folgenden dreißig oder auch vierzig Minuten wechselten sich mehrere Szenen miteinander ab, in denen die beiden Kinder der kranken Mutter Geldmünzen sammelten, nachdem sie auf dem Marktplatz einer Stadt einige Lieder sangen. Bemalte Pappwände, auf denen Häuser, Geschäfte und auch ein Brunnen zu sehen waren, bildeten die Kulisse dafür. Sie lieferten sich dabei einen kämpferischen Wettbewerb mit einem dieser Leierkastenmänner, wie sie häufig auf den Straßen und Hinterhöfen erschienen.

Unterstützt von in Hunde, Katzen und Vögeln verkleideten anderen Kindern vertrieben sie schließlich mithilfe dieser „Naturkräfte" den Leiermann. Im Höhepunkt des Spiels warf ein als Vogel angezogener Junge von einem Gestell aus ein in einem Tuch eingewickelten nassen Schwamm auf die Orgel des Leiermanns, so dass es spritzte. Daraufhin flüchtete dieser unter Beschimpfung von der Bühne.

Die Kinder im Saale lachten. Sie schienen offenbar von dem Stück derartig beeindruckt zu sein, dass sie alles um sie herum vergaßen. Auch der sich mit „Baierlein" vorgestellte Wachmann schlug sich bei dieser Szene mit beiden Händen auf die Oberschenkel und beugte sich vor Lachen nach vorn. Eine allgemeine Erleichterung griff um sich.

Im Schlussgesang, der vom gesamten Orchester begleitet wurde, tauchten immer wieder die beiden Namen „Hundebar" und „Kundabo" auf, die wahrscheinlich auf die tiefere Bedeutung des namenlosen Stückes hinwiesen.

Michael wird diese Namen in den kommenden Tagen immer wieder aufsagen. Er wird sehr viel später, als er sich an dieses Erlebnis in der Ghettostadt bruchstückhaft erinnerte, Erkundigungen einholen und sogar den richtigen Namen des Theaterstücks heraus finden.

Herzlich willkommen

Der Passierschein öffnete ihnen die Stadttore. Sie verließen endlich diesen Ort. Mit gemischten Gefühlen. Nach stundenlanger Fahrt in südwestliche Richtung veränderte sich langsam die bisher ebene Landschaft. Zunehmend prägten kleinere und mittlere Hügel die Gegend. Gruner musste zusehen, dass er soweit wie möglich auf Talstraßen bleiben konnte. Anhaltende Steigungen traute er seinem Auto nicht so recht zu. Mit bergigem Gelände hatte er keine Erfahrung.

Erst nach einer Übernachtung in dem Gasthaus des Dorfes, welches sie nach einigen Fahrstunden erreichten, fanden die Frauen Zeit zu einem Rückblick auf die noch vor ihren Augen stehenden Ereignisse der letzten Tage. Dass sie Zeuge von Unerhörtem gewesen waren, war allen bewusst. Gesine und Hannelore berichteten den anderen von der Gefangenenbaracke, in der sie Michael, den Ausreißer, entdeckt hatten.

Das fein geschnittene schmale Gesicht einer der Frauen, die neben Michael auf der Pritsche saß und ihm zärtlich übers Haar strich, erschien Gesine morgens im Halbschlaf, kurz vor dem Erwachen. Diese dunklen klugen Augen würde sie wohl nie mehr vergessen. Den abgrundtiefen Schmerz, der sich in ihnen spiegelte, als ihr das Kind abgenommen wurde, begann sie erst jetzt zu erahnen. Vielleicht hatte ja diese Frau doch auch ein Kind, irgendwo da draußen.

Noch näher als ihr eigenes Elend, trat das Bild der fremden Frau an sie heran. Es drang tief in Gesines Bewusstsein ein. Beim Aufwachen aus kurzem Schlaf in einem Rasthaus am Wege, kam ihr die Welt in ihren Grundfesten verändert vor. Sie befürchtete, dass auf den Wiesen niemals wieder frisches Gras, auf den Feldern nie wieder Getreide wachsen würde, als Bestrafung der Menschen wegen ihrer abgrundtiefen Freveltaten.

Die bangen Erwartungen an das Unvorhersehbare, an das, was sie selbst jeden Tag, jede Nacht, jeden Augenblick, erwarten könnte, überdeckten jedoch rasch die Eindrücke der letzten Tage. Schließlich ging es um das eigene ungewisse Schicksal auf dieser Fahrt im Winter. Immerhin hatte der Fuhrunternehmer Gruner die sechs Frauen mit ihren Kindern am sechsten Tag nach ihrer Abfahrt unversehrt nicht nur aus Breslau, sondern auch aus ihrer umkämpften schlesischen Heimat hinaus gebracht.

Sie streiften auf ihrer Fahrt Böhmen und durchquerten Sachsen, fuhren immer auf schmalen Wegen und Nebenstraßen. Neben manchen Flüssen, deren Namen sie nicht kannten, sahen sie die Reste der durch Granaten und Bomben zerstörten Ortschaften, deren Namen unkenntlich gemacht waren. Nur wenige der vielen Brücken fanden sie unzerstört, von den feindlichen Flugzeugen übersehen, für sie jedoch zur Überfahrt notwendig, um weiter nach Westen zu gelangen.

Am Nachmittag des siebten Tages rollte das Auto talabwärts in eine kleine Stadt im Thüringischen. Gruners Karte reichte gerade noch bis dorthin. Keines der Häuser entlang der Hauptstraße, in die sie unwillkürlich einmündeten und die sich in sanften Windungen durch den Ort schlängelte, wies Beschädigungen auf. Er wurde offensichtlich von den Kriegsangriffen bisher verschont.

„Hier ist die Welt heil geblieben", flüsterten ihnen die imposanten Fassaden der Gründerzeitvillen zu. Ihre Erbauer, mussten wohlhabende Leute gewesen sein, die einträgliche Gewerbe unterhielten.

Neben den beeindruckenden Gebäuden reihten sich schmälere Läden aneinander, deren Schaufenster fast so breit wie sie selbst waren. Mittendrin lag ein Schloss, vor dessen Portal ein „Herkules", aus grauem Sandstein gemeißelt, den Blick auf sich zog. Kniend zwar, aber mit zuversichtlichem Antlitz, die ihm aufgebürdete erdliche Last auf sich zu nehmen, ruhte auf seinen breiten Schultern eine mächtige Schale, aus deren Mitte ein armdicker Wesserstrahl emporquoll. Fünffach geteilt floss das Wasser dann wieder dem Boden zu, wo es erneut als Strahl nach oben gedrückt wurde. Diese fünf Rinnsäle symbolisierten wohl die größten Flüsse dieser Welt.

Erst beim zweiten Hinsehen drängte sich dem Betrachter ein gewisser Zweifel an der zur Schau getragenen Zuversichtlichkeit des starken Hercules auf. Auch Nachdenklichkeit fand sich in seinem Gesicht verborgen. Konnte er, der er ja „nur" ein Halbgott ist, wirklich alle Lasten tragen?

Unvermittelt sah sich der Betrachter wieder auf sich selbst zurückgeworfen!

Unübersehbar das über die anderen Häuser triumphierende mittelalterliche Rathaus, auf welches Gruner nun zuhielt. Der Marktplatz vor ihm lud zur Rast ein, vielleicht auch um an Ort und Stelle ein Nachtquartier zu finden.

Als der Motor des Lastautos verstummte, wussten sie noch nicht, dass sie angekommen waren.

Aus dem Seiteneingang des Rathauses um die Ecke trat ihnen gleich ein junger Mann mit Rotkreuzbinde um den Arm entgegen. Nach kurzer Verhandlung entfernte er sich und tauchte sogleich mit einem Fahrrad wieder auf. Er radelte vor dem neu gestarteten Auto her, bis sie an einer Turnhalle anlangten. Es war nicht weit.

Das Schwanenpaar vor der Halle wich erschreckt vor dem lärmenden Gefährt aus, watschelte dann gemächlich zu einem fast vollständig zugefrorenen Teich, der nur wenige Schritte entfernt in der Sonne weißlich glänzte. Sie machten den Weg frei, rückten zur Seite, gaben den Ankommenden zu verstehen, hier gibt es genügend Platz für Neuankömmlinge. Jemand hackte ihnen täglich ein Stück Eis auf dem Teich frei, damit sie ihr Bad nehmen konnten.

In der Turnhalle befanden sich Feldbetten. Sie wärmten zwar nicht, erzeugten aber das Gefühl von einer eigenen Bettstatt. Mit einer heißen Kohlsuppe im Magen, ausgegeben von Rotkreuzhelfern, spürte niemand mehr die Kühle der nur schwach beheizten Halle. Die städtischen Mitarbeiter des „Roten Kreuzes" meinten, dass die Frauen am nächsten Tag entscheiden können, ob sie weiter fahren oder auch hier im Ort bleiben möchten. Sie wären willkommen und würden in den ansässigen Fabriken oder in der Landwirtschaft gebraucht, weil ja die meisten Männer im Krieg oder gefallen seien.

Noch unentschlossen saß die kleine Schicksalsgemeinschaft am nächsten Morgen zusammen, beratschlagte sich, als sie Besuch erhielten.

Die im dicken Mantel gehüllte Frau verteilte beachtliche Stücke ihres selbst gebackenen Nußkuchens. Als sie sah, wie es den Kindern schmeckte, nahm ihr rundes Gesicht einen gutmütigen und heiteren Ausdruck an. Der Mann neben ihr betrachtete scheinbar regungslos die vielen Kinder. Sein Blick wanderte von einer Frau zur anderen. Diese hatten sich gerade für die Weiterfahrt entschlossen und beschäftigten sich schon mit dem Zusammenpacken ihrer verstreut daliegenden Sachen.

Die Augen des Bauers verweilten dann deutlich länger bei Gesine. Vielleicht fiel sie ihm durch ihre stattliche Erscheinung auf, mit der sie die anderen Frauen, auch seine eigene, um Kopfeslänge überragte.

Später erklärte er, es sei die energische Art gewesen, wie Gesine mit ihren beiden Kindern umgegangen sei. Dies wäre ihm sofort aufgefallen. Insgeheim habe er sich plötzlich gewünscht, dass auch seine drei Kinder in dieser Weise gehalten würden.

Es folgte eine Entscheidung aus dem Bauch heraus. Im wahrsten Sinne des Wortes. Gesine vermutete mehr Essbares auf dem Land als in der Stadt. So waren die Formalitäten schnell erledigt und Gesine saß bald mit Lise und Michael auf dem strohbedeckten Leiterwagen, nach kurzer Verabschiedung von den bisherigen Begleitern. Die zwei rotbraunen Kaltblüter brachten sie gemächlich ein Stück des Wegs zurück, auf dem sie hierher gekommen waren.

Auf einer sanften Anhöhe über der kleinen Stadt bogen sie links ab. Die Pferde kannten den Weg und zogen nur wenig später das Gespann durch den Bogen des weit geöffneten Tores, bis sie vor ihrem Stall zum Stehen kamen.

Amerikanisch-russisches Wechselspiel

Gesine machte sich nützlich. Sie war mit den beiden Kindern beim „Schlegelbauer" einquartiert. So wurde dieser von den Dorfbewohnern genannt. Er stellte bereits nach nur wenigen Tagen anerkennend fest, Gesine ersetze bei ihm ja einen ganzen Knecht. Sie miste den Stall aus, besorge die Kaninchen in deren Verschlägen und die Hühner im Hof, helfe in Küche und Futterküche. Bei allen Verrichtungen wäre sie obendrein immer gut gestimmt und froh darüber, eine solche Bleibe gefunden zu haben. Es störe sie auch gar nicht, dass sie keinerlei Lohn erhielte, dafür aber gutes Essen, Trinken und Kleidung für sich und ihre Kinder. Aus den prall gefüllten Schränken und Kisten auf dem Dachboden des Bauernhauses dürfe sie sich nach Belieben bedienen. Und auch im Dorfe sähe man sie gern. Allmählich beginne er schon fast, Gesine, Lise und Michael zu seiner Familie gehörend zu betrachten. Auch weil sich seine Kinder mit Gesines Kindern prächtig verstünden. Er könne feststellen, dass sich das „Schlesische" mit dem „Thüringischen" sehr gut verträgt.

Die Wintertage reihten sich im bäuerlichen Leben ereignislos aneinander. Der Krieg fand irgendwo da draußen statt. Er machte sich nicht unmittelbar bemerkbar. Ab und zu brausten zwar hoch über den Wolken lärmende Flugzeugverbände hinweg. Von den in die lieblichen Wälder eingebetteten kleinen Orte nahmen sie keine ersichtliche Notiz.

Nur einmal, es war schon Abend geworden, sahen Gesine und Else, ihre gastfreundliche Bäuerin, einen roten Schein am Horizont aufleuchten. Sie holten gerade für die Stallhasen vom Feld am Waldesrand ein paar übrig gebliebene Kohlrüben. Von weit aus dem Osten drang ein leises Grollen an ihre Ohren. Unwillkürlich fassten sich die beiden Frauen bei den Händen. In ihren Herzen die ängstliche Frage, ob dieses Feuer von dort her auch über sie alle kommen würde und eilten auf kürzestem Wege nach Hause. Stunden später wurde es wieder still. Der Wind hatte sich gedreht.

In den nächsten Tagen erfuhren sie aus dem Rundfunk von den Bomben auf Dresden. Spätestens jetzt wurde ihnen gewiss, dass der Krieg verloren war.

Endlich hielt der Frühling langsam Einzug. Die Felder wurden zur Aussaat vorbereitet und die noch vorhandenen Getreidesamen ausgestreut. Es war an einem schon warmen Maitag. Da lief der Bürgermeister durchs Dorf und rief jedem, den er erblickte zu: „Der Krieg ist aus, der Krieg ist zu Ende!"

Zwei Tage später dröhnten gegen Mittag die Motoren zweier Panzerwagen auf der Dorfstraße. Hinter ihnen folgte ein offener Jeep, in dem zwei Amerikaner saßen. Vor der kleinen Kirche kam der Convoi zum Stehen.

Der Offizier stieg nach kurzem Zögern aus dem Auto, sprang mit jugendlicher Behändigkeit die Treppen zur Kirche auf der kleinen Anhöhe hinauf und drückte die Klinke zur Eingangstür. Sie war verschlossen. Dann umrundete er das Gotteshaus und schritt eine Reihe der Grabstätten des überschaubaren Friedhofes ab. Dabei überflog er die Namen auf den Steinen, stockte bei dem

einen und anderen, bewegte seine schmalen Lippen beim
Entziffern der Buchstaben, als suche er nach einem ihm
bekannten Verstorbenen. Schließlich kehrte er sich langsam um und rief seinem Fahrer einen kurzen Befehl zu.

Auf dieses Signal hin öffneten sich jetzt mit schep-
perndem Geräusch die seitlichen Luken der Panzerwagen. Ohne Eile kletterten nun aus jedem der Wagen sechs
junge Männer im khakifarbenen Overall. Einige lehnten
sich an das Blech ihrer „Ungetüme" und brannten sich
eine Zigarette an. Ein dunkelhäutiger Soldat schlenderte
ein Stück die Dorfstraße entlang und rief den Kindern,
die aus den geschlossenen Fenstern neugierig lugten zu:
„Hey, chewing gum, chocolate !" Bald war er umringt
und verteilte volle Hände mit Kaugummi und runder
Schokolade in Blechdosen.

Als hätten sie lediglich eine Pause eingelegt, bestiegen
die „GI's" nach kurzer Zeit ihre gepanzerten Fahrzeuge,
drehten eine Schleife langsam um den Dorfteich und
verschwanden lärmend wieder in derselben Richtung,
aus der sie gekommen waren.

Dieser ersten Stippvisite folgten in den nächsten Tagen weitere. Manchmal hielten die Jeeps an, wenn sich
im Vorgarten oder auf den Feldern die Bäuerinnen zu
schaffen machten. Ihre sehnsüchtigen Blicke wurden
jedoch nicht erwidert und die vielleicht sogar freundlich
gemeinten Rufe gingen jedoch immer ins Leere, wie im
Dorfe erzählt wurde.

Nicht ins Leere hinein duftete der frisch gebackene
Kuchen aus Weizenmehl, Wasser, ein paar Eiern, Salz
und Hefe. Er entfachte eine solche Wirkung, derer sich
die am offenen Fenster im Schritttempo vorüber fah-

rende Patrouille wohl nicht entziehen konnte. Der Jeep stoppte und die beiden Amerikaner traten ins Haus. Plötzlich standen sie in der Küche des Schlegelbauern.

John, der GI, sprach kein einziges Wort deutsch. Er lächelte verlegen, setzte sich aber gleich wie selbstverständlich auf die Eckbank unter das Fenster. Victor, ein noch sehr junger Mann um die Zwanzig mit schmalem länglichen Gesicht und sehr kurzgeschnittenem dunkelblonden Haarschopf, radebrechte. Er habe einfach nicht vorüber fahren können, als ihm der Geruch des Kuchens in die Nase gestiegen ist. Er kenne ihn aus der nicht allzu fern zurück liegenden Kindheit.

Seine „Mam" habe an bestimmten Sonntagen im Herbst, auch zu „Thanksgiving", einen solchen Kuchen gebacken. Dieser sei dann mit Schokoladencreme überzogen und von allen Familienmitgliedern mit höchstem Vergnügen verspeist worden.

Das Rezept für diese Leckerei habe seine „Grandmam" in einem handgeschriebenen Büchlein aus dem Nachlass ihres Vaters gefunden. Dieser sei damals aus Thüringen mit nur einem Holzkoffer aber mit sehr viel Mut nach Texas ausgewandert. Er wollte die enge nachfeudale Kleinstaaterei, das beschränkte Biedermeiertum, welches in seiner Herkunftsfamilie das Denken bestimmte, hinter sich lassen, sich frei fühlen. Allerdings, setzte Victor noch hinzu, wollte er wohl auch kein Bäcker werden, wie sein Vater.

Dann zog er aus der Uniformjacke ein Foto hervor und hielt es hoch. Es war darauf eine geöffnete Truhe zu sehen. Nach einem kurzen Rundumblick steckte er das Foto wieder ein und erklärte der erstaunten Schlegelbäuerin , dass sein ausgewanderter Urgroßvater trotz seines geglückten Neuanfangs in den „Staaten", oft sehr traurig gewesen sein muss. Denn er wäre schon mit Anfang Sechzig gestorben. Angeblich habe er viel Heimweh gehabt, von dem ihn seine aus England stammende Frau nicht befreien konnte.

Er aber als sein Urenkel, fühle sich in Amerika sehr wohl. Er studiere gerade noch an der „Medical school of Housten", wolle Arzt werden, habe sich aber kurz entschlossen bei der „Military admistration" beworben und sei nun als Lieutenant nach Deutschland abkommandiert worden, nachdem er ein halbes Jahr in „Key West" gewesen sei.

Nein, kämpfen wolle er nicht, denn „the war is over now". Aber er will nun mithelfen, den Deutschen aus ihrem selbst verschuldeten Elend wieder heraus zu finden. Allein aus eigen Kräften würden sie es auf keinen Fall schaffen. Sehr viele Menschen litten nach dem verlorenen Krieg unter üblen Depressionen und Ängsten. Sie wüssten überhaupt nicht, wie es weitergehen sollte.

Er sprach auch von einer „Verblendung", der die Deutschen massenhaft unterlegen waren. Selbst im Angesicht der erlittenen verheerenden Niederlage und der Verwüstungen, die sie vielerorts angerichtet haben, könnten sie es sich heute nicht erklären, weshalb sie in diese Lage gelangt seien. Irritiert seien sie jedenfalls in höchstem Maße.

Er frage sich ja selbst aus seiner Sicht als Mediziner, wie es zu diesem verheerenden Krieg kommen konnte. Was er hier an herrlichen Landschaften, an schönen kleinen Städtchen zu Gesicht bekäme, übertreffe alle seine

Erwartungen. Nur bei weitgehender Abwesenheit von Wissen und Verstand könne dies alles aufs Spiel gesetzt werden. Sich mit den „Vereinigten Staaten" anzulegen, ihnen den Krieg zu erklären, musste zwangsläufig in die Katastrophe führen. Denn „The States" sind fraglos das stärkste und beste Land dieser Welt. Unbesiegbar in jedem Falle!

Nun aber wäre sein Land wohlwollend verpflichtet, die Deutschen zu normalem Leben zurück zu führen. Schon allein deshalb, weil sehr viele Amerikaner, so wie er selbst, in „Old Germany" ihren Ursprung haben. Zu seinen Wurzeln müsse man stehen, auch in schwierigen Zeiten. So würden seine Freunde und Bekannte ebenfalls denken. Er wüsste genau, dass diese ihn jetzt bei seiner Mission hier in Gedanken begleiten.

Allerdings würde es wohl sehr lange dauern, bis die Verhältnisse hier wieder normal werden. Er kenne dies von psychisch Kranken her. Es gelte nun, die Deutschen zu einer vernünftigen Selbsteinschätzung zu bringen. Am liebsten hätte er wohl „zu erziehen" gesagt. Über das „Wie" müsse auch mit den Russen verhandelt werden. Deren Vorstellungen darüber seien ganz anders als die ihren. Vielleicht würde es sogar bis zu zwei Generationen dauern. Mit wenigstens fünfzig Jahren müsse man rechnen.

Dabei ließ sich Victor schon das dritte Strietzelstück reichen, strich sich mit der Messerspitze einen Streifen Honig darüber, nahm einen großen Schluck frischen Malzkaffee, atmete tief aus und lächelte zufrieden.

Else, die Bäuerin, nickte in unregelmäßigen Abständen zustimmend, zupfte an ihrer bis auf die Schuhe hinab reichenden grauschwarzen Schürze und warf Gesine, die gerade zur Tür herein kam, bedeutsame Blicke zu.

Das mit dem Rezept vom ausgewanderten Urgroßvater gefiel ihr. Bei der Einschätzung der Deutschen blickte sie kurz nach oben aus einem der beiden Fenster in den Himmel, von dem ein schmaler Streifen zu sehen war. Sie seufzte kaum hörbar, mehr in sich selbst hinein.

Sie verstand zwar nicht alles, was der sympathische junge Amerikaner von sich gab, doch begriff sie, wie er es meinte. Sie fragte sich im Stillen sofort, woher dieser wohl bloß diese Überheblichkeit her hatte. Etwa von seinem Urgroßvater?

Diesem Gedanken nachsinnend wandte sie sich zur Tür. Eben ist hinter Gesine auch die dreizehnjährige Hilde, ihre älteste Tochter, eingetreten. Diese betrachtete erstaunt die beiden Männer mit ihren großen grauen Augen und lief zu einer Porzellanschüssel, die auf einem Schemel in der Ecke stand. Schnell wusch sie Hände und Unterarme, trocknete sich am Handtuch an der Tür ab und schnappte sich rasch das letzte Kuchenstück vom Tisch. Dann nahm sie von einem Haken zwei Topfläppchen und hob mit deren Hilfe das Blech mit dem frisch gekneteten Teig an.

In diesem Augenblick sprang John, der Begleiter von Victor, auf, öffnete im schnellen Griff mit bloßen Händen die heiße Ofenklappe. Als das Blech schon halb im Herd steckte, packte John das Mädchen mit beiden Händen an der Hüfte und drückte es zur Seite. Bevor er sie loßlies, strich er vorsichtig über ihre Taille und bemerkte anerkennend, „what for a nice girl", gab ihr einen Klaps auf den Hintern und beförderte den Kuchen mit bloßen Händen vollends in den Ofen. Dann lachten die beiden Männer und verabschiedeten sich in vollendeter Höflichkeit.

Einige Jahre später kam Victor noch einmal in das kleine Dorf auf der Durchreise nach Westberlin bei den Schlegelbauern vorbei. Er hatte das gemeinsame „Kaffeetrinken" nicht vergessen und brachte als nachträgliches Dankeschön ein Riesenpaket mit westdeutschem Bohnenkaffee mit. Er arbeitete inzwischen als Militärarzt und lebte mit seiner irischen Frau, einer Computerspezialistin, und seinen drei Kindern, in einem Häuschen im Odenwald, nahe bei Heidelberg.

Erst als das europäische Hauptquartier der amerikanischen Streitkräfte in Heidelberg nach fast siebzig Jahren aufgelöst wurde, wird er nach Amerika zurück kehren.

Im Dorf hinterließen die Amis keine bedeutende Spuren. Und als sie nach nur wenigen Wochen aus der Gegend verschwanden, blieben nur wenige Eindrücke. Weit weg, auf einer Insel im Schwarzen Meer, wurde bereits vor Kriegsende beschlossen, dass in Thüringen nicht die Amerikaner, sondern die Sowjets das Kommando übernehmen würden.

So hielt am frühen Morgen eines regnerischen Junitages ein riesiges Militärauto mit sowjetischen Soldaten vor dem Haus des Bürgermeisters. Er wurde von ihnen verhaftet und auf das Auto gestoßen.

Dann gingen die Soldaten von Hof zu Hof. Sie fragten nach „Nazis" und „SS-Angehörigen". Die Männer mussten ihre Oberkörper entblößen, um den Blick auf die

Achselhöhle zu ermöglichen. Bei dem jüngsten Sohn des „Weidebauern" entdeckte der untersuchende Soldat eine noch nicht völlig verheilte Narbe. Ungefragt musste der gerade erst Achtzehnjährige, so wie er war, mit zum Bürgermeister auf das Militärauto klettern.

Außerdem machten sich die Soldaten Notizen über den Viehbestand und die Anzahl der Bewohner im ganzen Dorf.

Nach drei Tagen kam der Bürgermeister zu Fuß zurück. Er hatte jetzt die Aufgabe, alle Anweisungen der sowjetischen Militärverwaltung in seinem Dorf umzusetzen. Sogleich organisierte er die tägliche Abgabe von Getreide, Fleisch und Eiern. Auch den Transport in die Stadt musste er besorgen, damit die Nahrungsmittel dort verteilt werden konnten. Sehr bald wurde er gefürchtet und regelrecht gehasst. Eines nachts flog sogar ein Stein durch sein Schlafzimmerfenster.

Den Sohn des Weidebauern hat niemand mehr wiedergesehen. Ob dieser wirklich bei der „SS" war und sich die Eintätowierung am Oberarm zur Vertuschung selbst entfernt hatte oder ob die Wunde nur eine entzündete Hautflechte war, die durch Schwitzen entstanden ist, blieb noch jahrelang Grund für Vermutungen. Über sein Verschwinden erteilte die Militärverwaltung keine Auskunft.

Allmählich gewöhnten sich die Menschen aber an die neuen Pflichten und die Stimmung beruhigte sich. Die Kinder des Dorfes rauften sich sehr schnell mit den Flüchtlingskindern zusammen, die im Laufe der letzten Monate aus Ostpreußen, Schlesien und Pommern eintrafen. Wenn sie nicht bei der häuslichen Arbeit mit eingespannt waren, dann tobten sie im freien Spiel auf den Feldern, den Wiesen, im nahen Wald und in den Scheunen der Gehöfte umher. Sie erkundeten stille Winkel, bauten sich im Wald Hütten und Baumhäuser aus Ästen, gruben sich Erdhöhlen und polsterten diese mit Moos und Heu gemütlich aus. Kein Bachlauf blieb wie er war. Er wurde zu kleinen Tümpeln aufgestaut, umgelenkt und als Badestelle genutzt.

Mit Gleichmut wechselten die Eltern allabendlich die total verdreckten Hemden, Hosen, Strümpfe und die Unterwäsche. Oft genügte es auch nur, die Schuhe im Hof auszuklopfen und für den nächsten Morgen wieder zum Anziehen bereit zu stellen.

Eines Tages, an einem schon kühlen Oktobernachmittag, liefen fünf Kinder über ein gerade abgeerntetes Kartoffelfeld. Sie hatten allesamt vorher beim Auflesen mitgeholfen.

Gesines Tochter Lise, ihr kleine Bruder Michael waren dabei, ebenso Erwin, der Sohn des Bürgermeisters und Alfred, der älteste Sohn des Nachbarn vom Schlegelbauer. Und Angelika, die Tochter eines ostpreußischen Ehepaars, die am anderen Ende des Dorfes seit kurzem untergebracht waren. Eine sich zufällig gefundene Kinderschar.

Auf der Suche nach Abenteuern kam Alfred plötzlich auf die Idee, das von der frühherbstlichen Sonne gedörrte Kartoffelkraut zu einem Haufen zu raffen und diesen dann mit einem in schnelle Umdrehung versetzten Holzstäbchen durch Reibung zu entzünden. In einem alten Buch hatte er beim Durchblättern vor einigen Tagen die Abbildung einer solchen Vorrichtung entdeckt. Sofort von dieser fasziniert, ging er gleich daran, sie in der elterlichen Scheune nachzubauen. Die ersten Versuche misslangen zwar, aber er gab nicht auf. Jetzt rannte er in die Scheune, holte aus dem Versteck die zuletzt verbesserte Bauform, die einem Flitzebogen mit Pfeil ähnelte und gab den anderen Kindern Anweisungen.

Michael und Angelika sollten gut getrocknetes Gras herbei schaffen. Erwin einen Steinwall aufbauen, in dessen Mitte eine Kuhle ausgehöhlt wurde. Er selbst begann zu drehen, wechselte sich nach kurzer Zeit mit Erwin ab, übernahm dann wieder die Handarbeit. Es dauerte ziemlich lange. Erwin wollte schon aufgeben, als doch ein winziges blaues Wölkchen aus dem trockenen Gras aufkräuselte. Nun steigerten schlagartig die Jungen ihre Bemühungen. Alfred befahl Lise, kräftig das schon glimmende Häufchen anzupusten. Und wirklich brannte gleich darauf eine beachtliche Menge herbei geholten Krauts, in dem dünne umher liegende Äste vom Feldrain für beständige Glut sorgten.

Anschließend wollten die Kinder einige liegen gebliebene größere Kartoffeln auf Stöckchen aufspießen und über dem entfachten Feuer rösten. Die älteren Jungen wussten, wie köstlich die heißen Kartoffeln schmecken können, halb geräuchert, halb roh, halb verbrannt. In welchem Zustand auch immer, essen konnten die Kinder immerzu, egal, ob sie gerade hungrig waren oder nicht.

Obendrein war es interessant, dem Rauch nachzuschauen, wie er aus der Glut empor flatterte. Der über das Feld wabernde Qualm erweckte in ihnen auch noch den spannenden Reiz des Verbotenen.

Emsig waren alle dabei. Der Haufen wuchs schnell und die Flämmchen züngelten lustig von allen Seiten aus ihm heraus. Plötzlich, von den Kindern unbemerkt, tauchte am Feldrand eine männliche Gestalt auf. Der Bauer Voigt, der sich ihnen laut rufend mit ausholenden Schritten näherte. Ihm gehörte das Feld. Er gab sich sichtlich erbost, beschimpfte die Kinder als „Diebe" und als „elendes Flüchtlingspak". Dabei fuchtelte er mit den Armen aufgeregt in der Luft.

Damit aber nicht genug bückte er sich spontan, griff mit der rechten Hand in die Erde und schleuderte den Klumpen auf die erschrockenen Kinder. Er hatte wohl in seiner Erregung den scharfkantigen Stein nicht gespürt, der in dem Erdballen steckte. Ausgerechnet die schmächtige Angelika, die kleinste unter den Kindern, bekam ihn ab. Sie hatte sich nicht schnell genug weggeduckt, rechnete auch nicht damit, von einem Erwachsenen beworfen zu werden.

Schreiend, alles stehen und liegen lassend, rannten die Kinder nach dieser Attacke geradewegs ins Dorf, allen voran Alfred und verschwanden im Hof des Bürgermeisters.

Dort bestiegen gerade die drei sowjetischen Streifenposten ihr Fahrzeug und wollten abfahren, als die Kinder laut heulend an ihnen vorbei ins Haus stürmten, als wäre der Teufel hinter ihnen her.

Einmal wöchentlich kontrollierten die Sowjets das Dorf, um den Bürgermeister nach Vorkommnissen zu befragen, denn in den Wäldern ringsum hielten sich immer noch bewaffnete deutsche Soldaten versteckt, die nicht in Gefangenschaft geraten wollten. Sie konnten gefährlich werden, wenn sie nach Nahrung und Unterkunft suchten.

Der Sergeant, erkennbar an dem Stern auf der breiten Schulterklappe, stieg sofort wieder aus dem Auto aus, in dem er bereits Platz genommen hatte. Er lief den Kindern hinterher und fragte sie in gebrochenem Deutsch nach dem Grund der Aufregung. Als er Angelikas blutende Lippe sah, verzog er sein Gesicht zu einer wütenden Grimasse. Nun mussten ihm die Kinder den vollständigen Hergang des Geschehens schildern. Schnell kam mit Hilfe des Bürgermeisters heraus, wer der Steinewerfer gewesen ist.

Während dieser Befragung musste sich bei dem Sergeanten eine innere Veränderung vollzogen haben. Bei der späteren Befragung in der Bezirkskommandantur gab er dazu an, es seien ihm in diesem Moment seine eigenen zwei Kinder, Wolodja und Irina, bei sich zu Hause im fernen kasachischen AlmaAta vor Augen getreten.

Mit hochrotem Kopf gab er dem Bürgermeister die Anweisung, den Bauer Voigt hierher zu bringen. In Begleitung zweier Soldaten machte dieser sich sofort auf den Weg. Währenddessen musste der Erwin laufen und die Eltern der Kinder herbeiholen.

Als dann alle versammelt waren, befahl der Sergeant, sich neben dem Hoftor zu postieren.

„Warum du Stein geworfen?", herrschte er Voigt an. Dieser zeigte auf die Kinder und wiederholte das Wort vom „Flüchtlingspak", so als hätte sich dieser Gedanke bei ihm festgesetzt und erklärte seinen Angriff von selbst.

Daraufhin blickte ihn der Sergeant verächtlich an und stieß ihn in die Mitte des Hofes. Direkt neben dem Misthaufen kam er zum Stehen. Langsam und bedächtig nahm er jetzt die lange Reitpeitsche vom Haken neben der Tür zum Pferdestell, so als böte sie sich ihm zweckvoll an. Mit weit ausholendem Schwung versetzte er mit ihr jetzt dem Bauer einen gezielten Hieb.

Dieser blieb vor Entsetzen völlig stumm, stand da wie versteinert, die Augen starr auf den Russen vor ihm gerichtet.

Abermals holte der Sergeant aus. Sofort versuchte Voigt nun im Reflex, das Gesicht mit den Händen zu bedecken. Der Hieb traf ihn aber mit solcher Wucht am Oberkörper, so dass er zur Seite taumelte, sogleich aber wieder stand. Der Russe trat ebenfalls einen Schritt zur Seite, korrigierte damit seine Stellung und schlug noch dreimal zu. Jedes Mal hüpfte der schwergewichtige Bauer in Erwartung des Hiebs mit den klobigen halbhohen Filzstiefeln ruckartig von einem Bein aufs andere in die Höhe. Er stieß dabei heisere Klagelaute aus.

Auch die Kinder schrien beim ersten Peitschenhieb und klammerten sich an ihre Eltern. Diese wandten sich schnell zur Seite ab. Gesine lief mit Lise und Michael fluchtartig in das Treppenhaus des Bürgermeisters.

Im Hof wurde es dann still. Die Hühner waren schon lange gackernd davon gestoben. Sogar die beiden Pferde im Stall standen reglos.

Fünfmal verpasste der Sergeant dem Bauern Voigt heftige Peitschenhiebe, soviel es Kinder waren. Danach schien er sich beruhigt zu haben, hängte die Peitsche sorgfältig an ihren Platz und trat ganz nah an Voigt heran. Mit lauter Stimme, unüberhörbar für alle noch im Hofe verbliebenen, forderte er Voigt auf, den Kindern ab morgen jeden Tag einen Becher Milch zu liefern. Solange, bis diese es von sich aus ablehnten. Wenn

Voigt sich weigerte, würde er seinen Hof niederbrennen lassen.

Damit ließ er die Versammelten stehen und fuhr mit den beiden Soldaten, die jetzt ihre Gewehre sicherten, davon.

Tatsächlich erhielten die Kinder vom Folgetage an ihre Milch. Voigt brachte die Aluminiumkanne selbst zum Bürgermeister. Über diesen Vorfall schwieg er fortan. Nie wieder wurde im Dorf das Wort vom dem „Flüchtlingspack" vernommen.

Als dann ein Jahr verspätet, Gesines Kinder Lise und Michael, im September mit vier weiteren Kindern aus Flüchtlingsfamilien im größeren Nachbardorf eingeschult wurden, erhielten sie Zuckertüten, prall gefüllt mit Gaben aus dem ganzen Dorf. Auch vom Bauern Voigt.

Auf den Dornbusch

Der Postbote brachte das Telegramm auf seinem Nachhauseweg bei uns vorbei, nachdem er wie an jedem Wochentag, den Schalter auf dem Amt geschlossen hatte. Da war es schon ein Viertel nach Vier.

Obwohl das Telegramm an meine Mutter adressiert lautete, händigte er kurzerhand den verschlossenen Umschlag ohne Umstände an mich aus. Er kannte mich ja, wie fast jeder in der kleinen Stadt irgendwie wusste, wer zu wem gehörte.

Noch unschlüssig, ob ich den Umschlag einfach öffnen sollte, legte ich ihn griffbereit auf den Küchentisch. Eine halbe Stunde später kam dann meine Mutter nach Hause. Überrascht und sichtlich erschrocken riss sie das Kuvert hastig mit den bloßen Fingern auf und las laut vor: „Liebe Gesine! Bitte komm doch so schnell du kannst zu uns hierher und helfe mir dabei, den Opa zu besorgen. Er hat sich den rechten Arm gebrochen. Liebe Grüße, Pauline."

Es war also nicht ganz so schlimm, wie im ersten Moment befürchtet. Die Hafenstadt, aus der das Telegramm kam, liegt an der Ostsee. Meine Großeltern hat es in den Nachkriegswirren nach dorthin verschlagen. Mein Opa wollte ans Meer. Er war schon im Ersten Weltkrieg Matrose. Da er notgedrungen am Ende des Zweiten Weltkrieges aus Schlesien weg musste, gab es für ihn nur eine Richtung: nach Norden.

Nun war er krank. Von der Kante eines Denkmals abgerutscht, hat er sich bei dem Sturz den rechten Arm gebrochen. Den Säbel des „Ferdinand Freiherr von Schill" wollte er reparieren, den Jugendliche im Übermut nachts abgebrochen hatten.

Die schon gebrechliche Oma konnte ihren wohlbeleibten hilflosen Mann nicht allein pflegen. So bat sie ihre jüngste Tochter Gesine um Unterstützung für die ersten zwei Wochen nach dem Unfall.

Was für den einen zum Ärgerniß gereicht, das kann dem anderen durchaus zur Freude verhelfen, sprach ich eigennützig im Stillen zu mir selbst und bot mich zur Hilfestellung an. Ich sah darin eine willkommene Gelegenheit für die Verlängerung der Herbstferien. Eine Reise an die Ostsee, welch unverhofftes Vergnügen!

Der Mutter war es recht, der Vater jedoch drang darauf, dass ich vorher von der Schule eine offizielle Erlaubnis einholen müsse.

Weil die Schule noch geschlossen war, suchte ich den Direktor, Herrn Stollenberg, in dessen Wohnung auf. Die fünfzehn Kilometer zu ihm radelte ich gern und lehnte das Rad am frühen Nachmittag an den Vorgartenzaun des großen Einfamilienhauses am Rande des Stadtparks.

Bereits den Finger auf der Klingel, zögerte ich. Es war eine sehr eingängige melancholische Melodie zu vernehmen. Jemand spielte Klavier. Ich kannte das Lied nicht, war aber sogleich von ihm berührt. Das Stück sprach mich an. Es gefiel mir. Es hatte etwas Emphatisches.

Schließlich drückte ich den Knopf und die Musik riss jäh ab. Ich hörte die sich nähernden Schritte und gleich stand die Haushälterin der Familie in der geöffneten Tür vor mir. Eine kleine Frau Anfang Sechzig.

Einen Moment lang musterte sie mich skeptisch, sagte aber dann doch sehr freundlich, dass ich bestimmt den Herrn Direktor zu sprechen wünsche. Mein wortloses Nicken genügten ihr. Sie trat zurück, so dass ich ins Treppenhaus eintreten konnte. Hier solle ich einen Augenblick ausharren, beschied sie mir und stieg die Treppe nach oben.

Kurz darauf erschien Stollenberg am oberen Treppenende und machte nach unten gewandt eine einladende Handbewegung. Ich käme gerade zur rechten Zeit. Der Tee sei fertig. Und dass es nichts so Eiliges geben würde, was nicht solange warten könne, bevor ein Tasse Tee getrunken sei. Ich möge nach oben kommen.

Erfreut folgte ich dieser Einladung. Kaum auf der letzten Stufe angelangt, streckte mir Stollenberg die Hand zur Begrüßung entgegen und zog mich mit kräftigem Ruck ganz zu sich hinauf. Ich folgte ihm nun in sein geräumiges Wohnzimmer. Seine Frau hatte gerade an dem schweren runden Tisch im Erker Platz genommen, von dem aus ein Stück des Parks eingesehen werden konnte. Sie blickte mir über ihre kleine runde Brille erwartungsvoll entgegen.

„Bitte setzen Sie sich, junger Mann", wies sie mir einen Stuhl am Tisch an. Gleich darauf brachte die Haushälterin ein Teegedeck, stellte es vor mich hin und füllte die Tasse bis zur Hälfte mit kräftig duftendem schwarzen Tee.

Ob ich auch Milch oder Zitrone brauche, hörte ich Stollenberg fragen. Ich solle mich bedienen. Dann lehnte er sich zurück, betrachtete mich aufmerksam und bemerkte wie beiläufig, um das Gespräch in Gang zu bringen, wie er sich immer freue, wenn seine Schüler ab und zu den Weg zu ihm fänden, auch wenn diese dann irgendein brennendes Problem mit brächten. Was denn mein Anliegen sei, ermunterte er mich, mit der Sprache rauszurücken.

In nur wenigen Worten trug ich jetzt meine Bitte vor. Spontan gab er mir die gewünschte Erlaubnis, zwei Wochen der Schule fernbleiben zu dürfen mit der Begründung, er sei sich sicher, mir wäre selbst daran gelegen, den kompletten versäumten Lernstoff eigenständig nachzuholen.

Eigentlich wollte ich nun sofort aufstehen und zufrieden nach Hause fahren. Aber Frau Stollenberg goss mir nochmal nach und wandte sich mit der Aufforderung an mich zu erklären, weshalb meine Großeltern so weit weg wohnen würden.

Verlegen betrachtete ich das Teegeschirr. Es fiel auf, wie perfekt alles zusammen passte. Die fein gewirkte Tischdecke hob sich zart von demselben gelblichen Farbton der Servietten und dem bräunlichen und rötlichen hauchdünnen chinesischen Porzellan ab. Solch eine vornehme Tischästhetik war mir bisher noch nirgends begegnet.

Stollenberg bemerkte die Unsicherheit, mit der ich nun stockend die unterschiedlichen Fluchtwege meiner Mutter mit den beiden Geschwistern und meiner Großeltern aus Schlesien zu beschreiben versuchte. Er unterbrach mich bald, wobei sein Gesicht einen bedeutenden Ausdruck annahm. „Ein Jammer um die schöne ostpreußische Küste und um die Kornkammer Schlesien. Das Riesengebirge gehörte einst mit zu den prägnantesten deutschen Mittelgebirgen. Unvergesslich auch der `Rübezahl´als putziger Popanz, nützlich zur Disziplinierung ungezogener Kinder". So als ob er sich besänne, setzte er eilig hinzu: „Das war einmal, leider !"

Unruhig geworden über sein geäußertes Bedauern, stand Stollenberg jetzt auf und reichte mir die Hand zur Verabschiedung. Ich möge gut nach Hause kommen und verließ das Zimmer mit der Bemerkung, nun an seinen Schreibtisch zurück kehren zu müssen.

Alleingelassen, nur mit der Frau des Direktors am Tisch, schob ich den Stuhl nach hinten, als sie mit ihrer Hand meinen Arm berührte und mich gleichzeitig fragte, warum meine Eltern damals bei ihrem Weggang aus Schlesien ausgerechnet in Thüringen „gelandet" sind, wo doch Bayern nicht einmal fünfzig Kilometer weit weg liegt. Das würde sie interessieren.

Ich stutzte, denn diese Frage hatte ich mir bisher selbst noch nicht gestellt. Im ersten Augenblick war ich verwirrt und total überfordert, zu einer kurzen, treffenden Antwort unfähig. Deshalb erwiderte ich, dass es nach den Erzählungen der Mutter und der Geschwister wohl so gewesen war:

Der einzige Feldpostbrief, den meine Mutter von unterwegs an meinen Vater an die damalige Front geschickt hatte, war derjenige aus dem Dorfe nahe der Stadt, in der sie heute wohnen, der ihn erreicht hat. Und eines Tages stand er vor der Tür, abgemagert bis auf die Knochen, zerlumpt und krank vor Schwäche, mehr tot als lebendig. Die Russen hatten ihn aufgegeben und kurzer Hand aus dem Gefangenenlager abgeschoben, solange er noch laufen konnte.

Der Lebenswille erwies sich aber doch als stark genug. Er erholte sich. Die nun wieder vollständige Familie zog bald vom Dorf in die Stadt, in der ich im dritten Nachkriegswinter zur Welt kam.

Na klar, zu dieser Zeit wäre ein nochmaliger Aufbruch nach Bayern gut möglich gewesen. Aber mein Vater war sozialdemokratisch eingestellt und ihm gefiel die Ordnung im neu gegründeten ostdeutschen Staat, die nach dem Wohl der meisten Menschen, den Arbeitern und Bauern trachtete. Der Westen, in dem nur das Geld regiert und der Ellenbogen für Sicherheit sorgt, war nichts für ihn und damit auch für uns alle.

So richteten wir uns ein, nun fünfköpfig geworden. Die Eltern arbeiteten beide, meine Geschwister gingen zur Schule, erlernten einen Beruf und ich bin gerade dabei, das Abitur zu machen.

Bei meinem Bericht verschwieg ich, wie sich die Eltern furchtbar aufgeregt haben, als vor drei Jahren in Berlin die „Mauer" gebaut wurde. Ihre Stimmung kippte. Öfter als bisher schimpften sie über die herrschenden Zustände. Da gab es dies nicht und das nicht, keine Apfelsinen im Winter und keine Ersatzteile für Arbeitsgeräte. Sie schimpften über die Folgen einer beginnenden Misswirtschaft, von der ich mich nicht direkt betroffen fühlte. Im Gegenteil. Ich fühlte mich immer gut versorgt und behütet. Die nächsten Jahre waren überschaubar.

Deshalb konnte ich mich mit einer gewissen Gelassenheit in der Stimme für den Tee und den feinen Mürbkuchen bei Frau Stollenberg artig bedanken und vom Tisch aufstehen.

Erst jetzt, beim Hinausgehen, wich vollends die Spannung. Ich entdeckte nun staunend die riesige Bücherwand und das davor aufgestellte Klavier. Seine Tastenabdeckung stand nach hinten geklappt. Auf der Innenseite lehnte ein Notenblock.

Frau Stollenberg folgte meinen interessierten Blicken und schlug mit rascher Handbewegung den Block zu, bevor ich den kleingedruckten Liedtext entziffern konnte. Nur die größere Überschrift sprang mir gerade noch ins Auge.

„Johnny, der arme Negersklave", so erzählte ich meiner Mutter zu Hause, habe ich die Frau des Direktors einfühlsam spielen gehört. Die auf dem Klavier abgelegten Notenbücher, auf denen mit verschnörkelten Buchstaben „Mozart" und „Beethoven" zu lesen war, ließ ich unerwähnt.

Am stärksten jedoch beeindruckten mich die vielen Bücher. Es waren bestimmt an die fünfhundert, schätzte ich. Einige schimmerten mit ihrem vergoldeten Rücken, auf denen mir unbekannte Autoren und Titel zu lesen standen. Nur drei von ihnen schnappte ich im Darübergleiten auf: „Humboldt", „Schopenhauer" und „Nietzsche". Ich murmelte die Namen beim Nachhauseradeln vor mich hin und wiederholte sie abermals am Abend vor dem Einschlafen.

Die Wellen brachen sich am Bug der Ostseefähre. Ich sah zu, wie der Schaum an ihm bis zu mir hoch spritzte und biss dabei herzhaft in das mitgenommene belegte Brot. Die Küste der Insel „Hiddensee" zeichnete sich dem Schiff voraus bereits ab und bald war auch schon der überschaubare Hafen von „Kloster" erreicht.

Erst sah ich mich um, ließ mir Zeit und machte schließlich ein Ziel aus. Der weithin sichtbare Leuchtturm zog mein Interesse auf sich. Er schien zu Fuß gut erreichbar. So lief ich auf dem sandigen Weg am äußersten Rand zum Übergang ins hohe Heidegras der Insel an den stacheligen Sanddornbüschen vorüber, den gemächlich ansteigenden „Dornbusch" hinauf. Der Name des Hügels stand auf einer Holztafel.

Am Rande des Wegs kam ich etwas schneller voran als die meisten Wanderer mit mir. Die Fähre hatte knapp hundert Ausflügler an Bord, von denen wohl fast alle der Aussicht wegen auf dem kleinen Berg zustrebten.

Auf halber Höhe wendete ich den Blick zurück und schaute plötzlich unmittelbar in das ovale Gesicht eines vielleicht gleichaltrigen Mädchens, die in Begleitung zweier Freundinnen denselben Weg gingen. Sie hielt ihren Kopf ebenfalls seitlich gewandt. Unwillkürlich trafen sich unsere Blicke. Schnell blickte ich wieder nach vorn, spürte aber, wie mir die Röte ins Gesicht stieg und ärgerte mich darüber. Ich beschleunigte den Gang und bald ließ ich die Mädchen weit hinter mir.

Der Leuchtturm erwies sich beim näheren Betrachten direkt davor stehend als viel kleiner und gedrungener als angenommen. Der Blick jedoch von seiner Plattform aus auf die See und auf den weit entfernten Horizont, an dem sich schräg links schemenhaft die Küste Dänemarks abzeichnete, berührte mich. Das erste Mal im Leben verspürte ich unbändiges, unheilbares Fernweh.

Noch mit Wehmut in der Brust stieg ich nach kurzer Weile den „Dornbusch" zum Inselinnern wieder hinab. Ein Pferdewagen nahm mich auf halbem Wege auf. Schnell fand ich mich mitten in Kloster wieder.

Sämtliche Wege in der kleinen Siedlung führten auf das Haus zu, in dem Gerhart Hauptmann lebte. Es konnte als Museum sogar besichtigt werden.

Ich dachte, wenn du schon mal hier bist, musst du auch da hinein. So zahlte ich die verlangten fünfundsiebzig Pfennige und betrat den Eingang. Viel Interessantes für mich fand ich bei dem Rundgang allerdings nicht vor. Fragte mich aber erstaunt, wie der Schlesier Hauptmann auf einer von Schlesien weit entfernten abgeschiedenen Ostseeinsel ein ganzes Haus besitzen konnte, wenn er doch der Dichter der Armen und Geknechteten sein wollte. Dabei ging mir das Gedicht von den „Schlesischen Webern" durch den Kopf.

Mit diesen Gedanken beschäftigt, las ich die Biografie des Dichters an einer Schrifttafel am Ausgang des Museums abgebildet. Dabei hatte ich plötzlich das Gefühl, jemand stehe unmittelbar hinter mir und betrachte mich. Unwillkürlich drehte ich mich um.

Sie schien einen Kopf kleiner zu sein als ich. Und auch wohl ein wenig jünger, vielleicht ein Jahr. Ihre großen dunklen Augen ließen kein Ausweichen zu. „Beim dritten Mal musst du mir dann aber sagen, wie du heißt. Ich bin die Heike", sprach sie mich an, übermütig lachend. Dann wandte sie sich gleich ihren Begleiterinnen zu, die schon auf der ersten Treppenstufe zum Obergeschoß standen und folgte ihnen.

Inzwischen war es bereits Nachmittag. Ich hatte gerade

in dem Restaurant am Hafen eine Gulaschsuppe mit Brot gegessen und wartete nun am Kai auf die Fähre, die mich zur Stadt auf dem Festland zurück bringen sollte.

Als die Fähre dann endlich andockte, sicherte ich flink einen Sitzplatz im Unterdeck am Fenster. Nach halbstündiger Fahrt fing der Anblick der Wellen jedoch an, langweilig zu werden. Kurz entschlossen verließ ich also den Platz und schlenderte auf dem Schiff umher.

Mit dem Bauch an die Rehling gelehnt, ergriff irgendwann jemand meinen rechten Arm. Es war Heike. Sie hatte hellblaue Steghosen und einen schwarzen Anorak an. Ein Kunststoffreif hielt ihr langes braunes Haar nach hinten. Sie sah jetzt älter aus, wirkte ein wenig ernst und schon erwachsen. In diesem Augenblick schien es so.

Ich sei aus Thüringen mit der Bahn angereist und bin bei den Großeltern zu Besuch, stellte ich mich vor. Ich helfe nun mit, den Säbel des Freiherrn von Schill zu reparieren. Das fiel mir ein, um sie ein wenig zu beeindrucken.

Prompt kam es auch an, denn Heike tat erstaunt, gab aber sogleich zu, das „Schilldenkmal" noch gar nicht gesehen zu haben. Es muss wohl etwas versteckt, in einer Parknische stehen, vermutete sie. Dann nach kurzer Pause, mit unüberhörbar spöttischem Unterton, sie finde es toll, wenn ich extra wegen eines kaputten Säbels so weit her gekommen sei.

Na ja, klärte ich dann auf, richtig sei es, dass der Großvater sich bei der Reparatur verletzt hat und deshalb der Säbel auf seine Wiederherstellung noch warten müsse. Er liefe ja nicht davon. Und der Schill auf seinem Sockel ebenfalls nicht.

Beide lachten wir nun herzhaft. Sie lehnte sich an meine linke Seite, während wir nebeneinander an der Bordkante standen und ins bewegte Wasser schauten.

Gerne würde sie mit mir am nächsten Tag einen Ausflug mit dem Fahrrad machen. Sie habe im Keller ein „Herrenrad" stehen. Es gehört zwar ihrem Bruder. Sie dürfe aber darüber verfügen, solange der Bruder zur Ausbildung in einem Rostocker Internat wohnt.

Dass sie „Herrenrad" sagte, gefiel mir und ich machte eine zustimmende Geste.

Ein Stück an der Küste entlang, durch den hohen Kiefernwald bis zum nächsten Dorf. Auf diese Weise könne ich mit ihr auf Entdeckung gehen. Der Norden wäre doch überall so schön und er sei ihre Heimat. Sie freue sich, sagte sie lächelnd zum Abschied, aber mit ernstem Nachdruck und reichte mir die Hand.

Schnell vergingen die drei restlichen Tage, die bis zur Heimfahrt verblieben sind mit Besorgungen für die Großeltern. Es kam zu keinem weiteren Treffen mit dem Mädchen. Ich sah sie nie wieder. Einen Eindruck hinterließ sie dennoch. Ihr fröhliches Wesen, sich selbst genug, strahlte noch eine ganze Weile auf mich aus, bis ihr Bild langsam zu verblassen begann und irgendwann zur netten Episode des Erinnerns wurde. Des Erinnerns an die endgültig zu Ende gegangene Kindheit und an den Beginn eines neuen Lebensabschnittes.

Die Tage wurden merklich kürzer und der Bummelzug fuhr schon los, noch bevor es richtig hell wurde. Zur Schule im Nachbarort waren es nur zwölf Kilometer. Die Fahrt dorthin dauerte aber fast eine ganze Stunde.

Zeit für kleine Korrekturen der Hausaufgaben, für einen schnellen Blick ins Schulbuch, für leises Aufsagen von Formeln und Vokabeln.

Wolfgang hatte sich gerade neben mich in die noch freie Platzlücke gequetscht. Der Zug fuhr schon fast an, da sprang er im letzten Augenblick noch zur Tür herein, die ich für ihn offen gehalten hatte. Er kam sehr oft zum letzten „Drücker", obwohl sein Weg zum Bahnhof viel kürzer war als der meinige. Jetzt stieß er mich in die Seite und ich hörte ihn fragen: „Ein Ziegel und ein gleich großer Stein fallen gleichzeitig vom Dach. Wer ist zuerst unten und fällt dir vielleicht auf die Füße?"

„Der Dachziegel natürlich, du Depp!" Ich konnte mir sowieso nur Ziegel auf dem Dach vorstellen und keine Steine.

„Falsch! Du bist selber ein Depp", lachte er jetzt. „Du bist reingefallen. Wenn zwei Körper herab fallen, dann ist es nicht nur von ihrer Masse und Größe abhängig, sondern auch von ihrer Form, wie schnell sie unten sind. Wegen des Windwiderstandes, den du zwar nicht siehst, der Körper aber spürt. Denke dabei bloß nicht an den sogenannten „freien Fall". Den gibt es nur im luftleeren Raum!"

Wie oft in Gesprächen auch immer vom „freien Fall" die Rede ist, dieser manchmal sogar zur Erklärung von Ereignissen heran gezogen wird, wohl wissend, dass der „freie Fall" nur zur sprachlichen Übertreibung herhalten muss, weil er eine absolute natürliche Ausnahme ist, fuhren wir in den Bahnhof ein.

Wie gewohnt hielt endlich der Zug mit quietschenden Bremsen. Rasch füllte sich der Bahnsteig mit jungen

Leuten, die der Schule, ein paar Straßen weiter, zustreben wollten. Ein allmorgendlicher „Zug der Lemmige". Unauffällig gekleidet und ruhig. Fast schon betont grau. Nur heute, am Mittwoch der siebten Woche im neuen Schuljahr, meinem letzten, war alles anders.

Woher die Männer kamen, wollte hinterher niemand mehr genau wissen. Aber sie mussten alle genau in die seit langer Hand präzise vorbereitete Aktion eingewiesen worden sein.

Wir, das waren alle Jugendliche aus der Umgebung, sahen uns auf dem Bahnhofsvorplatz unversehens eingekesselt. Einige der jüngeren Männer, die uns umringten, trugen blaue Hemden der „Freien Deutschen Jugend". Andere hatten Arbeitsjacken und Kittel an.

Keiner der Schüler versuchte, gewaltsam auszubrechen und weg zu rennen. Wir waren völlig überrascht, standen irritiert da und warteten, harrten der Dinge, die geschehen würden. Eine blecherne Lautsprecherstimme forderte uns bald auf, ruhig zu bleiben und den gleich ergehenden Weisungen zu folgen.

Diese bestanden darin, von den sogenannten „Einsatzkräften" auf die bereits wartenden „Barkaskleinbusse" verteilt zu werden.

Nach nur kurzer Fahrt hielten die Fahrzeuge von dem Kulturhaus der Stadt. In seinem großen Saal hatten sich alle Lehrer unserer Schule versammelt. Alle im Anzug. Sie warteten schon auf uns. In die Stille hinein schnitt dann die Ansage des stellvertretenden Direktors.

Seine Worte, wie auch die des Direktors, der danach ans Rednerpult trat, rauschten an mir vorbei, ohne deren Inhalt zu verstehen. Zu sehr waren meine Sinne von dem „Überfall" blockiert, als dass ich kühl einschätzen konnte, was eigentlich los war.

Als dann allerdings Wortfetzen vom sattsam bekannten sozialistischen Menschenbild und dem grassierenden Gammlertum an meine Ohren drangen, dämmerte es mir allmählich. Das offen zutage tretende Gammlertum sei mit den gesellschaftlichen Pflichten unvereinbar und spiele den „Feinden des Friedens" in die Hände. Äußerer Ausdruck negativer Einstellungen zum Staat seien die langen Haare, deren es in der Schule zu viele gäbe.

Nun ging mir vollends ein Licht auf. Ich begriff, dass ich selbst mit dieser „Entführungsaktion" nicht gemeint war. Aber ein paar meiner Freunde hatten sich die Haare tatsächlich bis über die Ohren und noch länger wachsen lassen. Julius, einer von ihnen, spielte auf seiner Gitarre in der Schülerband und machte regelmäßig an den Wochenenden in der Stadthalle Tanzmusik.

Fünf Autos, auf denen die Namen von Industriebetrieben der Stadt zu lesen waren, unter ihnen auch ein weithin bekannter Schokoladenhersteller, brachten die Aussortierten zu den drei Friseurläden der Stadt. Diese erwiesen sich auf den Ansturm vorbereitet. Gegen Mittag gab es endlich keine langhaarigen Jungen mehr in der Schule.

Die Aufregung in der Stadt war erst einmal groß. Nach drei Tagen sprach jedoch niemand mehr darüber. Beschwerden wurden nur wenige laut geäußert. Nicht der Sache, nur der Gründlichkeit wegen. Denn langhaarige Schüler, die aus entlegenen Dörfern mit Linienbussen am Schulort eintrafen, sind nicht „erwischt" worden. Diese ließen sich aber nur kurze Zeit später selbst frisieren. Der Satz von der „sozialistischen Kollektiverziehung" machte die Runde.

In den nächsten Tagen ließ der Schuldirektor die „Geschorenen" einzeln zu sich kommen. Er holte sie direkt aus dem Unterricht heraus. Ich war auch darunter, obwohl ich gar nicht betroffen war.

Mitten in der Geschichtsstunde steckte die Sekretärin ihren Kopf zur Klassenzimmertür herein. „Helmut, sofort mitkommen! Der Direktor will Sie sprechen!"

Es gab bisher noch keinen Anlass. Deshalb war ich noch nie im Arbeitszimmer des Direktors gewesen, bin immer nur bis zum Vorzimmer vorgedrungen. Hier wartete ich jetzt einen Moment, bis ich meinen Namen hörte.

Zuerst fiel mir der klobige eckige Vierertisch in der Mitte des Raumes auf. Er bildete symbolisch das „Entscheidungszentrum" des Hauses. Vor dem Fenster reckte ein riesiger Gummibaum seine Blätter dem Licht entgegen. Er stand da in seinem dunklen Grün, wie verloren, seine dicken Blätter trotzig fest haltend, im schmucklosen schwarzen Topf. Daneben ein ebenfalls schwarzer Schreibtisch im Hochglanz. Auf seiner Platte, sorgsam plaziert, die kleine Schreibgarnitur und ein winziger Blumentopf, über dessen Rand die Stachelkugel einer Kaktee lugte. Ihre rosarote Blüte zog für den Bruchteil einer Sekunde meinen Blick auf sich, der aber sogleich über den Schreibtisch hinweg glitt, hinüber auf das übergroße „Ulbrichtporträt" an der Wand.

Stollenberg hinter dem Schreibtisch bot mir mit einladender Geste den Stuhl vor ihm an. Er sah angestrengt aus. Seine hellblauen Augen blickten mich durch die Brille kalt an. Während ich seine Frage hörte, fiel mir das Parteiabzeichen an seinem Jackenrevers auf und ich dachte sofort, hier geht es jetzt um mehr als nur um abgeschnittene Schöpfe.

Was ich denn zu der „Aktion" sagen würde, so die Frage. Ich wich aus und antwortete, dass ich ja gar nicht betroffen gewesen sei. Ja, das stimme, bestätigte Stollenberg. Aber er hätte Kenntnis von meiner Freundschaft mit Julius. Und dieser sei sehr wohl betroffen gewesen. Wie habe denn der seine Rasur „verarbeitet", wollte er nun konkret von mir wissen.

Ohne auf meine verlegene nichtssagende Antwort zu warten, die ich auf der Zunge hatte, setzte er nach. Es sei ihm auch bekannt, welche Wirkung die Musik, die Julius fabriziere, auf die Jugendlichen, auch auf die Schüler dieser Schule, ausübe.

Er fischte mit spitzen Fingern ein Blatt Papier unter dem grünen Scheibtischschoner hervor, legte es vor sich hin und las leicht vornüber gebeugt: „I can`t get no satisfaction", richtete den Blick auffordernd auf mich und ergänzte seine Frage, ob ich das übersetzen könne und was denn damit überhaupt gemeint wäre.

Mehr erstaunt als überrascht nickte ich unwillkürlich, um dann gleich den Kopf zu schütteln. Selbstverständlich kenne ich den Song der „Rolling Stones". Es war das beste Stück des Abends, das jeder kannte, auf das jeder wartete.

Ich sah ihn in Gedankenauf der Bühne stehen, wie er, Julius, in die Saiten griff. Alle waren ergriffen, johlten mit und hörten auf zu tanzen. Den Text nur bruchstückhaft und die deutsche Übersetzung kannte jedoch niemand genau. Woher auch.

Stollenberg beugte sich wieder über das vor ihm liegende Blatt und las weiter: „Cause I try and I try, I can`t get no, when I`m drivin` in my car and the man comes on the radio, he`s telling `me more and more about some useless information supposed to drive my imagination".

Verblüfft und von den englischen Vokabeln mitgerissen, trommelten meine Finger auf der Stuhllehne die bekannte Melodie mit und meinte sogar, ganz zart die gleichen Zuckungen der linken Hand des Direktors auf der Schreibtischplatte zu spüren. Ich lächelte verstohlen in mich hinein.

Den Kopf hebend wandte sich Stollenberg mit versteinerter Miene mir wieder zu. Das sei ein Bekenntnis der Unreife, mehr noch, der Unzufriedenheit und des Aufbegehrens. Auf die amerikanische Jugend treffe dies ganz sicher zu. Weshalb aber gefalle dieses „Klagelied" unseren Schülern ebenfalls, für die in jeder Hinsicht gesorgt werde. Dies solle ich ihm erklären.

Seine Stimme nahm während er holprig die englischen Wörter aussprach, einen aggressiven und zugleich hilflosen Ausdruck an. Englisches schien ihm nicht geläufig.

Seltsam, dachte ich. Wovon fühlt der sich denn bedroht, wenn er mit lächerlichem Ernst einen Schlagertext unter die Lupe nimmt. Ich besann mich rasch und antwortete geistesgegenwärtig, einer spontanen Eingebung folgend, mit lobender Geste, um die Aggressivität meines Gegenüber zu besänftigen. Noch nie habe ich den Wortlaut des Songs so deutlich vernommen, wie gerade von ihm verlesen. Ich müsse mich dafür bei ihm bedanken. Im Übrigen ist es der unverwechselbare

Rhythmus, der mir und den anderen Jugendlichen eben gefalle. Impulsiv ginge dieser unter die Haut. Da spiele die Textbedeutung gar keine Rolle. Nach den Liedern der „Freien Deutschen Jugend" könne doch keiner die Beine bewegen. Und wie Julius über seine neue Frisur denke, weiß ich nichts. Er spräche nicht darüber. Ich stelle mir aber vor, dass er die Haare wieder wachsen lässt. Vielleicht nicht mehr so ungebremst. Wenn junge Leute anders aussehen wollen, sich anders kleiden wollen als die Erwachsenen, sei dies doch völlig normal und kein Grund für Unzufriedenheit.

Zurück im Klassenraum rauschten die Worte des Geschichtslehrers an mir vorüber. Ich war noch benommen von dem gerade stattgefundenen Gespräch.

Der doppelte Stollenberg, fiel mir ein. In meiner Vorstellung standen nun zwei Stollenbergs neben einander. Ich wollte sie in eins fassen, konnte es aber nicht mehr. Wer war dieser Mann wirklich, rätselte ich, total verunsichert. So, wie er sich bei meinem Bittbesuch in dessen gemütlichem und gediegenem Heim noch vor Kurzem erlebte, oder war er der eiskalte, verbissene Schulfunktionär von gerade eben. Einen Moment lang huschte in meiner Vorstellung ein Chamäleon vorüber.

Ab jetzt musst du noch vorsichtiger sein als bisher, nahm ich mir vor. Kein Wort mehr sollte von nun an ganz spontan über die Lippen gehen. Ich werde es trainieren: Jeder Gedanke sollte abgewogen werden. Er musste erst überprüft sein, ob er, wenn einmal ausgesprochen, eventuell als Bumerang zurückkommen könnte. Offiziell am besten nur noch nachplappern, was gewollt und erwartet wurde.

Viele Jahre später, als ich mich an die Ereignisse der Aktion gegen lange Haare erinnerte, begriff ich die Furcht des Schulfunktionärs.

Die „Stones" sangen, dass sie unzufrieden waren mit ihrer Welt, in der sie lebten. Mit dieser Welt konnten sie einfach nicht zufrieden werden. Aus welchen Gründen auch immer.

Dieser „Bazillus" der jugendlichen Rebellion, den die Partei der Betonköpfe gegen sich gerichtet auffasste, dessen Kraft ihr unheimlich vorkam, vollendete tatsächlich sein zerstörerisches Werk an ihr. Zu angemessenem Umgang mit aufbegehrenden Jugendlichen, die eine selbstbestimmte Perspektive suchten, erwiesen sich die Bonzen als nicht fähig. So verloren sie ihre eigene Zukunft.

Mit einer kurzen Ansprache eröffnete Direktor Stollenberg am Montagmorgen der letzten Maiwoche die schriftliche Abschlussprüfung. Er sprach dem versammelten Jahrgang Mut zu. Erfolg sei ihnen gewiss, vorausgesetzt sie haben in den vergangenen Jahren für das Leben in der Gemeinschaft engagiert gelernt. Dann schickte er sie in die Turnhalle.

Dort musste jeder an einem eigenen Tisch Patz nehmen. Ich mittendrin. Zuerst stellte ich die Flasche mit dem selbst gemischten Brombeersaft am vorderen Tischbein ab, legte mehrere Bleistifte, Füllfederhalter sowie einen Kugelschreiber als Reserve zurecht und wartete auf die Aufgaben für das Fach Deutsch.

Es tat sich ein ungewohnter Anblick auf, die anderen Schüler an ihren Tischen angespannt und so ernst sitzen zu sehen. Die Bedeutung der Stunde stand in ihren Gesichtern geschrieben. Fast alle hatten ein blaues Hemd der „Freien Deutschen Jugend" an. Nur wenige waren so wie ich, alltäglich, aber mit einer Spur Festlichkeit, gekleidet. Hosen und Röcke sahen ganz neu aus.

Die Auswahl des Themas empfand ich als einfach. Eines der Themen kreiste um die Romanerzählung Bertold Brechts vom Leben Galileo Galileiis, der seine These vom Mittelpunkt der Sonne unter dem Druck der päpstlichen Inquisition widerrufen hat.

Das dünne Büchlein hatte ich zwar gelesen, konnte aber keinen solchen Zugang zu dieser Handlung finden, um zehn Seiten darüber zu füllen. Auch schien mir die Auslegung unseres Deutschlehrers als unergiebig. Nach seiner Deutung konnte eine wahre wissenschaftliche Erkenntnis, wie sie Galileii verkündete, eigentlich nur in der unsrigen, von Zwängen und Glaubensdogmen befreiten Gesellschaft, möglich sein.

Ein weiteres Thema forderte die auslegende Deutung eines russischen Gedichtes von der Erstürmung des „Winterpalais" in Sankt Petersburg. Auch diese Aufgabe sprach mich nicht an.

Deshalb begann ich ohne weiter zu überlegen, die ersten Gedanken zum dritten Thema auf ein Übungsblatt zu notieren. Zu „Goethes Faust" und seiner Vision über eine gerechte Gesellschaft fiel mir am meisten ein. „Faust" und „Mephisto" waren mir vertraut, denn ich hatte zu meinem achtzehnten Geburtstag von meiner Freundin ein in feines braunes Leinen gebundene Ausgabe von Goethes Hauptwerk geschenkt bekommen. Auch ihr zuliebe habe ich mich dann mehrere Wochen damit intensiv beschäftigt.

Dauernd das Wörterbuch zu Hilfe nehmend, kam mir die Verssprache am Anfang des Lesens unwirklich und gekünstelt, fast schon mystisch verschroben vor. Es dauerte aber nicht lange, da begannen die Hexameterverse, mich in ihren Bann zu ziehen. Es war unmöglich, ihrer intensiven Ausstrahlung zu entgehen. Bald empfand ich die Zeilen wie geschriebene Wortmusik, wie die Laute aus einem anderen Leben in einer anderen Zeit. Ihre Bedeutung erschien mir immer klarer und verständlicher. Zugleich aber ahnte ich die für mich noch unerreichbare tiefe Wahrheit, die in diesem Stück versteckt lag.

Der erste Teil des Stückes war schnell beschrieben. Die Wette zwischen dem „Allmächtigen" und „Mephisto" stand für den Anfang einer Selbstsuche nach eigener Glückseligkeit, Befriedigung, Weisheit des Autors. Hierzu genügten nur wenige Sätze.

Ebenso der Inhalt des „Gretchendramas". Ein tödlich endendes mittelalterliches Beziehungsdesaster, aus dem Faust als Täter und Opfer zugleich hervor ging. Ich verwies darauf, dass unter heutigen Verhältnissen für Gretchen sicherlich der Aufenthalt in einem „Jugendwerkhof" bis zu ihrem achtzehnten Lebensjahr angezeigt gewesen wäre. Dort hätte sie zu einem brauchbaren und wertvollen Mitglied der Gesellschaft erzogen werden können. Ihr Kindlein hätte sie sowieso gar nicht umbringen müssen, denn über in Not geratene junge Mütter halte der Staat seine helfenden Hände.

Als ich dies niederschrieb, schweifte unwillkürlich mein Blick in die Runde. Er blieb bei Elvira hängen. Sie saß zwei Tische rechts neben mir an der Hallenwand. Zwischen ihren auseinander gestellten Beinen ruhte ihr gewölbter Bauch. Er zwang sie zur aufrechten Haltung und ließ sie ein wenig steif erscheinen. Sie spürte wohl meinen Blick auf sich ruhen, sah zu mir herüber. Wir lächelten beide. Alle wussten von ihrer Freundschaft zu einem älteren Mann, der sie manchmal sogar mit einem Auto mittags von der Schule abholte. Erst vor einer knappen Stunde versicherte sie in der Aula nicht ohne Stolz, wie gut sie sich fühle. Schließlich hätten sie beide ja noch mehr als eine Monatsfrist bis zum Voraus berechneten Termin.

Nun so richtig in Fahrt gebracht, schrieb ich mir zum zweiten Faustteil alles von der Seele, was ich über das Werk dachte.

Erfüllt von Sorge um das Gemeinwohl holt Faust noch im hohen Alter ganze Heerscharen von Arbeitern herbei. In sinnvoller, nützlicher Tätigkeit sollen alle daran mitwirken, fruchtbares Land dem Meere, das heißt, der Natur, abzuringen. Dort, auf freiem Grunde, welcher nicht etwa einem Einzelnen, sondern dem ganzen Volk gehört, kann der Mensch wirklich frei und würdig seiner selbst leben. Diese Worte des Deutschlehrers sicherten mir den Erfolg des Aufsatzes. Sie klangen mir noch im Ohr, als er uns noch im Bus auf der Klassenfahrt nach Weimar, kurz vor der Besichtigung des Goetheschen Wohnhauses am Frauenplan, auf die klassische Bedeutung Goethes Lebenswerkes einwies.

Und auch der tolle Witz fiel mir ein, den Eduard, ein Klassenkamerad, auf der Heimfahrt heimlich im Flüsterton von einem zum anderen zum Besten gab, der von dem kürzlich stattgefundenen Besuch Walter Ulbrichts im Goethehaus handelte:

Er, Walter Ulbricht, ließ sich vom Rundgang ermüdet, auf einen der im Flur stehenden bequemen Armlehnstühle nieder und seufzte erleichtert. Entspannt hörte er sogleich die Museumsleiterin an seinem Ohre sagen, dass dies der Stuhl des Herrn Geheimrates sei. Und Ulbricht antwortete: „Wenn der Genosse Gethe kommt, dann steh ich eben auf!"

Dem aufsichtführenden Lehrer musste wohl der heitere Gesichtsausdruck nicht ganz geheuer vorgekommen sein. Denn er schlängelte sich langsam durch die Tischreihen auf mich zu. Als er jedoch sah, wie ich wieder den Kopf über den Schreibblock senkte, lief er wortlos vorüber.

Seltsam, dachte ich, ist es nicht ein wenig verrückt, wenn sich einem bei den ernsthaftesten Verrichtungen manchmal der größte Unsinn in die Gedanken einschleicht.

Angeregt und sogar beschwingt, konzentrierte ich mich jetzt auf den Aufsatz und schrieb ohne Unterbrechung bis zum Schluss. Nach zehn Seiten gliederte ich meine Ausführungen in kurze Abschnitte, schrieb das Ganze ins Reine und gab schließlich nach knapp vier Stunden ab.

Durchgefallen

Die lange Liste am schwarzen Brett verhieß nichts Gutes. Gleich auf den ersten Blick entdeckte ich auch meinen Namen. Es war kein Trost, nur einer der mehr als die Hälfte des eingeschriebenen Studiengangs zu sein, der durch die erste Mathematikklausur gefallen ist.

Verzweifelt strebte ich meinem Zimmer zu, in dem ich vor einem halben Jahr eingewiesen wurde.

Dreimal musste ich damals fragen, weil ich mich immer wieder in den Windungen der mittelalterlichen Gässchen der thüringischen Stadt verlief. Sie erschien mir um ein Vielfaches größer als meine Heimatstadt. Die Straßen zogen sich ungewohnt lang hin.

Als ich dann doch vor dem Häuschen mit der angegebenen Adresse stand, stutzte ich. Ein breites Fenster neben der Tür beherrschte die Vorderseite des Hauses zur Straße. Auf mein Klingeln hin stand bald eine schlanke Frau mittleren Alters vor mir. Als sie den Zettel in meiner Hand mit dem Stempelaufdruck des Instituts sah, den ich ihr reichte, nickte sie zustimmend. Sie musterte mich einen Augenblick von Kopf bis Fuß und trat zurück, damit ich eintreten konnte. Es waren nur drei Schritte bis in den ehemaligen Kurzwarenladen, der für die nächsten vier Jahre mein Studierzimmer sein sollte.

Sie setzte sich auf einen der zwei Stühle, die um den viel zu großen Esstisch in der Mitte des Raumes standen. Am besten, ich hole uns erst einmal eine Limonade, sagte sie, entfernte sich für ein paar Minuten in die Küche nebenan. Das Klappern des Geschirrs ließ mich aufhorchen und die Wände des Zimmers betrachten. Sogleich entdeckte ich die zugestellte Tür, die beide Räume miteinander verband.

Als meine zukünftige Wirtin mit dem Tablett in der Hand zurück kam, hatte ich schon den Koffer und die Tasche auf die Liege an der Wand neben dem ehemaligen Schaufenster abgestellt.

Ob sie mir beim Bettbeziehen behilflich sein dürfe, dann ich sei doch bestimmt erst Siebzehn, plauderte sie, während sie die süße Limonade in die Gläser ausschenkte.

Ich bin Achtzehn, fast Neunzehn, berichtigte ich umgehend. Es sei sehr freundlich, aber ich komme schon allein zurecht. Na gut, erwiderte sie. Die Miete belaufe sich auf zwanzig Mark. Das Saubermachen erledige sie am Samstag Vormittag, wenn ich nicht da wäre. Für die Beschaffung von Kohlebriketts müsse ich selbst sorgen. Hier gleich um die Ecke befände sich die Kohlehandlung. Zur Toilette müsse ich aber über den Hausflur und Waschen kann ich mich in der runden Porzellanschüssel in der Nische neben dem Kleiderschrank.

Abschließend bemerkte sie, sie habe selbst keine Kinder. Ihr Mann sei nämlich schon Rentner. Sie freue sich aber darauf, einen jungen Mann wie mich in ihre Familie aufnehmen zu können.

Na schön, dachte ich, fühlte mich willkommen und verteilte meine Sachen im Zimmer. Dann machte ich eine Liegeprobe und stellte fest, dass meine Beine um ein ganzes Stück über den Rand der Bettliege hinaus ragten. Anschließend steckte ich den riesigen eisernen Haustürschlüssel ein und erkundete das Stadtviertel.

Bald fand ich auf der Suche nach einer Gaststätte auch das Zentrum der Stadt.

Aus dem Fenster der kleinen Kneipe heraus war die Fassade eines domartigen Kirchenbaus zu sehen, der nicht so recht auf den kleinen Vorplatz, umsäumt von eher gedrungenen Häuschen mit schuppenartiger Verkleidung, passen wollte. Sie schienen dem Fremden sagen zu wollen, wie kalt die Wintertage hier wohl sein können.

Nach dem Schnitzelessen für dreimarkzwanzig warf ich einen neugierigen Blick auf die Tafel am Portal der dominanten Kirche und staunte. Hier habe Johann Sebastian Bach angeblich eine Zeit lang auf der Orgel gespielt und ein paar Jahre vor ihm hätte der Bauernführer Thomas Müntzer am Altar für den Sieg seiner Anhänger gebetet. In einer anderen großen Kirche der Stadt übte er sogar eine Zeit lang das Pfarramt aus.

Bevor ich mich wieder nach draußen wandte dachte ich noch, welch eine mutige Person doch dieser Müntzer war. Einer von vielen anderen vor und nach ihm, die die Lebensverhältnisse der kleinen Leute verbessern wollten. Weniger durch Predigen, denn die nützten nicht viel. Er setzte auf Gewalt und erlebte, wie das an sich gerechte Anliegen in Frankenhausen im Blut erstickt wurde. Erst als sich die wirtschaftlichen Grundlagen derartig verschlechterten und die Mächtigen merkten, dass sie ohne dem wohlgesinnten „kleinen Mann" letztlich nicht bestehen konnten, also auf ihn angewiesen waren, traten die ersehnten Verbesserungen ein. Für ihn war es da schon zu spät. Er wurde auf dem Markplatz der Stadt enthauptet.

Ach, in welch glücklicher Zeit leben wir heute dagegen. Und was alles musste seit den Bauernkriegen geschehen, damit fortwährender Frieden herrschen kann!

Ein lähmendes Gefühl der Ohnmacht stieg in mir auf. Von einem derartigen gnadenlosen Scheitern bin ich bisher verschont geblieben. Es war etwas Neues, das Scheitern. Der Schock saß tief. Niemand nahm mich bei der Hand und führte mich aus dem Versagerempfinden heraus.

Mit der Welt und noch mehr mit mir selbst zerrüttet, packte ich meine Sachen und fuhr nach Hause. Unterwegs im Zug verstärkte das pausenlose Grübeln die Missstimmung. Keine Gründe, die meine Fehler hätten erklären können, wollten sich offenbaren. Alles erschien diffus, fast schicksalshaft gegen mich gewandt. Nahe daran, den Eltern das Versagen einzugestehen und das Studium hinzuwerfen, berichtete ich dennoch lieber von einer Befragung älterer Schüler über Menge, Art und Verwendung ihres Taschengeldes.

Durch zwei durchwachte Nächte erschöpft, in denen ich von seltsamen mathematischen Formeln und Gleichungen fieberte, traf ich am Sonntagabend wieder am Studienort ein.

Wie an jedem Morgen wartete ich gesenkten Hauptes und mit leicht hängenden Schultern montags an der Ecke vor dem kleinen Lebensmittelladen auf Rainer. Er gehörte der gleichen Seminargruppe an und wohnte nur ein paar Häuser weiter in einer Seitenstraße.

Wir hatten es uns zur Gewohnheit gemacht, dort auf den Anderen zu warten und gemeinsam den knappen Kilometer zum Institut zu laufen. Nach kurzer Begrüßung brach Rainer bald unser Schweigen. Er wüsste schon, ich habe genauso wie er auch, die Klausur verpatzt. Ob wir nicht unsere Seminarmitschriften untereinander vergleichen und noch einmal durchackern sollten. Was der Eine dabei nicht sähe und deshalb nicht verstünde, würde der Andere vielleicht erkennen. Allein schon das Reden über die Rechenwege könnten helfen, diese zu begreifen. Gleich heute Abend möchte er damit anfangen, wenn ich einverstanden wäre. Wir verabredeten uns auf halb Sieben in Rainers Bude.

Kurz nach Sechs stand ich wirklich bei Rainer vor der Tür. Vorher hatte ich noch vor Ladenschluss eine Tüte mit Kaffeebohnen gekauft. Die Tüte war so groß wie ein Briefkuvert und enthielt genau vierzig Bohnen. Das reichte für vier Tassen zum Einstieg ins Lernen und erhöhte den Pulsschlag. Danach ackerten wir konzentriert das erste Kapitel durch.

So hielten wir es an jedem Montag der folgenden Wochen. Allmählich gewannen wir eine gewisse Sicherheit im Umgang mit den Formeln und deren Anwendungen .Der Mut, es doch schaffen zu können, kehrte langsam zurück. Aber auch der Leichtsinn meldete sich wieder.

Immer öfter leisteten wir es uns, abzuschweifen, verplauderten uns über dies und das. Bald wurde es zur Gewohnheit, schon nach einer reichlichen Stunde mit der Übung Schluss zu machen. Dann strebten wir der kleinen Arbeiterkneipe ein paar hundert Meter um die Ecke zu. Bei einem Glas Bier öffneten wir zunehmend unser Inneres.

Nach kurzer Zeit kannten wir uns so gut wie sonst niemanden in der fremden Stadt. Meistens erst gegen

Mitternacht gingen wir nach Hause, nachdem sich die Tischnachbarn den Rest aus ihren Schnapsgläsern in das noch nicht völlig ausgetrunkene Bier schütteten und riefen: „Der Arsch ist bemoost, prost!"

Als wir beide die Nachklausur bestanden, waren wir die besten Freunde geworden, aufrichtig, einfühlsam und hilfreich. Der Eine sprang für den Anderen ein. Vorlesungen wurden auf Durchschlagpapier mitgeschrieben, wenn einer krank oder betrunken zu Hause lag. Wir nahmen regen Anteil aneinander und bald kannten wir des jeweiligen Anderen bisheriges Leben in allen wesentlichen Einzelheiten. Auch die Freizeit verbrachten wir gemeinsam. Und nach dem ersten Studienjahr beschlossen wir, in den Ferien mit den Motorrädern durch die Tschechoslowakei bis in die „Hohe Tatra" zu fahren.

Prager Frühling

Am frühen Morgen des ersten Augusttages hupte Rainer bei mir vor dem Haus. Schon seit dem Vorabend stand das Motorrad bereit, vollgetankt, mit überprüftem Reifendruck und vollständigem Bordwerkzeug. Nur noch der gepackte Koffer wartete darauf, den Hygienebeutel und das Reiseproviant aufzunehmen und auf dem Gepäckträger festgezurrt zu werden.

Mit der Ermahnung im Ohr, vorsichtig zu fahren, nahmen wir Fahrt auf. Auf der Autobahn nach Dresden war nur wenig los und so überquerten wir schon nach drei Stunden die Grenze.

Der Wegweiser „Prag 100 km" weckte spannende Erwartungen auf Abenteuer in der Hauptstadt des Nachbarlandes. Am frühen Nachmittag waren wir dann tatsächlich bereits dort.

Unzählige Vorstadtstraßen zogen sich hin. Sie ähnelten einander sehr. Kein Zeichen wies ins Zentrum. Und so irrten wir eine ganze Weile kreuz und quer nach Gefühl, der angenommenen Stadtmitte zu, bis Rainer ein Zeichen gab, rechts ran zu fahren.

Am Gartenzaun vor einem Gasthaus stoppte er. Sein ausgestreckter Arm wies auf eine bemalte Tafel. Sie war anscheinend neu, denn die Farben leuchteten noch frisch. Zwei Betten prangten auf ihr, umrandet von einem dicken Oval. Die Gaststätte entpuppte sich als Herberge. Im Garten verteilten sich mehrere hohe, auf Holzböcken gelagerte Bierfässer. Eine kleine Treppe führte in sie hinein. Zwei einfache Liegen links und rechts boten gerade Platz genug zum Schlafen.

Die freundliche Wirtin, sie nannte sich Katinka, wies uns eines dieser Fässer zu und kassierte gleich dreißig Kronen für die kommende Nacht. So, wie wir waren, legten wir uns auf die Liegen und schliefen eine reichliche Stunde. Dann machten wir uns im Waschraum ein wenig frisch und tranken in der Gastwirtschaft bei Katinka einen starken türkischen Kaffee. Anschließend suchten wir die Haltestelle der Straßenbahn. Mit ihr schaukelten wir gemütlich der Innenstadt zu.

Unterwegs stiegen immer mehr Menschen zu, als müssten sie eilends zu einem dringenden Alltagsgeschäft. Heute war aber gar kein Werktag. Es war Sonntag. Als wir endlich am zentralen „Wenzelsplatz" ausstiegen, war die Bahn brechend voll.

Auf dem Platz sahen wir uns von einer ungewöhnlichen großen Menschenmenge umgeben. Eltern mit Kinderwagen, junge Leute und Alte, schlenderten zu beiden Seiten des länglichen Straßenplatzes auf und ab. Am Reiterdenkmal „König Wenzel" vorüber. Wie ließen uns ziellos mit ihnen treiben.

An einem der Kioske aßen wir eine heiße Wurst, fragten auch nach Bier. Mit verschmitztem Gesicht erhielten wir von der gesetzt wirkenden Dame zwei Flaschen aus dem Kioskinnern heraus gereicht.

Ich ergriff sie, drehte das Etikett zu mir und las links unten die aufgedruckte Zahl „Achtzehn". Mit dem Zeigefinger auf diese Alkoholangabe, wandte ich mich mit hochgezogenen Augenbrauen der Verkäuferin zu. Diese lächelte jetzt breit und meinte in gebrochenem aber gut verständlichem Deutsch, dies wäre doch das Richtige für uns: „Ein starkes Bier für starke Männer"!

Ohne zu widersprechen aßen und tranken wir. Unmittelbar darauf geschah dann etwas Seltsames. Beide spürten wir jetzt die sonderbare Stimmung. Sie lag zum Greifen in der Luft um uns. Angenehm und leicht. Die Leute hatten einen auffallend heiteren Ausdruck im Gesicht. Sie bewegten sich ausgesprochen höflich und rücksichtsvoll in der dichten Menge. Kein eiliges Gerempel störte den Strom. Keiner drängelte oder schob den Anderen zur Seite, als ob es gar keine Ellenbogen gäbe. Viele lachten und halfen sich beim Ausweichen auf dem Bürgersteig, ließen dem Gegenüber den Vortritt.

Vor manchen Hauseingängen standen kleine Gruppen zusammen. Sie diskutierten miteinander, schienen aber alle einer Meinung zu sein. Ein Volk redete mit sich selbst. Es hatte sichtbar eine gemeinsame Sprache gefunden. Auf einem Podest aus losen Brettern aufgestapelt, sprach ein junger Mann mit einer dünnen Brille zu den Umstehenden, die aufmerksam zuhörten und mittendrin spontan immer wieder applaudierten.

An anderer Stelle wurde sogar gesungen. Überall verkündigte die Atmosphäre freudigen Aufbruch. So wirkte es auf uns. Tief beeindruckt von dieser selbstverständlichen Übereinkunft der Menschen über etwas, wovon wir noch keinen Begriff hatten. Wir wussten nicht worum es ging. Auch spürten wir so etwas wie ein aufgeregtes Kribbeln im Bauch. Es übertrug sich auf uns.

Nur wenig später erfuhren wir, dass es die frühlingshafte Erwartung auf eine selbstbestimmte Zukunft war, die frei von Bevormundung und Gängelei durch die übermächtige Sowjetunion und deren Vasallen sein sollte.

Rainer knuffte mich in die Seite und hielt mir eine Zigarette entgegen. Nach ein paar Zügen meinte er sinnend mit verklärtem Gesichtsausdruck, wie sehr er sich hier wohl fühle. So viele nette Leute auf der Straße habe er noch nie erlebt. Zuhause unvorstellbar. Er mag sie, diese Tschechen. Es sei eben ein fröhliches Völkchen. Ganz anders als die ernsten und verkniffenen Deutschen. Vor allem sind sie musikalischer als die eigenen Landsleute. Dass die Menschen in Thüringen auf offener Straße ebenso hingebungsvoll singen, könne er sich einfach nicht vorstellen. Er aber möchte am liebsten sogleich mit denen hier einstimmen, wenn er die Lieder nur kennen würde.

Dabei machte er eine Handbewegung in die Luft, wie ein Dirigent. Sofort ließ er sie aber gleich wieder sinken, weil er bemerkte, wie ihm eine junge Frau zulächelte. Sie hatte wohl einige Wortfetzen aufgeschnappt und amüsierte sich jetzt über die begeisterte Geste von Rainer.

„It was very fine", sprach sie Rainer an. "Where do you come from?" Und ohne auf eine Reaktion zu warten, reichte sie Rainer und mir die Hand. Sie hieße „Marja" und gehe mit ihrer Freundin jeden Sonntag zum Wenzelsplatz. Schon vier Wochen lang. Während sie dies sagte, wies sie auf das Mädchen neben ihr. Diese streckte uns nun ebenfalls die Hand zur Begrüßung entgegen. Sie sei die Alexandra.

Das holprige Englisch reichte aus. Schnell kamen wir überein, zusammen etwas trinken zu wollen. Die jungen Frauen liefen voran und Marja ergriff in dem Gewimmel wie selbstverständlich Rainers Hand. Sie zog ihn hinter sich her. Ich folgte ihnen verblüfft mit Alexandra an meiner Seite.

Gleich unterhalb des leicht abschüssigen Wenzelsplatzes verlief sich die dichte Menschenmenge und bald darauf befanden wir uns nur wenige Straßen weiter in einem vollbesetzten geräumigen Bierkeller. Überfüllt, dachte ich sogleich. Die Mädchen jedoch hatten einen besseren Überblick. Alexandra erspähte mittendrin eine Lücke und schlängelte sich mit uns im Troß dorthin. Es reichte gerade zum Hinsetzen. Kaum schauten wir uns noch im Lokal um, da stand auch schon vor jedem ein Literkrug mit schwarzem Bier. „Ufleku", so erklärte Marja, hieße das Lokal. Es wäre wegen des Schwarzbieres weltberühmt.

Wir stießen gemeinsam an und ich nahm, durstig genug, einen großen Schluck. Es schmeckte sehr malzig, auch einen Stich bitter. Ich dachte sofort, dieses Getränk ist eigentlich nicht das Richtige. Wahrscheinlich war es für uns ungewohnt stark, ebenso wie das gerade Getrunkene. Unterdessen warfen wir uns wechselseitig mit gelöster Zunge einige Satzbrocken zu.

Marja und Alexandra arbeiteten in Prag als Kindergärtnerinnen. Auf meine Frage, was denn heute los sei in der Stadt und auf dem Wenzelsplatz, sah mich Alexandra erstaunt an. Ihre dunklen Augen begannen zu funkeln. Ob wir es denn nicht wüssten. Seit einigen Monaten, genau seit Mitte Januar, sei Alexander Dubcek Präsident ihres Landes. Dieser Präsident unterscheide sich deutlich von denen, die sie bisher erlebt hatten. Er weise menschliche Eigenschaften auf, würde das Volk in deren Verlangen verstehen. Er sei kein reiner Funktionär. Von ihm erhoffen sie sich alle, er würde ihr Land mit dem südlichen Nachbarn Österreich verbinden, so wie es in ihrer Geschichte schon einmal gewesen ist. Dann könnten die Menschen ebenso leben wie dort. Diese Vorstellung würde die Menschen auf die Straße tragen, bis zum Wenzelsplatz. Auf diesem sprechen sie sich gegenseitig Mut zu. Sogar kämpfen würden sie notfalls, auch wenn es im Moment nicht danach aussieht.

In den wenigen Wochen, in denen sie den offiziellen „Erziehungsplan" beiseite ließen, ihn einfach nicht mehr beachteten, spürten sie, wie sich ihr Verhältnis zu den Kindern veränderte. Auch die Kinder untereinander spielten ungehemmter miteinander. Sie waren nicht mehr so verkrampft wie sonst. Sie gingen plötzlich einfacher aus sich heraus, hätten viel mehr Spaß am gemeinsamen Beisammensein, lachten impulsiver, als es noch bis vor Kurzem der Fall war. Auch hätten sie überhaupt keine Angst mehr voreinander und davor, etwas nicht zu können, wie zum Beispiel, einen Knoten mit Schleife zu binden. Sie ließen jetzt vielmehr ihre eigenen Ideen aus der Phantasie hervor treten.

Marja pflichtete ihr bei und berichtete darüber, wie erstaunt sie sei, „ihre" Kinder so unterschiedlich zu erleben. Wie die Blümchen einer bunten Wiese kämen sie ihr auf einmal vor. Manche zart und zurückhaltend, andere aufbrausend und schnell, wieder andere gleichgültig, ohne am Spiel interessiert zu sein. Jeder Tag brächte ihr eine neue Sicht auf die Kinder. Sie sehe darin die gute Zukunft ihres Landes, die Hoffnung auf einen unverkrampften Neuanfang, auf eine natürliche menschliche Ordnung.

Kurz vor Mitternacht trennten wir uns mit dem Versprechen, sich wiederzusehen, wenn wir auf der Rückfahrt in einer Woche von der Hohen Tatra durch Prag kommen würden. Dann könnten uns die Beiden die Stadt zeigen, über die Karlsbrücke zur Burg spazieren und vielleicht eine Vorstellung in der „Laterna Magica" besuchen.

Der Weg von Prag in die „Hohe Tatra" erschien uns als zu weit für eine Tagestour. Eine Übernachtung zu finden, wurde unerwartet aber zum drängenden Problem. In den ungezählten kleinen Orten, durch die wir fuhren, gab es kaum Gasthäuser und in den wenigen, an denen wir halt machten, konnten wir nicht nächtigen. Es gab nur noch eine letzte Möglichkeit.

Dreimal schon umkreisten wir im Schritttempo den Bahnhof mit der Aufschrift „Brno", gespannt nach einer kleinen Pension Ausschau haltend. Umsonst. Notgedrungen parkten wir beim vierten Anlauf vor dem einzigen Hotel mit bröckelnder Fassade unsere Motorräder. Es hob sich hell und einladend von den anderen, mit Lokomotivruß eingefärbten Häusern des Bahnhofsvorplatzes ab.

Rainer ging nachfragen. Ich wartete draußen bei den Rädern. Es dauerte nur wenige Augenblicke, bis er wieder zurückkehrte. Schon beim Eintreten in die Hotelhalle erkannte er seine Chancenlosigkeit. Der Portier schüttelte bereits den Kopf, als dieser Rainer auf sich zuschreiten sah. „No vacances", rief er, bevor Rainer den Mund öffnen konnte.

Aber noch war erst Nachmittag. Wir beschlossen nun, der Hauptstraße folgend, vom Bahnhof aus, langsam aus dem Zentrum heraus der Vorstadt entgegen zu fahren. Denn in Prag hatten wir ja dort Glück gehabt und eine Bleibe gefunden. So hofften wir.

Dieses Mal fuhr ich voran. Und nach einigen Fahrminuten fiel mir auf dem Gehweg eine Gruppe junger Leute auf. Sie liefen zielgerichtet in die gleiche Richtung. Manche trugen einen Koffer. Einige hatten auch bunte Stoffbeutel mit sich. Einer hatte sogar einen wulstartigen Seesack am Oberkörper hängen. Eine Riesenwurst, staunte ich, Klamotten für wenigstens vierzehn Tage.

Mein Handzeichen bewog Rainer zum Anhalten. Wir überholten noch rasch die gesamte Fußgängergruppe, fuhren rechts ran und warteten auf die Herannahenden.

„Hallo, ihr habt bestimmt hier schon eine Bleibe gefunden!" Die ersten zwei jungen Männer aus der Gruppe steuerten sogleich auf uns zu. „Na klar, dort in der zweiten Straße rechts muss das Jugendhotel sein, wenn die Erinnerung nicht trügt. Wir sind schon vor drei Jahren dort untergekommen. Fanden es passabel und sind deshalb auch in diesem Jahr wieder angemeldet."

Indessen gesellten sich auch andere Gruppenmitglieder zu uns. Einer fragte, spontan, woher wir denn kämen. Als er hörte, wir seien aus Thüringen, meinte er, wir sollten unbedingt das Jugendhotel anfahren. Er würde sich schon darauf freuen, sich mit uns unterhalten zu können.

Im langsamen Weiterfahren erblickten wir tatsächlich eine große zurück gesetzte ältere Villa, vor deren Einfahrt das Schild „Youth hostel" angebracht war. Unschlüssig, ob wir uns diese Herberge leisten konnten, bogen wir in die einladende Einfahrt ein. Im geräumigen Vorgarten stellten wir die Motorräder ordentlich nebeneinander ab und stiegen die wenigen Stufen zum Portal hoch.

Die Anmeldung im Foyer war besetzt. Ein hagerer junger Tscheche musterte uns kurz und hob sogleich abwehrend die Hände ein wenig in die Höhe. „Alles besetzt", so seine Auskunft in gut verständlichem Deutsch. Er bedauere, setzte er noch hinzu, als er unsere langen Gesichter sah. Wir wären bei ihm leider nicht angemeldet.

Enttäuscht über diese wiederholte Abweisung wendeten wir uns zum Gehen. In diesem Moment trafen die ersten neuen Bekannten aus der Jugendgruppe von unterwegs ein. Sogleich erhob sich der Tscheche, trat vor seinen Schalter und begrüßte die Neuankömmlinge freundlich mit einem Willkommenswort. Er wirkte wie ausgewechselt. Dabei beugte er den Oberkörper leicht nach vorn und wies mit dem ausgestreckten Arm auf die nach oben führende breite Treppe. „Bitte wählen Sie sich Ihr Zimmer nach Wunsch aus. Die Schlüssel stecken an den Türen", erklärte er dem Sprecher der Gruppe, deren Mitglieder sich munter plaudernd an uns vorbei nach oben in den Korridoren verliefen.

Als alle vorüber waren, wandte sich Andreas, der Wortführer, an uns. An unseren Gesichtern erkannte er wohl unsere Lage und sah sich nach dem Portier um. Dieser hatte sich wieder hinter seinen Tresen gesetzt. Nun trat Andreas unvermittelt auf ihn zu.

Es dauerte nur wenige Augenblicke. Dann drehte er sich zu uns um und drückte Rainer einen Schlüssel in die Hand. „Bitte seid unsere Gäste", forderte er uns auf und setzte hinzu, wie sehr er sich freue, uns im Ausland helfen zu können. Die Kosten dafür würde er sowieso

„von der Steuer absetzen". Außerdem sei er schon ganz gespannt darauf, heute Abend, wenn wir Lust dazu verspürten, mit uns ein oder zwei Bierchen zu trinken.

Rainer blickte mich unsicher von der Seite an. Er wirkte sehr unentschlossen, war ganz verdattert, denn es ist ihm nicht entgangen, wie Andreas dem Tschechen einen gefalteten Schein über den Tresen gereicht hatte.

Der ersten Eingebung, dankend abzulehnen und sich lieber weiter auf die Suche nach einem Nachtquartier zu machen, folgte sogleich der vom Zweifel genährte Gedanke, ob wir wohl in dieser fremden Stadt überhaupt noch fündig werden würden.

Warum nicht, stimmten wir uns deshalb durch einen Blickwechsel blitzschnell miteinander ab. Der Mensch ist allzeit verführbar. Wir lassen uns jetzt ganz einfach mal vom „Klassenfeind" helfen, mit einem anderen Wort: „kaufen". Es merkt ja keiner!

Mit dem Versprechen, sich abends im Aufenthaltsraum wieder zu sehen, schnallten wir das Gepäck von den Rädern und stiegen frohgemut in das kleine Dachzimmer hinauf. Der Portier hatte sich inzwischen unsichtbar gemacht.

Die Sachen waren rasch ausgepackt. Dann liefen wir den Weg zurück ins nahe Zentrum der Stadt. Erst jetzt entdeckten wir die stattlichen Häuserfronten, die von einstigem Wohlstand zeugten. Immer wieder unterbrachen kleine Plätze den Lauf der Straßen. Begrünte lauschige Oasen, von Passanten belebt. Die Menschen standen zusammen und unterhielten sich unaufgeregt. Einige hatten es sich auf den Bänken gemütlich gemacht. Viele rauchten Zigaretten, mehr noch zierten allerlei Pfeifen unterschiedlicher Größen die Gesichter der Männer. Mit verschränkten Armen sich auf Kissen abstützend, betrachteten hier und da Neugierige das ruhige Treiben auf der Straße aus ihren offenen Fenstern, als verfolgten sie interessiert die Geschehnisse eines wenig spannenden Heimatfilms.

Die Dogge, die sich mit den Vorderpfoten abstützend, aus dem Erdgeschoßfenster lehnte, tat es den Menschen gleich und ließ statt der Tabakspfeife ihre breite Zunge herab hängen. Gleichmäßig gelassen, aber doch nicht verschlafen, wirkte die Straßenszene auf uns ein, die vom gemäßigten Autoverkehr nur wenig gestört wurde.

In einer der Kneipen, an denen wir vorüber schlenderten, ließen wir es uns schmecken. Die leeren Mägen meldeten sich schon seit geraumer Zeit. Schweinsbraten, Knödel und Sauerkraut. Die Portionen waren riesig. Der „türkisch" aufgegossene Kaffee passte hinterher gut zur Zigarette.

Beim Bezahlen dann fragte der Kellner unauffällig wie nebenbei, ob wir denn genügend „Kronen" besäßen. Er würde uns gern einige Deutsche Mark sehr günstig gegen Kronen eintauschen. Rainer nickte. Er zog aus seiner Brieftasche einen Fünfziger hervor und legte ihn vor sich auf den Tisch.

Darauf wandte sich der Kellner grußlos ab und verschwand mit verächtlichem Grinsen im Gesicht in der Küche.

Ein wenig verdutzt blieben wir noch eine Weile sitzen. Dann machten wir uns auf den Weg zum Hostel.

Die breite Tür zum Clubraum stand weit offen. Als wir an ihr vorbei zur Treppe laufen wollten, winkte uns Andreas zu. Mit einem anderen jungen Mann saß er schon in einem der Sessel, die locker um den einzigen runden Sofatisch herum gruppiert standen. Vor ihm ein Glas Bier.

Das sah gemütlich aus und half, unser Zögern zu überwinden. Wir traten also ein und gingen auf die Beiden zu. Sofort erhoben sich Andreas und Gero, so stellte sich der andere junge Mann vor, und gemeinsam nahmen wir nun an dem länglichen Esstisch Platz. Gleich darauf brachte eine kleine, etwas rundliche Tschechin, zwei Biere, die sie vor Rainer und mich abstellte.

„Ist doch richtig?" Andreas hob sein Glas und wir Vier stießen miteinander an.

„Wie schmeckt euch dann das Gebräu", fragte Andreas und schob sein Glas zur Seite. „Wunderbar", so unsere spontane Antwort. Und Rainer ergänzte das Lob. Dieses hier sei viel kräftiger als unser heimatliches. Das Bier zuhause wäre viel dünner. „Wie vom Pferd", meinte er und erntete damit gleich ein herzliches Gelächter.

An euren Motorrädern haben wir ja gleich erkannt, woher ihr gekommen seid. Aus Ostdeutschland, gab Gero zu. Er sei aus Kaiserslautern, Andreas aus Saarbrücken und die anderen sind auch aus dieser Gegend. Er zählte einige Städte auf, die uns vorkamen, als befänden diese sich in einer anderen Welt. Zum ersten Mal hörten wir von „Landau", „Pirmasens", „Merzig", „Völklingen". Unbekannte Orte in bekannter Sprache. Unendlich fern und doch so nah.

Sie gehörten der Saarbrücker Unigruppe des „Christlichen Vereins junger Männer" an und unternähmen jedes Jahr gemeinsam eine Studienfahrt ins Ausland, so Andreas. Er studiere Politologie und Gero studiere Jura.

Gerade wollte ich auch unsere Studienrichtung erwähnen, als sich ein dritter junger Mann aus der westdeutschen Gruppe zu uns setzte. Ich bin der Ludwig, Studiosus chemikus" und begrüßte uns mit einem kräftigen Handschlag. Ob er denn eine „Cola" haben könne rief er der Bedienung zu, die mit einem vollen Bierglas auf uns zusteuerte. Sie stellte daraufhin das Glas vor einem anderen Gast ab, nickte und brachte gleich eine bunt bedruckte Flasche. „Oh, ein Lizenzprodukt", bemerkte Ludwig, nahm einen Schluck und stellte anerkennend fest: „feiner Coffeeingeschmack, etwas zu süß!"

Dann blickte er n die Runde und sprach mich direkt an. Dieses Zeug gibt es doch bei euch ebenfalls. Er habe vor kurzem einem Gespräch beigewohnt, bei dem ein Leipziger Funktionär der „Freien Deutschen Jugend" mit ihm die Baustelle eines Chemiewerkes besichtigte. Dort befragte er einen jüngeren Vorarbeiter: „Genosse, was hältst du denn von Angola?" Sagte dieser prompt darauf: „An Gola könntsch misch dodsaufen!"

Blitzschnell die Doppelbödigkeit dieser Anekdote erfassend, denn mir war bekannt, wie sehr sich unsere Regierung um politischen Einfluss in den afrikanischen Ländern bemühte, überwand ich das mulmige Gefühl im Magen und stimmte dankbar in das schallende Gelächter mit ein, welches sich sofort am Tisch erhob. Damit verflog die anfängliche Beklemmung schnell, mit der ich mich auf diese Situation eingelassen hatte.

Um von dem für uns als zu heikel erscheinenden Grundton des Geplauders abzulenken, zählte ich jetzt einige Einzelheiten unseres Studiums auf:

Am Montagmorgen zuerst zwei Stunden Psychologievorlesung. Anschließend bis zur Mittagspause zwei Stunden Physikalisches Seminar in einer Zweigstelle des Instituts in der Altstadt. Am Nachmittag zwei Stunden naturwissenschaftliche und technische Übungen, danach jeweils eine Seminarstunde zur klassischen Mechanik und zu schulischen Medien. Gemeint sind damit die Tafeln, Filmgeräte, Diaprojektoren, Episkope, Modelle, Originale, Baukästen, eben alles, was beim Unterrichten helfen kann. Mit zwei Stunden Sport am Abend ist dies ein Tagesprogramm für das zweite Studienjahr.

Der Dienstag ist ähnlich vollgepackt. Der beginnt mit einer Philosophievorlesung und endet am späten Nachmittag mit einer praktischen Übung zum „Sprechenlernen, setzte Rainer hinzu. Und immer mit Anwesenheitskontrolle. Keiner konnte einfach mal ausbüchsen.

Und wenn doch, fragte Gero dazwischen. Dann wurde nachgefragt, nach Ursachen und Gründen gesucht, ermahnt, ermuntert und auch gedroht. Gero zog die Nase kraus. „Gedroht", wiederholte er. Ja, gedroht, bestätigte ich. Immer dann, wenn es sich andeutete, jemand könne das Studium nicht bewältigen, dann dürfe er sich in die „Reihen des werktätigen Volkes" wiedereingliedern. Denn die Werktätigen bezahlten schließlich alles. „Zurück zur Werkbank", hieß es in einem solchen Fall, einem Schlachtrufe gleich.

Also war es besser, ab und zu halb krank oder halbnüchtern in der Bankreihe zu sitzen, als ganz zu fehlen. Das hätten sehr schnell alle kapiert.

Gero räusperte sich. Das müsste er dem Aribert von der „ASTA" berichten. Der würde dann wahrscheinlich aus allen Wolken fallen. So falsch läge der nämlich in seiner Annahme, Studieren im Osten sei völlig zwanglos, kostenlos, bei freier Wahl der Lehrveranstaltungen. Und vor allem seien alle Studierenden hochmotiviert. Dabei hört sich demgegenüber dieser Bericht an wie ein gewaltiges, in einem Korsett eingeschnürtes Programm an, welches ständig überwacht wird.

Ludwig warf begleitet von einer lässigen Handbewegung ebenfalls dazu ein, er habe bisher dem Lehrerstudium einen derartigen Umfang gar nicht zugetraut. Und dem in Ostdeutschland sowieso nicht, sprach er leise aber dennoch vernehmbar noch vor sich hin.

Sofort quittierte er einen missbilligenden Blick von Andreas. Der hob sofort die Arme in die Luft und bestellte eine neue Runde Bier. Zu uns gewandt: „Ihr müsst bitte entschuldigen. Das war nicht so gemeint. Die Chemiker bilden sich oft ein, sie wären etwas ganz Besonderes. Davon ist unser Ludwig auch nicht ganz frei. Er habe in den Semesterferien schon viermal bei den „Badischen Anillin und Sodawerken" in Ludwigshafen am Rhein, eines der hässlichsten Orte im „Ländle", gearbeitet, um sein Studium finanziell abzusichern. Dabei ist wahrscheinlich ein wenig von der Bedeutung dieses Weltkonzerns auf ihn „übergeschwappt". Gero setzte mit vom zweiten Bier gelockerten Zungenschlag hinzu: „Übergeschnappt", heißt es wohl richtiger. Eigentlich ist Ludwig eher ein bedauernswerter armer Kerl, der von zuhause keine Zuwendung erhält und deshalb schon im neunten Semester sei, ohne recht voran zu kommen.

Nachdem das verhaltene Gelächter über dieses kleine Wortspiel verklungen war, setzte Andreas erneut an. Er müsse, solange er noch einigermaßen nüchtern denken könne, eine Frage an uns zur Philosophie stellen. Für ihn bilde die Philosophie die theoretische Grundlage der zivilen Gesellschaft und er beschäftige sich in seinem Studium sehr viel damit. Es sei für ihn sehr spannend zu hören, worum es bei der ostdeutschen Philosophie für angehende Lehrer eigentlich ginge. Uns hierzu zu hören, betrachte er als unverhofften Glücksfall.

Rainer schaute mich kurz an. Dann blickte er zur Seite und ich nahm einen großen Schluck aus dem Glas. Wenn ich etwas Falsches sage, dann musst du mich gleich berichtigen, sprach ich in Richtung zu Rainer gewandt und hub an.

Den Bruchteil einer Sekunde überlegte ich allerdings noch, ob dies jetzt vielleicht eine Fangfrage sein könnte. Auch im Ausland sind Zuträger für den heimatlichen Geheimdienst tätig. Das war hinlänglich bekannt. Aber sofort verwarf ich diesen Gedanken, weil sich das Zusammentreffen mit den westdeutschen Studenten als reiner Zufall ergab. Es hatte nichts Inszeniertes an sich.

Um marxistische Philosophie handele es sich, um Lenin und auch darum, wie sich Marx, Engels und Lenin eine fortschrittliche Gesellschaft vorstellten, in der es keinerlei Ausbeutung gibt. Ich blickte geradezu in den Clubraum und sagte den auswendig gelernten Spruch auf: „Der Kommunismus beginnt dort, wo einfache Arbeiter in selbstloser Weise, harte Arbeit bewältigend, sich Sorgen machen um die Erhöhung der Arbeitsproduktivität, um das Wohl der ganzen Gesellschaft " und so weiter.

Dies gelänge nur, wenn schon die Schulkinder, noch besser auch die Kindergartenkinder, in solchem Geiste straff erzogen und gebildet werden, schaltete sich jetzt auch Rainer ein. Deshalb erfüllten wir als zukünftige Lehrer eine sehr wichtige Funktion. Wir seien unkündbar, mit garantiertem Arbeitsplatz und hohem Ansehen. Gewissermaßen eine Elite der Gesellschaft.

„Nun, so gut haben es die westdeutschen Lehrer meines Wissens nicht", entgegnete Andreas, was das „Ansehen" angeht. Leider sei in ihrer Gruppe kein Lehramtsstudent dabei, der aus seiner Erfahrung berichten könne. Aber in der Regel sind auch bei ihnen die Lehrer dem Grundgesetz gegenüber verpflichtete Beamte, ebenfalls unkündbar. Sie hingen jedoch nicht ernsthaft derartigen sozialromantischen Vorstellungen an, wie es aus dem gerade gehörten Spruch hervorginge. In einigen Debattierclubs hört man schon ab und zu ähnliche Gedanken über eine ideale Welt. Ganz gut und schön. In den wirklichen Alltag scheinen diese Wunschphantasien jedoch nicht hinein, spielen dort keine Rolle.

Utopische Traumbilder müssen wohl dem Vordenker und Staatsgründer der Sowjetunion vorgeschwebt haben, vielleicht auch von den marxschen Ideen entlehnt. Alles deute darauf hin, wie sehr sich der Marx mit seinen jüdischen Wurzeln nach den christlichen Geboten und Wertevorstellungen gesehnt hat. Er war bestimmt davon höchst fasziniert. Leider sind dies nur romantische Traumbilder, die falsch verstanden, im Konkreten zu Verwerfungen, ja sogar zu Katastrophen führen.

Unmöglich könne ein Mensch, der völlig von sich absieht und das Wohl Fernstehender über das eigene Wohl stellt, auf Dauer überleben. Das ist schon im Begriff „selbstlos" enthalten. Er wäre dann ein Mensch ohne

„Selbst", also gar kein Mensch, sondern nur ein partikuliertes allgemeines Wesen, einer Maschine ähnlich. Im besten Falle gezählt und numeriert.

Bestimmt habt ihr in diesem Zusammenhang von dem französischen Grafen Saint Simon gelesen. Der bildete sich schon lange vor Lenin ein, eine homogene Menge von Menschen heranziehen zu wollen. Deren Lebensraum und persönliches Glück würden diese in ihren Fabriken, Bürogebäuden und landwirtschaftlichen Anlagen finden. Dort könne Arbeit und Leben übergangslos zusammen fließen, mit allen was dazu gehört. Anstrengung, Spaß, Liebe, Leid, Kranksein, Gesundung, einfach das volle Spektrum menschlichen Erlebens. Auch das erwies sich als utopische Illusion.

Der Mensch ist eben ein Wesen mit unverwechselbarer Individualität, welches sich jeder kollektiven Verwaltung auf Dauer entzieht. Deshalb wird auch das staatliche Modell der ostdeutschen Wirtschaft irgendwann scheitern. Ihr könnt euch das bloß jetzt noch nicht vorstellen, schloss Andreas seinen Kommentar ab. Ihr seid nette Kerle und werdet bestimmt eure Sache als Lehrer gut machen. Darüber hinaus wird es euch als Ganzes jedoch nicht gelingen, auf einen „grünen Lebenszweig" zu kommen, ergänzte er noch.

Damit ergriff Andreas sein Glas, holte tief Luft und trank es in einem Zug leer. Verblüfft taten wir es ihm gleich. Wir waren total überrascht und wie vor den Kopf gestoßen, einer Erwiderung nicht fähig.

Froh darüber, dass Gero die nun geleerten Gläser einsammelte und diese mit der Bemerkung vor dem bereits geschlossenen Ausschank abstellte, ein letztes Glas wäre zwar noch drin gewesen, obwohl es schon ziemlich spät sei. Aber morgen sähe man sich ja wieder.

Mit einem versöhnlichen Handschlag und den besten Grüßen für die Nacht, verabschiedeten sich die Jungs aus dem Westen von uns.

Das gleichmäßige Knattern der Motorräder und die vorüber ziehenden Landschaftsbilder ließen und die Gespräche des letzten Abends rasch vergessen. Nach einigen Stunden ruhiger Fahrt tauchten die ersten Berge der „Hohen Tatra" am Horizont auf. Bald stellten wir die Räder vor der kleinen Hütte einer gastfreundlichen älteren Frau in einem der Bergdörfer ab. Sie bot uns ein kleines freies Dachzimmer in ihrem einfachen Häuschen an. Eine Woche wollten wir bleiben.

„Meeraugen" hießen die schönen kalten Seen, eingebettet in ungewöhnlich steile Bergmassive, bewachsen von dichten Tannen. Die ersten Wanderversuche scheiterten. Nach zwei Tagen schlossen wir uns dann einer tschechischen Gruppe an, auf die wir zufällig unterwegs stießen, als wir irritiert und unschlüssig an einer Wegegabelung im Wald vor den fremdländischen Wegweisern standen. Wir fragten einfach, ob wir mitgehen dürfen. Freundlich, fast herzlich, nahmen sie uns bei sich auf. Sie waren im gleichen Ort in einem Gewerkschaftsheim zur Erholung untergebracht, an dem wir auf dem Weg zu unserem Quartier schon mehrere Male vorbei gefahren sind.

An den beiden „Baudenabenden" mit ihnen, zu denen wir gleich eingeladen wurden, aßen und tranken wir gemeinsam und unterhielten uns gemächlich, so gut wir es in unserem gebrochenem Englisch zuwege brachten.

Die Rückfahrt zog sich hin. Zeit genug, abends in der Herberge, die Erlebnisse in Bruchstücken nochmals im inneren Auge Review passieren zu lassen. Auch die Begegnung mit den westdeutschen Studenten erhielt eine nachbetrachtende Bewertung. Die Worte und Meinungen, die wir von Andreas und Gero vernahmen, begannen in unseren Köpfen zu kreisen. Eigentlich wähnten wir uns den Westdeutschen gegenüber in Bezug auf philosophisches Grundwissen überlegen. Wir waren aber komplett erstaunt und regelrecht betroffen, als wir hörten, wie sicher diese ihre Auffassung sprachmächtig begründen konnten. Nichts davon ließ sich direkt widerlegen und wir fragten uns, ob wir wirklich gute Lehrkräfte haben, die uns beibringen können, kritisch zu reflektieren und nach allen Seiten hin zu denken, wie es die dialektische Philosophie eigentlich fordert.

Die Welt in Bildern

Im selben Augenblick, in dem die Seminarleiterin Frau Dr. Gruse, den Abschnitt zur Schule im neunzehnten Jahrhundert abschloss, meldete ich mich zu Wort. Sonst eher zurückhaltend, wollte auch ich einmal einen Redebeitrag einbringen, weil ich fürchtete, als zu passiv zu erscheinen.

Ich müsse mich entschuldigen, sagte ich und reckte mich auf meinem Stuhl, soweit es ging, in die Höhe. Aber aus einem gegebenen Anlass heraus, möchte ich von der Betrachtung des neunzehnten Jahrhunderts aus den Blick zurück, auf das siebzehnte Jahrhundert schweifen lassen.

Auf der Rückfahrt vor drei Wochen aus der Hohen Tatra habe ich in Prag Station gemacht und beim Stöbern in dem riesigen Antiquariat unterhalb der Prager Burg, einen Band von „Jan Komensky" entdeckt. Für nur ein paar Kronen wurde er mein Eigentum. Übrigens, mein Freund und Komilitone Rainer, war auch dabei.

Das Buch in den Händen haltend, habe ich mich an das Seminar im vergangenen Jahr zu den Quellen der systematischen Didaktik erinnert, in dem von Komensky die Rede gewesen ist. Heute habe ich es mitgebracht, offenbarte ich und hielt das farbige Buch von beträchtlichem Format mit beiden Händen in die Höhe. Deutlich oben ganz groß stand der lateinische Titel zu lesen: „Orbis Sensualium pictus". Unter ihm, kleiner geschrieben: „Johann Amos Comenius".

Neugierig richteten sich nun alle Augen auf das schöne Buchexemplar.

Gerade setzte die Seminarleiterin an, da räusperte sich die stille und reservierte Bettina. „Sogar im finsteren Mittelalter marschierten offenbar die Tschechen den anderen Völkern Europas bei der Erziehung ihrer Kinder voraus. Denn die „Welt in Bildern", so die Übersetzung des lateinischen Titels, würde auch heute noch zur Erklärung der Natur und der Lebewesen, einschließlich des Menschen, illustre Beispiele liefern", sprach sie und schaute über sich selbst erschrocken und ein wenig verschmitzt, mit hochgezogenen Augenbrauen, in die Runde. „Anschaulich, direkt und vor allem ehrlich soll sich die Welt selbst erklären", ergänzte sie leise. Ein Hauch von Beschwörung lag in ihrem Tonfall.

Frau Dr. Guse zwängte sich jetzt durch die Reihen. Sie erbat sich das Buch, nahm es in die Hand und wiegte es, als wolle sie dessen Schwergewichtigkeit prüfen. „Gratuliere", sprach sie. Ob sie den Band für ein paar Tage mitnehmen dürfe. Ich nickte mit einer freudigen Geste. Dann lief sie rasch wieder zu ihrem Tisch zurück und warf einen schnellen Blick auf die dort abgelegte Armbanduhr, als müsse sie den Rest der Stunde überdenken und neu planen. Uns wieder zugewandt, kündigte sie mit ungewohnt ernsthafter Stimmlage an, gleich noch über die tschechoslowakische Republik reden zu müssen. Auch aus gegebenem Anlass heraus.

Kaum ausgesprochen, öffnete sich die Tür zum Seminarraum. Herein traten jetzt unser Betreuer, Klaus Langheinrich, eine Art Klassenlehrer, der für persönliche Belange von uns Studierende zuständig war. Hinter ihm der Dozent für die Geschichte der deutschen Arbeiterbewegung, Dr. Strübel und als letzter der erst vor Kurzem zum Professor ernannte stellvertretende Direktor des Instituts, Dr. Wegener. Sie nahmen alle an dem Tisch Platz, der schon vor Seminarbeginn vorne aufgestellt worden war.

Im Raum wurde es schlagartig muksmäuschenstill. Alle Augen richteten sich nach vorn. Scheinbar niemand wusste, was dieser ungewöhnliche Besuch in der letzten Viertelstunde des Seminars bedeuten sollte. Ratlose und verzagte Blicke wanderten umher.

Endlich ergriff Langheinrich das Wort. Er sprach leise und ungewohnt verhalten. Er setze voraus, jedem der hier Anwesenden ist bekannt, welche fürsorglichen Maßnahmen die Streitkräfte des „Warschauer Militärbündnisses" vor einer Woche ergreifen mussten, um im tschechoslowakischen „Bruderland" Recht und Ordnung wieder herzustellen.

Aha, daher weht der Wind, dachte ich und stieß Rainer unauffällig an, der neben mir saß und nervös an seinem Schreibblock nestelte.

Gleich darauf setzte nun Strübel an. Er führte ausholend aus, wie es konterrevolutionäre Kräfte immer wieder schafften, den unabwendbaren Gang des Fortschritts zu verlangsamen, ja, regelrecht zu torpedieren. Unterstützt vom kapitalistischen Ausland, dem die hervorragende Einbettung des Nachbarlandes in den östlichen Staatenbund ein Dorn im Auge ist, hätten einige Abtrünnige der politischen Führung schon seit einiger Zeit versucht, die Führung der Tschechoslowakei vom richtigen Wege abzulenken. Jedoch seien diese Entwicklungen seit Anfang an mit wachsamen Augen und mit Sorg von den anderen Bruderländern beobachtet worden. Schließlich sei in Abstimmung mit allen Vertragsstaaten in Moskau der Entschluss gereift, dem historisch nach rückwärts gerichteten Treiben ein jähes Ende zu bereiten.

Weil die reaktionäre Verseuchung schon mehrere Bevölkerungsschichten erfasst hätte, sei es nötig gewesen, mit eisernem Besen zu kehren. Einige Panzer mussten notgedrungen vereinzelt Barrikaden und Straßensperren in Prag beseitigen. Blut sei dabei nur wenig geflossen, denn das tschechoslowakische Volk habe sich sehr schnell besonnen. Es sei nun auf den rechten Weg zurückgekehrt.

Die Initiatoren für einen beabsichtigten eigenen tschechischen Weg seinen in Gewahrsam genommen worden. Damit schloss er seine Ansprache und nickte Langheinrich auffordernd zu.

Dieser hüstelte verlegen. Dann erklärte er mit bleichem Gesicht und belegter Stimme, dass diese gerade geschilderten Ereignisse leider auch eine ganz direkte Auswirkung auf die hier Anwesenden hätte.

In diesem Augenblick wurde es noch stiller im Seminarraum. Eine Stecknadel hätte man zu Boden fallen hören. Alle hielten den Atem an. Was würde jetzt geschehen, fragte sich insgeheim jeder, der nicht eingeweiht war.

Ein Student aus dieser Gruppe, so Langheinrich, habe im Zugabteil der Bahn auf der Fahrt nach hierher, an das nass beschlagene Fenster mit seinen Fingern „Viva Dubcek" aufgemalt. Es sei Manfred Stürkamm gewesen.

Diese Schmiererei sei der Hochschulleitung gemeldet worden. Von wem, werde nicht gesagt. Er verbitte sich jede Nachfrage. Nun richtete er sich auf. Sein Kopf drehte sich der Fensterfront zu, so als suche er in der Ferne Halt. Dann richtete er den Blick starr geradeaus über die Köpfe der Studenten hinweg. Heftete ihn an die Wand gegenüber.

Nur das Schnippen der Kugelschreiberfeder war zu vernehmen, die Richard aus Versehen mit den Fingern zusammen gedrückt hielt und plötzlich fahren ließ. Als fiele ihm gerade jetzt etwas ein, meldete er sich und erklärte mit gepresster Stimme, er habe den benannten Schriftzug, den er nicht wiederholen möchte, ebenfalls gesehen und mit Manfred darüber gesprochen. Er, Manfred, möge schnell die fast schon von selbst verlaufenden zwei Wörter vollends wegwischen. Sie könnten missverstanden werden, so sein Hinweis.

Nein, habe er aber zur Antwort bekommen. Manfred stehe zu seiner Meinung und finde es gut, wie das tschechische Volk um seine Selbstbestimmung ringt.

Richard ergänzte noch eilig, dass er ihn nicht gemeldet habe, weil der Schriftzug von selbst langsam ins Unleserliche verschwommen ist. Der Meinung von Manfred stimme er jedoch ausdrücklich nicht zu.

Hier warf jetzt Frau Dr. Guse ein, die sich offenbar auch zu diesem Fall äußern musste und nun eine passende Gelegenheit dazu sah. Sie habe eben, gerade nur eine Viertelstunde her, in einem Seminargespräch von einem Studenten erfahren, er sei in dieser gefahrvollen Zeit in der Tschechoslowakei in Urlaub gewesen. Er habe von dort sogar eines der bemerkenswertesten pädagogischen Werke des späten Mittelalters aufgestöbert und mitgebracht. Sie zeigte auf das vor ihr liegende Buch.

Kaum war das Wort „Urlaub" ausgesprochen, spürten alle seine neutralisierende Wirkung. Die unheimliche Spannung im Raum lockerte sich ein wenig. Manche schluckten hörbar, räusperten sich, andere atmeten sichtbar auf.

Die Gruse rief mich jetzt auf und fragte, ob ich denn etwas zur Situation im Nachbarlande berichten könne, da ich so direkt vor Ort zu jener Zeit gewesen bin. Und Langheinrich schob sofort die Frage nach, welche Beobachtungen dort gemacht wurden, denn ein solcher Umsturz kündige sich in der Regel überall an. Er versuchte, ein „Gespräch" in Gang zu setzen.

Natürlich war ich auf diesen „Angriff" nicht vorbereitet. Erst betrachtete ich meinen Schreibblock unter mir, dann sah ich den Seminarbetreuer hilflos an.

Geistesgegenwärtig meldete sich aber nun Rainer zu Wort, der schon unruhig den dicken Nachschlageband über die historischen Sprünge staatlicher Bildung und Erziehung in seiner Aktentasche versenkte und wieder herausholte, um einige Seiten darin zu blättern. Nun legte er das Lineal, welches ihm zur Seitenfixierung diente, geräuschvoll auf die Tischplatte.

Ja, er sei ebenfalls mitgewesen auf der Tour, ließ er sich aus. Sie hätten aber beide nichts Außergewöhnliches auf der Fahrt in die Ferien bemerkt, log er.

Ach doch, ergänzte er mit fester Stimme, als fiele ihm das Wichtigste noch rechtzeitig ein. Alle blickten ihn jetzt wie gebannt an:

Im Tatragebirge hätten sie einen ausgewachsenen Grauwolf auf halber Höhe zur „Lomnitzer Spitze", zweitausend Meter hoch, gesichtet. Der habe sich vor ihnen hinter einen Baum geduckt. Gemächlich sei er aber dann davon getrollt.

Mit gesenkter Stimme, fast flüsternd, gestand Rainer nun, dass der Schreck über diese Begegnung ihm und wohl auch meinem Kameraden noch heute in den Knochen stecke. Er wies mit dem Zeigefinger auf mich. Eine durchaus lebensgefährliche Situation war das für uns. Zum Glück war das Tier offensichtlich nicht hungrig. Wäre es dies aber gewesen, dann säßen wir vielleicht heute gar nicht hier.

In den Gesichtern der Studenten zeichnete sich eine kaum wahrnehmbare Heiterkeit ab. Ludwig, Egon und Helga, die neben Rainer und mir saßen und bislang wie teilnahmslos vor sich hin starrten, begannen nun unverholen zu Grinsen. Helga hielt sich gleich die Hand vor den Mund, um nicht mit ihrer Heiterkeit aufzufallen.

Offenbar ist dieser Stimmungswandel nicht unbemerkt geblieben. Wegener, der mit strenger Miene die Szene beobachtete, schob jetzt seinen Unterkiefer nach vorn, machte eine abrupte Handbewegung waagerecht in die Luft und schnitt Rainer das Wort ab. In eisigem Tonfall brach es ungeduldig aus ihm heraus, er wolle hier nicht über Karpatenwölfe reden.

Übergangslos verkündete Wegener jetzt, der Student Stürkamm sei bereits von der Hochschule verwiesen worden, weil ein zukünftiger Lehrer mit reaktionärer Gesinnung den Auftrag der Arbeiterklasse zur Erziehung unserer Schuljugend nicht erfüllen wird.

Keiner der Studentengruppe hat Manfred Stürkamm jemals wiedergesehen.

Als die Stasiunterlagen jahrzehnte später freigegeben wurden, stieß Helga bei der Vorbereitung eines Treffens der „Ehemaligen" auf eine knappe Notiz der Behörde: „Manfred Stürkamm, geb. am 27.05.1948 in Magdeburg, wurde am 09.01.1973 bei dem Versuch, die Staatsgrenze unerlaubt zu übertreten, tödlich verletzt. Sechzehn Treffer. Die Leiche ist rückstandlos entsorgt worden. Kulizke, Major.

Langsam senkte sich der Schleier des Vergessens über den Hinauswurf. In keinem Gespräch wurde Manfred mehr erwähnt. Seine Person verblasste nach und nach in der Erinnerung. Völlig ausgelöscht wurde sie jedoch nicht. Mit ihr verband sich eine dauerhafte Warnung, die zur festen Lebenserfahrung im Gedächtnis eines Jeden gerann, die zukünftiges Denken und Handeln mitbestimmte.

Das Abschlussexamen rückte unausweichlich in Sichtweite und die bevorstehenden Prüfungsgespräche beherrschten das letzte Studienjahr. Zusätzlich musste eine Diplomarbeit verfasst werden.

Am Tage der Zeugnisübergabe wollte ich nicht allein sein. Ich lud Gesine, meine Mutter ein, wenigstens einmal zu schauen, wie und vor allem wo ihr jüngerer Sohn die vergangenen vier Jahre zugebracht hatte. Der letzte Tag in der etwas abgelegenen thüringischen Stadt war auch die letzte Gelegenheit für eine Stippvisite von ihr.

Nicht ohne Stolz nahm sie meine Einladung an. Insgeheim wünschte sie sich mit anzusehen, wie ihr Sohn zum „Lehrer" ernannt wurde. Sie verbuchte meinen erfolgreichen Abschluss natürlich auch für sich selbst.

Selbstverständlich verstand sie unter einem Lehrer einen Menschen, der Anderen als Vorbild gilt.

Wir konnten beide nicht ahnen, welch eine Überraschung uns an diesem letzten Tag des Studiums noch bevor stand:

Kaum waren die letzten würdevollen Worte des Rektors verklungen, zerstreute sich allmählich die Schar der Absolventen mit roten Mappen unter dem Arm in alle Richtungen. Für den Nachmittag hatte aber der Prorektor all Jene zu einer Kaffeetafel eingeladen, mit denen er sich persönlich verbunden fühlte, mit denen er in seinen Seminaren aneinander geriet und mit denen er um Standpunkte gerungen hat. Er vertrat die Allgemeine Pädagogik in Theorie und Praxis.

Die Plätze an der Tafel im „Schwanenseehotel" waren fast vollständig belegt, als der Prorektor pünktlich um drei Uhr erschien. Er begrüßte uns und die Angehörigen auf die herzlichste Weise. Er wirkte völlig gelöst und war salopp gekleidet. Nicht wie gewohnt im dunklen Anzug, sondern heute mit heller sportlicher Hose und einen weißem Hemd.

Er hielt sogleich eine heitere Rede, gab Anekdoten zum Besten. Er bedankte sich bei den Absolventen für ihre Disziplin und Ausdauer während der langen vergangenen Jahre. Froh, zufrieden und erleichtert sei er, fast allen zu einem gelungenen Abschluss gratulieren zu können, so seine Worte. Auch er fühle sich in seinen Bemühungen bestätigt. Einige, ja die meisten, habe er persönlich kennen gelernt und freue sich nun zum Schluss, sogar einigen Eltern die Hand reichen zu dürfen. Gewiss stehe ihnen ebenfalls eine Anerkennung zu, weil sie ganz bestimmt im „Hintergrund" ermutigend und hilfreich beim Studieren der Kinder mitgewirkt haben.

Während des Beisammensitzens ging dann Birkenwälder, so sein Name, wirklich von einem zum anderen, schüttelte Hände, wünschte alles Gute.

Auch Gesine reichte er schließlich die Hand. Dabei rutschte sein weißes Hemd zwei Finger breit zurück. Gesine erblickte eine blasse Tätowierung am Unterarm. Sie erschrak. Sofort wusste sie, dieses Bildchen kannte sie. Es war ihr unauslöschlich im Gedächtnis eingebrannt. Im nächsten Augenblick fiel es ihr ein, wann und unter welchen Umständen sie diese Tätowierung zum ersten Mal gesehen hatte und blickte den Prorektor entsetzt in die Augen.

Plötzlich sah sie den blonden SS-Offizier vor sich, der ihr vor fünfundzwanzig Jahren auf ihrer Flucht aus Breslau geholfen hatte. Für einen Augenblicksmoment fühlte sie sich wieder den damaligen dramatischen Umständen hilflos ausgeliefert. Doch sofort griff sie nach ihrer Kaffeetasse, wollte sie an den Mund führen und fühlte zugleich, wie in ihr ein lähmendes Schwindelgefühl aufstieg. Es dauerte eine Ewigkeit, bis es ihr gelang, die Starre zu überwinden, die von ihr Besitz ergriffen hatte. Mit tonloser Stimme wandte sie sich jetzt an mich und gab mir zu verstehen, sie müsse die Toilette aufsuchen.

Birkenwälder war die spontane Veränderung Gesines nicht entgangen. Er zuckte kaum sichtbar zusammen, hatte sofort Gesines Hand los gelassen und sich dem nächsten Absolventen zugewandt. Eilig schritt er nun bis zum Ende der Tischreihe voran. Dort angelangt, nickte er Allen wie zum Abschied noch einmal zu und verließ

das Lokal. Die Rechnung hatte er vorher pauschal be-
glichen.

Erst am Abend im Hotel berichtete mir Gesine von
ihrer Wahrnehmung. Ich konnte ihr zunächst gar nicht
glauben und gab zu Bedenken, wie leicht sich Bilder
im Laufe der Zeit im Gedächtnis verändern können.
Sie blieb jedoch bei ihrer Meinung, erkannte jedoch an,
dass sich ein fehlgeleiteter Übeltäter durchaus zu einem
verdienstvollen Menschen entwickeln könne, wenn er
die Chance dazu erhält. Und mit aller Sicherheit wollte
sie nicht bestätigen, sich vielleicht doch in ihrer Wahrnehmung getäuscht zu haben.

Mit dem gegenseitigen Versprechen, sich nicht aus den
Augen zu lassen, verabschiedeten wir uns am Bahnhof
voneinander. Fast zeitgleich setzten sich die Bummelzüge
in entgegen gesetzter Richtung in Bewegung. In dem
einen, nach Norden, saß Rainer. Im anderen, ostwärts
strebend, machten wir, Gesine und ich, es uns für die
fünfstündige Fahrt durch halb Thüringen bequem, ein-
hundertfünfzig Kilometer weit.

Der Kinderwagenversuch

Heute soll es mal anders sein als sonst. Ich schob den alten Kinderwagen auf dem Weg zur Schule vor mich her und bemerkte schon auf dem Wege die neugierigen Gesichter, die schnell hinter den Gardinen an den Fenstern verschwanden.

Schon ein knappes Jahr lief ich jeden Tag denselben Weg und war den meisten Anwohnern als neuer Lehrer bekannt. Noch nie hatte ich aber einen Kinderwagen dabei und erregte deshalb damit eine gewisse Aufmerksamkeit.

Meine braune Aktentasche ragte schief liegend halb aus dem Wagen heraus. Sonst war nichts in ihm zu entdecken. Ich nahm mir vor, mit dem Gefährt meine Klasse zu überraschen.

Seit ich den gesamten Physikunterricht an der Schule übernommen hatte, wurde mir mehr und mehr bewusst, wie trocken und damit auch wie schwierig der Unterricht in diesem Fach häufig angelegt wurde. Das wollte ich ändern und löste mich von den Tabellen, von den verordneten akribisch beschriebenen und anvisierten Lernzielen.

Neue Wege wollte ich finden, damit die Zusammenhänge und Gesetze verstanden und vor allem im Alltag angewandt werden konnten. Einen Anteil zum besseren Lebensverständnis sollten diese liefern. Durchaus als Lebenshilfe gemeint.

Mein Direktor, er hieß Baumgartner, zugleich Deutschlehrer, befand zwar nach den regelmäßigen Hospitationen bei mir die Unterrichtsführung als völlig in

Ordnung, gab aber zu, die Kinder wären durch zu viele abstrakte Zusammenhänge schnell überfordert. Sie kämen dann nicht mehr mit, weil ich zu straff voranginge, um den Lehrstoff „durchzubringen". Aber oft fehle auch vielen Schülern schlicht das Interesse an der Physik.

Er selbst habe auch nicht ganz kapiert, neulich bei der Stunde in der neunten Klasse, wieso sich die Stromrichtung im Elektromotor umkehren muss, damit sich seine Welle überhaupt drehen kann. Er hatte es auch völlig vergessen, dass der „Strom" in eine bestimmte Richtung fließt, die der Mensch festlegen kann. Ob ich ihm bei passender Gelegenheit die Sachlage bitte nochmal erklären könne, bat er mich mit augenzwinkerndem Lächeln.

Ich fand das sehr nett und auch kollegial, vergaß über diese Geste, dass Baumgartner ein Lehrer der „ersten Stunde", ein „Neulehrer", gewesen ist und von dem, was einen Lehrer heute ausmachte, wegen unvollständiger Ausbildung eigentlich keine fundierte Ahnung hatte. Er war ein „Naturtalent". Er kletterte sogar über die Jahre mit Hilfe der Partei zum Direktor hinauf.

Wie beiläufig bemerkte er, auch er habe schon immer die Physik als schwieriges Fach empfunden. Er setzte hinzu, ich würde schon deshalb, weil es auch Andere so sehen, immer auch auf eine gewisse Ablehnung stoßen, mit der ich fertig werden müsse. Mit durchschnittlichem Leistungsstandard könne jeder aber zufrieden sein.

Nur auf die Motivierung müsse ich absoluten Wert legen. Gesellschaftlich begründet sollte diese sein, am besten aus der Arbeit des werktätigen Volkes entlehnt. Der „Elektromotor" sei ein passendes Beispiel dafür. Er würde als Antrieb in Industrie und Landwirtschaft gebraucht. Und nicht nur dort, einfach überall. Sogar zu Hause. Beim Sahne schlagen oder beim Staubsaugen.

Ich horchte auf. Diese Meinung erinnerte mich sofort wieder an die bekannte Ideologie, wonach auch der Naturkundeunterricht keinesfalls neutral, sondern selbstverständlich politisch begründet sein müsse.

„Ist das nicht etwa eine verengte Vorstellung", wagte ich zu entgegnen. „Wie könne man denn die ʻBraunsche Teilchenbewegungʼ in dieser Weise garnieren?"

Na ja, Baumgartner überlegte kurz, betrachtete die Fadenpendel in der Wandvitrine im Unterrichtsraum, in dem das Auswertungsgespräch stattfand, nickte kaum wahrnehmbar und sagte: „Zu allem gibt es eben auch Ausnahmen"! Ich möge mir etwas einfallen lassen. Er jedenfalls würde sich jeden Nachmittag zu Hause beim Kaffeetrinken das kleine Spiel anschauen und im Stillen mit sich selbst eine Wette eingehen, an welcher Stelle wohl die Kaffeesahne in der Tasse wieder an der Oberfläche auftaucht. Fast immer läge er mit seiner Annahme daneben.

Manchmal denke er dann, trotz Wissen und Kenntnis der Formeln über das Verhalten von Strömungen unterschiedlicher Flüssigkeiten gelänge es nicht, zutreffende Voraussagen über die tatsächlich stattfindenden Ereignisse zu machen. Der Zufall sei eben unberechenbar.

Jetzt musste ich schmunzeln. Da habe er, Baumgartner, ein wahres Wort gesprochen. Um wieder auf die Gesprächsintention Baumgartners einzugehen, erzählte ich ihm, wie ich in der siebten Klasse nachgefragt habe, wieso ein Schlittschuhläufer auf dem zugefrorenen Stadtteich viel schneller vorankäme als ein dahin schlitternder Läufer mit seinen Schuhen.

Ich wusste selbstverständlich, dass in dieser Klasse eine der Enkeltöchter des Direktors saß. Ein nicht besonders „pflegeleichtes", vorlautes Mädchen. Sie hielt sich bei meiner Frage aber auffällig zurück.

Nur ein einziger Schüler habe sich denken können, erklärte ich, wie allein infolge der Reibung der schmalen Kufen auf dem Eis ein durch Erwärmen des Eises hauchdünner Wasserfilm entsteht. Auf diesem Film kann der Schlittschuhläufer wie „geschmiert" dahingleiten. Nachdem dieser Schüler seine Gedanken dargelegt hatte, diskutierte dann die Klasse gemeinsam, was passieren würde, wenn es gelänge, in die glatt geschliffene Oberfläche der Schlittschuhkuve winzige Vertiefungen einzuarbeiten, ähnlich der Fischhaut. Als ob dann plötzlich eine unsichtbare Tür zu ungewöhnlichen Gedanken geöffnet würde, mutmaßten die Schüler schließlich, dass in diesem Fall wahrscheinlich der Gleitwiderstand noch weiter herab gesetzt werden kann und der Läufer sein Tempo noch weiter steigern könnte.

Lisa, seine Enkelin, sei bei der Entstehung dieses Vorschlages mit dabei gewesen und habe dafür ein Lob von mir ins Klassenbuch eingetragen bekommen.

Baumgartner schwieg dazu. Vielleicht wurde es ihm jetzt zu viel der Fachsimpelei. Im Begriff, das Auswertungsgespräch zu beenden, klappte er seinen Ordner zu, erhob sich und stellte seinen Stuhl zurück in die erste Reihe des Lehrsaales.

Wir standen uns jetzt gegenüber. Der eine mit kräftiger Figur, leicht untersetzt und mit nicht zu übersehendem Bauchansatz, sich seiner Sache sicher. Der andere, sehr schlank, groß, fast ein wenig schlaksig und sich seiner

Sache ebenfalls sicher, naiv und erfahrungslos im Kräftemessen.

„Gehen wir nach drüben zum Mittagessen", schlug Baumgartner vor und klemmte seine Mappe unter den linken Arm. „Eine gute Idee", stimmte ich zu. Ich ließ meine Unterlagen auf dem Lehrertisch liegen und folgte Baumgartner über das Treppenhaus. Wir überquerten den Schulhof, strebten dem Flachbau zu, der neben der Schule errichtet worden war, um in dem geräumigen Saal Lehrerkonferenzen, Elternversammlungen und Feierlichkeiten, abhalten zu können. Eine Art Aula.

Die Schule war als Plattenneubau in den frühen sechziger Jahren auf einem Betonsockel montiert worden, um Platz für die zweihundertfünfzig Schüler zu schaffen. Die Nachkriegszeit war Babyboomerzeit.

Achim, ein Zehntklässler, hielt uns die Türe auf, als wir das Gebäude betreten wollten. Der große Saal diente auch als Speiseraum. In der Küche bereiteten täglich drei Frauen aus dem Ort das Essen für die Kinder zu, an dem auch die Lehrerschaft teilnehmen durfte. Eine Mahlzeit für eine Mark und zehn Pfennige.

Wir ließen uns an der Ausgabe eine Schale mit Nudelsuppe und das Schnitzel mit Kartoffelsalat auf das Tablett stellen. Auf den Schokoladenpudding verzichtete ich.

Gleich nach dem ersten Löffel rief Baumgartner den Frauen in der Küche zu, wer von ihnen denn die Suppe gewürzt habe. Die so Angerufene tauchte sogleich erschrocken an der Durchreiche auf. Baumgartner lachte jetzt. „Da musst du wohl heute richtig verliebt sein, denn mit dem Salz hast du nicht gespart!"

Dann wandte er sich der Chemielehrerin zu. Sie trat gerade an unseren Tisch heran und fragte, ob sie sich mit zu uns Männern setzen dürfe.

„Selbstverständlich, Frau Kollegin", lächelte ihr Baumgartner entgegen und blinzelte mich schelmisch an. Gabriele Tischendorfer war jetzt das fünfte Jahr an der Schule. Sie hatte es nicht gerade leicht. Ihr Gesicht wies eine Vielzahl verheilter Narben von einer lange zurück liegenden Kinderkrankheit auf. Jeder, der ihr begegnete, wich im ersten Impuls aus, blickte oft schnell zur Seite, als sei er peinlich berührt oder er wanderte mit dem Blick an ihrer Gestalt hinab bis zu den Schuhen. Sie hatte daraus ihre Schlüsse gezogen und kleidete sich stets modisch. Bevorzugt wurden kurze Kleider und Röcke, um ihren schlanken Beinen besondere Geltung zu verschaffen.

Gabriele lebte allein in einer Zweizimmerwohnung eines Neubaublockes, ganz in der Nähe der Schule. Jeder wusste von ihrem „speziellen" Verhältnis mit Baumgartner, der wiederholt bei ihr gesehen wurde. In einem Neubaublock bleibt selten etwas ungesehen. Bei einer der Lehrerkonferenzen, die mit Getränken und Musik vom Tonband ausklangen, sind sich die Beiden im vergangenen Jahr näher gekommen.

„Gut, dass ich Sie gleich fragen kann, ob ich bei Ihnen einen Satz Reagenzgläser, drei Erlenmeyerkolben und passende Verbindungsschläuche für den Freitag ausleihen kann", richtete ich mich an Gabriele Tischendorfer.

Sie richtete sich auf, schob ihren Teller zurecht und bemerkte wie nebenbei, als hätte sie meine Frage nicht gehört, ihr Schnitzel wäre heute viel zu zäh, um es ganz aufzuessen. Dann schaute sie Baumgartner, danach mich an. In ihren flinken Augen deutete sich schon die Zustimmung an, noch bevor sie sich erkundigen konnte, wozu ich denn diese Sachen benötige.

„Keine Angst, ich bringe die Geräte unversehrt persönlich in den Chemieraum zurück", fügte ich jetzt noch beruhigend hinzu. „Ich habe vor, zu zeigen, wie sich Gase in verschiedenen Flüssigkeiten ausbreiten".

„Können Sie mir Ihr Jawort geben?" Gabriele richtete sich halb schelmisch, halb ernst, nun direkt an Baumgartner. Sie freute sich sichtlich, eine solch unverhoffte Gelegenheit für einen kleinen „Angriff" gefunden zu haben.

Dieser zuckte leicht zusammen. Wer ihn nicht kannte, hätte es nicht wahrgenommen. Er winkte ab und fing sich sofort. Er sei froh, wenn sich die naturkundigen Kollegen gegenseitig helfen. Lehrmittel untereinander austauschen sei selbstverständlich, versicherte er schnell. Zu Gabriele gewandt, setzte er hinzu: „auch wenn mal etwas dabei zu Bruch geht". Sein Schnitzel finde er gar nicht so schlecht. Jedoch freue er sich nun auf den Nachtisch. Der Pudding sei wieder Mal das Beste.

Den Direktor auf diese Art verunsichert zu erleben, freute mich. War es spätjugendlicher Übermut oder etwa der freche Versuch, dem Älteren durch die Blume zu verstehen zu geben, wie schnell die Zeit dahinfließt und irgendwann, nicht mehr allzu lange noch, selbst der Stärkste vom „Sockel" herab steigen muss. Denn trotz der höheren Position des Anderen verfüge ich über die weit bessere Ausbildung, bin ihm doch haushoch fachlich überlegen.

Kurzerhand knüpfte ich jetzt an das Auswertungsgespräch vor einer halben Stunde an. Mir sei bei allen Klassen durchweg das schlechte Leseverständnis aufgefallen. Worauf es bei einem einfachen Text ankomme, verstünden nur wenige Schüler. Kaum jemand erfasse die Essenz einer Aufgabenstellung. Es seien nur immer wieder dieselben, die den Inhalt deutscher Sätze mit nur wenigen Fremdwörtern einigermaßen zutreffend erfassen können. Viel zu viel Zeit müsse geopfert werden, den Sinn einer schriftlichen Frage richtig zu erkennen, geschweige seinen „Geist" aus ihr heraus zu locken.

Die Chemiekollegin musste es am Tonfall gehört haben. Denn sie griff sogleich ein. Ja, damit würde sie ebenfalls täglich hadern. Aber es sei nicht allein nur Sache der Deutschlehrer. Diese täten alles, um die Schüler zum Reden zu bringen. Denn es sei bekannt, wie das Sprechen im direkten Verhältnis zum Denken stünde. Sprechen ist die wichtigste Bedingung für Verstehen. Freies Sprechen müsse deshalb überall, nicht nur im Deutschunterricht, geübt werden. In allen Fächern. Und fortgesetzt werden zu Hause bei den Eltern. Welche Eltern aber stünden heute für Gespräche mit ihren Kindern überhaupt zur Verfügung, wenn sie aus dem Betrieb, aus dem Schichtdienst nach Hause kämen und sich, so abgeschlafft sie meistens sind, nur noch vor die „Glotze" setzen wollten.

Indem sie dies ausführte, strich sie sich mit beiden Händen ihre ins Gesicht gefallenen braunen Haare zurück. Wie zufällig berührte sie dabei die Oberarme Baumgartners, ehe sie den kleinen Löffel in den klebrigen Pudding eintauchte.

Baumgartners Miene hatte sich währenddessen zusehends verdüstert. Jetzt schaute er mich erstaunt an.

„Junger Mann", sagte er, „geben Sie mir gleich morgen eine Aufgabenreihe. Mindestens zehn Aufgaben. Diese Texte werde ich und die anderen beiden Deutschlehrer alsbald mit in den Unterricht einbringen. Ich hoffe nur, sie sind von Ihnen grammatikalisch korrekt abgefasst."

Als ich in der folgenden Woche die benutzten Gläser an Gabriele zurück brachte, hielt sie mich beim Gehen am Ärmel fest. Ich brauche gegenüber Baumgartner nicht so bissig zu sein, wie sie es mitbekommen hatte. Er hielte viel von mir, spräche bei jeder Gelegenheit nur wohlwollend über mich. Es sei unnötig, ihn zu reizen. Sie habe es schon erlebt, wie er auch den „Direktor" heraus kehren könne. So sei sie sogar erschrocken, wie er den Herrn Sturm, unseren Mathematiklehrer und dessen Frau, die Musik unterrichtet, vor dem versammelten Kollegium „zur Schnecke" gemacht habe. Bloß, weil die Beiden nicht zum Maitag erschienen sind und kein ärztliches Attest vorlegen konnten.

Sogar den schon von der Gewerkschaft zugebilligten Urlaubsplatz im Harz habe er ihnen wieder entzogen.

Ich zuckte nur mit den Schultern. Und wenn schon, mit meiner Meinung läge ich dennoch richtig. Im Übrigen habe ich gleich am folgenden Tag im Anschluss an das besagte Mittagsgespräch zwanzig physikalische Aufgaben überreicht. Den ganzen Nachmittag bis in den Abend hinein war ich mit der Zusammenstellung beschäftigt. Jetzt bleibt nur zu hoffen, dass der Direktor die Aufgaben überhaupt verstehen könne. Bis jetzt gäbe es keinerlei Reaktion.

Und so ganz nebenbei: Autorität lasse ich sowieso nur gelten, wenn diese durch besseres Können begründet ist und nicht nur auf Parteifunktionen beruht.

Viel mehr mache mir das ständige Gefühl zu schaffen, mich nicht bei allen Schülern verständlich machen zu können. Dieser Zweifel hätte mich heute dazu gebracht, einen besonders anschaulichen Versuch durchzuführen. Vielleicht, so meine Hoffnung, könnten dadurch die Jugendlichen den in dem Versuch enthaltenen physikalischen Zusammenhang sogar ganz von selbst erkennen oder zumindest nach ihm fragen.

Die Schulsekretärin Karin Zwolle erblickte mich wohl als Erste durch das große Fenster ihres Büros gleich neben dem Eingangsportal. Der Kinderwagen erregte offenbar ihre Neugier. Alles stehen und liegen lassend, erschien sie an der Tür.

„Die Kinderkrippe ist wohl heute geschlossen?" Und: „Na jetzt kommt endlich alles ans Tageslicht! Ist es ein Junge oder ein Mädchen?" Fröhlich spöttelnd rief sie mir ihren Morgengruß durch den halb geöffneten linken Türflügel entgegen.

Genauso lachend konterte ich: „Weder Junge noch Mädchen"! Gleich würde der Andreas aus der Neunten ebenfalls mit einem solchen Wagen auftauchen, kündigte ich an.

Tatsächlich bog fast zeitgleich mit meinem Eintreffen der für sein Alter ziemlich kräftige Schüler um die Ecke. Er zog den zweiten Kinderwagen hinter sich her. Sein Vater hatte ihn bis zum Parkplatz im Kofferraum seines „Wartburg" mitgenommen.

Die Idee mit den zwei Wagen hatte sich bei mir festgesetzt, als ich den kleinen Bruder von Adreas bei einem Elternbesuch „bewundern" musste. Trotz der schon recht kühlen Luft lag dieser mit geröteten Bäckchen unter dicken Decken in seinem Wagen und schlief. Ein friedlicher Anblick, bei dem mir gleichzeitig auffiel, wie sehr sich dieser Wagen mit dem ähnelte, den ich hinter dem Nachbarhaus bei mir entdeckte. Wenig später stellte sich auch wirklich deren Fabrikatsgleichheit heraus. Das fügt sich gut, dachte ich.

Uwe und Ralf aus der neunten Klasse halfen auf meine Bitte hin, die Kinderwagen in den ersten Stock hoch zu tragen und sie im Physiksaal abzustellen. Die Zwillinge, von Aussehen und Temperament zwar äußerst unterschiedlich, traten jedoch immer gemeinsam auf. Sie liefen zufällig an mir vorüber, als ich vor der Treppe nach oben stand.

Der Unterricht begann wie immer mit einer Meldung. Heute stattete sie Monika aus der letzten Bankreihe ab: „Die Klasse neun ist zum Unterricht bereit. Es fehlen Sabine Köhler und Fabian Schneidewind". Darauf ich: „Danke, setzen!"

„Ziel der heutigen Stunde ist, ein Naturgesetz zu entdecken, mit dem jeder von euch schon sehr verschiedene Erfahrungen gemacht hat, aber noch nicht wirklich kennt. Zuerst starten wir dazu einen Versuch, bei dem alle mitmachen werden." Ich ließ die beiden Kinderwagen in den Mittelgang fahren und fragte, ob sich jemand in der Lage sähe, die Oberteile von den Gestellen abzuheben.

Sofort meldeten sich Vera und Karola. Jan aus der zweiten Reihe rief laut in den Raum hinein, „die Karola müsse es ja wissen, wie das geht, wenn sie mit dem Jochen geht".

Ich verbat mir das einsetzende Gelächter und forderte Jan auf, die beiden Mädchen bei ihren Bemühungen zu unterstützen. Er sprang auch gleich auf und blockierte die Räder der Gefährte mit Händen und Füßen. Er verhinderte so ihr Wegrollen.

Inzwischen waren die Verschlüsse entriegelt und die Oberteile zur Seite gestellt. „Das ist ja der Wagen deines kleinen Bruders", warf Hannes ein. Andreas bejahte und fügte hinzu, dass er auch selbst schon darin gelegen hätte, wie es sein Vater ihm verraten habe.

Deshalb müsse dieser sich jetzt gleich wieder dort hinein setzen, witzelte Hannes. Nein, unterbrach ich nun. Siegmar und Achim sind etwa gleich groß. Sie haben sich gerade bereit gefunden, auf die Untergestelle zu steigen, sich mit einer Hand am Griffbügel festzuhalten und sich dann auf mein Signal hin an der abgesägten Wäschestange abzustoßen. Das ist nicht ganz ungefährlich. Deshalb müssen die anderen Schüler entlang des Gangs bereit stehen, um Siegmar oder auch Achim vielleicht aufzufangen, sollte einer oder beide vom Gestell herunter fallen.

Ich gab Monika ein Zeichen. Sie zählte von fünf rückwärts. Bei „null" stieß sich Siegmar an der Stange kräftig ab. Die gegenüber aufgestellten Wagen rollten jetzt beide auseinander, begleitet von beifälligen Ausrufen des Erstaunens. Das hatte wohl niemand in dieser Weise erwartet. Erwartet wurde offenbar, dass sich nur derjenige bewegt, der sich auch abstößt, in diesem Falle der Siegmar.

Beim zweiten Mal stieß sich nun nur der Achim ab. Wieder rollten beide Wagen gleichzeitig voneinander weg. Der dritte Versuch endete damit, dass die Kinderwagengestelle bis an die entgegen gesetzten Raumwände fuhren, dort anstießen, weil sich jetzt beide Jungen kräftig an der Stange voneinander abstießen. Sie hatten es ja schon zweimal einzeln mit weniger Kraft geübt. Siegmar und Achim sprangen nun von ihren Gestellen ab. Der eine rief „super", der andere „das war geil"!

Im Anschluss daran wählte ich zwei Mädchen unterschiedlicher Statur und Größe aus. Sie wiederholten das „Spiel" und alle konnten sehen, wie weit die Wagen durch den unterschiedlichen Krafteinsatz der Mädchen rollten: stets gleich weit.

Den Rest des Unterrichts, eine knappe Viertelstunde, verwendete ich dazu, die Hausaufgabe zu erläutern. Die Jugendlichen sollten bis zur nächsten Physikstunde am Samstag, ihre Beobachtungen ausführlich und in einem Bericht beschreiben. Für das „Abstoßen" war der Begriff „Kraftstoß" zu verwenden.

Gespannt auf das Ergebnis erwartete ich ungeduldig den Samstag.

Sie las mit stockender und unsicherer Stimme. Viel zu leise. Ich musste gleich zweimal an diesem frühlingshaften Vormittag, an dem das Unterrichten nicht gerade leicht fiel, weil nicht nur viele Kinder schon in Gedanken mit dem Wochenende beschäftigt waren, für Ruhe sorgen, bis die Klasse allmählich von selbst still wurde und zuhörte.

Hannelore war für ihre fünfzehn Jahre noch klein und schmächtig. Sie wurde von den anderen gemieden. Immer saß sie in der letzten Reihe allein, ohne Nachbar.

Mit der Bitte um Diskretion hatte mir ihre Mutter beim ersten Elternabend anvertraut, welche Sorgen sie sich um ihre Tochter mache. Sie wartete extra bis zum Schluss, bis alle anderen Eltern gegangen waren. Hannelore habe ihre Blase immer noch nicht richtig unter Kontrolle. Nachts passiere es, aber auch tagsüber käme es ab und zu vor. Das sei eine große Belastung für die ganze Familie. Der Arzt behaupte, sie wäre nicht krank. Es sei eine bloße Angewohnheit von ihr.

Ich kannte also nun die Besonderheit des Mädchens und stellte keine weitere Fragen. Was hätte ich auch tun sollen. Ich tat einfach so, als hätte sich Hannelore ihre Außenseiterrolle selbst gewählt, als wolle sie von sich aus nichts mit den Anderen zu tun haben und brauche auch keine Hilfe. Ihre Noten waren jedoch schon im Vorjahr schlecht. Nicht nur in Physik.

Jetzt las sie ihr Protokoll vor. Sie hatte sich zögerlich dazu gemeldet. Beinahe hätte ich es übersehen. Wir hörten nun eine präzise Darstellung des Geschehens der letzten Stunde, genau das Wesentliche. Keine Überflüssigkeiten. Sie hatte offenbar alles sehr genau erfasst, auch die Abweichungen von den zurück gelegten Strecken der beiden Kinderwagen wegen ungleicher Kräfteeinwirkungen, Gewichte und Reibungen.

„Donnerwetter", entfuhr es mir spontan. „Das ist ein sehr guter Bericht, der beste, den wir heute gehört haben. Den nehmen wir gleich, fassen ihn zusammen, so dass jeder einen Merksatz aufschreiben kann."

In der Zusammenfassung zum Dritten Satz von „Newton", wonach jeder Kraft eine gleich große Kraft entgegen wirkt, bekannt als „actio gleich reactio", flocht ich

Hannelores Worte mit ein. Als die Sätze an der Tafel standen, nickte ich ihr zu, lächelte und bedankte mich für ihre Mitwirkung an diesem Thema.

Selbstverständlich führte ich die unerlässliche Demonstration zur weiteren Veranschaulichung des Lehrsatzes durch, spürte aber dabei das schon bekannte Nachlassen der Aufmerksamkeit.

Die spontane Geste der Anerkennung sollte eine ungeahnte Wirkung nach sich ziehen. Schon in der folgenden Woche saß Hannelore neben Wilfried in der dritten Bankreihe. Sie meldete sich neuerdings bei fast jeder gestellten Frage zu Wort, hatte etwas zu sagen.

Am Schuljahresende, einige Wochen später, konnte man eine veränderte Hannelore beobachten. Sie war noch um eine Bankreihe nach vorn gerückt, beteiligte sich lebhaft am Unterricht, schwatzte mit den Nachbarn, so dass sie sogar zur Ordnung gerufen werden musste. Ihre Leistungen verbesserten sich insgesamt. In Physik arbeitete sie sich bis zur „Zwei" empor.

Ausschlaggebend hierfür war die letzte Klassenarbeit, bei der sie zu den wenigen gehörte, die begründen konnten, warum die mit Wasser gefüllte Flasche deutlich schneller eine schräge Rampe hinab rollt, als eine mit anderen Stoffen gefüllte Flasche gleicher Masse. Eine zusätzlich gestellte Aufgabe, deren Beantwortung frei gestellt war.

Kurz nach Beginn des nächsten Schuljahres erhielt ich eine Aufforderung. Ich musste an der Musterung für den bevorstehenden Armeedienst zum Schutze der Staatsgrenze teilnehmen.

Ein reichliches Jahr später bekam ich aufgrund der Einladung des Schulleiters ein paar Tage Diensturlaub. So konnte ich meine Klasse zu deren Abschlussfeier noch einmal beisammen sehen. Hannelore hätte ich beinahe nicht wiedererkannt. Sie war inzwischen gewachsen, hatte ihre langen dunkelblonden Haare zu einer raffinierten Hochfrisur gesteckt. Eine adrette junge Frau stand vor mir, die mich mit fröhlichen Augen ansah.

Nach diesem Abend habe ich die ehemalige Schülerin nie wiedergesehen, hörte aber einige Zeit später, dass sie zu den besten Absolventen ihres Jahrgangs gehörte.

Halb Berlin

Es begann an einem regnerischen Novembertag in aller Frühe im Dunkeln, noch bevor die Morgendämmerung einsetzte.

Die jungen Männer im Innenhof des Wehrkreiskommandos kannten sich nicht. Sie wurden von einem Uniformierten in Reih und Glied aufgestellt und „vergattert". Ab jetzt hatten sie allen Anweisungen des Militärs bedingungslos Folge zu leisten.

Nun, nach neunstündiger Fahrt, näherte sich der Sonderzug dem Berliner Ostbahnhof. Kreuz und quer ist der Zug durch die Landschaft dirigiert worden. In jeder Kreisstadt stiegen junge Männer zu, sich an ihren Taschen festhaltend, als wären diese eine Art Anker, der sie mit ihrem Heimatort, mit den Eltern, den Geschwistern, Freunden und Bekannten, verband. Im Gepäck befand sich bei allen das Gleiche: letzte persönliche Gegenstände nach einer vorgegebenen Liste.

Auf der langen Fahrt wurde kaum geredet. Die meisten saßen in sich gekehrt auf ihren Plätzen, keiner aus freien Stücken, ab sofort fremdgesteuert, anderen jungen Männern auf Gedeih und Verderb ausgeliefert.

Noch am Abend der Ankunft in der Kaserne fand die Einkleidung statt. Eine demütigende Prozedur, bei der abrupt jeder persönlichen Privatheit eine Absage erteilt wurde. Die Sachen, in denen die Jungs ankamen, mussten zu einem Bündel gerollt werden. Diese unter dem Arm geklemmt, standen alle nackt und barfuß im Eingangsflur des Kasernenblocks. Draußen waren Stationen vorbereitet.

Kommandos gellten und im Laufschritt ging es los. Erst die lange Unterhose, dann das Unterhemd. Sofort anziehen, schrie der Unteroffizier, die Socken ebenso, keine Zeit für Probieren. Immer wieder beschleunigten bellende Rufe die Entgegennahme von Kampfanzug, Pullover, Mütze, Stahlhelm, Gasmaske, Stiefel.

Die in der Unterwäsche eilends von Station zu Station springenden männlichen Gestalten, von aufgestellten Scheinwerfern angestrahlt, werden sich in deren Gedächtnis einbrennen. Fortan werden sie wissen: Du bist nur eine Nummer, nur ein williger Körper, nichts Besonderes, du hast ohne Widerspruch zu gehorchen!

Eine gespenstische Szenerie, bei der eine längst überwunden geglaubte Zeit wieder lebendig wurde.

Wer die Unerbittlichkeit der Lage nicht sofort kapierte, eventuell nachfragte, warum er gerade dies oder jenes tun sollte, wurde sehr bald „zurecht geschliffen". So gab es in den ersten vier Wochen nur zwei Bewegungsformen. Sie bestanden aus „Marschieren" und einer Art Rennen, dem „Laufschritt". Brüllte der Unteroffizier „im Laufschritt", dann hatte jeder ruckartig die Arme am Körper anzuwinkeln und in dieser Stellung zu verharren. Nach einer Weile erfolgte dann der Ruf „Marsch", bei dem sogleich losgerannt werden musste.

Am dritten Tag in der Kaserne schien diese Prozedur einem im selben Raum mit mir untergebrachten Kameraden ausgesprochen albern vorzukommen. Er zog die Arme zwar nach Vorschrift an, winkelte jedoch die Hände nach unten ab, ließ sie hängen und knickte seine Knie leicht ein.

Sofort schrie der Gruppenführer, er hieß „Klinke": „Sie Karnickel. Ihnen werde ich die Faxen abgewöhnen!"

Dieser Kamerad, er hieß Egon, musste sich daraufhin den Inhalt seines Spindes auf den Rücken packen und damit dreimal um den Kasernenhof rennen. Nachdem er atemlos den Spind wieder eingeräumt hatte, legte Klinke ein Lineal an die äußerste Kante der übereinander geschichteten Trainingsjacke, den grünbraunen Pullover und das grauweiße Unterhemd. Mit einem kräftigen Ruck kippte er jetzt den Schrank nach vorn. Egon musste gleich noch drei Runden mit seinen Sachen laufen. Er rannte dabei an einer Marscheinheit vorbei, deren Anführer beim Anblick des sich ihnen nähernden Egon befahl: „Ein Lied!" Und die dreißig Soldaten stimmten sogleich das Kompanielied an. Sie sangen: „Grün ist unsre Waffenfarbe, die so stolz ich trag. Grün ist auch ein Kleid von dir, das so gern ich mag ". Sie sangen solange, bis Egon in die Kaserne wieder einschwenken durfte.

Niemand wagte es nach dieser Tortour noch, einen Befehl nicht ernst zu nehmen oder diesen gar ins Lächerliche zu ziehen.

Schnell lernte auch ich keine Fragen zu stellen, oder dem „Warum" oder dem „Wie" hinterher zu denken. Es war nur noch wichtig, den Tag so kräfteschonend wie möglich zu überstehen ohne aufzufallen. Nach kurzer Zeit empfand ich mich wie ein Automat. Ich staunte dabei über mich selbst, wie gut dies schon sehr bald möglich wurde. Auf der Sturmbahn, beim Auseinandernehmen und Wiederzusammensetzen der Kalaschnikow, dem Panzerabwehrgewehr und der Pistole, bei den Schießübungen in allen möglichen Situationen bei Tag und Nacht funktionierte ich perfekt. Für eigenes Nachdenken, eventuell sogar Reflektieren des Tuns gab es keinen Raum und keine Zeit.

Hatte der Pfiff des Unteroffiziers vom Dienst erst einmal zum „Raustreten zum Frühsport" befohlen, dann drehte sich das Beschäftigungsknetwerk. Abmarsch zum Frühstück. Einrücken in den Speisesaal. An der Ausgabe Brot, Wurst, Getränk aufnehmen. Setzen. Auf Kommando Anfangen und Aufhören mit Essen. Ausrücken. Kampfanzug anziehen. Abmarsch auf das Übungsgelände. Sturmbahn. Pinkelpause. Einrücken in die Politbaracke. Politunterricht. Eine Stunde Mittagspause zum Ordnen der Sachen. Nachmittags Waffenkunde, Kleiderreinigen. Abendessen. Anschließend Krafttraining. Um zehn Uhr abends der Pfiff zur Nachtruhe.

In dieser Weise verfloss die Zeit. Ein halbes Jahr verging und die Grundausbildung neigte sich dem Ende entgegen.

Zugführer Leutnant Ertel, die Unteroffiziere Klinke und Leuner, gaben die letzten Anweisungen. Diese drei standen in ihren Paradeuniformen neben dem Eingang zum Festhaus der militärischen Hauptverwaltung in Karlshorst. Ihre feingewebten, wie angegossen sitzenden Jacken und Hosen hoben sich drastisch von unseren groben graubraunen Mänteln ab.

„Gebt zuerst eure Pferdedecken ab", wies uns Klinke in fast kameradschaftlichem Ton, der sich im Laufe der vergangenen Monate allmählich einstellte, an. Damit waren unsere Mäntel gemeint. Wir durften am Vorabend unserer Verlegung in die Grenzkaserne an dem

Festakt zum Geburtstagsgedenken des sowjetischen Geheimdienstchefs Djerschinskys teilnehmen. Wir waren zwanzig ausgewählte Soldaten, darunter sechs Lehrer im Zivilberuf.

Trinken wir noch schnell ein kleines Helles, schlug Andreas vor, bevor es hier losgeht. Er zog mich auch schon am Ärmel an die Theke im Flur. Die Blicke der Unteroffiziere glitten wohlwollend über die gefüllten Gläser in unseren Händen hinweg, als sähen sie diese nicht. Sie gönnten uns dieses Vergnügen.

Nach nur sechs Monaten hatte sich eine Art menschliches Grundverständnis und eine gegenseitige Achtung für die Rolle des jeweilig Anderen eingestellt.

Ohne Eile tranken wir unsere Gläser leer. Gleich darauf wurden wir in eine der hinteren Sitzreihen eingewiesen, gewissermaßen zur Auffüllung der vielen Plätze.

Von drei Fanfarenstößen begleitet marschierten im betonten Trampelschritt nun nacheinander zu beiden Seiten der Bühne sowjetische, polnische, tschechische und deutsche Fahnenträger mehrerer Waffengattungen auf. Bis zum Ende der Feierstunde blieben sie dort stehen, beinahe unbeweglich.

Eröffnet wurde der Festakt von einem älteren Uniformierten. Er bewegte sich mühsam auf das Rednerpult zu, sich dabei auf einem Gehstock abstützend, den er seitlich an das Pult anlehnte. Ich dachte beim Anblick der unzähligen Abzeichen an dessen Brust an eine metallene Rüstung aus dem Mittelalter. Von dem, was dieser sprach, verstand ich kein Wort. Nicht einmal die Sprache selbst konnte ich erkennen und schaute Andreas neben mir fragend an. Usbekisch sei es, murmelte dieser.

Er musste es wissen, denn er war von Beruf Lehrer für Deutsch und Russisch.

Mit forschen Schritten hielt danach ein deutscher Generalmajor auf das Rednerpult zu. Er las den Lebenslauf Djerschinskys vor und behauptete zu unserem Erstaunen am Ende, dass es Beweise für eine enge Freundschaft zwischen diesem und Lenin geben würde.

Nacheinander kamen anschließend hohe Militärs aus den Nachbarländern an die Reihe. Allerdings fassten diese sich kurz, waren in nur wenigen Minuten fertig. Andreas meinte, es seien lediglich Grußworte gewesen, die er bruchstückhaft aufschnappte. Nach der sechsten Ansprache wurde das Rednerpult beiseite getragen und eine Militärkapelle füllte die Bühne. Die von ihr erzeugte Marschmusik musste offenbar vor allem den Offizieren im Publikum unangenehm in den Ohren gedröhnt haben, denn schon nach dem dritten Stück verschwand die Kapelle wieder von der Bühne und machte einer russischen Akkordeongruppe Platz. Ein Russe sang voller Enthusiasmus zu meinem Erstaunen das Lied von der „Fiesta mexicana" und andere bekannte Schlager aus aller Welt, bis endlich nach knapp zwei Stunden der Festakt dem Ende entgegen ging.

Ich atmete hörbar auf. Andreas tat erleichtert ein Gleiches. Bis zur Rückfahrt in die Kaserne durften wir uns noch eine Weile frei im Gebäude aufhalten. Langsam laufen, aufrecht stehen und Grüßen der Gäste aus den anderen Ländern, insgesamt ein vorbildliches Verhalten zeigen. So lautete die Anweisung des Zugführers Ertel.

Allerdings gab es nicht allzu viel Interessantes in dem Gebäude zu sehen. Es bestand als früher Nachkriegsbau aus dem Foyer, an dem sich der große Saal anschloss, zu beiden Seiten um ihn herum breite Flure und seitlich zu diesen zwei Treppenaufgänge zur Empore. Jeweils an den hinteren Enden der Flure befanden sich die Toiletten. An den Wänden der Flure hingen übergroße bunte Gemälde, an denen jeder, der ein bestimmtes Bedürfnis verspürte, vorüber musste.

„Ich bin eine Sibirierin", las ich auf einem dieser Bilder, von denen mir ein dickbackiges rundes Gesicht mit Kopftuch entgegen lächelte. Ich lächelte zurück und lief an den anderen monumentalen Gemälden blicklos vorbei, dem Treffpunkt neben dem Haupteingang zu, nachdem ich mich auf dem Klo erleichtert hatte.

Auf dem Weg zum Ausgang erspähte ich schon zwanzig Schritte vorher meinen Kameraden Andreas an einer der provisorisch aufgebauten Theken stehen. Als er mich kommen sah, winkte er mir entgegen. Er schien erleichtert. Gerade wollte ich auf meine Armbanduhr tippen, um ihm verständlich zu machen, dass wir keine Zeit mehr für ein Getränk haben, erblickte ich die breiten roten Streifen an den Hosen und stutzte.

Der hinkende Redner, der den Festabend eröffnet hatte, saß direkt neben Andreas auf dem Barhocker, sich mit einem Bein auf dem Boden abstützend. Der Krückstock baumelte eingehängt an einem Festhaltegriff an der Theke.

Er musste mein verwundertes Gesicht bemerkt haben, denn er wandte sich mir unmittelbar zu und befahl mit rauher Stimme: „Saditjes, Towarisch Soldat!" Er wies auf den noch freien Hocker rechts neben ihm. Andreas nickte zweimal heftig. Mir blieb nichts anderes übrig, als Folge zu leisten.

Kaum hatte ich verkrampft auf dem Barhocker Platz genommen, stellte der Kellner, ein Stabsgefreiter hinter dem Tresen, ein Glas vor mich hin. Etwas verdattert betrachteten wir beide nun die reichlich mit Weinbrand gefüllten Gläser.

„Nastarowje, germanski Soldati"! Er stieß erst mit Andreas, dann nach rechts geneigt, mit mir an. Dabei blitzten seine dunklen, fast schwarzen Augen unter den buschigen Brauen in seinem gutmütigen Gesicht, freundlich auf.

Nach dem ersten Schluck war meine anfängliche Beklemmung bald wie weggeblasen. Jetzt drehte ich mich auf meinem Hocker ganz dem sowjetischen General zu und zeigte auf die vielen Abzeichen an dessen halb offen stehender Uniformjacke. Aus meinem spärlichen russischen Wortschatz fand ich die Frage, weshalb dieser die vielen Medaillen erhalten habe.

„Nu tak", erwiderte der General erfreut lächelnd, „ja Cheld der Sowjetunion". Er tippte auf einen großen roten Stern an seiner Brust. Anschließend glitten seine Finger an den anderen Abzeichen entlang. Es war dabei ein leises Klimpern zu hören.

Diese habe er in einer großen Blechschachtel unter dem Bett seines Väterchens gefunden. Väterchen habe ihm kurz vor seinem Tode aufgetragen, die Abzeichen in Ehren zu tragen. Väterchen habe sie durch große Tapferkeit im Kampf gegen aufständische Kosacken erworben. Sein Ruhm möge auch dem Sohne zuteil werden, verfügte er.

Andreas übersetzte diese Antwort und konnte seine Verblüffung ebenso wie ich, nicht verbergen.

Der General lächelte zufrieden, leerte daraufhin sein Glas und bestellte sich sofort ein neues. Er fühlte sich offenbar zwischen uns beiden jungen Männern, die ihm andächtig zuhörten, sichtlich wohl.

Er könne es sich nicht vorstellen, weshalb die Deutschen alles so ernst nehmen würden. Die Abschottung des Ostlandes vom Westland sei die Idee der Deutschen selbst gewesen. Sie, die Sowjetunion, habe lediglich ihre Zustimmung gegeben, sich aber vorbehalten, diese jederzeit wieder zurück zu nehmen, wenn sie es für richtig halte. Auf Dauer könne ein geteiltes Land nicht gut gedeihen. Sie seien bei sich den umgekehrten Weg gegangen und haben alle „Splitterländer" zu einer großen Union vereint.

Mit deutlich gelöster Zunge redete er nach einer kurzen Pause weiter. Für ihn sei Deutschland nicht nur das Land, von dem Gewalt und Zerstörung ausgegangen war. Seine Augen begannen zu glänzen, als er zu unserem großen Erstaunen zugab, das Land der genialen Dichter, Musiker und Philosophen zu lieben. Er habe in der Schule seiner Heimatstadt „Jewgorod" sogar ein Gedicht von Friedrich Schiller auswendig gelernt und später die „Kreutzersonate" von Beethoven geübt. Als junger Erwachsener habe er auch darüber nachgedacht, was Immanuel Kant wohl unter dem „Ding an sich" verstehen könnte. Er wüsste es bis heute noch nicht. Ob wir es ihm jetzt erklären würden.

Er lächelte völlig entspannt. Seine flinken Augen wanderten skeptisch und zugleich amüsiert fragend von einem zum anderen.

Nein, antwortete Andreas. So genau wisse er es auch nicht, nippte an seinem Glas und wies mit dem Zeigefinger der linken Hand verstohlen auf Ertel. Dieser hatte sich dem Ausschank genähert, offenbar auf der Suche nach uns beiden. Die vereinbarte Zeit für den Abmarsch war längst überschritten. Als er jedoch unserer kleinen Gesellschaft gewahr wurde, zog er sich rasch zurück und beobachtete die Szene von fern. Es blieb ihm nichts anderes übrig, als abzuwarten.

Gleichwohl schenkte der General dem Leutnant Ertel keinerlei Beachtung. Er ließ unsere Gläser nachfüllen, prostete uns zu, trank und schaute dabei dem Kellner sinnend zu, wie der die Flasche und die Gläser auf den Behelfsregalen sortierte.

Plötzlich, in schon fast vertraulichem Ton, richtete er sich an mich. Diesen Djerschinsky würden die Deutschen völlig zu Unrecht verehren. Bei ihnen in der Sowjetunion gelte dieser schon lange als missliebige Person. Lenin habe dessen schlechten Charakter sehr schnell erkannt und ihn aus seinem Freundeskreis verbannt. Zu viele unschuldige Menschen hätte dieser Djerschinsky auf das Gewissen. Er habe der Sowjetunion mehr geschadet als gedient. Die Deutschen machten sich da etwas vor.

Nach diesen Worten ergriff er sein Glas und erhob sich, mit der Linken an der Theke abstützend. Er stieß mit uns nochmals an, schüttete den grusinischen „Cognac" in sich hinein ohne eine erkennbare Schluckbewegung zu zeigen. Dann angelte er sich seinen Krückstock, klopfte Andreas mit der freien Hand auf die Schulter und machte ein paar unsichere Schritte von der Theke weg. Sofort waren in diesem Moment zwei russische Offiziere an seiner Seite. Sie hielten sich die ganze Zeit über von uns gar nicht bemerkt, diskret abseits. Fürsorglich halfen sie dem General jetzt die Treppenstufen zum Obergeschoß hinauf. Auf der ersten Stufe wendete er sich kurz zu uns um, die wir ihm nachblickten. Er rief uns zu, wir als junge Menschen mögen in Zukunft alles besser machen als es bisher gewesen ist. So übersetzte es mir Andreas beim Gehen.

Turmgeflüster

Wie sich ein Jahr dehnen kann, konnte ich mir vorher in meinen dunkelsten Träumen nicht vorstellen. Als ein in die Unendlichkeit hinein gezogenes Gummiband erschien es mir. Jeder Tag war ein Übungsfeld für Projektionen auf die Zeit danach.

Nun ist es endlich wieder Mai und der Mai vom letzten Jahr lag in vergessener Ferne. Kann denn der Mensch überhaupt mit dieser Zeitverachtung leben, frage ich mich heute. Ja, er kann, so die Erfahrung. Wie lange aber, bleibt ungewiss. Der Rhythmus dabei erwies sich als das Wichtigste. Er sorgte für die äußere Form des Existierens.

In drei Schichten, die ineinander übergingen, mussten die Absperranlagen mit der fachlichen Bezeichnung „pioniertechnische Sicherungen", bewacht werden. Die Mauer als „Front" vor dem Feind.

Die erste Schicht brannte sich mir bleibend ins Gedächtnis ein. Noch Jahre danach ließ sie mich nächtlich frierend aus dem Schlaf erwachen.

Starr vor Entsetzen und mit weichen Knien lehnte ich die ersten Stunden an der Wand des Wachturms. Unter mir die Grenze. Wie ein von einem riesigen Lindwurm kahl gefressener Streifen schlängelte sie sich durch die Stadt. Dieser Streifen trug das Muster seines ekligen Auswurfs: Erst ein Maschendraht. Dahinter ein Stück Brache. Dann der Kolonnenweg, direkt am geharkten Sandstreifen. Am Rande dieses Streifens verkündeten jedem Fahrzeug die einbetonierten Eisenträgerkreuze, es sogleich aufzuspießen. Schließlich die Mauer selbst. Betonfertigteile, sorgsam aneinander gefügt. In Abständen eine Stahltür.

Durch diese sollten die von der Mauer Herabfallenden „geborgen" werden. So lautete der strategische Begriff dafür. Nur wer sich in seiner Existenz bedroht sieht, kann sich ein solches Bauwerk ausdenken und in die Welt setzen.

Von dieser gnadenlosen Absolutheit der Grenzanlage erschreckt, verschlug es mir die Sprache. Nur einsilbig antwortete ich dem Gefreiten, der mit mir zusammen auf dem Turm stand, der sich mit mir unterhalten wollte, um die Zeit zu verkürzen. Was mir durch den Kopf ging, konnte ich ihm nicht erzählen.

Ich dachte an den Spruch von der „Tugend durch Schrecken", sann darüber nach, woher ich dieses Wort kannte. Erst als die Ablösung nach acht Stunden kam, wich die Anspannung von mir. Ich saß jetzt auf dem dieselgeschwängerten Mannschaftssitz des „Urals" auf dem Weg zur Kaserne durch die Straßenfluchten der Großstadt. Mir fiel das Theaterabo aus der Schulzeit ein. Sogar an die beiden Klassenkameradinnen erinnerte ich mich, mit denen ich vor vielen Jahren das Stück gesehen hatte und musste unwillkürlich lächeln. Und wurde doch gleich wieder melancholisch.

Georg Büchner legte einem übereifrigen französischen Revolutionär diesen Leitspruch in den Mund. So ließ er den König und seine Gemahlin gouillotinieren und tausende andere ebenso. Alles für die Republik. Schließlich aber starb er selbst auch durch das Fallbeil.

Allmählich gewöhnte ich mich an den Blick auf die Mauer. Unmerklich stellte sich Routine ein. Der Schrecken verlor seine Kraft. Nach einem reichlichen Monat schärfte sich der Blick für Nebensächlichkeiten und für das Leben im Todesstreifen zwischen Maschendraht und Mauer.

Kaninchen spielten an den leeren Bunkern, die für die Ablegung Angeschossener gedacht waren. Ab und zu huschten auch Feldmäuse über den Sandstreifen. Sie hinterließen auf ihm nur winzige Spuren, die, wie die Abdrücke der Krähen und Amseln, in regelmäßigen Abständen glatt geharkt wurden. Ein Mensch jedoch, daran klammerte ich mich, käme in diese Anlage sowieso gar nicht hinein. Also würde ich auch nie meine Waffe einsetzen müssen.

Der Befehl, einen sogenannten „Grenzverletzer" mit der Waffe zu stoppen, mit dem Zusatz: „die Mauer ist als Kugelfang zu nutzen", erfolgte zwar bei jedem Schichtbeginn. Mit der Zeit verlor er jedoch seine Schärfe und Ernsthaftigkeit. Erst nach der allerletzten Schicht gewahrte ich, welch eine ungeheuere Last von mir abfiel. Und welch großes Glück mir zur Seite gestanden hatte.

Die vielen in Achtstundenblöcke gegliederten Tage erzwangen eine besondere Art des Umgehens mit mir selbst. Der körperliche und seelische Rhythmus, der jeden Tag neu trainiert werden musste, sich aber weigerte, zum „Standard" zu werden, verlangte alle vitalen Anstrengungen, zu denen ich fähig war. Besonders in den Nachtschichten. In ihnen schweiften die Gedanken oft in die noch nicht allzu lange zurück liegende frühe Jugendzeit. Einmal auch „flatterte" das Gedicht des „Geheimen Rates" aus Weimar vom „Türmer", der „zum Sehen geboren, zum Schauen bestellt" war, an mich heran.

Aber es half nicht. Diese Art der Poesie passte nicht hierher, schüttelte ich den Kopf. Diese profane Umgebung schien zum Lobgesang des Goetheschen „Türmers" das direkte Gegenteil zu sein, zu dessen „Welt", die ihm gefallen hat. Die nicht enden wollende Leere der Stunden wurde vom Kampf gegen Müdigkeit und Tristess ausgefüllt. Begleitet vom bangen Hoffen auf einen ungestörten Dahinfluss der Zeit. Lebenszeit.

Das Überleben war nur erträglich, wenn fabuliert, wachgeträumt, fantasiert, Kaffee getrunken und geraucht werden konnte. Die Fenster in den Häusern beiderseits der Grenze boten Anlass für Spekulationen. Kneipen und Bars im Westen öffneten und schlossen. Sie wurden oft von Motorradgangs und krakeelenden Jugendlichen besucht. Immer wieder kehrende Kleinbusse der Liebesdienerinnen in die Mauerwinkel eingelenkt, wurden nächtlings gezählt und staunend ausgewertet.

Ein netter Kerl, dieser Eckard, so empfand ich es, als ich jetzt schon das zweite Mal mit dem drei Jahre Jüngeren auf Posten stand. Er stammte aus dem Erzgebirge und wollte nach der Armeezeit Zahnmedizin studieren, um dann die Praxis der Eltern zu übernehmen. Er trachtete danach, sich darzustellen, mir zu imponieren und schwärmte trotz seiner Neigung zur Dicklichkeit vom Skifahren, zu der er mich irgendwann bei sich zuhause einlud. Er freue sich schon darauf, nach der Schicht mit mir in der Kasernengaststätte noch ein Bier trinken zu gehen. Die Gaststätte war ein Privileg, speziell nur für Grenzkasernen eingerichtet.

Die Postenpaarungen der Nachtschichten hatten stets etwas Schicksalhaftes. Denn das Ringen gegen die

Schläfrigkeit war hart. Oft traf es sich aber auch ganz gut. Dann war man mit einem Gesprächspartner zusammen gespannt, der nicht nur in sich gekehrt, wortkarg vor sich hin stierte.

Mit Ulrich, einem gerade erst ausgelernten Schriftsetzer, der auch leidenschaftlich Handball spielte, zog ich zumindest für eine lange Nacht das große Los. Sehr schnell kamen wir ins Gespräch.

Die Mauer hier, bemerkte Ulrich nach einer Weile, für ihn wäre sie kein riesiges Hindernis, wenn er darüber klettern wollte. Er könne als Handballer zielsicher einen kurzen Wurfanker an ihr befestigen und sich an einem Seil sehr schnell hochziehen. Er habe schon dem Kompaniechef Meldung gemacht und vorgeschlagen, die Mauer um mindestens einen Meter zu erhöhen. Diese dann vorhandene Höhe würde wirklich jeden abschrecken und erbrächte schließlich für alle eine größere Sicherheit, besonders auch für uns.

Der Kompaniechef habe ihn zwar angehört, aber sofort scheel angeschaut. Vielleicht zweifelte dieser und rätselte sogar, ob der Vorschlag ernst gemeint war. Auf eine Schwachstelle wolle er hinweisen, sagte Ulrich. Ein kühner Scherz läge ihm fern. Der Kompaniechef lehnte jedenfalls umgehend ab, diese Idee an höhere Stelle weiter zu geben. Aber einen Sonderurlaub übers Wochenende habe er fürs „Mitdenken" erhalten. Er kicherte lautlos und klatschte in die Hände.

Neugierig geworden, wollte ich nun von Ulrich wissen, ob dieser es mit der „Mauererhöhung" wirklich ernst gemeinte habe und fragte gleich anschließend, ob wir nicht zusammen erst einmal einen Kaffee trinken wollen. Na klar, meinte er und holte aus seinem Tornister eine Plastiktasse. Ich fischte jetzt aus den Tiefen meines Kampfanzuges den mitgeführten winzigen Tausieder heraus und kramte aus der Brusttasche ein halbes Päckchen löslichen Kaffee hervor.

Während ich aus der Feldflasche für uns beide nur soviel Wasser in die Tassen einfüllte, um den Kaffee darin brühen zu können, zündete sich Ulrich eine „F6" an seiner noch glimmenden Zigarette an und schob mir diese zwischen zwei Finger der linken Hand.

Ein kurzer Rundumblick ergab keinen Anlass zur Besorgnis. Über dem Grenzstreifen lag bewegungslose Stille und wir konnten uns dem Kaffee zuwenden.

Als wir die Tasse schon halb geleert hatten, fragte ich noch einmal wie beiläufig, ob er sich nicht zu weit „aus dem Fenster gelehnt" hätte mit seiner Kritik an der Beschaffenheit der Grenze.

Natürlich sei das frech gewesen, antwortete Ulrich. Aber er sei Sportler und hätte seine Freude am Spiel, auch mit dem Gedankenspiel. Dabei lachte er und meinte noch, wie ich sehen konnte, habe er gewonnen. Dann lehnte er sich auf seinen Klappsitz nach hinten, machte es sich auf ihm bequem, so gut es ging und angeregt von dem Gefühl, einen „guten Dreh" gelandet zu haben, setzte er an.

„Weißt du, was mir passiert ist, als ich von diesem geschenkten Wochenendurlaub zurück gefahren bin?"

Mein Kopfschütteln genügte ihm, denn sichtlich brannte er schon darauf, sich jemandem mitteilen zu können.

„Ich bin über Leipzig gefahren. Wollte Schaufenster anschauen, Menschen begucken, locker mit ihnen ein paar Schritte mitgehen und hören, was die so reden, den Klang der Alltagssprache in mich aufnehmen, wie den Rauch dieser Zigarette."

Hier machte er eine Pause, um sich eine neue „F6" anzustecken, nahm einen tiefen Zug aus ihr und redete weiter.

„Und einen guten Kaffee trinken! Da bot sich ein Hotelcafe, direkt neben dem Bahnhof, wie geschaffen dafür an. Also bin ich rein. Es war nicht viel los. An einem runden Tisch an der großen Fensterfront ließ ich mich nieder, bestellte ein Kännchen und ein Stück Mohnkuchen.

Eine gute Zigarette sollte mich von dem Gedanken ablenken, bald wieder im Zug nach Berlin sitzen zu müssen. Nur noch anderthalb Stunden dösen und wehmutsvoll dem Zuhause nachhängen, erschien mir als Gewinn. Vor allem auf nichts achten und auf nichts reagieren zu müssen, war ein Stückchen Freiheit.

Gemächlich zog ich die Schachtel „HB" aus der Hosentasche, fingerte eine Zigarette heraus und entzündete sie mit diesem Feuerzeug hier. Dieses Feuerzeug befand sich im Weihnachtspaket meines Onkels aus Bremen. Es lag neben der Zigarettenstange.

Den Blick nach draußen gewandt, nahm ich plötzlich im linken Augenwinkel eine Gestalt wahr. Lautlos musste sie sich mir genähert haben. Sogleich vernahm ich auch schon die Frage, ob denn hier noch Platz wäre. Erst jetzt drehte ich mich der Person vor mir zu.

Sie war unauffällig gekleidet, jedoch nicht alltäglich, so in der Art, als wolle sie, wie ich auch, einen angenehmen Kaffeenachmittag verbringen.

Verdutzt, fast ein wenig erschrocken, wies ich spontan auf den freien Stuhl mir gegenüber. Ich wunderte mich aber sogleich, warum sie nicht den freien Tisch nebenan gewählt hatte. Ich gab mir dazu auch sofort selbst die Antwort. Sie findet es dort bestimmt allein zu langweilig und möchte ein Gespräch mit einem beliebigen Menschen.

Unwillkürlich schweiften meine Augen nun über ihre Gestalt hinweg in den Raum des Cafes hinein, dann wieder zurück, ohne sie direkt anzusehen. Ich wollte nicht aufdringlich wirken. Dennoch bemerkte ich in Sekundenbruchteilen, dass sie gut und gepflegt aussah.

'Können Sie mir eine Tasse Kaffee bestellen', hörte ich sie fragen. Kaum ausgesprochen, wurde mir klar, hier kann es sich nur um ein Missverständnis handeln. Jetzt wendete ich mich ihr direkt zu. 'Selbstverständlich', erwiderte ich ohne nachzudenken und winkte dem Kellner. Dieser hatte wohl schon auf eine solches Zeichen gewartet, denn die Tasse Kaffee stand sehr schnell vor ihr. Sie bedankte sich und während sie die Sahne verrührte, erklärte ich ihr, weshalb ich hier sitze.

Eigentlich müsste ich die Uniform anhaben, die hier in meiner Tasche verstaut ist. Ich habe aber als Obergefreiter eine Sondererlaubnis zum Tragen von Zivilklamotten in Ausnahmefällen.

Verdutzt nahm sie sofort den Löffel aus der Tasse und legte ihn unsanft ab. Ein schneller Blick schweifte über die wenigen Gäste im Cafe hinweg. Sie schaute dann nach draußen auf die Straße und wandte sich mir schließlich wieder zu. Jetzt lächelte sie entspannt und legte ihre Hand auf die meinige. 'Ich bin die Marion. Heute ist mein freier Tag, Haushaltstag.'

Einmal in der Woche komme sie hierher, plauderte sie freundlich auf mich ein. Fast immer treffe sie hier auf nette Leute, mit denen sie sich über dies und jenes unterhalten kann. Sie sei neugierig auf andere Menschen. Für sie gäbe es nichts Interessanteres, als die Schicksale Anderer.

Gleich wollte sie wissen, woher ich denn käme und wie ich zu meiner schönen Gesichtsbräune gelangt wäre. Wie lange ich noch in Berlin bleiben müsse und was ich im Anschluss an meinen Dienst tun würde.

Und dann, fast übergangslos, fragte sie leise aber nachdrücklich, ob ich sie in ihr Zimmer bringen würde. Der Kaffee war längst ausgetrunken. Ich müsse ihr dort, vom Restaurantbetrieb ungestört, mehr über mich erzählen. Außerdem könne ich auch bei dieser Gelegenheit meine Uniform anziehen. Ich sähe darin bestimmt sehr gut aus. Von Bekleidung verstünde sie etwas, denn sie arbeite als Textilingenieurin in Teilzeit. Frauensonderstudium."

Ulrich unterbrach seinen Bericht und setzte eine Meldung ab. Es gab im Grenzabschnitt keine Vorkommnisse. Die Frage, ob ich nun gern von ihm noch erfahren möchte, wie es mit der Leipziger Begegnung weiterging, erschien überflüssig. Noch lagen drei lange Stunden bis zur Wachablösung vor uns.

„Du kannst dir sicher vorstellen, wie mir gleich zumute geworden ist", meinte Ulrich. Hastig pflichtete ich ihm bei. „Sie möchte dich näher kennen lernen, eine direkte Beziehung mit dir eingehen, vielleicht sogar abschätzen, ob du ein 'richtiger Kerl' bist, schoss es mir durch den Kopf", ergänzte Ulrich.

„Ich war verunsichert und gleichzeitig geschmeichelt, von einer solch hübschen Person als möglichen Partner umworben zu werden und von ihr ohne Wenn und Aber ausgewählt zu sein. Auch wenn es vielleicht nur für sehr kurze Zeit sein sollte."

Er machte eine Pause. Dann gab er zu, wie ein diffuses Gefühl des Unbehagens in ihm aufstieg. Plötzlich fing er an zu schwitzen. Er bekam Angst, in dieser Bedrängnis das Falsche zu tun und entschied blitzschnell ohne weitere Abwägung, sich aus dieser Situation heraus zu lösen, so gut es ging.

Es klang wahrscheinlich angestrengt, wie er mit dem Verweis auf die näher gerückte Abfahrt des Zuges ihr Ansinnen ablehnte, mutmaßte er.

„Nachdem ich gezahlt hatte, legte Marion abermals ihre Hand auf die meine. ʻSchadeʼ, meinte sie. ʻAber vielleicht möchtest du mich später doch noch mal wiedersehen. Ich gebe dir meine Adresse und warte auf deine Nachrichtʼ.

Wieder machte Ulrich eine Pause. Dann lächelte er verstohlen und gab zu, ihr zum Schein versprochen zu haben, sie nicht zu vergessen und sobald es ging, Kontakt mit ihr aufzunehmen.

„Ich schnappte gleich darauf meine Reisetasche, verabschiedete mich von ihr und legte rasch den kurzen Weg zum Seiteneingang des Bahnhofs gegenüber, zurück.

Schon auf dem Bahnsteig angekommen, fiel mir ein, in der Eile des Aufbruchs, ihr Taschentuch mit eingesteckt zu haben, welches vom Tisch gefallen war. Ein Blick auf den Abfahrtsplan ergab aber die Chance, die wenigen Schritte zurück zu laufen, um ihr das Tuch zu übergeben.

Nach kurzer Überlegung entschloss ich mich. Ich verließ den Bahnhof schnellen Schrittes und näherte mich der Fensterfront des Hotelcafes. Da sah ich sie, wie sie gerade an einem Tisch Platz nahm, an dem ein Mann mittleren Alters saß, dessen Bauch sich gewaltig unter der Trachtenjacke wölbte. Ich verharrte nur wenige Augenblicke vor dem Fenster, dachte mir, so könnte ein ʻTirolerʼ aussehen und lief langsam zum Bahnsteig zurück.ʻʻ

Ulrich betrachtete sinnend das in der Ecke abgestellte Schnellfeuergewehr, räusperte sich und bemerkte nach einem Blick auf die Armbanduhr, dass die Wachablösung schon vor dem Metallzaun stünde. Bis zum Postenwechsel blieben nur noch wenige Minuten. Sie reichten für die spöttische und zugleich hilflose Bemerkung Ulrichs, welchen tiefen Sinn diese Grenze eigentlich hätte, wenn sich unsere Leute für ein paar Westmark verkaufen, um die Dächer ihrer kleinen Häuschen instand zu halten oder einen verchromten Wasserhahn im Intershop zu erstehen.

Inzwischen waren die Peitschenlampen erloschen und der beginnende Morgen sorgte für Erleichterung. Diese Nacht war überstanden, abgehakt. Die letzte Zigarette auf der Fahrt zur Kaserne spendete einen Hauch von Vergnügen. Erst in drei Tagen ging es zur nächsten Nachtschicht.

In der folgenden Frühschicht gab es keine Gespräche. Sie war eine „Laufschicht", bei der auf dem Grenzstreifen in einem Abschnitt hin und her gependelt werden musste. Einer schritt seitlich versetzt hinter dem Anderen, zwei Meter Abstand dazwischen.

Am schnellsten vergingen die Stunden bei einer jener Spätschichten, wie dieser, die sich an die Frühschicht anschloss. Mit einem zum „Kübel" umgebauten „Trabant" wurden die „Schwachstellen" der Grenze aufgesucht und kontrolliert.

Ich chauffierte einen etwa gleichaltrigen Leutnant, der mir gleich zu Schichtbeginn das „du" anbot. Er gab zu, dass er sich kundig gemacht hatte, zu wem er in dieser Schicht ins Fahrzeug stieg. Deshalb wusste er, wie alt ich bin.

Zuerst ging es an diesem frühen Nachmittag in die Schrebergärtenanlage, die von Wasserarmen der Pleiße im nahen „Hinterland" der Grenze durchflossen wird. „Die haben es jetzt gut", raunte mir Ingolf, der Leutnant, zu und grüßte aus dem „Kübel" heraus eine Familie, die sich geschäftig in ihrem Garten betätigte, den Gruß mit leichtem Kopfnicken erwidernd.

Scheinbar planlos dirigierte der Leutnant das offene Trabantauto durch die engen Wege. Kirschblüten überall. Sie sprenkelten ein zufälliges Muster auf die Motorhaube und die Mützen der Fahrzeuginsassen. Schneeflocken im Frühling, fiel mir ein. Ich spürte plötzlich den warmen Luftzug um mich. Da winkte doch tatsächlich eine junge Person aus einem der Gartenhäuschen, hinter einer Buchsbaumhecke kaum zu sehen.

Überrascht zog ich mich am Lenkrad ein wenig nach oben, um besser erkennen zu können, wer uns da freundlich entgegen winkt. Sofort knuffte mich Ingolf in die Seite und befahl, auf das Gartenhäuschen zuzuhalten und neben dem Zaun zu parken. Er stieg aus, wechselte ein paar Worte mit der jungen Frau im bunten Badeanzug. Ich hörte sie miteinander scherzen. Bald darauf verschwanden die Beiden im Häuschen.

Nach einer reichlichen halben Stunde kam der Leutnant zurück. Er hatte einen fröhlichen Zug um den Mund und roch stark nach Kaffee. Ich vermutete Westkaffee dem Duft nach. Als Entschädigung fürs Warten bot er mir nun ein saures grünlichgelbes Bonbon an.

Schon öfter habe er bei seiner Bekannten auf diesem Kontrollweg schnell einen Kaffee genommen. Bei seiner „Bekannten". Sie lernten sich auf einem Tanzabend in der „Erweiterten Oberschule Pankow" kennen, zu dem er im Anschluss an eine Gesprächsrunde eingeladen war. Eigentlich sollte er dort für eine zehnjährige Armeelaufbahn werben. Keiner der jungen Männer sei darauf eingegangen. Stattdessen habe er sich in Tina, seine Bekannte verguckt. Sie habe ihm gestanden, wie sie von seinem schneidigen Auftreten angetan gewesen sei. Er habe so ernsthaft gewirkt. Erst vor Kurzem ist sie Achtzehn geworden und würde gern im September an der „Humboldtuni" Journalistik studieren.

Im Weiterfahren verriet mir der Leutnant seine Pläne im Umgang mit dem Mädchen. Zum Zelten habe sie ihn vorhin eingeladen, schon im nächsten Monat, nach Prerow. Ihr Vater habe eine gute Beziehung zur „Zentralen Zeltplatzvergabestelle" in Rostock.

Im ersten Moment habe er sich gefreut, plauderte Ingolf ungeniert. Er überlege jedoch nun und denke ein Stück weiter. Wegen der eventuellen Folgen. Zur Familiengründung fühle er sich noch nicht reif genug. Andererseits aber gefiele ihm die Vorstellung ungemein, mal aus der Uniform raus zu kommen. Der Wunsch könnte wahr werden: morgens bei Sonnenaufgang ins Meer rennen, vielleicht sogar ganz und gar nackig, und

dann den lieben langen Tag über Ballspielen oder fau-
lenzen.

Sie sei sehr sportlich, könne gut Volleyball spielen. Er
würde gern abends auf dem Spiritusbrenner irgendetwas
kochen. Dann mit den Zeltnachbarn beim Bier quasseln
und Zukunftspläne schmieden. Soviel wüsste er in dieser
Hinsicht schon jetzt, dass er sich nach den zehn Dienst-
jahren einen Berliner Großbetrieb aussuchen könne, in
dem er als „Diplomingenieurökonom" arbeiten werde.
Mit dem Studium an der Militärfachschule sei er schon
halb fertig.

Er warf mir jetzt einen Seitenblick zu, bemerkte, wie gut
ich es doch ihm gegenüber hätte. Er wüsste von meinem
Zivilberuf. Auch er erwog einst, Lehrer werden zu wollen.
Sein schlechtes Abitur habe leider nicht dazu ausgereicht.
Er sei bei der Aufnahmeprüfung am Pädagogischen Insti-
tut Halle durchgefallen. Der Umgang mit Kindern und
Jugendlichen sei auch sowieso nicht sein Ding.

Im Schritttempo fuhren wir nun auf das Vereinshaus
der Gartenfreunde zu. Einzelne Musikfetzen und Gast-
stättenlärm waren schon von Weitem zu hören.

Ob ich Lust auf eine „Vitacola" verspüre. Ingolf wollte
mir offenbar eine kleine Freude bereiten, denn sein auf-
gekratztes Plaudern über sich selbst empfand er wohl
als Zumutung mir gegenüber. „Na klar", gab ich sofort
zurück. „Geld habe ich aber keines dabei!"

„Geht schon in Ordnung", meinte Ingolf und so stellten wir den „Kübel" auf dem schmalen Weg zum Vereinshaus ab.

Einen Moment lang wurde es bei unserem Eintritt im
Versammlungsraum still. Dann drehten sich die Köpfe

der Leute zu ihren Tischnachbarn zurück und der Geräuschpegel stieg wieder an. Wir ließen uns aus der Küche zwei Flaschen Vitacola geben und setzten uns für einige Minuten auf die Gartenbank vor der Eingangstür. Dort störten wir nicht.

Kaum hatten wir es uns gemütlich gemacht, als sich uns ein älterer Mann näherte. Er schwenkte mit der Rechten ein Spazierstöckchen und hielt uns mit der Linken eine Flasche Bier entgegen. „Wollt ihr nicht mal einen richtigen Schluck nehmen, statt das süße Geschlabber zu trinken?" Er zog die Flasche aber fast im gleichen Moment wieder an sich, ohne erst auf unsere abweisenden Gesten zu warten. Es blieb uns nur übrig, „Danke für das Angebot" zu sagen und auf unseren Dienst hinzuweisen.

„Ach ja, ihr seid heute unsere Beschützer und müsst absolut nüchtern bleiben!" Er sprach es mit erheitertem Gesichtsausdruck und wies auf die Veranstaltung im Haus.

„Wir versaufen heute die Prämie für die Planerfüllung aus der Produktenproduktion!" Damit meinte er die Gurken, Radieschen, das Gemüse und die anderen Früchte, die der Gartenverein an die „HO" abliefern musste. Mit der „Handelsorganisation" bestünde nämlich ein Liefervertrag, ergänzte er mit wichtigtuerischem Ton. Die „Berliner" bekämen sonst zu wenig Vitamine. Damit ließ er uns sitzen und gesellte sich zu den Feiernden im Saal.

Mit jeder Lage Bier schwoll das Stimmengewirr allmählich drinnen an. Bald stimmten sie an und sangen, dass es kein Bier auf Hawai gäbe und sie deshalb hier blieben. Sie sahen den Leutnant und mich draußen auf der Bank sitzen.

„Wollen die uns etwa zu verstehen geben, dass wir nach Hause gehen sollen, weil wir hier überflüssig sind", grinste ich Ingolf an. Der lächelte jedoch nur süßsauer, wollte etwas erwidern, wurde aber vom nächsten Lied übertönt. Jetzt ging es um die Adelheid, die einen Gartenzwerg verschenken soll. Einen mit der Zipfelmütze müsste es sein und eine Gartenspritze müsste er besitzen.

Nach der nächsten Getränkerunde, dieses Mal bestand sie aus klarem Schnaps, bestiegen wir wieder unseren „Kübeltrabant". Noch die Lieder vom Biermangel auf Hawai und über die Bitte an die „Adelheid", von ihr einen „Gartenzwerg" geschenkt zu bekommen, im Ohr, fuhren wir in mäßigem Tempo zurück zur Stadtmitte auf den „Potsdamer Platz" zu.

An der Rufanlage meldete sich Leutnant Ingolf bei den beiden Wachtürmen an, die den gesamten Platz einsehbar machten. Eine riesige Brache inmitten der Stadt. „Das ist unsere Lebensversicherung!" Mit diesem lapidaren Hinweis schloss er die Tür am Metallgitterzaun auf. Ich fuhr daraufhin bis unmittelbar vor eine der breiten Treppen, die in die Tiefe führten und stieg aus. Ingolf war mir hinterher gelaufen. Als er mich erreichte, zuckte er die Schultern, wie im Bedauern. „Das hier war mal einer der verkehrsreichsten Stellen im gesamten Europa"!

Ich wunderte mich über den Leutnant, über seine augenscheinliche Wehmütigkeit. Empfand der womöglich ein gewisses Bedauern über den innerstädtischen Grenzverlauf oder trauerte er über den jetzigen Zustand des einst belebten Platzes, den er vielleicht als Kind erlebte.

Ich fragte nicht nach, hörte ihn aber vor sich hin murmeln: „Oben fuhren die Straßenbahnen, unten die S-Bahnen kreuz und quer durch Berlin. Und auch richtige Züge begegneten sich hier. Sie fuhren bis nach Kaliningrad oder nach Prag." Dann verstummte er, unterschlug die Verbindungen nach München und Paris.

Von einem Moment zum anderen war die europäische Bedeutung des Platzes verdrängt. Wir befanden uns auf der Treppe in die Untergrundebene. Vorbei ging es an den verwaisten Kartenschaltern und den Kiosken. Wir hielten den Atem an. Eine unheimliche Atmosphäre ergriff uns plötzlich.

Kleine braune Pappkästchen lagen überall an den Schaltern herum, die Zange zum Abknipsen wartete darauf, die Fahrkarten entwerten zu dürfen. Zeitschriften und Zeitungen stapelten sich in ihren Wandbehältern. Sogar schon zu Stein gehärtete Keksschachteln hofften auf späten Verzehr. In nur wenigen Augenblicken musste hier alles verlassen worden sein, halsüberkopf.

Menschenleere weite Bahnsteige, vom schmutziggelben Licht der Leuchtstofflampen nutzlos beschienen. Die Tritte unserer Stiefel hallten trocken und kalt auf den Granitplatten wider.

Vor einem der Plakate blieben wir unwillkürlich stehen. Die Farben waren in den vergangenen zehn Jahren zwar leicht erblasst. Es strahlte aber immer noch selbstbewusst in die Trostlosigkeit der verlassenen unterirdischen Bahnanlage hinein. Ein heiterer Gruß des Lebens. Es lud zum Besuch des Musicals „My fair Lady" am dreizehnten August Neunzehnhundertundeinundsechzig ein. Abgebildet erkannte man in ausgestelltem

Reifrock und Plüschärmelbluse das Blumenmädchen „Eliza" in der Pose eines angedeuteten Tanzschritts.

Inspiriert von dieser Pose drehte ich mich um mich selbst, die Kalaschnikow vor mich haltend und sprach mit leicht angehobener Stimme die erste Strophe des Liedes der Eliza über die grünenden und blühenden spanischen Blüten.

Erstaunt und mit großen Augen betrachtete mich Ingolf von oben bis unten. Er lachte kurz auf, fiel aber gleich in einen ungewöhnlich harschen Befehlston: „Lassen Sie den Quatsch sofort und entsichern Sie jetzt Ihre Waffe!"

Gehörig erschrocken über diese harsche Ansage, brachte ich die Kalaschnikow in Anschlag und entsicherte sie in die Einstellung „Einzelfeuer". Wir strebten nun dem Tunneleingang zu. Auf den Gleisen glitten fast lautlos die S-Bahnen dahin, an uns vorüber, zwischen „Anhalter Bahnhof" und „Bahnhof Tiergarten".

Der Leutnant deutete auf die Gleise. „Wir müssen jetzt ein Stück die Gleise entlang dahinein. Die Bahn ist gerade durch. Die nächste kommt erst in zwanzig Minuten. Er meinte es ernst. Ich erkannte es deshalb, weil er seine Pistole aus der Ledertasche am Gürtel heraus nahm, das Magazin überprüfte, entsicherte und wieder in die Tasche steckte, ohne sie zu verschließen.

Daraus ergab sich von einem Augenblick zum anderen eine der brisantesten Momente meines Lebens. In Sekundenbruchteilen stellten sich für mein weiteres Leben die „Weichen" um:

Nach einem schnellen Blick auf die Armbanduhr stiegen wir vom Bahnstein hinab auf das Gleisbett. Auf dem schmalen Seitenstreifen neben den Schienen liefen wir nun direkt nebeneinander her, fast auf Tuchfühlung, den jeweils Anderen im Blickwinkel.

Nur wenige Meter waren es, vielleicht zwanzig. Ich zählte sie nicht. Und beinahe hätte ich ihn übersehen, den weißen Strich an der Wand. Schon unmittelbar davor rief Ingolf mir zu: „Stopp, keinen Schritt weiter!" Seine Stimme schallte dumpf in dieser Röhre. Sie klang unnatürlich heiser. Erst jetzt erblickte ich in der Dämmerung neben dem weißen Strich die Buchstaben „Ost" und „West" links und rechts daneben aufgemalt.

Wie gebannt starrte ich auf diese Linie an der Wand, während Ingolf mit seiner Taschenlampe den Gleiskörper ableuchtete. „Nichts Verdächtiges", stellte er fest und trat mit einem Fuß genau auf die Markierungslinie am Boden. So verharrte er einen Moment lang, trat einen Schritt zurück. „Du darfst auch mal drauftreten", hörte ich ihn sagen.

„Nein lieber nicht", reagierte ich sofort und machte einen Schritt hinter ihn. Ingolf war es zufrieden, steckte seine Pistole ein, die ich gar nicht gesehen hatte, drehte sich um und wies in Richtung Bahnsteig, von dem wir her gekommen waren.

Der Weg zurück war kurz, währte jedoch in meiner Empfindung wie eine halbe Ewigkeit. Noch kannst du den Leutnant mit dem Gewehrkolben außer Gefecht setzen, ihm die Pistole abnehmen, in den Tunnel rennen und in den Westen entkommen. Diese Gelegenheit hier und jetzt wird nie wiederkehren, ein ganz neues Leben in der Freiheit zu wagen. Eine einmalige Chance. Wenn du diese nicht nutzt, wirst du es ewig bereuen.

Blitzschnell rauschten die Gedanken in mir vorüber, die ebenso schnell wieder verworfen wurden.

Was ist, wenn du den Leutnant nicht so erwischst, wie du es willst, ihn am Ende noch anschießen musst. Niemals würdest du damit fertig werden. Welch ein Risiko, welch eine Versuchung.

Wenige Jahre später machte ich den inneren „Frieden" mit mir selbst. Ein Glück, in den heiklen Momenten der damaligen Situation besonnen geblieben zu sein. Es war eine richtige Entscheidung „aus dem Bauch" heraus.

Eine Begegnung

Je näher der Mai heran rückte, desto unruhiger wurde ich. Noch vierundneunzig Tage zeigte das Metermaßband an. Heimlich, weil untersagt, aber doch geduldet, wurde es jeden Tag mit der Nagelschere gekürzt. Ein täglicher Augenblick der Genugtuung. Als Maßbandbesitzer befand man sich auf der Zielgeraden, durfte sich „EK", Entlassungskandidat nennen. Allein das gegenseitige Vorzeigen des Bandes tat gut. Der Tag der Verabschiedung geriet in dieser Weise in greifbare Nähe.

Immer schweigsamer wurden die Wechselschichten. Der Blick kehrte sich zunehmend ins eigene Innere. Wie wird es nach diesen anderthalb Jahren Zwangsdienst weiter gehen. Ein nahtloses „Weitermachen", wie vor der Armeezeit, war zwar vorstellbar, aber irgendwie doch unmöglich. Man war verändert. Die Perspektive des „Normallebens" schien durch die ständig vor Augen gestellte Grenze eingefärbt zu sein. Es gab kein „richtiges" Leben mehr in diesem großen Käfig, dem Land, in welches man hineingeboren wurde, keine Eigenbestimmung im fremdgeordneten Raum, in dem alles „fürsorglich" geregelt war.

Jeder Vogel im Käfig fühlt sich wahrscheinlich frei, weil er keine Ahnung von der Welt da draußen hat. Er wird behütet und gepflegt, altert vor sich hin, ohne sich entfaltet zu haben. So sollte es auch für den Menschen gelten. Der Mensch aber will sich entfalten, wachsen, weiterstreben und dabei auch Vorhandenes infrage stellen, das Bestehende verbessern und auf diesem Wege etwas aus sich machen.

Die Beschränktheit der Möglichkeiten bedenkend, bildete ich mir ein, nach vielleicht fünfjähriger Lehrerarbeit, eine Schule leiten zu können. Noch viel lieber würde ich aber darüber nachdenken wollen, wie Lehren und Lernen interessanter und attraktiver gemacht werden könnte. Es käme nur darauf an, geeignete Mittel und Wege zu finden als die schon als „gängig" bekannten. Nach diesen müsste man suchen und sie erproben.

Im Geiste malte ich mir schon aus, wie ich vorgehen müsste, um nach neuen Schulmethoden zu forschen. Dabei fiel mir ein, die Gelegenheit zu nutzen, wenn ich jetzt doch sowieso hier in Berlin bin, um dem Volksbildungsministerium, ganz in der Nähe, einen Besuch abzustatten. Dort würde ich vorfühlen und vielleicht sogar die Genehmigung für eine Forschungsarbeit einholen. Mein Enthusiasmus und das Abschlusszeugnis mit der Bestnote schienen mir als Voraussetzungen genug dafür.

Gleich nach einer der letzten Frühschichten beantragte ich Ausgang. Die S-Bahn brachte mich direkt bis „Unter den Linden". Innerlich noch zögernd setzte ich mich dort in eines der Cafés und bestellte ein Stück Schokotorte zum Kännchen Kaffee.

Wenigstens schon mal etwas Gutes heute, sagte ich zu mir selbst, während mir die anregende Wirkung des Kaffees in den Kopf stieg. Schließlich fasste ich mir ein Herz, bezahlte und lief auf das nur wenige Schritte entfernte Ministeriumsgebäude zu.

Dem Portier am Eingang erklärte ich, mit Irgendjemand aus dem Hause sprechen zu wollen. Egal, mit wem, weil mir sowieso niemand bekannt ist. Es ginge um ein persönliches Anliegen, Ich sei Lehrer in Thüringen, zur Zeit noch Grenzsoldat.

Ohne sichtbare Regung nahm der Portier nun meinen Wehrpass entgegen, reichte mir durch den Schlitz im Plexiglas einen Besucherschein und telefonierte. „Nehmen Sie den Paternoster, dritter Stock, Zimmer dreihundertvierzehn", so seine Anweisung.

Gediegene Stille umfing mich auf dem Weg zum bezeichneten Raum. Sie werden alle sehr beschäftigt sein mit ihrer Arbeit, huschte es mir durch den Kopf, ehe ich an besagter Tür zaghaft klopfte.

Er erhob sich bei meinem Eintritt, blieb aber nicht vor seinem Schreibtisch stehen, sondern kam mir die wenigen Schritte in dem kleinen länglichen Raum entgegen. Während er mir die Hand reichte, stellte er sich als „Fichtelmann" vor. Gleich darauf wies er auf meine Uniform, lächelte breit und bemerkte: „Sie sind bestimmt nicht von weit her!" Er zeigte jetzt zum Fenster hin, von dem aus ein kleines Teilstück der „Mauer" zu sehen war. „Das erkenne ich an den grünen Streifen auf den Schulterklappen."

Freundlich bot er mir nun den einzigen freien Stuhl neben seinem Schreibtisch an. Er habe selbst vor zehn Jahren an der Grenze gestanden, offenbarte er gleich. Jedoch sei damals die „Sache" viel schwieriger gewesen als heutzutage. Denn schon längst könne ja niemand mehr überhaupt so dicht an die Mauer heran, um in Versuchung zu geraten, irgendwelche „Kletterübungen" auszuprobieren. Und derjenige, der es doch versuchen sollte, auf den können wir ohnehin bei uns gut verzichten. Der stifte doch nur Unruhe.

Dabei machte er eine wegwerfende Handbewegung, bei der es mir kalt den Rücken herunter lief. Meine Augen glitten unwillkürlich zu Boden.

Endlich fragte Fichtelmann, was er für mich denn tun könne. Ich schluckte, besann mich einen Moment und legte ihm meine Absicht offen, nach dem Dienst in Berlin eine Forschungsarbeit ins Auge fassen zu wollen. Ideen hierfür hätte ich schon.

Umgehend quittierte er mein Anliegen scheinbar wohlgefällig. Er notierte alle meine persönlichen Angaben, nickte, als ob er die Angaben von sich aus bestätigen müsse und griff zum Telefonhörer. Er müsse mich gleich an seinen Kollegen Sieber von der Akademieabteilung weiterleiten.

Nach kurzem Wortwechsel mit dem Telefonpartner drückte er mir einen Notizzettel mit Siebers Zimmernummer in die Hand und wünschte mir noch einen schönen Tag.

Dieses Mal benutzte ich die Treppe zu Siebers Büro, einen Stock höher, über dem sich nur noch ein weiteres Stockwerk aufsetzte.

Ich hätte großes Glück, ihn heute hier unvermittelt anzutreffen. Er habe gerade von Fichtelmann Bescheid bekommen, eröffnete Sieber das Gespräch. Dabei betrachtete er mich mit ernstem Blick, in dem unverkennbar eine Spur Erstaunen lag. Seine starke Brille rutschte ihm bei diesen Worten gleich auf der Nase nach vorn, die er sofort reflexhaft nur mit dem rechten Zeigefinger zurück schob.

Er kenne zwar schon mein Anliegen, jedoch sollte ich mich ihm in aller Kürze selbst vorstellen. Lebenslauf, Interessen und was mir als Wichtiges zu mir einfiele.

Nach nur wenigen Sätzen unterbrach er mich. Er fragte gezielt, ob ich auch Mitglied der Partei sei, denn in der Regel kämen von dieser die Vorschläge für zukünftige Forschungskader.

Ich verneinte, wartete auf seine Reaktion. Auf welch besonderes gesellschaftliches Engagement könne ich ersatzweise verweisen, außer auf den Grenzdienst, wollte er nach kurzer Überlegung wissen. Eventuell haben ja auch die Eltern herausragende soziale Leistungen vollbracht, seien ausgezeichnete Aktivisten oder verdienstvolle Arbeiter des Aufbaus in den „ersten Tagen" der Staatsgründung.

Abermals musste ich verneinen und wurde jetzt kleinlaut. So klar und eindeutig und zugespitzt hatte es mir bisher noch niemand zu verstehen gegeben: Wenn du weiterkommen willst, musst du in die „Partei" eintreten! Der hervorragende Studienabschluss zählt demgegenüber so gut wie gar nichts. Es gilt: Gesinnung zuerst, Fachkenntnis zuletzt!

Die Enttäuschung stand mir wohl deutlich im Gesicht geschrieben, als ich mich auf dem langen Flur wiederfand und dem Ausgang zustrebte. Langsam lief ich auf das Treppenhaus am anderen Ende des Ganges zu, hatte ihn schon bis zur Hälfte durchschritten.

Auf einmal hörte ich Stimmen. Ein ganzer Pulk Anzugträger kam mir entgegen. Sie mussten sich hinter einer der größeren Türen versammelt haben, um gemeinsam einen noch größeren Saal aufzusuchen. Vielleicht ein Konferenzzimmer, dessen zweiflügelige Tür ich gerade passiert hatte.

In ihrer Mitte konnte ich gerade noch die einzige Frau unter ihnen ausmachen, erkennbar an ihrer leuchtenden

Haarfarbe. Schon waren sie an mir vorüber. Alle schienen im Gespräch vertieft, ohne von mir sichtbare Notiz zu nehmen. Es ging so schnell, dass sich mir keines der Gesichter einprägen konnte. Zu sehr war ich in meinen eigenen düsteren Gedanken befangen.

Unten am Ausgang wollte mir der Pförtner gerade meinen Wehrpass aushändigen, als mich jemand am Arm berührte. Es war einer jener Männer aus der Gruppe, die mir im dritten Stock begegnet war. Er wirkte drahtig, nur wenig älter als ich selbst.

„Meine Chefin will Sie sprechen. Bitte folgen Sie mir!“. Einen Augenblick lang stand ich erstaunt, wusste nicht, was das sollte. Automatisch folgte ich ihm dann. Erst im Gehen neben ihm fiel mir ein, auch eine Kehrtwendung vollziehen zu können. Dies hier ist schließlich nicht die Kaserne. Aber nein. Ich trottete dem Mann, vermutlich einem Sekretär, folgsam hinterher.

Im Paternoster mir gegenüber an die Kabinenwand gelehnt, beäugte er mich eindringlich. Ein angedeutetes Lächeln erschien in seinem Mundwinkel, als er die blauen und roten Streifen an meinen Ausgehschuhen entdeckte. Von meinem ersten Lehrergehalt hatte ich sie im Exquisitladen erstanden.

„Sie möchte wissen, was Sie hier wollten“. Zu Weiterem kamen wir nicht, denn unversehens befand ich mich in einem Vorzimmer zum angrenzenden Konferenzsaal, an dem ich bereits vorbei gelaufen war. Die zwei hölzernen Wandschränke strahlten helle nüchterne Sachlichkeit aus. Der schmale Tisch, umrahmt von exakt aneinander gereihten Stahlrohrstühlen, unterstrich die funktionale Zimmeratmosphäre. Nur die beiden schwarzen Ledersessel am Fenster luden zum bequemen Verweilen ein.

Kaum hörbar öffnete sich die Tür hinter mir. Nur ein leises Klicken ließ mich umdrehen. Sie war kleiner, als ich angenommen hatte, fast gedrungen.

Forschen Schrittes kam sie mir die wenigen Meter entgegen. Sie reichte mir ihre kleine Hand und sagte, sie lasse es nicht zu, dass jemand ihr Haus mit solch einem finsteren, fast schon verzweifelten Ausdruck im Gesicht verlasse. Was denn geschehen sei, müsse sie von mir erfahren und wies mit einladender Geste auf die beiden Sessel. Noch nie sei bei ihr ein Soldat zu Besuch gewesen. Es muss ein ganz besonderer Anlass sein, der mich hier her führt. Ich möge ihr berichten. Sie sei gespannt.

Die kurze Unterredung in Siebers Büro war rasch widergegeben. Während ich sprach, lehnte sie sich in ihrem Sessel zurück und betrachtete mich streng. Dabei glitt ihr schwarzer Rock bis über die Knie und gab den Blick auf schlanke Beine frei, die nicht so recht zu ihrer eher stämmigen Figur passen wollten.

„Junger Freund", hub sie an und zog gleichzeitig die Augenbrauen nach oben, „hier ist der Ort, an dem die Zukunft der Gesellschaft wegbereitet wird. Wie diese Zukunft auszusehen habe, kann nur die Partei bestimmen. Weder ich allein noch eine andere einzelne Person und auch nicht Sie, können umfassend darüber Bescheid geben." Sie zeigte mit dem kleinen Finger der rechten Hand auf mich.

Bevor sie weiter reden wollte, besann sie sich und bat mich, einen der beiden Wandschränke zu öffnen. Ungläubig stand ich vor einer beachtlichen Sammlung edler

Spirituosen. Die meisten Flaschen waren schon angebrochen.

„Bringen Sie uns die Flasche, ganz links und zwei Gläser!" „Courvoisier" stand auf dem Etikett. „Nein", korrigierte sie sich gleich. „Nehmen Sie lieber den georgischen Weinbrand. Er steht gleich daneben!"

Ich tat wie geheißen. Sie ergriff sogleich die so bezeichnete Flasche, drehte gekonnt den locker sitzenden Kork heraus und goss nur wenige Schlückchen in die bereit gestellten Gläser.

„Dies ist immer noch die erste Flasche aus der Kiste", verkündete sie bedeutsam, roch an dem Glas, stellte es auf das kleine runde Tischchen zwischen uns, sah mich kurz an, ergriff dann das Glas und trank es in einem Zuge aus.

Jedes Jahr erhielte sie eine Sendung von den sowjetischen Kameraden, die seinerzeit mit ihr und ihren Kampfgefährten die antifaschistische Ordnung im Nachkriegsdeutschland hergestellt haben.

„Das kannst du dir vielleicht nicht vorstellen, wie hart das gewesen ist." Sie verfiel jetzt ins „du" und ihre Stimme wurde sanfter, fast schon ein wenig schwärmerisch beim Wechsel ins Vertrauliche. „Heute erscheint Vieles als ganz selbstverständlich. Jeder bekommt eine solide Bildung und Ausbildung, erhält eine entsprechende Arbeit und lebt in Sicherheit. Das ist nicht so einfach vom Himmel gefallen!"

„Mit den sowjetischen Freunden zusammen haben sie das Bild einer gerechten Menschengemeinschaft gemalt. Frei von Ausbeutung und Ungleichheit. Jeder solle nach seinen Bedürfnissen und Fähigkeiten in Frieden leben können. Und die Chance, dies wirklich werden zu lassen, sei in der Geschichte der Deutschen nie so günstig gewesen wie in unserer Zeit. Denn „hell aus dem dunklen Vergangen leuchtet die Zukunft hervor".

Die Frau mir gegenüber summte jetzt mit entspannter Miene leise und trommelte dazu mit den Fingern der linken Hand den Takt auf die Sessellehne.

Der Weinbrand schmeckte samtig und mild. Sein intensiver Duft stieg mir wohltuend in die Nase und ich spürte schon, wie er zu wirken begann. Ein vages Gefühl der Hoffnung keimte in mir auf, denn hinter der „Fassade" funktionaler Strenge lugte der private ganz normale Mensch hervor.

Blitzschnell entschloss ich mich, die sanfte Stimmung zu nutzen. Glücklicherweise fiel mir auch gleich eine Wendung ein, mit der ich gut auf meine Lage eingehen konnte. So fragte ich, ob es denn nicht widersprüchlich sei, mir gar keine Möglichkeit zur Bedürfnisentfaltung einzuräumen, obwohl doch gerade dies eine erklärte Grundlage der Gesellschaft sei.

Sinnend, wie abwesend, warf sie mir indessen einen strafenden Blick zu. „Auf das Wort meiner ehemaligen Kameraden habe man sich tausendprozentig verlassen können. Inzwischen sind aber aus den „Ruinen" nicht nur Vorwärtsstrebende, sondern auch Zweifler, Neider und Gegner unserer Gesellschaft „auferstanden", die sich sogar tückisch bis in die vorderen Reihen der Partei eingeschlichen haben. Meister im Verbergen ihrer wahren Absichten. Deshalb ist heute eine strenge Kontrolle nötig, um die führenden Köpfe vor Fehlern zu bewahren. Nur durch Disziplin und Kontrolle könne der Satz gelten: `Die Partei hat immer Recht´! Nur die Partei ist in der Lage, dem Forscher zu sagen, in welche Richtung und zu welchen Gegenständen er zu forschen hat. Deshalb muss er auch Mitglied der Partei sein."

Ergriffen von der Schlichtheit dieser Worte, in denen aber doch eine gewisse Folgerichtigkeit steckte, ließ ich den Kopf sinken. Zugleich spürte ich auch, wie eine aufsteigende Wut das milde Gefühl in Aggression verwandelte.

Mögliche Folgen verdrängend, hörte ich mich selbstvergessend und trotzig sagen, ich hätte in den Schriften der marxistischen Klassiker an keiner Stelle gelesen, dass lediglich Parteimitglieder über neue und zeitgemäße Lernformen nachdenken dürften. Alle anderen klugen Leute würden ja dadurch vom kulturellen Fortschreiten ausgeschlossen werden. Ihre vielleicht ungemein bedeutenden Ideen würden unbeachtet bleiben.

Der Anspruch einer einzigen Partei, allwissend und allmächtig zu sein, wäre bestimmt in den ersten Jahren des Aufbaus berechtigt gewesen, stehe aber heute in der modernen Zeit auf tönernen Füßen, weil er Unfehlbarkeit voraussetze. Auf Erden stünde dies jedoch wohl nur dem Papst zu. Aber auch nur wegen des von ihm selbst behaupteten Glaubensdogmas. Dogmatisch jedoch wolle doch unser Staat nun gerade aber nicht sein!

Absurd, ja fast schon krank, sei es auch anzunehmen, gesellschaftliche Entwicklungen an Pläne zu binden, die von Parteistrategen ausgedacht werden. Entwicklungen fußen fast immer auf dem ganz persönlichen Einsatz interessierter und der Sache hingegebener einzelner Personen, wie Simon Ohm, Robert Virchow und viele andere. Alles keine Parteigänger.

Ich wollte noch weiterreden, jedoch versagte jetzt meine Stimme. Ich richtete mich auf, suchte ihren Blick und gewahrte in ihrem Antlitz eine deutliche Veränderung, die mit ihr vor sich gegangen sein musste, während ich sprach.

Reglos, wie gebannt, starrte sie mich an. Sie schien mehr als nur verblüfft. In diesem Moment klopfte es an der Tür. Eine elefantene grauhaarige männliche Gestalt erschien in der Öffnung. Uns beide erblickend, zog er sich sofort zurück und die Tür schloss sich wieder leise.

„Junger Mann, wiederholte sie, sich jäh aufrichtend. Sie wirkte in dieser geraden Sitzhaltung gebieterisch. Sie sei erschüttert. Eine solche Meinung habe sie noch nie vernommen. Was ich da unverfroren von mir gegeben habe, beträfe die Grundlagen unseres Systems. Dabei schüttelte sie verneinend den Kopf. Das seien alles jugendliche Fantasien, bürgerliche obendrein, die der Vergangenheit angehören. Einen Rückfall in bürgerliche Verhältnisse könne niemand zulassen, auch die sowjetischen Freunde nicht. Das habe sich vor nicht allzu langer Zeit in Ungarn und in der Tschechoslowakei gezeigt. Dort waren ähnliche Flausen in den Köpfen der Menschen verbreitet, wie sie es aus meinen Worten heraus gehört habe.

Persönlich könne sie mich aber wenigstens teilweise verstehen. Jugendlicher Eifer und Unüberlegtheit sei normal und kein Verbrechen. Und, wer weiß, ob nicht gerade aus solch widerspenstigem Geist vielleicht noch etwas Brauchbares hervorgehen wird. Bestimmt sogar! Meine Offenheit sei jedenfalls beeindruckend.

Sie schob das vor ihr stehende Glas beiseite und erhob sich. Einen Moment lang standen wir uns wortlos gegenüber. Beide mächtig und ohnmächtig zugleich, hilflose Gefangene der Verhältnisse.

An der Tür, bevor sie mir die Hand zur Verabschiedung reichte, fasste sie an einen der silbern glänzenden Knöpfe meiner Uniformjacke. Es schien, als prüfe sie dessen metallene Härte. Dann zog sie meinen rechten Arm zu sich heran. Der typische Kasernengeruch aus Rauch, Schweiß und Kernseife musste es ihr angetan haben, denn mit einem angedeuteten Lächeln entschwebte sie aus dem Zimmer.

Allein im Raum, verharrte ich stehend eine Weile, wusste nicht wie lange. Wieder hinsetzen war ausgeschlossen. Das Gespräch hatte keinen richtigen Abschluss gefunden. Schließlich verließ ich das Zimmer und lief über den menschenleeren Flur zum Paternoster.

Vor Siebers Büro vernahm ich im Vorübergehen dann doch noch einmal ihre Stimme. Sie hatte wieder denselben harten Tonfall angenommen, der mir noch im Ohr lag. Unwillkürlich bremste ich den Schritt. Es klang so, als erläutere sie eine ernste Sachlage. Jäh wechselte sie plötzlich nach kurzer Pause die Stimmlage noch einmal. Sie klang jetzt scharf, schrill und zurechtweisend. Gerade noch hörte ich, wie sie in diesem Ton laut von „Ignoranten" und „Hornochsen" schimpfte, als ich schon vor dem Paternoster stand.

Eilends strebte ich dem Ausgang zu. Beim Portier angekommen, drückte mich jetzt die Blase vor Aufregung. Ich fragte ihn nach der Toilette. „Gleich hier gegenüber", so seine Antwort.

Froh über den Anblick der Tür mit den beiden Nullen, die nicht zwischen Frauen und Männern unterschied, trat ich ein. Beim Anheben der „Brille" hatte ich diese schon halb in der Hand. Ihre Verschraubung am Becken musste sehr locker gewesen sein.

Nach Verrichtung meines „Geschäftes" folgte ich dann, einem inneren Zwang gehorchend meinem Reparaturbedürfnis und drehte die beiden Schrauben mit nur wenigen Griffen fest. Dabei fiel mein Blick auf das Papier in der Ablage. Es bestand aus lauter klein geschnittenen Zeitungsblättern in Ermangelung von richtigem Klopapier.

Ausschnitte aus dem „Neuen Deutschland" zeigten die halb abgebildeten Gesichter von „Erntekapitänen" auf ihren Mähdreschern.

Erst lesen sie mit glücklichen Gesichtern von der heldenhaften Planerfüllung der fleißigen Arbeiter und Bauern und dann wischen sie sich mit den Artikeln den Hintern ab, dachte ich unwillkürlich und verließ das Gebäude.

Der Kopf dröhnte immer noch. Als ich am Café vorbeieilen wollte, in dem ich schon vor zwei Stunden gewesen bin, bezwang ich mich und ging abermals hinein. Hier blieb ich jetzt lange sitzen, brütete und versuchte, meine wirren Gedanken zu ordnen.

Allmählich dämmerte es mir, was gerade geschehen war. Nach einer reichlichen Stunde siegte über allen Zweifeln die Genugtuung, meiner inneren Stimme Gehör verschafft zu haben, mich behauptet zu haben, selbst auf die Gefahr hin, aus meinem Beruf entfernt zu werden.

Springer

Nichts dergleichen geschah. Ein befürchtetes Berufsverbot blieb aus. Stattdessen flatterte nur wenige Tage nach der Entlassung aus dem Wehrdienst ein Brief der Schulverwaltung in meinen Briefkasten. Er enthielt die Aufforderung, mich unverzüglich in der zuständigen Schulbehörde zu melden.

Was heißt denn „unverzüglich", murmelte ich, während ich den Brief las. Zu einem abrupten Übergang in den Schuldienst war ich nicht eingestimmt. Etwas Zeit werde ich mir noch nehmen, bevor ich wieder vor eine Schulklasse trete und vor ihr frei sprechen kann. So ließ ich mich mit dem Verweis auf massive Verdauungsstörungen wegen der Ernährungsumstellung zwei Wochen krank schreiben.

In diesen Tagen ging ich in die nahen Wälder wandern und Radfahren. Schlief viel. Ich resümmierte die zurückliegenden achtzehn Monate bis sich das Gefühl einstellte, diese schwierige Lebensepisode glücklich überstanden zu haben. Es hätte viel schlimmer zugehen können, dort an dieser gefährlichen Nahtstelle zwischen Ost und West. Nur ein einziger Zwischenfall hätte ausgereicht, um für immer unheilbar gestört zu sein.

„Bis zum Schuljahresende teile ich Sie einer Schule im Landkreis zu. Für variable Verwendung. Im kommenden Schuljahr ist kein Einsatz für Sie vorgesehen, da Sie nach einer mir vorliegenden Anweisung aus Berlin an die Landeshochschule wechseln werden. Sie wissen ja sicherlich darüber Bescheid."

Nach dieser knappen Ansage schob mir die Schulrätin einen Zettel mit der Adresse einer Schule zu. Dort wird gerade ein „Springer" gesucht, bemerkte sie lakonisch. Dann erhob sie sich von ihrem Stuhl hinter dem Schreibtisch, reichte mir erst jetzt zur Begrüßung die Hand und verließ eiligen Schrittes an mir vorbei den Raum. Ein dringender Termin erfordere ihre Anwesenheit.

Ich blieb überrascht zurück. Mit dieser Wendung konnte ich nicht ernsthaft rechnen. Sie eröffnete eine neue Perspektive und söhnte mich mit der rigorosen Art aus, mit der es im Verwaltungswesen im Allgemeinen zuging. Der heimliche gehegte ohnmächtige Zorn über das rigide Parteiregime war wie weggeblasen. Frohe Gedanken bemächtigten sich meiner Seele. Es wurden also doch Ausnahmen gemacht. Eine dieser Abweichungen von der Regel kam mir nun entgegen. Wer auch immer daran „gedreht" hatte.

Klinger blickte kurz auf eine vor ihm liegende Tabelle und zog den rechten Mundwinkel nach unten. In halb heiterem, halb ernstem Ton eröffnete er mir, er könne mich nicht nur in den von mir studierten Fächern einsetzen. In der kommenden Woche müsse ich mit zwei Stunden „Zeichnen" in der vierten Klasse beginnen. Die Zeichenlehrerin, Frau Löbe, läge mit eingegipstem Bein zuhause. Ein Unfall. Sie stünde aber für Unterrichtshilfen und Anregungen zur Verfügung. Mit vier Wochen Ausfall ihrer Person dürfe gerechnet werden.

Direktor Klinger lehnte sich zurück und sah mich nun offen spöttisch an. „Bevor Sie nach Höherem streben, sollten Sie hier und jetzt noch beweisen, dass Sie auch ein völlig fremdes Fach geben können, obwohl Ihnen das sicherlich nicht passt. Alles eine Frage der Vorbereitung und des guten Willens. Das müssten Sie doch recht spannend finden. Seien Sie froh, nicht auch noch Musikunterricht erteilen zu müssen."

Er musste mir meine ablehnende Skepsis wohl angesehen haben. Klinger kam jetzt hinter dem schwarzpolierten Konferenztisch hervor und legte mir versöhnlich seine rechte Hand auf meine Schulter. „Hauptsächlich sollen Sie aber die Physikstunden des Kollegen Barbeli übernehmen. Von der Sechsten bis zur Zehnten. Barbeli besuche gerade die Parteischule. Ob dieser danach hierher zurückkäme, bliebe noch offen. Wenn nicht, dann sei es eine schöne Herausforderung an mich, fast alle Klassen im Fach Physik bis zum Schuljahresende zu führen, auch durch die Abschlussprüfung der Zehntklässler zu bringen.

Ergänzend kündigte er noch an, auch acht Stunden Mathematik in der Siebten und Achten wären zusätzlich abzudecken. Der Mathelehrer müsse entlastet werden. Er sei nervlich angeknackst und könne das volle Deputat nicht mehr durchhalten. Zum Schuljahresende ginge dieser dann in Rente.

„Das ist aber ein ganz schön harter Block", gab ich zu Bedenken. Klinger nickte. Ich fände aber hervorragend ausgestattete Fachräume vor. Und mit gesenkter Stimme bemerkte er, dass ich doch im Rufe stände, ein engagierter Kollege zu sein, der sogar demnächst in die Forschung ginge und von dem wohl noch viel zu hören sein werde. Er sei darüber informiert. Außerdem bliebe mir sowieso nichts anderes übrig, denn ich verstünde bestimmt, dass er mich nur fördern wolle. Und das ginge nur durch Fordern!

Damit schloss er das Planungsgespräch ab und verwies mich auf seine Sekretärin, die schon im Vorzimmer auf mich wartete, um mich in die Räumlichkeiten einzuweisen.

Nach dem Rundgang durch das Schulgebäude begab ich mich noch einmal in den Zeichenraum. Hier suchte ich nach Ansätzen für den mir so gänzlich fremden Unterricht. Ich hoffte, in den Schränken gewisses Arbeitsmaterial, Vorlagen, Schulbücher, Handreichungen, Sammlungsmappen oder andere Hilfen zu finden.

Aber außer einem Stapel älterer Aquarellzeichnungen fiel mir nichts Dergleichen in die Hände. Beim Durchblättern der Aquarelle konnte ich mich aber trotz meiner großen Ratlosigkeit nicht eines Lächelns erwehren. Ich amüsierte mich übe die vielen Igel, gemalt in allen erdenklichen Positionen. Von vorn, von hinten, von oben und sogar von unten durch ein schräg auf dem Boden liegendes Zaunsfeld hindurch gesehen. Die allermeisten jedoch waren seitlich abgebildet, bespickt mit Blättern, Äpfel, Birnen und Pilzen.

Ganz unten im Stapel kamen Hasenbilder zum Vorschein. Ungläubig hielt ich dann das letzte Blatt in Händen. Es zeigte mittig platziert ein aufrecht stehendes Hasentier, bekleidet mit Hose und Hemd, um den Hals ein rotes Tuch. Es war umringt von drei kleineren Häschen im leuchtenden Grün des Grases, blaue „Pioniertücher" um den Bauch gebunden. Sie sahen aus wie kleine Schürzen.

Ich wusste nicht, was ich von diesen Bildern halten sollte, packte die Blätter in meine Tasche und fuhr mit dem Fahrrad nach Hause. Gleich morgen wirst du mit der Zeichenkollegin reden, vielleicht auch einen Stoffverteilungsplan festlegen und Hinweise über typisches Vorgehen erbitten, nahm ich mir vor.

Anderntags klingelte ich zur vorgerückten Nachmittagsstunde an der Haustür bei Frau Löbe.

Ein lang aufgeschossener etwa zehnjähriger Junge beäugte mich schließlich nach einer ganzen Weile ziemlich skeptisch durch die spaltbreit geöffnete Tür des Bauernhauses, in dem die Lehrerin mit ihrer Familie wohnte.

„Ja, meine Mutter ist da hinten." Ich solle ihm folgen. Er drückte jetzt die Haustür soweit auf, dass ich in den langen Flur des Hauses eintreten konnte.

Der Junge führte mich den Gang bis zum rückseitigen Ausgang des Gehöfts, der in einen rechteckigen Garten einmündete. Hier hatte sich Frau Löbe ein sonniges Plätzchen eingerichtet.

Ein wenig von dem schräg einfallenden Sonnenlicht geblendet, konnte ich im ersten Augenblick mit meinen unwillkürlich zusammen gekniffenen Augen nur die Figur einer weiblichen Person ausmachen. Sie saß aufgerichtet im Liegestuhl, dessen Kopfende im Schatten lag. Direkt neben ihm in Griffweite stand ein ovales Tischchen mit anmutig geschwungenen Beinen. An seinem Untergestell prangte in schmiedeeiserner Schreibschrift der Name „Singer". Die Platte war mit Farbtöpfen, Behältern für Pinsel und Spachteln unterschiedlicher Größe, vollgestellt. Auch einige Nippesfiguren aus Porzellan waren darunter.

Frau Löbe stellte eilends bei meinem Auftauchen einen kleinen Kuchenteller ab, ergriff die am Tisch angelehnte Krücke und hüpfte mir ein paar Schritte entgegen. Sie wisse schon, wer ich bin und sie freue sich über meinen Besuch, vernahm ich eine helle freundliche Stimme. Zu ihrem Sohn gewandt rief sie sogleich betont energisch, dieser möge gleich einen Küchenstuhl hierher holen. Dann bat sie mich, sie zurück zu ihrem Liegestuhl zu führen.

Sie hakte sich bei mir unter, ließ sich am Stuhl angelangt, in ihn hinab gleiten und legte ihren eingegipsten Fuß auf dem eingehängten Gestell ab. So nahm sie eine teils aufrechte, teils liegende Haltung ein. Ich selbst nahm auf dem Küchenstuhl Platz.

„Gemütlich haben Sie es hier", versuchte ich einen Gesprächsanfang. „Eine lauschige Ecke. Der ideale Ort, um sich nach der Schule zu erholen. Es ist das ′kleine Paradies` um die Ecke, nach dem sich so mancher in stressigen Momenten hineinversetzt sehen möchte. So abgeschieden, so voller Farben."

Ohne Umschweife pflichtete sie mir sofort bei. Erklärte, wie viele der Einfälle und Ideen zu den Bildern aus ihrer Hand hier den Ursprung hatten. Ich könne bei der nächsten Gelegenheit gern auch mal ihre Sammlung besichtigen. Sie ergänzte schmunzelnd, Katzen seien ihre Lieblingsmalobjekte.

Kaum ausgesprochen, stolzierte in diesem Moment ein geschecktes Prachtexemplar elegant auf der Sandsteinmauer zum Nachbargrundstück entlang, sprang herab und rieb sein rötliches Fell an den Beinen des Liegestuhls. Mit seinem feinen Gehör hatte es wohl den „Eindringling" in sein Reich wahrgenommen.

Es ist der Kater „Tommy" vom Gartennachbar gegenüber, der sich lieber bei ihr als bei seinem Herrchen aufhalte. Nein, gefüttert werde das Tier nicht von ihr. Aber es spüre offenbar seine Bedeutung als „Modell" und fühle sich dabei wohl. Ob ich auch etwas für Katzen übrig habe, erkundigte sie sich.

Zur Bestätigung strich ich dem vorüber schleichenden Tier über seinen glänzenden Rücken und sprach ihn an. Er sei ein schöner Kerl. Und tatsächlich gab dieser einen Laut von sich. Er hat geantwortet, lachte ich und meinte, hier könne der heutige Tag unbeeindruckt von allen Pflichten noch lange währen, denn erst ab morgen würde ich ja die Arbeit an der Schule übernehmen. Nur wüsste ich gern vorher noch, wie ich als schlechter Zeichner den Kindern Zeichnen beibringen soll.

Einen Vorschlag hätte ich aber schon. Ich griff in meine Aktentasche und holte die Aquarelle heraus. Bei diesen Bildern sei mir die Idee gekommen, zu Beginn des ersten Unterrichts als Einführung die allseits bekannte Fabel vom Hasen und dem Igel, verteilt auf mehrere Kinder, von ihnen vorlesen zu lassen.

Diese Igelbilder hier sind die reinste Inspirationsquelle für mich gewesen, finde aber auch die Hasen ausgesprochen treffend gezeichnet, einfach goldig.

Nach dem Vorlesen der Fabel würde ich gern deren Inhalt von den Kindern verbal wiedergeben lassen, um abzusichern, dass der Sinngehalt einigermaßen „angekommen" ist. Anschließend würde ich dann den Auftrag vergeben, eine ausgewählte Szene der Geschichte zeichnen zu lassen. Welche Szene und auch aus welcher Perspektive, soll der Fantasie und dem Malgeschick der

Kinder überlassen werden. Jedes Kind hätte dann vielleicht eine eigene Arbeit, über die am Ende auswertend geredet werden könnte.

Dabei blätterte ich den Bilderstoß durch, ergriff das letzte Blatt mit den halstuchgeschmückten Hasen.

Frau Löbe warf einen Blick auf dieses „Gemälde" und hielt sich sofort die Hand vor den Mund. Sie lachte verhalten in sich hinein. „Ach ja, die kleine Kathleen hat mal wieder übertrieben". Sie wollte bestimmt nur ihrer Tante eine Freude bereiten, zeigen, wie schön sie Halstücher malen konnte. Die Tante sei nämlich die „Freundschaftspionierleiterin" der Schule.

Von unten aus ihrem Liegestuhl heraus schaute sie mich spöttisch an und bemerkte noch, sie sei froh gewesen, dass die Hasen die Halstücher abbekommen haben und nicht die „dummen" Gänse.

Mit kühnem Satz sprang der Kater Tommy durch die offene Tür ins Innere des Hauses. Er war heftig erschrocken über mein lautes Auflachen und gab seinen sonnigen Platz neben Frau Löbe auf, nicht ohne mir noch einen missbilligenden Blick zuzuwerfen. Ich konnte aber nicht an mich halten und es prustete aus mir heraus. „Na Sie sind ja lustig", gab ich zurück und wir lachten beide jetzt über das ulkige Gemälde der Schülerin. Das „Eis" war nun gebrochen.

„Möchten Sie eine Kaffee, Herr Aushilfskollege?" „Nein danke, mir wäre ein Glas Wasser lieber", erwiderte ich. Unversehens sah ich mich gleich darauf mit einem Kasten „Brambacher" die Kellertreppe hochsteigen. Wenn schon mal ein Mann im Hause ist, müsse sie dies ausnützen, hatte sie mich gebeten.

Ich öffnete eine Flasche, füllte zwei Gläser, die ich aus der Küche holte und nahm wieder neben Frau Löbe Platz.

Nach dem ersten Schluck wies sie auf ihr Bein. „Damit der Schmerz nachlassen möge", prostete sie mir zu und nahm einen weiteren tiefen Zug aus dem Glas.

„Ach ja, wie wäre es denn, wenn Sie mit Ihrem Namen den hässlichen Gips ein wenig verschönern würden? Sie könnten dabei auch gleich testen, ob Sie vielleicht doch eine versteckte künstlerische Ader in sich tragen!" Sie wies auf die Blechdose auf dem „Singertischchen". Zögernd entnahm ich ihr einen blauen Buntstift und kritzelte unbeholfen auf eine freie Stelle inmitten der dort bereits aufgemalten Kürzel und „Hieroglyphen" meinen Vornamen auf den Fußsohlengips.

Wahrscheinlich verspürte sie durch den Verband und den Gips hindurch ein leichtes Kribbeln, denn sie verzog plötzlich ihr Gesicht, als hielte sie an sich, um nicht schon wieder zu lachen. Denn einen albernen Eindruck sollte ich wohl nicht von ihr bekommen.

Mit beiden Armen hob sie jetzt das kranke Bein zur Seite. Dabei gab sie für den Bruchteil einer Sekunde den Blick auf ein helles Dreieck frei. Hellblau, schoss es mir durch den Kopf. Ich wendete mich sofort ab, schaute ihr aber dann direkt ins Gesicht und ärgerte mich über die in meinem Gesicht zu lesende Irritation.

Als hätte sie es erwartet, reagierte sie mit einem kaum merklichen verschmitzten Lächeln, welches aber schnell wieder von ihren Lippen verschwand.

Sie finde meinen Vorschlag interessant, Literatur und Malerei zusammen zu führen, indem die Fabel vom

Hasen und vom Igel zeichnerisch gestaltet wird. Ja, er sei sogar recht nett. Auch wie der Ablauf im Unterricht gedacht sei, wäre durchaus plausibel.

Jedoch entspräche ihrer Erinnerung nach die in der Fabel enthaltene Aussage so rein gar nicht dem geltenden Lehrplan. Denn derjenige, der sich klug vor der Arbeit wegduckt und den anderen hinters Licht führt, ist doch am Ende der Gewinner des Wettbewerbes, um den es in dem Stück gehe. Sollte die Fachberaterin zu einem unangemeldeten Inspektionsbesuch auftauchen und erfahren, wie wir beide den Unterricht in diesem Stil verabredet haben, bekäme vor allem sie den Ärger. Die Fachberaterin sei sowieso eine unangenehme Person, die stets anderer Meinung sei, wenn es um ihre Unterrichtsführung ginge.

„Fangen Sie doch viel harmloser an. Lassen Sie die Kinder sich selbst und ihre Stuhlnachbarn skizzieren. Das macht jede Menge Spaß, motiviert, fordert zu genauem Hinsehen auf und ist in jeder Hinsicht völlig unverfänglich. Gleichzeitig bekommen die Kinder einen wirklichkeitsgetreuen Eindruck von ihren Körperproportionen. Sie als Lehrer können dabei Ratschläge geben und die Zeichnungen nach ihrem Geschmack begleiten, ohne selbst vorzeichnen zu müssen."

Frau Löbe machte jetzt Anstalten, sich vom Liegestuhl zu erheben und ergriff dazu meinen Arm, den sie erst wieder los ließ, als wir schon im Flur standen. „Ich gebe Ihnen noch einen Band meiner Skizzen aus der Studienzeit mit. In denen stecken eine Menge einfacher Beispiele und Tipps drin, die garantiert sogar von Ihnen nachgezeichnet werden können."

Sie hüpfte jetzt erstaunlich geschwind in eines der angrenzenden Zimmer. Ich hörte sie dort klappern und räumen. Es dauerte eine ganze Weile, bis sie wieder zurück kam. Sie hielt die mit einem grauen Stoffband zusammen gehaltene Skizzenmappe unter dem Arm geklemmt und überreichte sie mir mit einer gönnerhaften Geste.

Beim Hinausgehen streifte mein Blick ein riesiges Bild an der Wand des Flurs. Beim Eintreten hatte ich es glattweg übersehen. Vielleicht lag es daran, dass sich meine Augen beim Verweilen im Flur nun an das Dämmerlicht gewöhnt hatten. Jetzt stutzte ich. Was war zu sehen?

Es stellte einen fast unbekleideten Fußballspieler dar. Durchtrainierter Körper, muskulös. Er schien in Bewegung, den Ball vor dem Bein. Anstelle des Kopfes war jedoch nur eine grauweiße Kugel gemalt. Kein Gesicht, keine Ohren, keine Augen. Nur eine angedeutete Mundöffnung war zu erahnen. Im Hintergrund verfloss eine diffuse Menschenmenge mit ihren Schultern ineinander. Einzelne hoch gehaltene Plakate, von links lesbar, kleiner werdend: „Sport gehört zum Menschenbild unserer Gesellschaft".

Etwas verwirrt, wusste ich nicht so recht, warum mir ein Schauer über den Rücken lief und nahm mir vor, später über dieses Bild mit Frau Löbe reden zu wollen. Schon vor der Haustür ahnte ich bereits, dass es nicht nur Bilder sein werden, über die wir noch sprechen werden.

Erstaunt betrachteten die Kinder die Dias. Zur Vorbereitung meiner ersten Mathestunde in der achten Klasse hatte ich die Frontseiten der Fachwerkhäuser des kleinen

Ortes fotografiert. Sie standen fast vollständig um den Dorfteich herum versammelt.

Geometrisches Rechnen üben. Das hatte ihr Lehrer dem Lehrplan folgend, bereits angekündigt, bevor er zu seinem Lehrgang ging.

Statt der geometrischer Gebilde erblickten die Schüler nun eine Menge Holzbalken, unterschiedlich in Form, Farbe, Gestalt, mit und ohne Verzierungen, fest aneinander gefügt.

Unwillkürlich riefen spontan einige der Jungen und Mädchen in die Klasse hinein, dort in dem oder im Nachbarhaus wären sie zuhause. Warum ich denn ihre Häuser „geknipst" habe.

Hinter einem der Fenster lugte gerade auch die Oma eines der Kinder hinter der zurück gezogenen Gardine hervor.

Die meisten der Schüler erkannten nun die abgebildeten Häuser und konnten nach einigem Hin und Her ihren genauen Standort bestimmen. Aus dem Gedächtnis heraus skizzierten die Schüler im Anschluss an die Diaschau, was sie von den Außenansichten der Häuser gesehen und gemerkt hatten und was ihnen am besten gefiel.

Nach einer halben Stunde stand fest: Die häufigste Grundform der Fachwerke ist das Dreieck. Damit war der Einstieg in die Dreiecksgeometrie getan und bekam gleichzeitig eine Bedeutung für die Anwendung in der Welt auch außerhalb der Schule.

„Mein Papa will mit mir zusammen am Wochenende ein Gartenhäuschen bauen. Der Rasenmäher und die anderen Geräte sollen da rein. Auch ein kleines Sofa ist dort vorgesehen, auf dem ich dann manchmal schlafen darf. Wenn ich heute lerne, wie das Häuschen so gebaut werden muss, damit es nicht zusammen kracht, kann ich meinem Papa bestimmt prima helfen. Dazu muss ich natürlich die Seitenbeziehungen und die Winkelverhältnisse von Dreiecken erst mal kennen lernen", meldete sich ein Schüler, dessen Name mir noch nicht geläufig war.

Jetzt konnte ich, so als ob es von dem Schüler ausging, vorschlagen, dass wir uns nun das „Dreieck" genauer anschauen sollten. Bis fast zum Schuljahresende beschäftigten wir uns anschließend mit dem „Pythagoras" und dem „Satz des Thales" in vielerlei Erscheinungsweisen.

Zwei Wochen vor Ferienbeginn zeigte ich die Dias über die Fachwerke noch einmal und rechnete an einem Beispiel vor, wie sich mithilfe des Pythagoras die Festigkeit eines Fachwerks beweisen lässt. Zum Abschluss des Themenblocks berichtete dann der Stefan, dessen Name mir inzwischen geläufig war, auf welche Probleme er bei der Errichtung der Gartenlaube gestoßen war und wie er diese erfolgreich löste.

Die Freude, die er aus dem gelungenen Vorhaben für sich gewann, beeindruckte auch die anderen Kinder, auch diejenigen, die weniger am behandelten Geometriethema interessiert waren. Aber auch ich war glücklich und dachte, wie es sich zufällig trifft, wenn der Schüler von sich aus, also von „innen" her, am Lernstoff interessiert ist und deshalb auch lernen will. Das ist offenbar die beste Voraussetzung, Erfolg zu haben, auch mit Fehlern umzugehen und Schwierigkeiten dabei zu überwinden. Nur wer lernen will, wird gut lernen.

Für die vielen Physikstunden setzte ich auf die fertig ausgearbeiteten Unterrichtshilfen des Schulbuchverlages. Sie beschrieben die Unterrichtsthemen recht gut, lieferten Vorlagen für Arbeitsblätter bis hin zu den Tafelbildern.

Nicht immer waren jedoch die vorgeschlagenen Experimente möglich. Oft fehlten die nötigen Geräte und Kleinteile. Dann blieb mir nur die unbeliebte „Kreidephysik" übrig. Eigentlich viel zu oft. Denn nach der dritten Woche erklärte mir Andrea, wie langweilig sie das Fach fände. Ich war verunsichert. Andrea tat sich sonst als ordentliche und fleißige Schülerin der Neunten hervor.

Sie würde nur deshalb im Unterricht wohl oder übel mitmachen, weil das Fach eben auf dem Stundenplan stünde. Es sei ihr egal, ob von „Dichte" oder „Wichte" die Rede ist. Noch unverständlicher finde sie, wenn man sich nicht mal einigen könne, ob der atmosphärische Druck mit „at" , mit „bar" oder gar mit „pascal" angegeben werden soll. Für sie bestehe in den verschiedenen Benennungen kein wissenswerter Unterschied. Ganz und gar bliebe ihr verborgen, weshalb sie etwas über „adiabatische" Zustände erfahren soll. Das sei nicht zu gebrauchen, meinte sie.

So richtig zufrieden stellen konnte ich sie nicht. Das gab mir zu Denken. Um ihr aber entgegen zu gehen, gab ich zu, vielleicht wirklich mit zu vielen abstrakten Begriffen umzugehen. Auch würden sich oft nicht gleich, sondern erst später die Zusammenhänge erst erschließen, die im Moment nicht so offen zutage liegen. Physikverstehen ist mitunter ein steiniger Weg, auf dem das sachliche Interesse langsam, wie auf dem Wanderweg verteilte Fundstücke, aufgesammelt wird.

Ich nahm mir als Eindruck von diesem Gespräch vor, mich ab sofort in meiner Lehrsprache noch einfacher als bisher auszudrücken und wegzugehen vom bloßen Erklären und Erläutern vor der Klasse. Damit setzte ich mich aber auch einem zusätzlichen Druck zu dem ohnehin bestehenden Stress als noch unerfahrener Lehrer aus.

Es galt nun, Wege zu finden, die von der direkten Erfahrung bis zum Verstehen und Begreifen führen, wie auch mit scheinbar Unerklärlichem umgegangen werden kann. Weil oft viele Worte, Begriffe und Formeln, die sich in einer physikalischen Modellwelt spiegeln, stellvertretend für die wirkliche Welt, allzu oft im Unverstandenen verdampfen.

Es durfte nicht so bleiben, wie es sich andeutete, dass kaum eine kritische Rückfrage die Physikstunde reflektierte. Es war schon etwas Besonderes, wenn sich ein Schüler meldete und anmerkte, wie ihm manche Naturerscheinung als widersprüchlich vorkäme, beispielsweise wenn sich bei Kälte die Körper, Flüssigkeiten und Gase zusammenziehen, Wasser hingegen aber an Volumen zunimmt.

Am schönsten waren kleine Streitereien. Dabei „kochten" die Gefühle hoch. Das half aber auch gegen das Vergessen. Jeder konnte sich im Streit aufregen, sich ärgern oder vielleicht sogar freuen, wenn sich eine Gegenmeinung durchsetzt. Auch die „Schadenfreude" ist eine Freude mit hoher Echtheit. Ihre belebende Wirkung im methodisch durchdachten Unterricht ist nicht zu unterschätzen. Lernen durch Streiten!

Die Steckdosenparty

Die Luft drückte schon recht warm für diesen Tag Ende Mai von draußen herein. Eine unbändige Sehnsucht nach der erwachten Natur ließ mich kurz entschlossen mein altes Motorrad aus dem Schuppen holen. Lästige Vorbereitungen für den nächsten Tag konnten noch bis zum Abend warten.

Das Restbenzin im halbvollen Tank erwies sich gerade noch als brauchbar und zündete nach mehrmaligem Durchtreten der Starterkurbel den kleinen Zweitaktmotor. Und los ging es. Bald war der in einer Mulde eingebettete Waldsee erreicht. Umsäumt von Fichten, Kiefern und Birken lag er da und harrte fast reglos auf meinen Besuch.

Langsam stieg ich ins noch kalte Wasser und durchquerte den Teich von einem Ufer zum gegenüber liegenden. Dort angelangt setzte ich mich auf einen umgestürzten Baumstamm und schloss die Augen. Das Wasser prickelte auf der Haut, die allmählich in der Sonne abtrocknete. Ich gab mich ganz und gar dem wohligen Gefühl hin, gleich „Bäume ausreißen" zu können.

Obwohl ich früher schon oft hier gewesen bin, hatte ich den See noch nie zu Fuß umrundet, kam mir jetzt in den Sinn, während ich den Wasserläufern bei ihrem Spiel zuschaute. Noch mal ins Wasser wollte ich nicht. Also lief ich los. Kein Mensch befand sich in der Nähe.

Kaum hatte ich ein paar Schritte im niedrigen Heidelbeergesträuch gemacht, da verspürte ich einen stechenden Schmerz in der linken Wade. Im Reflex bückte ich mich und griff mit der Hand an die schmerzende Stelle. In diesem Moment erblickte ich den Schlangenkörper, der sich langsam durch das Strauchwerk davonwand. Deutlich konnte ich die markante Musterung auf dem graubraunen Kopf erkennen.

„Verflixt", rief ich unwillkürlich laut heraus. Schlagartig in helle Aufregung versetzt, befahl ich mir aber selbst sofort, jetzt bloß nicht hektisch zu werden. Keine Panik, schoss es mir durch den Kopf.

Aber es gilt, keine Zeit zu verlieren. Schnell war ich am Motorrad, streifte Hose und Hemd über die noch nasse Badehose, band vorher mit dem Taschentuch notdürftig die Bißstelle ab, die sich um die zwei punktförmigen Stiche schon rot verfärbten. Langsam fuhr ich aus dem Waldstück heraus auf die Landstraße. Hier schaltete ich das Licht ein und gab Gas. Bis zur Klinik in der Stadt lagen um die zehn Kilometer vor mir.

Direkt vor dem Eingang des Krankenhauses hielt ich und stellte die Zündung ab. Einen kurzen Moment lang überlegte ich, nach welcher Seite der Abstieg vom Motorrad möglich sein könnte. Ich entschied mich aber sogleich für die Gewichtsverlagerung nach rechts. Mit dem rechten, unversehrten Fuß auf dem Boden abstützend, gelang es nun unter heftigen Schmerzen, das linke Bein über den Sitz zu heben.

Humpelnd lief ich dann auf die zwei Schwestern in der Eingangshalle zu und sprach sie an. Ich sei gerade von einer Kreuzotter gebissen worden. Draußen im Wald vor der Stadt.

„Sie sind ja kreidebleich", entfuhr es der Älteren. „Geht es Ihnen nicht gut?" Die jüngere Schwester holte sofort einen Stuhl aus der unbesetzten Pförtnerloge und stellte ihn vor mich hin.

Als ich mich darauf niederlassen wollte, spürte ich, wie meine Kräfte nachließen. Wie durch einen aufziehenden Nebel hindurch nahm ich noch wahr, wie eine der Schwestern eilig den Flur nach hinten ins Gebäude rannte und die andere ein Kissen unter meinen Kopf schob, dessen Weichheit und Wärme ich als sehr angenehm empfand. Dann riss der Film.

Irgendwann, unbestimmte Zeit danach, setzte er wieder ein. Ich stand vor der zehnten Klasse im Physiksaal der Schule.

Unruhig war es. Einige Schüler drehten sich nach rückwärts um, tauschten Hefte und Bücher miteinander aus. Andere liefen zwischen den leicht ansteigenden Bankreihen umher. Niemand würdigte mich eines Blickes. Alle unterhielten sich gestikulierend. Keines der Gespräche konnte ich verstehen, bekam nicht mit, was sie sagten.

Ich wollte um Ruhe und Aufmerksamkeit bitten, brachte aber selbst kein Wort heraus, öffnete den Mund und schloss ihn wieder.

„Ja, lasst uns eine Party machen, eine mit den Steckdosen da", drang es durch das Gemurmel plötzlich an mein Ohr. Deutlich hörte ich jetzt den Robert rufen, das Stimmengewirr der anderen übertönend. Robert ist einer der Aktivsten der Klasse.

„Hurra, wir machen eine Party", echoten darauf gleich mehrere Schüler aus den hinteren Reihen und rissen dabei die Arme hoch.

Die kleine und zierliche Gerda, ihre Freundin Monika und auch der stämmige Robert, hielten triumphierend plötzlich übergroße Kontaktbrücken in den Händen. Diese sahen aus wie sorgfältig selbst gebastelt. Das Griffstück in der Mitte war mit einem abgeschnittenen Fahrradreifen ummantelt. Die beiden Kontaktstifte ragten abgebogen empor. Ihre Enden ähnelten zugespitzen Pfeilen.

Die beiden Mädchen erhoben sich nun und liefen auf die Wandsteckdosen des Raumes zu. Robert zählte „fünf, vier, drei, zwei, eins, null". Bei „drei" setzte die ganze Klasse mit ein. Jetzt stießen die drei Schüler ihre Kurzschlussbrücken in die Steckdosen hinein.

Aus diesen sprühten augenblicklich die Funken. Es knallte und das Licht verlöschte. Nach einem kurzen Moment der Stille johlte die Klasse nun freudig auf.

Robert hatte inzwischen die Brücken den beiden Mädchen abgenommen, hielt sie in seiner linken Hand. Unbemerkt musste er sich meinen grauweißen Kittel vom Wandhaken geholt und übergezogen haben, denn er stand jetzt unmittelbar wie ein Lehrer neben mir am Lehrertisch.

Mit seiner rechten Hand dirigierte er jetzt die eine Hälfte der Klasse zu dem Sprechkanon: „Stromfresser, Stromfresser". Die andere Hälfte skandierte dazu „Sicherheit, Sicherheit". Im übergangslosen Wechsel riefen die Schüler anschließend in anschwellendem Sprechrhythmus „Feldstärke, Feldstärke" und „Kurzschluss, Kurzschluss".

Inzwischen stieg die derbe Erika mit Hilfe meines Stuhls auf den Lehrertisch und schwang einen Hulahoppreifen um die Hüfte. Dazu fing der stets sehr zurückhaltende Achim an, mit zwei blechernen Dosierlöffeln auf die Metallkugel des Bandgenerators in der Ecke zu klopfen. Er wechselte abrupt den Taktschlag und schrie mehr als das er sang: „She loves you, jeah, jeah. I said she loves you, jeah, jeah". Nacheinander stimmte dann die Klasse mit ihm ein, bis Tina, eine für ihr Alter bereits weit entwickelte junge Frau, auf Robert zutänzelte. Sie legte ihre Hände auf dessen Schultern und schob ihn vor sich her, wobei immer mehr Schüler in diese Polonaise eintraten und sich bedrohlich zwischen den Bankreihen auf mich zu schlängelten.

Immer noch stand ich wie gelähmt hinter dem Lehrertisch und sah zu, unfähig, die Hand zu rühren und dem verrückten Treiben Einhalt zu gebieten, bis mich eine Hand am Oberarm packen und mitziehen wollte.

Schweißgebadet wachte ich auf. Ich lag in einem Krankenbett. Durch die zugezogenen Fenstervorhänge fiel ein abgeschwächter Schein hellen Sonnenlichts, der dem grauen Fußboden einen rötlichen Schimmer verlieh.

„Helmuth", hörte ich eine bekannte Stimme in unmittelbarer Nähe. Ich öffnete, so angesprochen, mühsam die noch halbgeschlossenen Augen. Mein Blick fiel auf ihre feinen Lippen. „Sinnlich", befand ich im ersten Gedankenmoment.

Ja, wunderschöne Lippen hat sie. Dann spürte ich ihre kühlen Finger wohltuend auf meiner feuchten Stirn und schloss gleich wieder die Augen. Ich überließ mich unwillkürlich der großen Schwäche, deren ich mich nicht erwehren konnte. Mehr ging noch nicht. Das Wiedereinschlafen wurde jedoch von einem beruhigenden Gefühl von Geborgenheit begleitet.

Umso abrupter wurde ich dann erneut geweckt. Wie lange ich schlief, konnte ich nur schätzen. Es war schon Abend, aber draußen noch hell. Die Vorhänge vor dem Fenster wurden von einer Krankenschwester geräuschvoll zur Seite geschoben. Mit resoluter Stimme befahl sie mir, endlich aufzuwachen und mich aufzurichten. Ich hätte nun genug geschlafen!

Sie setzte sich gleich auf meinen Bettrand, fasste hinter mich und zog mir das Kopfkissen hinweg. Augenblicklich stopfte sie mir ersatzweise blitzschnell ein größeres Kissen hinter den Rücken. So konnte ich fast sitzen.

Kaum in dieser Weise aufgerichtet, klopfte es kurz an der Tür und der junge Arzt trat auf mich zu.

„Na, meine Lieber, das war wohl nicht nur die Kreuzotter! Da war noch mehr im Spiel. Ich denke, Sie bleiben noch zwei Tage zur Stabilisierung hier im Haus. Sie müssen ja wahnsinnig gestresst gewesen sein. Und das nicht nur durch die Motorradfahrt zu uns. Das bisschen Schlangengift hatten wir schnell im Griff. Zwei kleine Penicillinspritzen reichten aus.

Aber Ihr Allgemeinzustand erschien uns bedenklich. Sie sollten es sich überlegen, ob Sie bei Ihrer ausgeprägten Empfindlichkeit ein ganzes Lehrerleben durchstehen wollen. Noch ist Zeit für andere berufliche Wege. Steuern Sie doch lieber einen ruhigeren Posten in der Schulverwaltung an oder gehen Sie in die Erwachsenenbildung. Vielleicht zur Volkshochschule."

Der junge Arzt, kaum älter als ich, redete auf mich ein, während seine Hände meinen Hals, Nacken und Stirn abtasteten.

„Jeden Tag von hundert Augen begutachtet, ja sogar bewertet zu werden, im Zentrum völlig unterschiedlicher Erwartungen, von Hoffnungen, vielleicht auch Zuneigungen, gleichzeitig aber ebenso von Aversionen, Ängsten und Aggressionen zu stehen und dabei noch möglichst plausibel die Welt zu erklären, kann ich mir für mich selbst überhaupt nicht vorstellen. Das sollte den robusten Typen vorbehalten bleiben, die ohne übermäßigen Selbstzweifel, fest an den idealen Menschen glauben, die Kinder und Jugendliche derartig bedingungslos mögen, dass sie vor allem auch die argen Enttäuschungen, sogar Beleidigungen, wegstecken können, ohne selbst Schaden zu nehmen. An die oft uneinsichtigen Eltern will ich dabei gar nicht denken."

Er machte eine kleine Pause, betrachtete mich kritisch mit wohlwollendem Schmunzeln.

„Im Übrigen habe ich Ihr Motorrad hinter das Haus gefahren und dort abgestellt. Ich besitze die gleiche Maschine, nur in Blau.

Sie können jetzt auch mal versuchen, vorsichtig aufzustehen. In ein paar Minuten gibt's Abendessen, draußen im Speisesaal. Versuchen Sie ruhig, dorthin zu laufen! Hinterher können Sie sich wieder ausruhen. Und morgen bekommen Sie von mir die erste Aufbauspritze, denn am Nachmittag wird wohl wieder Ihre Freundin erscheinen. Sie war heute schon mal hier."

Bereits an der Tür, die Klinke in der Hand, wendete er sich zu mir und sagte im scherzhaften Ton:

„Und noch etwas: Treten Sie lieber in ein Fettnäpfchen als auf eine Schlange, die in der Sonne liegt und döst!"

Nach Worten suchend, konnte ich ihm gerade noch kleinlaut entgegnen, dass er ja nicht falsch läge mit seinen Ansichten und Einschätzungen. Tatsächlich lebe ein Lehrer im ständigen vielfach gebrochenen Spannungsfeld zwischen Akzeptanz und Ablehnung. Immer mittendrin, nie in Ruhe, niemals gelangweilt.

Langsam begann sich der Schleier im Kopf zu verflüchtigen und ich setzte hinzu, wenn es ihm, dem Lehrer, aber dann nach ein paar Jahren gelingt, seine Sinne, Empfindungen und Erwartungen auf die ständig sich verändernde Schülerwelt einzustellen, wenn er seinen eigenen persönlichen Stil findet, dann ist es wohl die schönste Arbeit, die er sich denken kann. Daran will ich mich klammern und aufrichten.

Als ich sie am folgenden Nachmittag, fast schon am Ende der Besuchszeit, ins Zimmer eintreten sah, wollte ich mir gleich die Bettdecke übers Gesicht ziehen. Beim Blick in den Spiegel vor einer Stunde war ich ein wenig vor mir selbst erschrocken. Ich sah ziemlich mitgenommen aus. Jetzt machte ich eine entsprechende Handbewegung mit der Bettdecke.

Sie lachte jedoch nur kurz, schüttelte den Kopf, so dass ihre blonden Haare umherfielen und setzte sich einfach auf den Stuhl neben meinem Bett.

Nachdem sie mir mit kräftigem Druck die Hand geschüttelt hatte, meinte sie, der Arzt habe im Vorbeigehen verlauten lassen, ich werde morgen entlassen. Sie wollte mich fragen, ob sie mir aus meinem Zimmer zu Hause noch heute etwas herbeibringen könne, vielleicht ein Hemd oder eine Hose.

Erfreut über die angebotene Hilfe bedankte ich mich.

Verneinte aber, weil meine Sachen hier im Schrank hingen. Ich wollte so wegfahren, wie ich gekommen bin.

Da fiel mir die Badehose ein, die ich noch auf der Fahrt anhatte. Unmöglich konnte ich mir von Gerlinde eine Unterhose beschaffen lassen. Derart vertraut waren wir nicht, auch als wir schon nach vierzehn Tagen gemeinsamer Abstimmungen über meinen dilettantischen Zeichenunterricht das „du" vereinbart hatten. Also würde ich auch die längst abgetrocknete Badehose unter die Jeans ziehen.

Die Kollegen ließen grüßen. Nächste Woche würden sie fest mit mir rechnen. Auch sie selbst übernehme ihren Unterricht wieder selbst. Unter dem dunkelblauen Hosenanzug könne sie noch ein paar Tage einen dünnen Zinkleimverband am Bein tragen, ohne damit aufzufallen.

Sie stellte eine kleine Flasche Apfelsaft auf mein Nachttischchen und wollte sich verabschieden. Ich war froh, keine Gespräche mehr führen zu müssen, hielt aber ihre Hand doch einen Moment länger fest als üblich, die sie mir auch nicht entzog. Mir ginge es seit sie hier ist, gleich viel besser, gab ich unumwunden zu. Dann ließ ich sie gehen.

Nach der Visite am nächsten Morgen musste ich ein letztes Mal ins Labor zur Blutentnahme und strebte anschließend mit noch weichen Knien, aber ohne Schmerzen und in froher Stimmung dem Klinikausgang zu.

Kaum hatte ich die Vorhalle durchschritten, in der ich noch vor drei Tagen kollabiert bin, stand ich schon vor der Tür. Da erlebte ich eine Überraschung, wie sie größer nicht hätte sein können. Einen der schönsten Momente meines beruflichen Lebens wurde mir zuteil:

Fast die vollständige neunte Klasse, für die ich stellvertretend die Führung übernommen hatte, fand sich hier auf dem Vorplatz versammelt. Sie hatten sich nach meinem Entlassungstermin erkundigt, waren kurz entschlossen mit dem Bus angereist und warteten nun schon eine Weile auf mich.

Als ich jetzt endlich aus der Türe trat, stellten sie sich nebeneinander auf. Jonas, einer derjenigen, mit dem ich schon oft einige „Hühnchen rupfen" musste, gab ein Zeichen. „Guten Morgen, Herr Lehrer, Klasse neun ist zum Abholen bereit!" Das war die übliche Grußformel für den Unterrichtsbeginn, leicht abgeändert.

Wie vom Donner gerührt stand ich da. In meinen zerleierten Jeans, die schwarze Kunstlederjacke in der einen, den Motorradhelm in der anderen Hand. Ich war überwältigt, gerührt, rang nach Fassung. Jacke und Helm ließ ich zu Boden gleiten und lief auf die Jungen und Mädchen zu, gab jedem einzelnen die Hand und bedankte mich für diese nette Geste.

Unbemerkt waren mir die Herzen der jungen Menschen zugeflogen. Ich tat nichts Besonderes dafür, strebte keine Autorität an, wollte nur Verstehen helfen, so wie ich es selbst verstand, wollte weder streng noch gerecht, aber vor allem wollte ich aufrichtig sein und jedem Einzelnen in seiner Eigenart ernst nehmen. Und die Physik sollte von ihnen als wichtiger Baustein ihrer Bildung begriffen werden, als eine Art Lebenshilfe. Vielleicht haben die Jugendlichen diese Absicht gespürt, ohne dass sie jemals direkt erklärt worden wäre.

Diese „Begrüßung" zog in den nächsten Tagen Ärger nach sich. Die Schüler hatten drei Stunden versäumt, um rechtzeitig in die Stadt zu gelangen und wieder zurück zu kehren. Die Biologiekollegin war empört und der Geografielehrer reagierte verständnislos. An einem Nachmittag mussten die Stunden nachgeholt werden. Ich fühlte mich mitschuldig.

Gerlinde meinte, bei den beiden Kollegen wäre bloß der blanke Neid zum Vorschein gekommen.

Seit sie mich im Krankenhaus besuchte, sah ich sie mit anderen Augen. Sie wurde zur Vertrauten im Schulalltag. Der tägliche gemeinsame Kaffeeplausch in ihrem Vorbereitungszimmerchen wurde zur Gewohnheit. Nur wenige Minuten in der zweiten großen Pause reichten aus, wann immer es passte und wenn die Aufsicht andere Kollegen besorgten.

Wir nahmen an den vielfältigen kleinen Problemen, die jeder zu lösen hatte, interessiert Anteil. Tauschten Erfahrungen aus. Solche Kleinigkeiten, wie ich es gerade erlebt habe, sollte ich einfach wegstecken, denn nicht jeder Lehrer sei beliebt, wünscht es sich aber für sich. Unwillkürlich beobachte man sich im Kollegium. Nicht immer wird dabei einem erfolgreichen Kollegen dessen Erfolg mitfühlend vergönnt, so wie in diesem meinem Fall. Trotzdem müsse man zusammen halten, denn wir alle säßen unausweichlich im „selben Boot" und brauchen uns gegenseitig.

„Wollen wir nicht heute Abend zusammen ins Kino?" Sie sah mich zwar von der Seite, aber doch spürbar auffordernd an, so dass ich spontan zusagte. „In der Kreisstadt wird ´Pharao` gezeigt. Die Verfilmung des Romans von Boleslav Pruse. Der Film soll wunderbar sein. Heute ist doch Sonnabend und sonst ist doch nichts anderes hier los!"

Das konnte nur noch bestätigt werden und wir verabredeten, schon nachmittags in die Kreisstadt zu fahren. Noch vor dem Kinobesuch sollte uns ein Eisbecher auf den Film genussvoll einstimmen.

„Zieh dich aber warm an", ermahnte ich sie, „denn die Luft wird am Abend noch sehr kühl sein"!

Nicht das erste Mal war es, dass Gerlinde auf meinem Motorrad mitgefahren ist und gefroren hatte. An diesem Nachmittag staunte ich doch und musste lachen, als sie sich mit etwas zu weiten Jeanshosen, Anorak, Schal und roter Mütze zu mir auf den Sozius setzte. Offenbar hatte sie meine Worte beherzigt. Vielleicht wollte sie aber auch zeigen, wie gern sie sich meine Besorgtheit gefallen ließ.

Wenig später im Marktkaffee sah ich ihr zu, wie sie zuerst jede einzelne Erdbeere aus ihrem Eisbecher mit dem kleinen hölzernen Spießchen heraus fischte, von ihnen ein Stück abbiss, die andere Hälfte wieder in das Vanilleeis eintauchte und dann endgültig in den Mund steckte. In dieser Weise konnte sie die Erdbeeren doppelt genießen.

Ganz schön raffiniert, dachte ich, während ich selbst meinem Schokoeis zusprach und beobachtete, wie es sich langsam verflüssigte.

Sie musste beim Eisschlecken wohl trotzdem ihre Augen überall gehabt haben. „Dreh dich jetzt bitte nicht um. Gleich kommen die Silvia und der Gerd aus der Zehnten hier herein. Sie stehen schon vor der Tür. Spätestens Mitte nächster Woche weiß dann der halbe Ort mehr über uns Bescheid als wir selbst wissen. Die ganze Schule sowieso."

Tatsächlich liefen die beiden jungen Leute an unserem Tisch vorüber, grüßten, ließen sich an der Theke eine

Eistüte auf die Hand geben und schlenderten wieder an uns vorbei nach draußen. Silvia lächelte uns dabei verhalten freundlich zu.

Gleich darauf standen sie auf der anderen Straßenseite. Beide hielten eine Zigaretten zwischen den Fingern geklemmt. Es sah so aus, als warteten sie. Vielleicht auf uns, um zu erkunden, wie und wohin wir gehen würden?

Ich konnte mir ein Lächeln nicht verkneifen und begann, von meinem Albtraum zu erzählen, aus dem mir Gerlinde herausgeholfen hatte.

Sie hörte aufmerksam zu. Auch sie kenne das. In ihren ersten zwei Lehrerjahren habe sie manches Mal nicht gewusst, wie sie den „quirreligen Haufen" von Viertklässlern bändigen sollte. Ja, auch die Angst vor dem nächsten Tag hätten ihr oft den Schlaf geraubt. Beinahe hätte sie sich zur Entspannung das Rauchen angewöhnt, habe es aber doch lieber bleiben lassen. Wegen der Haut, setzte sie hinzu.

Aber die Anfangsphase verginge und bald würde man darüber schmunzeln. Ganz bestimmt muss diese Selbsterfahrung fast jeder Lehrer durchmachen, um sich selbst zu finden. Entweder es gelingt ihm oder er scheitert, wenn nicht gleich, dann später. Schleppt er sich nur so dahin, von Jahr zu Jahr, dann wird er krank und bricht zusammen. Einige entwickeln sich auch zu skurrilen Typen. Seltsame Veränderungen der Persönlichkeit gingen bei Vielen dann vor. Man könne nur staunen. Andere aber sind schnell routiniert. Es gäbe eine Menge Naturtalente, so wie ich wohl einer sei. Deshalb bräuchte ich nicht an meiner Eignung zu zweifeln und mir keine Sorgen zu machen.

Sie schaute mich über ihren nun fast schon leeren Eisbecher hinweg mit ernster Miene an und ergriff meine Hand. Sie schien von dem kurzen Blick in die Tiefe meiner Seele, den ich ihr gewährte, beeindruckt. Und ich war ihr für ihren Zuspruch dankbar.

Der Film war zu Ende. Nur einfach jetzt gleich nach Hause fahren, wollten wir noch nicht. Wir waren noch zu sehr gefangen von den herrlichen Bildern Ägyptens, einer für uns äußerst exotischen Welt. Ägypten lag unerreichbar in einem anderen Kosmos.

Unschlüssig wiegte ich den Zündschlüssel in der Hand. Einer unwillkürlichen Eingebung folgend, schlug ich vor, jetzt noch zum Waldsee zu fahren. Das Abenteuer lockte.

Nur einen winzigen Moment stutzte sie, nickte aber gleich zustimmend und wir fuhren los.

Der Weg im Wald hinab zum See war schmal, sandig, an vielen Stellen vom Regen ausgewaschen, zerfurcht und mit Wurzeln überwachsen. Ein waghalsiges Unterfangen.

Ich spürte, wie sie ihren Kopf an meiner Schulter barg, sich mit beiden Armen an mir festhielt, sich ganz und gar meiner Fahrgeschicklichkeit überließ, ohne selbst auf den Weg zu schauen.

Glücklich unten am See. Im blassen Schimmer des halbverdeckten Mondes legten wir unsere Sachen ab. Die wenigen Schritte zur sanften Einstiegsstelle ins Wasser waren schnell zurück gelegt. Die Wasseroberfläche lag ruhig und glatt vor uns. Kein Lüftchen regte sich. Ein kurzes Verhalten. Dann fassten wir uns wie zwei Kinder an den Händen und liefen schnell mit einem Jauchzen ins Wasser.

Dicht nebeneinander schwammen wir einmal bis zur Mitte, dann im leichten Bogen gleich wieder dem Rande zu. Mein Unterhemd genügte zum Abtrocknen für uns beide. Dann am Waldboden, beieinander, wurden wir eins mit den nächtlichen Geheimnissen der Natur.

Die Zeit schien vergessen. Sie war weit weg, hatte ihre Bedeutung für uns verloren. Nur wir beide lebten hier, allein in der Schwerelosigkeit des Augenblicks, ganz dem Anderen ergeben und doch jeder ganz bei sich.

Die allmählich aufsteigende Kühle brachte die Sinne wieder zurück. Überdeutlich knackten die Äste der Tannen. Irgendwo auf ihnen rief ein Käuzchen.

Wir zogen uns um Lichtkegel des Motorradscheinwerfers unsere Sachen über und gelangten kurz nach Mitternacht vor ihrem Hause an. Ihr Sohn übernachte heute bei einem Freund, sagte Gerlinde kapp, als gäbe es sonst nichts Weiteres zu erklären. Ich folgte ihr ebenso selbstverständlich in ihre Wohnung.

Sie verfügte über ein kleines Badezimmer, in dem gerade ein winziges Waschbecken an der Wand seinen Platz fand. Die Wanne nahm fast den gesamten Raum ein, in die nur von einem schmalen Gang aus eingestiegen werden konnte.

Nach einer ausgiebigen Dusche holte sie einen frisch geräucherten Bauernschinken aus der Küche. Nur mit dem Nötigsten bekleidet schmausten wir nun wie bei einem Festmahl. Als dann die zweite Flasche süßen ungarischen Weins geleert war, fühlte ich, wie aus dem abenteuerlichen Waldausflug ein bisher nie gekanntes wunderbares Gefühl der Vertrautheit und Heimatlichkeit emporwuchs. Gerlinde hätte „Liebe" dazu gesagt.

Strahlende Frühlingsgrüße

Vom sanften Wiesenhang schickten die ersten Narzissen verspätete Frühlingsgrüße herüber. Immer wieder schwenkten die Köpfe der Zehntklässler zur Fensterfront. Ihre Blicke verharrten dort länger als nur einen Moment, wandten sich aber dann doch ihrem Lesetext wieder zu.

Ein gewisses Verständnis für ihre Unkonzentriertheit bei diesem schwierigen Lerngegenstand konnte als normal angenommen werden. Schon seit geraumer Zeit zerbrach ich mir den Kopf, wie der Themenbereich „Atomphysik" anschaulich und damit auch verständlich für den Unterricht zurecht gelegt werden kann. Bisher wollte mir aber nichts als das Übliche einfallen.

Also lasen die Jugendlichen auf meinen Vorschlag hin den Lehrbuchtext mit der Überschrift „Isotopenzerfall". Gleich danach sollten sie die „Alphastrahlen" in der vor der Stunde präparierten „Nebelkammer" anschauen. Auch der „Geigerzähler" gab bereits leise Knackgeräusche von sich. Er wartete aber noch auf seinen Einsatz beim Kontakt mit dem Probekörper aus Radium, der ebenfalls schon bereit gelegt in der Schublade des Lehrertischs in seinem metallenen Transportschächtelchen lag.

Mit Hilfe dieser Apparate konnte wenigstens etwas „Strahlendes" gezeigt werden. Die Kernspaltungsvorgänge blieben leider bei genauerer Betrachtung hauptsächlich nur durch Modelle zugänglich. Diese verlangten aber von den Jugendlichen ein sehr hohes Maß an Abstraktionsvermögen. Noch nicht einmal die Wirkungen atomarer Strahlung können ja weder direkt noch indirekt gezeigt und erfahren werden.

So schwirrte es in meinem Kopf herum. Wenn schon die Atomphysik so schwierig zu behandeln ist, dann greif doch wenigstens auf dasjenige zu, was sich in dieser Hinsicht ganz konkret anbietet, dachte ich.

Nach der letzten Stunde klopfte ich beim Direktor an. Er befand sich gerade auf dem Sprung, wollte mit dem Rad nach Hause. Seine Frau warte mit dem Essen auf ihn. Vorher wolle er noch mit dem Hund eine Runde um die Wiese hinterm Haus drehen.

Eine Exkursion könne ich selbstverständlich durchführen. Schließlich besäßen außerschulische Lernorte eine hohe Überzeugungskraft und sind pädagogisch sehr wertvoll.

Einen handgeschriebenen Kurzantrag möge ich gleich morgen früh bei ihm einreichen. Und schon war er, mit einem verbindlichen Lächeln auf den Lippen an mir vorbei.

Es war kaum eine handgeschriebene Seite, die ich am nächsten Morgen kurz vor Unterrichtsbeginn im Sekretariat abgab. Gleich nach der zweiten Stunde, kaum verklang das schrille Klingeln zur Pause, lief, nein, hastete der Schulleiter den langen Korridor entlang dem Fachraum für Physik entgegen. Der Raum lag am Ende des Flurs. Deshalb erkannte ich schon an seiner Gangart, wie aufgeregt er sein musste.

Mein Antragsblatt in der Hand, fuchtelte er mir mit dem Zettel vor der Nase herum. Wie ich denn auf einen solchen irrwitzigen Einfall gekommen sei, fragte er mit fast schon zornigem Ernst. Und als der letzte Schüler an uns vorüber war, ob ich vielleicht nocheinmal von der Schlange gebissen worden sei. Er meinte damit aber eigentlich den sprichwörtlichen Beißaffen, wollte es jetzt doch nicht so deutlich aussprechen.

Ich müsse in der nächsten großen Pause zu ihm in sein Zimmer kommen. Er sah mich dabei wie einen Besucher aus dem Außerirdischen an, drückte mir meinen Antrag in die Hand und lief eilig zurück in sein Büro. Wenig später saß ich ihm dort gegenüber.

Sein von den Kollegen gefürchteter cholerischer Anfall war inzwischen verflogen. Er hatte sich beruhigt, offenbarte mir jedoch gleich zu Beginn des Gesprächs, dass er einen solchen aberwitzigen Exkursionsantrag in seiner nunmehr zwanzigjährigen Dienstzeit noch nicht erhalten habe. Wenn ich auf dessen Vollzug bestehen würde, müsste er mit der Kreisschulrätin darüber reden, denn die Verantwortung über dieses Vorhaben könne er nicht allein tragen.

Ich erklärte ihm nun vielwortig meine Gründe für die vorgeschlagene Fahrt zu dem durchaus in der Nähe gelegenen Uranerzbergwerk. Ich betonte dabei den direkten Bezug zum Lehrplan, in dem die Gewinnung und Verwendung von Uran enthalten ist.

Schließlich gab er sich einen Ruck und griff zum Telefonhörer. Während es am anderen Ende der Leitung klingelte, schlug die Turmuhr der benachbarten Kirche. Sie verkündete die elfte Vormittagsstunde.

Noch ahnte ich nicht, dass diese Glockenschläge eine entscheidende Wende in meinem Leben einläuteten.

Die Telefonverbindung wurde kurz unterbrochen, dann aber weiter vermittelt, bis endlich eine energische Frauenstimme zu vernehmen war.

Die Sätze des Schulleiters waren kurz und distanziert. Als er sprach, betrachtete ich den mit blauschwarzem Schiefer verkleideten Kirchturm, von dem an vielen Stellen die Platten herunter gefallen und mit Dachpappenstücken übernagelt waren. Automatisch zählte ich die kleinen Seitentürmchen am Kirchendach ab. Als ich gerade beim neunten Türmchen anlangte, hörte ich die jetzt leise, fast schon brüchig gewordene Stimme des Direktors, mit dem er das Telefonat beendete.

Als er den Hörer auf die Gabel zurück legte, schaute er einen Augenblick zu Boden, als suche er dort einen heruntergefallenen Bleistift. Dann blickte er mich mit nur mühsam verborgenem Erstaunen an.

Schon wieder gefasst erklärte er, die Kreisschulrätin würde den Antrag für eine Exkursion zur sowjetisch-deutschen Aktiengesellschaft mit dem seltsamen Namen „Wismut"" befürworten und bei Vorlage des Antragsformulars genehmigen. Die Wismut aufsuchen zu wollen, sei eine glänzende Idee. Unseren Schülern zeigen zu wollen, wie „aus den Wiesen" Energie „geschürft" wird, könne für pädagogische Zwecke sehr vielfältig genutzt werden. Vor allem stärke diese Besichtigung das Vertrauen in unseren Staat und in die Festigkeit der Freundschaft mit dem sowjetischen Brudervolk. Sie mache Stolz auf unser Land. Ob er, der Direktor dies nicht wüsste!

Für die Erlaubnis der russischen Bezirksverwaltung werde sie sich umgehend bemühen. Sobald diese vorläge, könne es losgehen. Auch die Busse für die Fahrt würde sie anweisen.

Welch ein Wunder, dachte ich und begab mich zurück in meine Klasse.

Es war der erste Tag nach den Frühjahresferien. Der letzte Abschnitt vor Schuljahresende verlangte eine Neuordnung der Unterrichtsstoffe, die noch behandelt werden mussten und sonst „unter den Tisch" fielen. Sie verlangten besonders viel Abwägung und Konzentration. Darüber drohte das Exkursionsvorhaben schon fast in Vergessenheit zu geraten.

Gerade rechnete ich eine Beispielaufgabe für die Abschlussprüfung der zehnten Klasse an der Tafel vor, als der Direktor in der Tür auftauchte.

Ich erschrak, weil ich noch vor Kurzem im Lehrerzimmer gegen das „tafelorientierte Vormachen" gewettert hatte. Den Direktor interessierte jedoch kein Tafelbild. Er winkte der Klasse zu, ein Bündel Papiere in der Hand haltend.

„Die Genehmigungen für eure Fahrt sind da", rief er in die Klasse hinein und dann zu mir gerichtet, dass er noch heute mit mir über die Vorbereitung sprechen müsse.

„Sie sind ja ein Glückspilz", beglückwünschte er mich nach der letzten Unterrichtsstunde in seinem Dienstzimmer. „Ihr Vorhaben ist nun tatsächlich auf Gegenliebe gestoßen. Bei aller anfänglichen Skepsis muss jetzt auch ich gestehen, wie gern ich ebenfalls mitfahren möchte. Schon allein deshalb, weil dieses Bergwerk für ´normale` Menschen tabu ist. Es gehöre ja auch eigentlich unseren ´Freunden`, die gleichfalls kaum jemand zu Gesicht bekommt. Schon fast unsichtbar hätten diese sich in ihre Kasernen zurück gezogen, mit Brettern eingezäunt, sozusagen ´eingeigelt`. Sie verhielten sich auffällig diskret. Wahrscheinlich wollen sie auf keinen Fall den Eindruck erwecken, sie hielten das Land mit Gewalt besetzt.

Dem konnte ich nur beipflichten und bestätigen, wie dezent sich das russische Militär im Alltag zeigt. Nur bei der Kartoffelernte bin ich ihm ab und zu begegnet. Es zeigte sich dann als Helfer im wahrsten Wortsinne. An zwischenmenschlichen Beziehungen allerdings scheinen sie überhaupt nicht interessiert zu sein. Und das, obwohl wir doch allesamt Mitglieder der „Gesellschaft für deutsch-sowjetische Freundschaft" sind.

Insgeheim amüsierte ich mich über diese vom Grunde her doch abschätzige Meinung des Schulleiters und fügte noch an, welch gute Gelegenheit die Fahrt zum Bergwerk wäre, die gerade beschworene „Freundschaft" auf die Probe zu stellen.

„Sie nehmen auf die Fahrt noch zwei zehnte Klassen aus der Kreisstadt mit, deren Klassenlehrer und fünf Elternvertreter. Darunter zwei Mütter, damit die Mädchen Ansprechpartnerinnen für alle Fälle haben. Und, ach ja, so die Weisung der Schulrätin, den Kreissekretär der ′Freien Deutschen Jugend′. Auch ein Mitarbeiter aus der Abteilung ′Inneres′ wird Sie aus reinem Interesse begleiten.

Die beiden Busse sind schon bestellt. Sie übernehmen die Leitung und bereiten die Schüler vor. Nach der Exkursion erwartet die Schulrätin einen ausführlichen Bericht von Ihnen."

Gemeinsam verließen wir nun das Dienstzimmer. Im Hinaustreten legte mir der Direktor jovial seinen Arm vertraulich um meine Schulter. „Was Sie da in Gang gesetzt haben, ist derartig ungewöhnlich, wie Sie es kaum annehmen können. Inzwischen sind schon deswegen eine Menge Anrufe von Schulleitern anderer Schulen bei mir eingegangen. Es ruft Erstaunen hervor. Viele sind schon auf den Ausgang dieses Unternehmens gespannt."

Es gäbe aber auch warnende Stimmen, Anspielungen auf Strahlenbelastungen, denen die Jugendlichen eventuell ausgesetzt würden. Er gehe jedoch davon aus, dass in dieser Hinsicht für die Sicherheit gesorgt würde.

Wenn alles glatt „über die Bühne" gehen wird, dann könne ich mit einer Belobigung von „oben" rechnen und beim nächsten „Tag des Lehrers" sogar zum „Oberlehrer" befördert werden. Auch die Schule stünde dann im Kreisvergleich exzellent in punkto „gesellschaftliche Arbeit" da.

Am Donnerstag der folgenden Woche war es soweit. Die beiden Busse trafen nach dreistündiger Fahrt kurz vor Mittag im Bergwerksort ein.

Unterwegs hatten sich die Schüler der drei Klassen ein wenig „beschnuppert", verhielten sich aber sehr ruhig, als würden sie das Kommende mit Gelassenheit entgegen sehen. Erkennbar neugierig schien niemand zu sein. Sie waren offenbar gut eingestimmt.

Wir wurden schon erwartet. Das riesige schmiedeeiserne Tor öffnete sich auf Knopfdruck des Pförtners und unsere Busse stellen sich auf den Parkplatz, schön nebeneinander angeordnet, ab. So, wie sie eingewiesen wurden.

Kaum waren alle ausgestiegen, führte uns ein eleganter Herr im grauen Anzug mit Krawatte in die Kantine. Dort stellte er sich als „Kaderleiter" vor, gab vor, dass er sich freue uns begrüßen zu dürfen und lud gleich zum Mittagessen ein. Schließlich sei ja jetzt auch gerade die richtige Zeit dafür.

Ganz und gar ungewohnt, konnte zwischen drei Gerichten gewählt werden. Reichlich Obst, sogar Bananen zum Nachtisch, sorgten für Begeisterung.

Noch beim Nachtisch wiederholte der Kaderleiter seine Begrüßung. Er führte aus, in welch bedeutendem Betrieb sie hier seien, der sich auf viele Standorte im Erzgebirge verteilt, in dem tausende Werktätige als Facharbeiter mit sehr unterschiedlichen Berufen arbeiten.

Er bot allen Jungs, die jetzt noch keine Lehrstelle hatten, ganz egal, wie ihr Zeugnis aussehen würde, eine Ausbildung an. Hier könnten sie „Hauer", „Maschinist" und auch „Elektriker" werden, oberhalb oder untertage. „Ich bin ein Bergmann, wer ist mehr?", rief er laut zum Schluss und geleitete die rund hundert Schüler mit ihrem „Anhang" über einen geräumigen Platz hinter der Kantine zum Bergwerkskulturhaus.

Schnell verteilten sich die Schüler auf die vorderen Sitzreihen und schon belebte sich die kleine Bühne. Es folgte nun ein Unterhaltungsprogramm, unverkennbar um Frohsinn bemüht.

„Die farbenprächtigen Folklorekostüme der russischen Singgruppe verzauberten uns", wird später die Simone aus meiner Zehnten in ihrem Bericht schreiben.

Und wirklich legten sie sich ins Zeug, sangen erst ein sehr temperamentvolles Tartarenlied. Die Schüler gerieten sofort in begeisterte Stimmung. Am meisten jedoch erfasste es unseren Jugendfunktionär. Er sprang von seinem Stuhl auf, klatschte wie von Sinnen und wollte gar nicht mehr damit aufhören als das Stück schon geendet hatte.

Anschließend ertönte ein bekanntes Liebeslied. Es erzählte von einer gewissen „Katjuscha", die sich zunächst in einen Jungen verguckt, sich jedoch umgehend besann und aus unerklärten Gründen dann doch einen anderen nahm. Das klang zwar schön, dämpfte aber die Stimmung.

Simone beschrieb ihre tiefe Gerührtheit als „sehr zu Herzen gehend". Sie sei nahe daran gewesen, ein wenig weinen zu müssen.

Nach kurzer Pause nahte dann der Höhepunkt des Programms. Aus dem Hintergrund der Bühne watschelte eine übergroße „Babuschka" gemächlich und täppisch zugleich im langsamen Takt einer Tonbandmelodie auf die Bühnenmitte zu. Sie trat von einem Bein aufs andere, einem Bären ähnlich und warf bei der ersten Drehung um sich selbst ihren langen, bis zum Boden reichenden bunten Mantel ab.

Allmählich fing die Musik an, sich zu beeilen. Sie spielte jetzt eine Spur schneller und wurde auch lauter.

Die Tanzfigur begann nun, in immer größer ausholenden Kreisen nacheinander die dicke gepolsterte Jacke und die weite Pluderhose abzustreifen und auf dem Boden zu verstreuen.

Die Musik legte nochmal an Tempo zu. Die Tanzbewegungen wurden ebenfalls immer schneller, fast hektisch.

Zum Schluss drehte sich ein zierliches, etwa siebzehnjähriges Mädchen in eng anliegendem Trikot in den gleichen Farben wie der am Anfang des Tanzes abgeworfene Mantel, rasant in der Bühnenmitte. Mit einem Sprung ins Spagat und einer Verbeugung war damit die Vorführung zu Ende. Schnell rannte die Tänzerin unter lauten Bravorufen zur hinteren Bühnentür hinaus.

Simone kommentierte diesen Programmteil sehr zurückhaltend mit „beachtlich" und als „sportlich gelungen".

Wieder zu Hause standen die ersten Tage ganz im Zeichen der Berichterstattung über die Fahrt ins Bergwerk. Wiederholt musste auf Einzelheiten eingegangen und immer wieder die gleichen Fragen beantwortet werden. Die Neugierde war fast überall spürbar: in jeder Pause, auf den Gängen, im Lehrerzimmer, auf dem Schulhof. Die tanzende „Babuschka" blieb jedoch immer unerwähnt. Dann aber kam der Samstag heran.

Wie gewohnt fanden wir uns nach der vierten Stunde, es war die letzte Stunde am Samstag, im Physikvorbereitungsraum zum Aufräumen zusammen.

Gerhard, der ältere Fachkollege unterrichtete fachfremd, jedoch schon seit vielen Jahren. Er kannte sich aber inzwischen mit den Geräten, den Modellen und den Vorrichtungen gut aus. Es kam vor, dass er mir manche experimentelle Anordnung zeigte, die mir noch unbekannt war. Wir wurden schnell vertraut und halfen uns gegenseitig.

Unser Praktikant Bertold gesellte sich zu uns. Er musste nicht dabei sein beim Aufräumen, machte sich aber dennoch gerne nützlich. Immerhin wollte er in der kommenden Woche drei Stunden Unterricht zur Elektrophysik in der Achten übernehmen.

Gerhard stellte eine kleine Flasche „Doppelkorn" auf die Fensterbank und holte drei Bechergläser aus dem Vitrinenschrank. Wir freuten uns auf das Wochenende und waren bei bester Laune. Das Schnäpschen am Samstag war längst zur Gewohnheit geworden. Es sorgte für eine allgemeine Entspannung und erzeugte eine gewisse Lockerheit, wie sie nur unter wohlgesinnten Kollegen sein kann.

Jetzt kannst du auch noch das Bühnenerlebnis zum Besten geben, dachte ich, bevor die erste Frage nach der Exkursion gestellt wird.

Die Schilderung der jungen Tänzerin, zuerst als rundliche Babuschka verkleidet, die dann aber als „Primaballerina" mit akrobatischem Schwung herumwirbelte und vorher ihre Sachen abwarf, rief einiges Erstaunen hervor. Die Kollegen bekamen große Augen. Sie fragten immer wieder nach, welche Kleidungsstücke die Tänzerin zu Beginn ihres Auftritts und dann am Ende anhatte.

Reichlich amüsiert spöttelte schließlich Gerhard unvermittelt: „War das nun eine bewegte Trachtenmodenschau, ein Volkstanz, bei dem die ineinander versteckter Puppenfiguren symbolisch zum Vorschein gebracht wurden oder gar ein Stripteasversuch nach russischer Art?"

Über diese Auslegung ein wenig erschrocken, machte unser Praktikant eine unbedachte Bewegung und wollte sich mit dem Arm an einem von mir gerade aufgestellten Stativ festhalten. Der an dem Stativ mit einem Wägestück gespannte Federkraftmesser löste sich dabei aus seiner Aufhängung. Er schnippte mit Schwung vom Haken, flog an mir vorbei und streifte meine Stirn. Sofort zeichnete sich dort ein leichter Kratzer ab.

Die beiden Kollegen zuckten im ersten Moment erschrocken zusammen. Doch als sie sahen, wie ich die Augen aufriss und nur eine harmlose Rötung über denselben erschien, kicherten sie zuerst, fingen aber gleich derartig an zu lachen, so dass ich mich ebenfalls nicht mehr beherrschen konnte und in das Gelächter mit einstimmte. Die beste Heiterkeit kann also aus einem Schreck heraus entstehen, schmunzelte ich später in mich hinein.

Zunächst aber musste ich wohl bei diesem kleinen Unfall ein ausgesprochen verdattertes Gesicht gemacht haben, denn Gerhard bog sich geradezu vor Lachen. Vielleicht auch zusätzlich noch über seine freche Auslegung der russischen Folkloreschau. Er konnte gleich nicht mehr an sich halten, rannte aus dem Raum, die linke Hand vor die Hose haltend, der Toilette entgegen.

Zurück bei uns im Vorbereitungsraum meinte er, solch einen Spaß habe er seit langem nicht mehr gehabt. Beinahe hätte er sich in die Hose gemacht. Das müsse er nachher seiner Frau beim Kaffeetrinken erzählen.

Auch noch in den nächsten Tagen baten mich die Kollegen immer wieder um Auskunft, welche interessanten Einzelheiten über den Abbau des Uranerzes offen gelegt wurden.

Meine Berichte darüber gerieten mit jedem Mal knapper und kompakter. Anfänglich beschrieb ich noch den Bergmann, der in Begleitung eines noch sehr jungen russischen Offiziers nach dessen in hervorragendem Deutsch gehaltenen Willkommensgruß einige unserer Fragen beantwortete.

Der Bergmann sah aus wie ein Mittvierziger, untersetzt, mit kräftigen Oberarmen. Ein Vorzeigebergmann, der auch jünger gewesen sein konnte, optimistisch gestimmt und redegewandt. Erich, so stellte er sich vor, erzählte ruhig und sachlich, wie er vor einigen Jahren, als die Stollenbefestigungen noch nicht so stabil ausgeführt waren, wie es inzwischen üblich ist, einen halben

Tag lang in einem Flöz eingeschlossen wurde. Sein dramatischer Gestus rief bei uns mitfühlende Anteilnahme hervor, besonders als er seine Angst erwähnte, denn er konnte das nachrutschende Gestein nicht stoppen. Es kam im so vor, als drücke eine höhere Macht von oberhalb auf das Erdreich.

In wenigen Stunden habe er dann aber erlebt, was Kameradschaft sei. Keinen Augenblick habe er ernsthaft daran gezweifelt, aus dieser Lage gerettet zu werden. Er sei sich seiner Kumpels sicher gewesen, die ihn niemals im Stich lassen würden. Innig einander zugetan sind sie, die Kumpels mit ihren ganzen Familien, ohne wenn und aber, obwohl sie alle charakterlich oft grundverschieden geraten sind. Sie nehmen lebhaft aneinander Anteil. Teilen Freude und Leid, unterstützen sich, wie es schöner nicht sein kann. Das gehöre zu ihrem Selbstverständnis.

Die Hauptsache der Bergwerksbesichtigung war aber dann schnell erzählt:

Nach gut anderthalb Stunden der „Einstimmung" fuhren wir endlich mit zwei russischen Werksbussen durch das Betriebsgelände. Am Förderturm, dem Erzmahlwerk und an der Verladestation konnten wir aussteigen. Ein mitfahrender deutscher Ingenieur erklärte die Fördertechnik und die Maschinen, mit denen das Erzgestein bearbeitet wird, bis es zum versandfähigen, von störendem Ballast gereinigten Uranerzpulver wird, auch als „Stufenerz" bezeichnet.

Als die Fahrt an den Umzugsbaracken für die Bergleute und am Sanitätsstützpunkt vorbei führte, erwähnte der Ingenieur mehr nebenbei auch die Vorteile, von denen die Kumpels regen Gebrauch machen würden. Nicht nur erfreuten diese sich an der Extraversorgung mit Lebensmitteln. Sie erhielten auch sofort eine Neubauwohnung, bekämen nach kurzer Wartezeit einen „Trabant" oder einen „Wartburg". Besonders jedoch schätzten sie die hervorragende Krankenbetreuung und die Rente schon mit Sechzig.

„Das heißt, die können dann auch fünf Jahre früher als alle Anderen in den Westen reisen", rief ein Schüler aus der anderen zehnten Klasse, die zur Fahrt mitgenommen worden sind. Drei Sitzreihen hinter ihm antwortete der Simon aus meiner Zehnten leise, aber doch für mich hörbar genug, „ja, wenn die das noch erleben sollten"!

Ich drehte mich sofort nach ihm um und drohte mit dem Zeigefinger, erntete darauf jedoch nur ein verlegenes Grinsen.

Um schnell von dieser peinlichen Situation abzulenken, fragte ich nach dem Verbleib des Uranpulvers, wohin es denn gebracht würde. Der Ingenieur überhörte aber meine Frage geflissentlich. Er wandte sich statt einer Antwort zum Busfahrer und bedeutete diesem mit einer kreisenden Handbewegung, zu wenden und zum Kulturhaus zurück zu fahren.

Erst auf nochmaliges Nachhaken erklärte er dann doch auf der kurzen Rückfahrt, die Weiterverarbeitung des Pulvers fände in der Sowjetunion an mehreren Stellen statt. Genaueres wüsste er darüber nicht, jedenfalls nichts Verlässliches. Er könne nur spekulieren und sich aber gut vorstellen, wie das Erzpulver erst einmal in einem anderen Bergwerksstollen eingelagert würde. Dort könne es auf unbestimmte Zeit als Energievorrat auf weitere Verwendung warten, vielleicht bis es keine ausreichenden Vorkommen an Kohle mehr gäbe. Denn in einem Kilo Uran stecke die tausendfache Energiemenge als in einem Kilo Steinkohle. Die Braunkohle hier im Lande wolle er gar nicht erwähnen, so energiearm sei sie dazu im Vergleich.

Beim Aussteigen aus dem Bus zog er mich am Ärmel etwas beiseite und ergänzte mit gesenkter Stimme, Vertraulichkeit erheischend, aber mit bedeutsamen Augenzwinkern, die hier geförderten Erze seien von bester Qualität. Sie würden vorrangig in den russischen Kernkraftwerken sehr gern verbrannt werden. Bei uns hier verbliebe rein gar nichts. Selbstverständlich bestünden die Raketensprengköpfe der „Freunde" ebenfalls aus diesem Stoff. Das läge auf der Hand.

Der Abschlussbericht über die Exkursion passte auf zwei Schreibmaschinenseiten. Radioaktive Zerfallsvorgänge, die dabei auftretenden Strahlungen und deren Wirkungen wurden gar nicht erwähnt, so als gäbe es sie nicht. Weder entsprechende Hinweisschilder, Beschreibungen durch eine Werksausstellung oder gar Schutzschilder, die auf eine mögliche Gefährdung hinweisen, waren nirgends zu sehen. Überall prangten stattdessen riesige Plakate über den Stand der Planerfüllung neben der „Straße der Besten", auf denen zerfurchte Kumpelgesichter mit indifferenten Mienen auf uns herabblickten. Mühselige Arbeit zeichnete sich in ihren Augen ab, wenn sich auch die Lippen um ein zaghaftes Lächeln bemühten.

Mein Bericht beschränkte sich also auf die tolle Bewirtung, das Kulturprogramm und die besichtigten Förderanlagen. Gesichtspunkte der Verarbeitung und

Verwendung des atomaren Brennstoffs Uran wären einer späteren Exkursion in ein Kernkraftwerk oder in eine Klinik, in der nuklearmedizinische Anwendungen stattfinden, vorbehalten.

Einen gewissen Eindruck vom Rohstoff „Uran" habe jedoch die Fahrt ins Erzgebirgsbergwerk erbracht und damit ihren gewollten Zweck erfüllt.

Für mich war damit der Ausflug abgeschlossen, galt als erledigt. Andere Aufgaben bestimmten den Tag. Jedoch sollte es noch ganz anders kommen.

Der Bericht an die Schulrätin konnte es nicht gewesen sein, der mit seinem dürftigen Inhalt als kärglich und blass zu bezeichnen war. Ob sie ihn überhaupt gelesen hat, war zweifelhaft. Höchstwahrscheinlich hat sie ihn nur „überflogen", sich vielleicht den einleitenden Satz und den positiven Schlusssatz angesehen. Das genügte ihr, denn sie ordnete einige Tage nach der Exkursion an, in der Kreisstadt eine Auswertungsveranstaltung zu organisieren. Die größte Schule soll den angemessenen Rahmen dafür abgeben.

Alle beteiligte Schüler, ihre Lehrer, einige Eltern und ausgewählte Mitglieder der Schulbezirksleitung würden zugegen sein. Und selbstverständlich auch die Regionalpresse. Die Presse schon allein deshalb, weil dieses Ereignis als gelungenes Beispiel für die Lebendigkeit des deutsch-sowjetischen Verhältnisses gelten kann.

Die Schulrätin würde dazu vor allem auch die Vertreter der sowjetischen Bezirkskommandantur einladen. Diese Gelegenheit müsse genutzt werden, um die Schulen im Kreis und selbstverständlich auch sich selbst ins rechte Licht zu rücken.

Welch eine Zumutung, so mein erster Gedankenimpuls. Aus meiner einfachen wie gutgemeinten Absicht, einen schwierigen Lernstoff so anschaulich wie möglich machen zu wollen und dabei handgreifliche Bezüge zur unmittelbaren Lebenswelt herzustellen, sollte eine Propagandaschau zum Nutzen einiger Funktionäre aufgebauscht werden.

Verhindern konnte ich es ja nicht. Aber zurückhalten werde ich mich, soweit es möglich ist.

Zu meiner Verwunderung meldeten sich aber anderntags drei Schüler meiner Klasse, als ich das Ansinnen der Schulverwaltung vortrug. Sie hätten da eine Idee für etwas Besonderes. Offenbar ließen sie sich von meiner dezenten Zurückhaltung nicht beeindrucken. Oder vielleicht gerade doch? Ich werde es nicht genau in Erfahrung bringen.

Sahra, von der ich wusste, dass sie Klavier spielen lernte, für die Physik aber nur mäßiges Interesse aufbrachte, bot sich an, zusammen mit ihrer Freundin Erika und dem unauffälligen René, beide ebenfalls eher stille Schüler im Klassenmittelfeld, einen Beitrag vorzubereiten. Den wollten sie in der Kreisstadt gern vortragen.

Es soll mir Recht sein, so mein zweiter Gedanke. Besser es sagt irgendjemand überhaupt etwas, als dass sich gar niemand zu Wort meldet. So erhielten die Drei völlig freie Hand. Damit waren die Weichen gestellt.

Die schräg einfallende Sonne tauchte den Saal in helles, freundliches und frühlingswarmes Licht. Die große Aula der Kreisstadtschule war gut besetzt. In der ersten Reihe erkannte man sofort die sowjetischen Ehrengäste an ihren Uniformen. Neben ihnen saßen Lehrer und mir völlig unbekannte Leute mit deutlich sichtbaren Abzeichen am Revers.

In ungewohnt elegantem Kostüm schritt die Kreisschulrätin pünktlich zur dritten Nachmittagsstunde, ihre schwarze Haarmähne streng nach hinten gekämmt, auf das seitlich platzierte Stehpult zu. Sie begrüßte die Gäste und führte aus, wie gut Schule und Leben zusammen wirken, wenn alle gesellschaftlichen Kräfte miteinander abgestimmt würden und sogar die großherzige Hilfe der sowjetischen Bezirksverwaltung in Anspruch genommen werden könne.

Dies sei die Stärke unserer Gesellschaft. Sie preise sich glücklich, in dieser zu leben. Mit hoch erhobenem Haupt strebte sie nach diesem Bekenntnis ihrem Sitzplatz zu.

Als „Hausherr" der Kreisstadtschule hieß dann der Direktor alle Versammelten willkommen, übergab aber sogleich das Wort an den Leiter meiner Schule.

Dieser trug jetzt langatmig vor, wie viele Kinder und Jugendliche in den vergangenen Jahren ihre Schullaufbahn bei ihm absolviert haben, ohne vorher abzubrechen oder „auszusteigen". Letzteres sei mehr ein Phänomen der westdeutschen Schule. Schon allein daran könne man erkennen, wie überlegen wir über die „Anderen" sind.

Endlich kam er auf den Anlass der Veranstaltung zu sprechen. Jetzt redete er über mich. Es sei meine Idee gewesen, eine Exkursion der außergewöhnlichen Art zum Thema „Kernphysik" durchzuführen. Ich hätte den „Ball", den die Schülerschaft in einem „Anfall von Langeweile" auf mich geworfen haben, aufgenommen und alle erdenklichen pädagogischen Möglichkeiten abgewogen. Er, als Direktor, habe mich dabei tatkräftig unterstützt.

Heute könne man rückblickend erkennen, wie klug und umsichtig diese Aktion organisiert gewesen ist. Näheres müsse ich aber selbst dazu ausführen. Sie seien alle sehr gespannt.

Nun trug ich vor, welche Lehrplanteile angesprochen waren und welche Effekte erreicht werden sollten. Ich verschwieg dabei allerdings nicht, wie gering doch der Ertrag letztliche gewesen ist. Der Gewinn, ein wirkliches Uranbergwerk im Original hautnah von innen ansehen zu dürfen, müsse dennoch sehr hoch eingeschätzt werden.

Der Besuch habe einen bleibenden Eindruck bei den Jugendlichen hinterlassen. Eine Schülergruppe meiner Klasse möchte dies unter Beweis stellen und jetzt gleich ihre Eindrücke zum Besten geben.

Dann passierte es. Es lief ab wie eine gewöhnliche Dia-Vorführung. Sahra, Erika und René, alle drei in blauen Blusen der „Freien Deutschen Jugend", in denen ich sie noch nie zu Gesicht bekommen hatte, erhoben sich jetzt von ihren Sitzen.

Sie hatten ihre Rollen offensichtlich gut verteilt. René bediente den Projektor. Auf dem Transportköfferchen des Gerätes sortierte er noch rasch die handvoll Dias, schob das erste Dia in den Gestellrahmen, schaltete das Gerät ein und gab Sahra ein Zeichen.

Er musste wohl sogar vorher darum gebeten haben, die Vorhänge vor die Fenster zu ziehen und das große

Deckenlicht ausschalten zu dürfen. Bis auch die Fensterecken vollständig verdunkelt waren, dauerte es eine Weile, die ich mit Dankesworten überbrückte. Ich bedankte mich im Namen aller Schüler für die hervorragende Bewirtung und das nette Unterhaltungsprogramm. Es habe für viel Freude gesorgt.

Gerade wollte ich ansetzen, die Erzählung des Bergmanns Erich über seine Bergung aus höchster Not wiederzugeben, als das erste Diabild auf der an einem Ständer rückseitig aufgehängten Europakarte erschien. Es trug nichts als den Titel: „URAN – Energie für die Zukunft?"

Wäre nun das Fragezeichen nicht da gestanden, hätte ich es als nichts anderes als nur für die Überschrift über einen Kurzvortrag gehalten, völlig normal. Aber es beschlich mich sofort ein eigenartiges Gefühl. Sollte das Fragezeichen etwa für eine kritische Sicht stehen? Ich hoffte es nicht, sondern nahm an, es stehe für die Aufforderung zum Weiterdenken über die energetische Verwendung des Brennstoffs Uran hinaus.

Am oberen Bildrand des zweiten Dias stand zu lesen: „Wir danken unserem Lehrer für die Erklärung, was dieser Stoff ist und was mit ihm geschehen kann!"

Darunter konnte man in Schülerhandschrift die verschiedenen Uranisotope als Formelzeichen lesen. Außerdem war eine schematische Zeichnung eines Massenspektrografen zur Trennung schwerer von leichten Isotopen auszumachen. Und in kleiner Schriftgröße fand sich die Formelkette des Atomkernzerfalls abgebildet, bei der Alphastrahlen, Betastrahlen und Gammastrahlen auftreten.

Beim Betrachten dieses Bildes entspannte ich mich wieder. Solche Darstellungen verwendete ich tatsächlich im Unterricht noch vor einigen Tagen und freute mich darüber, wie gut die Schüler mit ihnen umzugehen imstande sind. Die Formeln und Zeichnungen entstammten dem Lehrerhandbuch. Sie waren also autorisiert und völlig unkritisch.

Die dritte Abbildung zeigte den Vergleich des Energiegehalts jeweils von einem Kilogramm Brennholz, Braunkohle, Steinkohle und Uranerz. Darunter der Satz: „Brauchen wir so viel Energie überhaupt?"

Da war er wieder, der zweifelnde Ton, die infragestellende Vortragsabsicht. Und wirklich erhob sich jetzt ein leichtes, aber unüberhörbares Raunen im Saal. Mein ungutes Gefühl in der Magengegend meldete sich zurück. Aber ich hoffte jedoch auf das nächste Bild. Unterbrechen konnte ich ohnehin diesen Ablauf nicht mehr. Dazu war es zu spät.

Sahra las zu dem der gezeigten Dias einige kurze Erläuterungen vor. Sie nahm wohl an, dass nicht jeder die Formeln richtig deuten konnte. Jetzt trat sie zur Seite und räumte der kleineren Erika den Platz hinter dem Stehpult ein.

Als nun das vierte Bild erschien, setzte Musik ein. Der Lautsprecher eines kleinen transportablen Tonbandgerätes erfüllte den Saal mit einer harmonischen Melodie. Unauffällig, noch nicht einmal von mir bemerkt, war das Gerät auf dem gleichen Gestell, auf dem auch der Projektor stand, in der Zwischenablage versteckt.

Unwillkürlich lauschte jeder diesen leisen ungewöhnlichen Klängen, die so gar nicht in den Rahmen der

Veranstaltung passten. Auf dem Dia erschien eine typische deutsche hügelige Wiesenlandschaft. Malerisch schmiegten sich die Häuser des kleinen Dorfes in die verzweigten Täler bis zum Waldesrand hinauf, umrahmt von blühenden Apfelbäumen. Der Turm einer kleinen Kirche markierte den Mittelpunkt, kaum über die Dächer der Häuser heraus ragend.

Der Anblick dieser Idylle lud zum andächtigen Besinnen ein. Erika wies jetzt mit ihrem kurzen Zeigestock auf die Häuser und sagte: „Das ist Culmitzsch. Ein Ort mit besonderer geschichtlicher Bedeutung. Hier hat einer der drei thüringischen Minnesänger, Hinrich von Colmas, vor über fünfhundert Jahren gelebt. Er hat dort gedichtet und gesungen, in seinen Liedern ein Zeugnis mittelalterlicher Hochkultur gegeben. In seinen Gedichten können wir uns auch selbst heute noch wiederspiegeln und von ihnen lernen zu leben. Auch meine Großeltern lebten noch bis vor Kurzem dort. Sie haben mir erzählt, wie schön es da bei ihnen gewesen ist. Bis sie eines Tages abgeholt wurden. Ihr Häuschen musste weichen und mit ihm der ganze Ort. Kein Lindenbaum, keine Kirche, kein Friedhof blieb mehr. Das Erz darunter war wichtiger als alles bisher Dagewesene."

In schnellem Wechsel zeigte jetzt das fünfte Dia einen riesigen Schaufelradbagger vor der aufgewühlten, zerklüfteten Tagebaugrube. Darunter mit Bleistift geschrieben: „Culmitzsch heute!"

Die sanfte Tonbandmelodie war abgerissen und in ein leichtes Klavierstück übergegangen. Erika stand neben dem Dia und sang mit zaghafter und leiser Stimme. Nur ungefähr drei Minuten dauerte wohl ihr Lied von dem

Schwalbenpaar, welches vom Hof der Großeltern in den nahen Wald geflogen war und immer wieder in ihr Nest an der Scheunenwand zurückkehrte, um ihren Nachwuchs zu versorgen.

Wie gebannt hörten die Leute im Saal zu. Keiner rührte sich, bis das letzte Bild auf der leinernen Kartenrückwand sichtbar wurde.

Im Hintergrund ein Atompilz, vor dem mit Kinderschrift stand: „Wir wünschen uns eine Welt ohne Atome!"

Verkleinert in der Mitte des Bildes rollten Raketenwagen über den „Roten Platz". Eine Fotomontage von der militärischen Parade zum ersten Mai. Es zog wegen der Verkleinerung besonders den Blick auf sich.

Eine Stecknadel hätte man fallen hören. Auch ich hielt, starr vor Entsetzen, den Atem an.

In die eisige Stille hinein begannen nach kurzem Zögern die drei russischen Uniformierten als erste zu klatschen. Bedächtig, einen Handschlag nach dem anderen. Nach ihnen fielen auch die in der vorderen Reihe sitzenden Funktionäre mit ein. Schließlich ertönte im ganzen Saal verhaltener Applaus, der rasch abebbte.

Von dieser Situation sichtlich überfordert, steuerte die Schulrätin dem Podium zu. Sie bewahrte mit eisigem Blick Haltung und verkündete in wenige Worte gefasst den Schluss der Veranstaltung.

Die Vorbereitung

„Nein, die Diabilder der Vorführung waren mir nicht bekannt. Die Schüler genaßen mein volles Vertrauen. Ich schätzte sie ein, selbständig einige ihrer Eindrücke von der Exkursion in einem interessanten Kurzvortrag ausarbeiten zu können. Dass ihre Aktion derartig aus dem Ruder laufen würde, konnte ich nicht ahnen."

Diese Versicherung gab ich ab, umringt von Kollegen, aber auch von Leuten, die ich noch nie gesehen hatte. Sie saßen alle an einem mächtigen länglichen Tisch im Kreisverwaltungsgebäude versammelt. Ich an der Stirnseite, die Schulrätin mir gegenüber.

Dorthin bestellt, sollte ich Auskunft zur „Klärung einer Sachlage" geben. Diese bestand darin, entweder unbeabsichtigt oder gewollt, das Grundverständnis gesellschaftlicher Erziehung zum wehrhaften Bürger beschädigt zu haben.

Der Diavortrag meiner drei Schüler hätte deutliche Anzeichen von Pazifismus gehabt. Er sei geeignet gewesen zu provozieren und Zweifel an der Richtigkeit staatlicher Energiepolitik und der Politik insgesamt zu wecken.

Ich bestätigte die Möglichkeit des Missverstehens der vorgeführten Bilder, betonte jedoch, wie wichtig es sei, den erst seit geschichtlich kurzer Zeit unter hohen menschlichen Verlusten errungenen kostbaren Frieden auch mit effektiven Waffen zu erhalten. Der Friede müsse bewaffnet sein, sonst holt der Imperialist unsere Bauarbeiter von den Baugerüsten.

Was die drei Schüler angeht, so seien sie wohl noch nicht soweit gereift, auch unbequeme Notwendigkeiten einordnen zu können. Ihnen die Augen über die Wahrheit bei unserem Kampf um eine gerechte Weltordnung zu öffnen, sind wir doch alle gemeinsam bemüht. Vor allem sollte man die unreflektierte Sehnsucht nach Frieden, die in dem Vortrag zum Ausdruck gebracht worden ist, nicht überbewerten.

Diese gut sitzenden Worthülsen sollten beruhigen und die Bedeutung der Schüleraktion in ein harmloses Licht tauchen. Etwas anderes blieb mir ohnehin nicht übrig. Es hätte überhaupt keinen Zweck gehabt, die einzelnen Bildaussagen von mir aus zu deuten oder gar zu verteidigen und zu begründen.

Nach einstündigem Hin und Her, bei dem ich mir anhören musste, wie fahrlässig es gewesen sei, den Jugendlichen die Chance einzuräumen, ihre eigene Sicht ungeprüft einem solchen Zuhörerkreis kundtun zu dürfen. Ich wäre der eigentliche Verantwortliche und müsse mit Konsequenzen rechnen.

Mit den Schülern und deren Eltern sei bereits gesprochen worden. Auch für diese werde es weitreichende Folgen haben. Da ich jedoch eindeutig pflichtvergessen keine Kontrolle ausgeübt hätte, würde an mir ein „Zeichen" gesetzt werden müssen. Mit einer Versetzung in einen anderen Kreis für die Dauer von mindestens drei Jahren, dürfe ich rechnen. Danach bestünde die Möglichkeit der Rückkehr hierher, wenn ich genügend reuevolle Einsicht in die von mir mitverschuldete erzieherische Verfehlung zeigen würde.

Mit betretenem Gesicht verließ ich die Sitzung, fuhr

bedrückt und mit schmerzendem Magen im nächsten Bus nach Hause. Diese „Strafe" hatte ich nicht erwartet. Sollte der als Frage formulierte Zweifel meiner Schüler an der Verwendung von Kernbrennstoff für Energiezwecke und für militärische Zwecke schon unerlaubt sein und als ungehörig gelten, so zeigt sich in diesem Frageverbot die das Nachdenken einengende Zensur. Sie wird sich nicht dauerhaft auf die Empfindungen des Herzens ausblenden lassen. Kein vernunftbegabtes Wesen wird sich ständig um seinen innersten Bestand betrügen lassen.

Diese Überlegungen schwirrten mir den ganzen Nachmittag durch den Kopf, bis es bei Einbruch der Dunkelheit an meiner Tür klingelte.

Rudolf, ein nicht unsymphatischer Kollege, wollte mich sprechen. Er unterrichtete Sport und Mathematik. Betroffen sei er von dem Ereignis genauso wie ich und möchte mir in seiner Eigenschaft als Parteisekretär der Schule helfen, einen Ausweg aus der vertrakten „Geschichte" zu finden.

Ich spürte seine Verlegenheit und ein gewisses Verständnis für meine miserable Stimmung.

Jeder könne zu jeder Zeit Fehler machen. Vorsichtig fühlte er vor. Er selber wäre ebenfalls nicht frei von Unkorrektheiten, könne sich aber im Gegensatz zu mir immer an die „Partei" wenden. Diese gäbe ihm Rückhalt, Sicherheit und weise in jeder Lebenslage den richtigen Weg. Da könne kommen was da wolle, sie sei sogar für private Probleme zuständig.

Im vorliegenden Falle hätte ich leider keine gute Figur abgegeben. Meine „Karten" seien zwar schlecht, ich könnte sie aber gewaltig verbessern, wenn ich jetzt einen

Antrag auf Eintritt in die Partei stellen würde. Das sei sein Rat. Sollte ich mich zu diesem Schritt entschließen, sichere er mir jetzt und hier schon zu, die bereits fest vorgesehene Versetzung nach Mecklenburg abzuwenden. Es sei schon ein Ort in der Nähe der polnischen Grenze ins Auge gefasst. Ein Physiklehrer würde dort weit weg von hier, fast am Ende der Welt, dringend gebraucht werden.

Mit einem feinen Lächeln um die Mundwinkel stellt er fest, dass auch dort Menschen leben, die Anspruch auf gute Bildung haben. Vielleicht gefiele es mir ja sogar in dieser ruhigen Gegend. Und noch etwas: meine vorgesehene Weiterbildung fiele sowieso auch ins Wasser, wenn ich kein Einsehen hätte.

Erst einmal überrascht und sprachlos vor Erstaunen, war ich zu einer sofortigen Antwort unfähig. Schließlich verabschiedete sich der Kollege. „Ich brauche Bedenkzeit", begründete ich mein Zögern. „Zum Ende des Schuljahres gebe ich Bescheid".

Keinesfalls würde ich seinem Ansinnen folgen und Parteigenosse werden. Soviel stand fest. Die Kontrolle über mein Leben wollte ich nicht aufgeben, keinem undurchschaubaren Machtapparat überlassen. Macht verband sich in meinem Empfinden immer auch mit Missbrauch derselben, denn in jeder Macht wohnt der Keim des Bösen inne.

Unbewusst hatte sich blitzschnell in meinem Kopf schon eine völlig andere Idee eingenistet. Woher diese auch immer kam, fing sie wie eine bis zum Anschlag aufgezogene Uhr an zu ticken.

Kurz vor Schuljahresende den Anschein zu erwecken, bußfertig in die Partei eintreten zu wollen, könnte die drohende Versetzung verzögern. Bis dahin musste ich einen Weg finden, der auch ein Weg zu mir selbst sein würde. Es blieben mir nur noch wenige Wochen dafür übrig.

Die nächsten Tage folgten dem gewohnten Muster, verliefen in fast mechanischem Rhythmus. Aber in mir rumorte es. Niemanden konnte ich um Rat fragen. Auch Gerlinde war befangen. Sie wollte mich nicht gern in weite Ferne entlassen, hatte sie doch in mir einen vertrauten Freund gefunden. Ihr Ehemann war ihr schon lange entglitten. Er setzte Düngemittelflugzeuge großer landwirtschaftlicher Genossenschaften instand, wartete die Flugzeuge und überprüfte deren Sicherheit. Meistens hielt er sich im Norden der Republik auf. Da, wo die großen Felder bewirtschaftet werden mussten. Er kam nur einmal im Vierteljahr für eine Woche nach Hause.

Allein auf mich bezogen bilanzierte ich recht schnell mein bisheriges Leben und fasste endlich einen Entschluss, der in seiner Ausführung ungeheuerlich, radikal und äußerst gefährlich schien, zugleich aber die ultimative Lösung meines existenziellen Problems versprach.

Zu jung empfand ich mich, um meine Denken, Fühlen und Handeln von anderen diktieren zu lassen, um mich als eigenständigen Menschen aufzugeben. Überdeutlich spürte ich, wie der eigene Gestaltungswille über mein Leben zur allergrößten Bedeutung in mir emporstieg, der sich hier nicht verwirklichen ließ. Ich wollte in den Westen. Um jeden Preis.

Plötzlich schien alles klar. Ich atmete auf. Die fürchterliche Gewissensbedrängnis fiel von mir ab. Ein Zukunftsbild erschien vor dem inneren Auge. Es leuchtete.

Nur die Umsetzung musste perfekt geplant sein. Ich fühlte mich dazu in der Lage. Tatsächlich sollte es das riskanteste Unternehmen meines Lebens werden.

Niemand durfte etwas Ungewöhnliches an meinem Alltag auffallen. Als erstes musste ein Auto her. Im Gebrauchtwagenkontor der Bezirksstadt fand sich ein alter „Skoda 1000 MB", der sich gerade noch als fahrfähig erwies.

Vor der Schule abgestellt, sorgte dieses Fahrzeug für eine gewisse wohlwollende Heiterkeit. Gerhard, mein Fachkollege, schmunzelte übers ganze Gesicht. „Mit der Karre kommst du nicht mal bis zur Elbe", witzelte er.

Vorausschauend hatte ich erzählt, in den Sommerferien nach Bulgarien zum Zelten ans „Schwarze Meer" fahren zu wollen. Dafür ist nun mal ein Auto, auch wenn es noch so klapprig ist, nötig. Vor allem wegen der Esskonserven. Die braucht man dort, um sich über Wasser zu halten. Denn mit dem wenigen zum Umtausch erlaubten Geld könne man sich nicht mal jeden Tag ein Bier erlauben. Das war allgemein bekannt.

Mit Hans zusammen, dem Hausmeister der Schule, ein junger Mann und begabter Bastler, inspizierte ich das Gefährt. Übereinstimmend befanden wir es als durchaus passabel.

Hans holte gleich seine Werkzeugkiste. Hinter dem Schulgebäude machten wir uns sofort über den Motor her. Sein Ehrgeiz war geweckt. In nur einer Stunde lag der Zylinderkopf abgeschraubt vor uns. Bald befanden sich die Kolben und die Zylinderwände in blank geputztem Zustand.

Eine neue „Kopfdichtung", Zündkabel und Zündker-
zen besorgte Hans für mich in den nächsten Tagen aus
dem Bestand der landtechnischen Instandsetzung kostenlos. Er ließ seine Beziehungen dabei spielen.

Als der wieder zusammen gesetzte Motor angelassen
wurde und das Heckteil des Autos in gleichmäßige Vi-
brationen versetzte, verflog auch der Restzweifel über
die Ausführbarkeit meines geheimen Planes. Immerhin
führte der Weg quer durch vier Länder.

Für die Tschechoslowakei, Ungarn und Rumänien
brauchte ich Transitvisa, die mit Hilfe des Reisebüros
in der Bezirksstadt schnell beschafft waren. Nur die
Einreiseerlaubnis der bulgarischen Botschaft ließ auf
sich warten. Erst eine Woche vor Ferienbeginn erhielt
die Schulsekretärin endlich den ersehnten Anruf. Die
Genehmigung für einen Zeltplatz in „Varna" sei nun
unterwegs und werde in zwei Tagen eintreffen. Mir fiel
ein Stein vom Herzen.

In der bangen Wartezeit auf die bulgarische Erlaubnis möbelte ich mein „neues" Fahrzeug weiter auf. Die
Reifen erhielten ein runderneuertes Profil und die An-
schlüsse der Leitungen für Bremsflüssigkeit wurden fest-
gezogen. Neue Bremsbeläge konnten allerdings nicht
aufgetrieben werden.

In der Schrottsammelstelle des Nachbarortes fand
sich ein Leichtmetalldeckel. Dieser wurde in der Haus-
meisterwerkstatt zugesägt und gefeilt. Er sollte genau
auf den Batteriesitz passen, wie ein doppelter Boden.
Anthrazit gestrichen, fiel er nicht auf. Unter diese
Platte wurden die wichtigsten persönlichen Urkunden
geschoben.

Zusammen gefaltet, in Plastikfolie verklebt, lagen Geburtsurkunde, Taufschein, Abiturzeugnis und Lehrerdiplom aufeinander. Alles Originale. Obendrauf die Batterie, frisch mit Säure und destilliertem Wasser aufgefüllt. Beides überließ mir die Chemiekollegin mit den besten Wünschen für eine gute Fahrt.

Über diese Vorbereitungen verflogen die letzten Tage bis zum Schuljahresende in rasender Eile. Die Zeugnisse an die Schüler waren bereits vergeben und der letzte Schultag brach an. Es herrschte schon allgemeine Aufbruchstimmung in den Urlaub.

Beim allgemeinen Verabschieden im Lehrerzimmer sprach niemand mehr über meine bevor stehende Versetzung, als glaubte sowieso keiner so Recht daran. Offenbar hatte der Parteisekretär geplaudert und mein Schweigen in seinem Sinne gedeutet. Ich verlor ebenfalls kein Wort darüber, spielte den Unbekümmerten und verließ beizeiten die gesellige Runde.

Am Abend dann der Abschied von Gerlinde. Mir war unwohl zumute und ich fühlte mich so elend wie noch nie. Auf keinen Fall wollte ich sie jedoch in meinen Plan einweihen, um sie nicht zu gefährden. Ich hätte es nicht verantworten können.

Sie hatte sich chic gemacht. Die blonden Haare waren hochgesteckt, Lippen und Augenlider dezent geschminkt. Das tat sie ganz selten, nur zu besonderen Anlässen. Die schwarze Bluse und die hautengen Jeans betonten ihre frauliche Gestalt.

Wie attraktiv sie ist, ging es mir durch den Kopf. Hast du es überhaupt verdient, von ihr geliebt zu werden, war mein nächster Gedanke. Eigentlich müsste ich doch ganz und gar glücklich sein. Stattdessen wurde ich noch trauriger. Wie sehr auch ich sie liebte, wurde mir gerade erst jetzt beim Abschied bewusst.

Unwillkürlich zog ich sie an mich, umarmte sie und wollte ihr einen Kuss geben, um sie und vor allem mich selbst zu trösten. Doch ehe es dazu kommen konnte, entwand sie sich meinen Armen und wies mir einen Platz an ihrem runden Esstisch zu.

„Bitte entzünde die Kerze und schenk schon mal ein. Gleich bringe ich das Essen", rief sie nun aus der Küche.

Ich tat wie geheißen, wunderte mich zugleich, woher die schönen geschliffenen kristallenen Sektgläser kamen. Eigentlich kannte ich ihren kompletten Hausstand, fragte aber jetzt nicht nach.

Wenige Augenblicke später schob Gerlinde einen kleinen Servierwagen vor sich her. Diesen Wagen hatte ich ebenfalls noch nie bei ihr gesehen.

„Heute Abend ´Coque au vin`", rief sie ein wenig übermütig und hob den Deckel der schwarzen Pfanne. Behänd spritzte sie aus einer auf dem Wagen bereit gestellten und schon geöffneten Flasche „Urahn" einige Tropfen über das Huhn. Geschickt entzündete sie gleich den aufsteigenden „Schnapsgeist".

Ich war beeindruckt. Mehr noch, ich war von ihrem klugen Gesicht verzaubert, in dem heute Abend ein mir bisher unbekannter Zug versteckt lag. Es leuchtete im Schein der bläulichgelben Kerzenflamme auf und erstrahlte in fast unwirklich schöner Offenheit.

„Nicht wahr, mein Lieber, wir denken nach vorn, in die Zukunft!" Sie lehnte sich zurück, legte die Serviette aus der Hand und prostete mir zu. „Erst einmal badest du im Schwarzen Meer. Dann sehen wir weiter. Mir wäre es Recht, wenn du aus praktischen Erwägungen heraus in die Partei eintreten würdest und hier bleiben kannst. Eine Kröte muss man im Leben immer schlucken!

Aber auch dann, wenn du tatsächlich versetzt werden solltest, bleibe ich für dich diejenige, die du kennst und auf die du dich verlassen kannst. Drei Jahre vergehen und du kommst wieder. Für Mathematik und Physik gibt es auch hier bei uns immer nicht genug Lehrer. Ich jedenfalls rechne mit dir."

Nach einer Pause, in der wir schweigend dem Huhne zusprachen, setzte Gerlinde erneut an:

„Auch wenn mein Mann demnächst häufiger zu Hause sein wird als bisher, stehe ich zu dir. Die fremden Dörfer und Gasthäuser sind ihm jetzt langsam zuwider geworden. Er hat sich in den sieben Jahren des Umherziehens verändert. Fremd ist er mir geworden. Dich kenne ich längst viel besser als ihn. Ich könnte mir auch vorstellen, mich von ihm zu trennen. Auch mein kleiner Ingolf hat dich bereits akzeptiert und in sein Herz geschlossen. Das wirst du wohl schon selbst gespürt haben. Du bist so etwas wie ein großer Bruder für ihn geworden. Heute feiert er in seiner Clique den Schulabschluss."

Zu einer direkten Erwiderung war ich nicht fähig. Was sollte ich ihr antworten, wenn meine Gedanken in die Ferne schweiften.

Um ein wenig Zeit zu gewinnen, nahm ich den zuletzt abgelegten Hühnerknochen noch einmal auf und knabberte eine Weile daran, als ginge es mir darum, auch die letzten Fasern nicht verderben zu lassen, bis die Stille zwischen uns anfing, unheimlich zu werden.

Ich stand auf, holte eine Flasche Selters, schenkte uns ein und sagte dabei, wie sehr ich ihren Sohn Ingolf mag und mir ein Leben mit ihr ebenfalls vorstellen könne, jedoch in dieser konsequenten Weise noch nicht darüber nachgedacht habe. In den nächsten Wochen werde ich es aber tun.

Ich versprach, sobald ich dreimal im Schwarzen Meer gebadet habe, ihr zu schreiben.

Dann versuchte ich, das Gespräch in eine andere Richtung zu lenken. Ich fragte Gerlinde, wie sie es zeichnerisch machen würde, einen Strand so zu kontrastieren, dass man das Schwarze am „Schwarzen Meer" sogleich erkennen könnte.

Vielleicht, so schlug sie scherzhaft vor, könnte eine im Sand sitzende männliche Gestalt im Sonnenlicht hell aufscheinen, um die Wasserfläche, die kräuselnden Wellen am Strand deutlich dunkler wirken zu lassen, schwärzlichgrau. Bei dieser Gestalt denke ich an dich.

Sie ging auf mein Ausweichmanöver zu ihrem so wichtigen Thema ein, lächelte jetzt etwas spöttisch. „Für solche Effekte müssen alle möglichen Lichtschattierungen aufeinander bezogen werden. Eine Figur reiche bei weitem nicht aus für ein Strandgemälde. Aber sie hätte demgegenüber etwas besseres vorzuführen."

Sie stand auf, als wolle sie diese Fachsimpelei beenden und ging zur Tür. Gleich hörte ich ihre Schritte auf der knarrigen Treppe, die zu ihrem Atelierraum ins Dachgeschoß führte. Es dauerte gar nicht lange, bis sie mit einem holzgerahmten Bild in den Händen zurück kam. Es war halb so groß wie die Zimmertür. Ein Aquarell auf dickem Packpapier, auf Sperrholz geklebt:

Vor dunkelgrünen Tannen schimmerte unser Waldsee. Auf einem schmalen Steg balancierte ein vollständig nackter junger Mann. Unsicher, den Blick auf das unter ihm schwärzlichblau leuchtende Wasser gerichtet, wirkte er so, als ob er sich scheute herab zu fallen. Aber gleich würde es passieren.

Gerlinde stellte das Bild auf einen Stuhl am Tisch. Dann sah sie mich unverwandt und eindringlich an, sehr ernst, mit weit geöffneten Augen.

„Es wird wohl das Einzige sein, was mir von dir bleiben wird." Und, nach kurzer Pause: „Ich glaube, du wirst nicht mehr zurück kommen. Du kannst nicht anders und ich verstehe es sogar. Du bist kein Jasager, machst keine Kompromisse, bist aufrecht, trotzig und mutig. Gerade deshalb behalte ich dich für immer lieb, auch wenn du nicht mehr hier sein wirst."

Ihre Augen hatten sich mit Tränen gefüllt. Mit erstickter Stimme bat sie mich, jetzt zu gehen.

Ich brachte keine Worte der Erwiderung heraus, fasste sie bei den Händen und umarmte sie fest. Sie weinte lautlos an meiner Brust und ihr Zittern übertrug sich auf mich. Irgendwann ließ ich sie los und lief raschen Schrittes nach draußen.

Zu Hause, aufgewühlt und völlig durcheinander, drängte sich mir nach einer Weile ein erster klarer Gedanke auf. Wie konnte es möglich sein, dass mich Gerlinde so genau kannte, dass sie tief in meinem Innern lesen konnte, um zu erahnen, was mich zum Äußersten trieb. Immerhin hat sie Verständnis gezeigt und mir ihren „Segen" erteilt zu einem Vorhaben, welches für sie selbst unvorstellbar sein musste. Ich schwor mir, um sie zu kämpfen, wenn alles „glatt gehen würde".

Auf dem Wege

Im Bett liegend merkte ich, wie müde ich nun war. Aber erst nach geraumer Zeit, nachdem ich mir vornahm, Gerlinde später meine Lage von meiner Sicht aus gründlich zu erklären, ihr Briefe zu schicken, schlief ich ein, bis mich der Wecker um fünf Uhr auffahren ließ.

Eine Stunde später rollte ich ohne einen Blick zurück im vollgepackten Skoda in Richtung Autobahn. Es war schon hell und die morgenfrische Luft sorgte für hochgespannte Aufmerksamkeit beim Fahren.

Gegen acht Uhr reihte ich mich in eine kurze Schlange bereits wartender Trabis, Wartburgs und Moskwitschs ein. Tagesausflügler in die Tschechoslowakei. Die meisten wollten nur zum Einkaufen begehrter Artikel, die es bei uns nur „unter dem Ladentisch" gab, wie Wasserhähne, Glasbausteine oder Fliesen. Die Städte „Eger" und „Karlsbad" lagen nicht weit weg.

Als Transitreisender wurde mein Gepäck durchsucht, während die anderen einfach durchgewunken wurden.

Die tschechischen Grenzpolizisten interessierten sich eingehend für meine Zeltausrüstung. Sie hatten schließlich nichts zu beanstanden, schenkten den vielen Konserven keine Beachtung und ließen mich grußlos passieren. Runde sechshundert Kilometer durch Tschechien bis nach Ungarn lagen nun vor mir.

Die Route nach „Brno", die ich einst als Student mit dem Motorrad gefahren bin, erwies sich noch als teilweise bekannt. Zehn Jahre war das jetzt her. Mit großen Veränderungen seitdem war nicht zu rechnen. Ich konnte mich also dem beruhigenden Gefühl des noch einigermaßen Vertrauten überlassen.

Tatsächlich dauerte es nicht übermäßig lange, bis sich der Magen meldete. In „Humpolec" machte ich die erste Rast. Prag lag da schon hinter mir.

Die belegten Brote in der Hand lief ich vom Parkplatz einen abzweigenden Wiesenweg entlang bis zur einer Zufahrtsstraße, die in die nächste Stadt einmündete. Der Weg zurück im leichten Sprint tat wahre Wunder.

Nachdem der Tank aus dem Kanister aufgefüllt war, startete ich erfrischt zur nächsten Etappe. Bei gleichmäßiger Fahrt auf guten Straßen und wenig Verkehr tauchte nach zwei Stunden die Vorankündigung der Stadt „Brno" auf.

Dort, kurz vor Brno, fiel mir an einer Kreuzung der Wegweiser nach „Wien" ins Auge. Er wirkte auf mich mehr als nur ein Hinweis.

Wie einfach wäre es jetzt, schnurstraks auf Österreich zuhalten zu dürfen, wie es für tschechische Bürger offenbar möglich ist. Wie glücklich diejenigen doch sein müssen, denen diese Bewegungsfreiheit vergönnt ist, ging es mir in einem Anfall von Neid durch den Kopf.

Bald darauf entdeckte ich das Richtungsschild nach „Bratislava". Dorthin weiterzufahren wäre falsch, entschied ich. Denn dieser Ort liegt zu nahe an der österreichischen Grenze. Um aber nach Ungarn zu gelangen, musste nun ein notwendiger Umweg gefahren werden. So las ich es aus dem Schulatlas, der aufgeschlagen neben mir auf dem Beifahrersitz lag. Er gab als den kürzesten Weg nach Ungarn die Strecke über „Nitra" an.

Diese Straße war nun nicht mehr so breit und glatt wie die bisherigen. Dauernd musste gebremst und wieder beschleunigt werden. Nach fünf Stunden mühsamer Zuckelei rückte Ungarn endlich in greifbare Nähe. Kurz vor einem kleinen Ort nahe der Grenze spürte ich, wie die Bremse auf einmal sehr weich wurde. Erst beim wiederholten Pedaltreten bremste das Auto ab.

„Verdammt und zugenäht, so kannst du nicht weiter fahren!" Zum Glück entdeckte ich auf dem Weg zum Grenzübergang hinter dem Ort an einem der letzten Häuser einen unscheinbaren an einem Garagentor aufgemalten roten Schriftzug „Skoda Opravovat".

Spontan hielt ich geradewegs darauf zu und klopfte an. Schon bald erschien aus dem Haus nebenan tretend, ein junger Mann, der mich fragend anblickte.

Kauderwelschend bat ich um Hilfe. Ohne zu Zögern schritt der junge Mann sogleich mit mir um den Skoda herum und entdeckte sofort den öligen Fleck am rechten Hinterrad.

Nach einer guten Stunde war das Rad entfernt, der Radbremszylinder ausgetauscht, dessen Dichtungsmanschetten gerissen war, die fehlende Bremsflüssigkeit nachgefüllt und das Rad wieder angeschraubt.

Der junge Mann nahm kein Geld. Stattdessen schüttelte er mir ausgiebig die Hand. Seinen Worten und Gesten konnte ich entnehmen, welche Freude es für ihn gewesen ist, mir zu helfen. Er sei auch stolz darauf, dass ich ein tschechisches Auto fahre.

In Gedanken dieser wunderbaren Erfahrung nachhängend, passierte ich noch am frühen Abend die Grenze zu

Ungarn. „Ein kleines Wegestück musst du noch schaffen", nahm ich mir vor.

Als es aber merklich zu dämmern begann, schwanden mit dem Licht auch meine Kräfte. Auch die Konzentration ließ nach. Ich konnte nach knapp hundert Kilometern nicht mehr weiter. Plötzlich fand ich mich auf der falschen Fahrbahnseite und hielt erschrocken an. Eine kleine Verschnaufpause war nötig. Nur noch bis zum nächsten Ort, nahm ich mir vor. Bald darauf stoppte ich in einem der Straßendörfer, deren Namen für mich schier unlesbar waren und parkte auf dem Dorfplatz mein Auto. Hier hielt ich nach einem Gasthof Ausschau. Weit und breit war aber keines zu entdecken.

Erst nachdem ich eine ältere Frau ansprach, die an ihrem Fenster lehnte, schöpfte ich Hoffnung. Sie beobachtete mich, wie ich hilfesuchend umher blickte. Ihre gutmütigen Augen erweckten plötzlich in mir den Eindruck, vielleicht doch noch zu einem günstigen Schlafplatz zu kommen und nicht im engen Auto übernachten zu müssen.

Eine Taverne, etwas außerhalb gelegen, biete Übernachtungen für Ausländer an. Ich könne aber auch bei ihnen bleiben. Soviel entnahm ich ihren Gesten. Während sie unverständlich auf mich einredete, tauchte ein drahtiger, jung aussehender Mann aus dem dunklen Innern des niedrigen Häuschens auf und erschien am mit am Fenster.

Seine einladende Handbewegung wies auf das Gartentor. Noch während ich unschlüssig auf der Straße stand, öffneten sich die Flügel des Tores. Der Sohn des Hauses winkte mir aufmunternd zu und dirigierte mich mitsamt dem Auto auf sein Grundstück bis hinter das Haus.

Ob mein freudiges Gesicht ihre Hilfsbereitschaft aus-
löste oder ob es zur unhinterfragbaren Pflicht der hier
Ansässigen gehörte, dem vor der Tür stehenden Fremden weiter zu helfen, ging ich nicht weiter nach, sondern
folgte sehr gern ihrer Einladung.

Gleich hinter dem Haus schloss sich ein länglicher
Garten beachtlicher Größe an. Inmitten wuchernder
Tomatenstauden, kreuz und quer aufgestellter Bohnen-
stangen, großblättriger Sträucher, an denen grüne Paprikaschoten hingen, stand versteckt eine Gartenlaube.
Seine Tür füllte in Breite und Höhe fast die Hälfte der
gesamten Vorderseite aus. Oben prangte in blauer Schrift
wie zur Bestätigung. „Idilli".

Diese Laube sollte mein Nachtquartier werden. Aber
erst einmal traten hier im Garten nacheinander die Mitglieder der Familie aus dem Haus auf mich zu.

Der Bauer drückte mir mit seiner knorrigen Hand so
fest die meinige, dass ich unwillkürlich die Augenbrauen
hochziehen musste. Als hätte er einen Scherz gemacht,
lachte er bei meiner Grimasse herzhaft auf. Seine dunklen Augen zwinkerten mir zu, während er auf seine
herbei geeilte Frau zeigte, die mir sogleich ebenfalls ihre
Hand zur Begrüßung entgegen streckte.

In der Wohnküche warteten die Eltern des Bauern. Die
Großmutter verließ sogleich ihren Fensterplatz und setzte
sich auf die Bank neben ihren Mann. Beide hielten sich
leicht gebückt im Sitzen, strahlten aber unverkennbar in-
nige Eintracht aus, so wie Menschen, die keine Verantwortung mehr zu tragen hatten außer der Last des Alters.

Zwei Jungen, ich schätzte sie auf Fünfzehn bis Siebzehn, stellten sich namentlich vor. Der ältere sprach

etwas Englisch. So konnte ich mit seiner Hilfe beim Abendessen erzählen, wohin mich mein Weg führt und wie lange ich schon unterwegs gewesen bin.

Nach dem kargen Mahl, es stand zu dem reichlich aufgetragenen Brot nur eine irdene Schüssel mit halbfestem Gänsefett auf dem Tisch, dazu Wasser aus dem Brunnen im Garten, holte der Bauer spontan eine Fotografie aus der Tischschublade. Er zeigte mir mit stolzem Blick seine älteste Tochter.

Der Junge übersetzte sinngemäß, dass seine zwanzigjährige Schwester im südungarischen „Baja" lebe. Sie studiere dort und möchte Lehrerin für die ersten Klassen werden. Bestimmt hätte sie sich jetzt gern mit mir über ihr Studium unterhalten, weil ich ja auch Lehrer bin. Ihre Ferien beginnen jedoch erst nächste Woche.

Meinen müden Augen mussten sie es angesehen haben, denn bald zeigte mir der Hausherr, wie ich mich auf der Gartenliege zur Nacht einrichten sollte. Dann ließen sie mich in Ruhe.

Von innen abschließbar war das Gartenhaus nicht. So verließ ich mich auf die Gastfreundschaft der Menschen im fremden Land.

Am nächsten Morgen wurde ich von den schräg in meine Bleibe einfallenden Sonnenstrahlen geweckt. Ich wusste im ersten Moment des Erwachens weder, wo ich mich befand, noch wie ich hierher gekommen bin. Ich besann mich aber schnell, schlug die Decken zurück und richtete mich auf.

Etwas steif vom zusammen gerollten Liegen, versuchte ich mich zu strecken. Nach einigen Kniebeugen und Rumpfkreisen ging es wieder. Dann lief ich bis ans hintere Ende des Gartens, da wo das Feld beginnt und erleichterte mich. Zurück vor der Laube atmete ich den noch frühen Morgenduft des Gartens.

Auf den Blättern glitzerten Wassertröpfchen. Der Anblick der noch grünen Tomaten neben den schon prallen gelben und roten Paprikaschoten erquickten Herz und Seele. Gleichzeitig wiesen sie mich auf die ungewohnt südliche Lage des Ortes hin, in dem ich kaum einen Tag nach meiner Abfahrt von zu Hause, gelandet bin.

Das hier ist wirklich ein Idyll, bestätigte ich mir selbst rückblickend auf den Schriftzug über der Tür zum Gartenhäuschen und klopfte am hinteren Eingang des Bauernhauses. Diese Tür erwies sich ebenfalls als unverschlossen, denn sie wurde ohne hörbare Schließgeräusche sofort von innen geöffnet, als wäre ich bereits erwartet worden.

Freundlich lud mich die Bäuerin zum Frühstück ein. Viel zu üppig war der Tisch gedeckt. In einem Korb lagen noch warme Eier, daneben Würste in einer Schüssel, Schinkenscheiben und Käse in klebrigen Stücken auf Holzbrettchen verteilt.

Beim Aufbruch gleich nach dem Essen, steckte mir die Bäuerin zwei schon vorbereitete Pakete zu. Aus dem einen wickelte ich eine Stunde später, im Auto wieder auf der Straße, zwei beachtliche Ringwürste und einen halben runden Brotlaib heraus. Im anderen Paket befanden sich drei ordentliche Paprikaschoten. Das reicht für den ganzen Tag, der noch beschwerlich sein kann, befand ich. Beschwerlich wurde es tatsächlich, mehr als ich annahm.

Jede zweite Stunde musste pausiert werden. Eintönig glitten flache Steppenlandschaften vorüber. Die Orte fanden sich weit auseinander gestreut. Selten brachte entgegen kommender Verkehr willkommene Abwechslung. So kreisten noch Stunden später die letzten Worte des Bauern in meinem Gedächtnis: „Wenn der Gast im Haus ist, dann ist auch der Herrgott im Hause."

Nie zuvor hatte ich von dieser Auffassung über Gastfreundschaft jemals gehört, geschweige erlebt. Von einer solchen bedingungslosen Hilfsbereitschaft können wir als „kühle Deutsche" sehr viel lernen. Einfach auch aus direkt empfundenen Mitgefühl heraus, zusätzlich durch den Glauben abgestützt. Gerade aber damit war es ja bei uns zuhause sehr schlecht bestellt

Über diese mentalen Unterschiede sinnierend, rückte ich mühsam auf Südungarn vor. Vom Tankwart in „Szeged" ließ ich mir für den Rest meines ungarischen Geldes den Tank und die beiden mitgeführten Fünfliterkanister befüllen. Damit würde ich in Rumänien ein ganzes Stück voran kommen.

Gleich hinter Szeged passierte ich am frühen Nachmittag die Grenze und war sehr überrascht, als mich der rumänische Grenzpolizist freundlich und in klar verständlichem Deutsch nach meinem Ziel fragte. Er gab mir dann allerdings mit mürrischem Gesicht den Weg frei, als er hörte, dass Rumänien für mich lediglich ein Transitland ist.

Entgegen meiner Erwartung ließen die Straßen weiter nach Süden eine recht flotte Fahrt zu. Es ging besser voran als im zuletzt durchfahrenen Teil Ungarns.

Der Blick gewöhnte sich sehr schnell an die leer stehenden Häuser am Weg durch die Orte. Vollständige

Straßenzüge schienen unbewohnt. In der Mitte der Ortschaften jedoch regte sich das Leben. Es schien sich dort
zu konzentrieren. Überwiegend ältere Männer standen
beieinander, unterhielten sich. Fast alle rauchten. Aber
auch einige Kinder sprangen umher. Sie winkten mir
beim Durchfahren zu.

Allmählich veränderte sich bald das flache Land-
schaftsbild. Es wurde hügeliger und endlich tauchte am
Horizont eine imposante Bergkulisse auf. Das könnten
die „Karpaten" sein, vermutete ich nach einem Blick auf
den Atlas.

Jetzt kam es darauf an, ein letztes Mal auf dieser Fahrt
ein einfaches Quartier zu finden. Denn ich traute mir
zu, die letzte Etappe bis ans Schwarze Meer von hier aus
in einem Stück zurückzulegen.

Inzwischen hatte ich mich derartig gut an das Auto
angepasst, dass ich schon fast von „innen" heraus, ohne
nachzudenken, eine einigermaßen gleichmäßige Fahrge-
schwindigkeit einstellte, zwischen achtzig und neunzig
„Sachen".

Bereits jetzt, dachte ich, noch am Nachmittag, werde
ich nach einer Bleibe Ausschau halten. Umso mehr bleibt
Zeit bis zum Einbruch der Dunkelheit, fündig zu werden. So freute ich mich, als ich vorn rechts an der Straße
eine Kirchturmspitze erspähte. Sie ragte aus einer vor mir
abfallenden Talsenke empor.

Auf diese Kirche, die mit großer Wahrscheinlichkeit
auf den Ortsmittelpunkt hinweist, hältst du gleich zu
und schaust dich dort nach einem Gasthof um, redete
ich laut zu mir selbst. Aber es kam ein wenig anders als
ich dachte.

Vor der Abzweigung in das Dorf hinein sah ich sie gerade noch rechtzeitig in der flirrenden Luft. Eine kleine Gruppe Frauen, deren helle Kopftücher weithin leuchteten, marschierten am rechten Fahrbahnrand. Offenbar hatten sie ihre Feldarbeit beendet und wollten nach Hause.

Als sie mich kommen hörten, sortierten sie sich. Zu zweien nebeneinander beanspruchten sie aber immerhin noch einen erheblichen Platz der schmalen Straße.

Wahrscheinlich lag es an der Nachmittagshitze. Ich näherte mich langsam der Gruppe, gab aber unmittelbar vor ihr Gas, um zügig an den Frauen vorbei zu sprinten.

Genau in ihrer Höhe passierte es dann: Ein lauter Knall ließ die Frauen zur Seite springen. Einige stolperten vor Schreck in den leicht abschüssigen Graben hinein.

Das kurze Auspuffrohr unter dem Heck meines Autos war beim beschleunigten Überholversuch abgerissen.

Ebenfalls heftig erschrocken, bremste ich sofort und hielt. Im ersten Moment durchzuckte mich der Gedanke, dass hier und jetzt meine Fahrt zu Ende gegangen ist. Das unterschwellig im Bewusstsein gehegte Misstrauen dem Gefährt gegenüber, brach sich unwillkürlich durch. Verzweifelt stieg ich aus und musste vor Aufregung als Erstes in den Graben klettern. Wasserlassen.

Dann lief ich auf die Frauen zu. Sie hatten sich inzwischen jedoch schnell von ihrem Schreck erholt und fingen an zu kichern, als sie mich mit hochrotem Kopf aus dem Graben klettern sahen. Sie erkannten sofort, dass von mir keinerlei Bedrohung ausging. Eher das Gegenteil.

Zu meiner Beruhigung versicherten sie, dass ihnen nichts passiert wäre und fragten ihrerseits nach meinem

Befinden. Sie bedienten sich dabei eines mir merkwürdig anmutenden deutschen Akzents.

Zurück bei meinem Auto, entdeckte ich die Ursache für den Knall: das hinten herunter hängende Auspuffstück. „Du verrostetes Vehikel", schimpfte ich ärgerlich vor mich hin. Mir war klar, schon wieder eine Werkstatt suchen zu müssen.

Auf der Straße vor dem Hinterteil des Autos knieend, sah ich aus dem Augenwinkel, wie sich mir eine der Frauen näherte, während die anderen gemächlich ihren Weg fortsetzten. Sie schlug vor, mit dem kaputten Auspuff weiter zu fahren, wenigstens noch bis ins Dorf. Der Dorfschmied könne das sicherlich wieder befestigen.

Wie selbstverständlich setzte sie sich gleich nach meiner stillschweigenden Zustimmung zu mir ins Auto und unter beachtlichem Getöse dirigierte sie mich die wenigen hundert Meter ins Dorf.

Um den mit „Gänsegrütze" zugewachsenen Teich herum gruppierten sich die meisten Häuser des Ortes. Ins Auge fiel die schon gesichtete Kirche, deren Tür weit offen stand. Unmittelbar daneben, nur durch einen schmalen Durchgang getrennt, erhob sich ein aus Feldsteinen bestehendes größeres Gebäude mit einem breiten Treppenaufgang. Es war die Schule, wie mich meine Begleiterin aufklärte.

Unweit, fast schon der Kirche gegenüber, jenseits des Dorfteiches, stach aus der Häuserreihe ein Gasthof hervor. Typisch deutsch, dachte ich, so wie sich die Fenster zwischen die Fachwerkbalken einpassten. An einem eisernen Ausleger hing ein kleines blechernes Bäumchen.

Das ist bestimmt das Wirtshaus „Zum grünen Baum". Ich sollte mich nicht geirrt haben.

Es war Freitag am Spätnachmittag. Vor dem Gasthof ging es lebhaft zu. Neugierig drehten sich die dort Versammelten nach meinem knatternden Gefährt um und riefen uns etwas zu. Die Frau neben mir wies mich aber um die nächste Straßenbiegung herum auf ein niedriges scheunenartiges Gebäude zu, vor dessen Tor ich anhalten sollte.

Wir stiegen aus. Sie trat umgehend in einen Seiteneingang, in dem sie verschwand. Es dauerte eine Weile, bis sie zurück kam, der Schmied, eine kräftige, untersetzte Gestalt, an ihrer Seite. Er sprach in demselben eigenartigen Dialekt, den ich vorher schon bei den Frauen gehört hatte, die von ihrer Feldarbeit heimkehrten.

Langsam möge ich auf die beiden Eisenträger auffahren, die über einer Bodenvertiefung lagen. Ohne ein Wort von sich zu geben, rollte er eine Schubkarre, auf dem ein Schweißgerät stand, aus seiner Werkstatt heraus und stellte es unmittelbar vor das Autoheck ab. Dann karrte der Schmied noch zwei zusätzliche Gasflaschen herbei. „Reserve", erklärte er zu mir gewandt. Dann drehte er an den Ventilschrauben seines Brenners und entzündete mit einem Streichholz das ausströmende Gas.

Den feuerspeienden Brenner in der linken Hand und sich mit der rechten auf dem Boden abstützend, kroch er jetzt in die Mulde hinein. Ich sah nun zu, wie die Funken spritzten, während in nur wenigen Augenblicken der Auspuffstummel wieder an der abgerissenen Stelle festgeschweißt wurde.

Zufrieden nickte der Schmied mir aus der Grube herausschauend zu und zeigte auf den auf dem Boden liegenden Hammer. Ich reichte ihm das Werkzeug, ahnte aber dabei nichts Gutes. Ihm jedoch schien es jetzt eine gewisse Freude zu bereiten. Denn er fing an, am Untergestell des Autos zu klopfen, spürte die weichen Stellen in ihm und war im Begriff, diese sich im Blech auftuenden Löcher wieder zuzuschweissen. Mir brach indessen der Angstschweiß aus.

Hilfesuchend bat ich die junge Frau, die mich hierher geführt hatte, den Schmied um Einhalt zu bitten. Ich wollte doch kein „neues" Auto!

Schließlich gelang es uns beiden doch, den guten Mann zum Aufhören zu bewegen, der endlich mit glücklichem Gesicht aus der Vertiefung empor kletterte und den Brenner abstellte. Als ich den Motor anließ und keine lauten Auspuffgeräusche zu hören waren, schlug der Schmied mit der flachen Hand anerkennend auf den hinteren Kotflügel.

Ich konnte mich nur noch überschwänglich bei ihm bedanken. Den angebotenen Geldschein wies er mit wirscher Handbewegung zurück.

Nachdem er das Schweißgerät in einen Verschlag seiner Werkstatt verstaut hatte, frage er mich aus. Wie alt ich sei und welchem Beruf ich nachgehe und wieviel ich verdiene. Ich antwortete ihm bereitwillig und ehrlich. Zum Schluss fragte ich ihn dann nach einem Quartier.

Meine offene bittende Art wird ihm wohl gefallen haben, denn kurze Zeit später begleitete er mich und die junge Frau, die während der „Reparatur" mit zugegen war, zu Fuß über den nahen Dorfplatz zum Gasthaus.

Vielstimmig schallte uns dort angelangt ein „Guten Abend" und ein „Gutsnächtle" entgegen.

Im Gastraum sah ich eine längliche Tafel aufgebaut, vollgestellt mit Krügen, Flaschen und Gläsern.

Der Wirt hinter dem Ausschank kam, als er uns zu Dritt eintreten sah, sogleich hervor. Nur wenige rumänische Sätze wechselte der Schmied mit ihm und schon bekam ich einen riesigen Schlüssel in die Hand gedrückt. Es war der Zimmerschlüssel von einem der drei Gästezimmer im Obergeschoß.

Heilfroh, hierbleiben zu dürfen, holte ich schnell einige Sachen für die Nacht aus dem Auto vom Schmiedehof. Es begann auch schon zu dämmern.

Auf dem Eisengestell des Bettes sitzend, ergriff nun die Anstrengung der Autofahrt und der Panne von mir Besitz. Gerade wollte ich mich ausstrecken, als es an der Tür zaghaft klopfte.

Ein junger Mann meines Alters in einem Folklorekostüm stand vor mir. Er lade mich zum Umtrunk an seinem Polterabend ein. Es sei ihm ganz wichtig. Ich könne mich hinterher ausruhen.

Unmöglich konnte ich ihm diese Einladung abschlagen. Es wäre eine Missachtung der mir schon reichlich entgegen gebrachten Aufmerksamkeiten gewesen. Also zog ich mich rasch um. Eine andere Hose, ein sauberes unverschwitztes Hemd und eine Jacke hatte ich zum Wechseln dabei.

Unten in der Wirtschaft, wartete der kostümierte junge Mann schon auf mich. Kaum eingetreten, reichte mir der Wirt als Erstes ein Schnapsglas. „Raki", sagte er und stieß mit uns Beiden an. Ich sei als Gast am Vorabend seiner Hochzeit willkommen und gäbe der Feier eine besondere Note. Das gab mir der Bräutigam zu verstehen. Seine Tracht sei schwäbisch, die zu Hochzeiten traditionell getragen wird. Aber auch bei anderen Festen käme sie dem Kleiderschrank heraus.

Der Schnaps musste sehr stark gewesen sein. Er wirkte sofort. Die leichten Kopfschmerzen waren im Nu verflogen. Mein Wohlbefinden stieg.

Gleich darauf begrüßte mich auch die Braut. Sie trat in ihrer langen, fast bis auf die Schuhe hinunter reichenden weißschwarzen Trachtenschürze auf mich zu. Sie hatte den mit bunten Bändern geschmückten Hut abgelegt. Ihre braunen Haare fielen lang über die reich bestickte weiße Bluse. Sie hieße „Helene" und ihr Bräutigam sei der „Max".

Wenig später an der Tafel erfuhr ich, wie die Vorfahren der hier lebenden Menschen, zu denen sie allesamt gehörten, mit Schiffen die nahe Donau abwärts gerudert sind. Aus der Ulmer Gegend bis hierher hat es sie getrieben, um ein Stück Land in Besitz zu nehmen. Sie siedelten seitdem schon in fünfter, manche sogar in der sechsten Generation in dieser Gegend. Sämtliche Dörfer ringsumher haben sie gegründet und sich bei deren Aufbau recht wohl gefühlt.

Aber schon in den letzten zehn Jahren würde es jedoch immer schwieriger für sie. Ständig neue Beschränkungen müssten sie hinnehmen. Neuerdings dürften sie kein Land mehr erwerben, an keiner Verwaltungsentscheidung mehr mitwirken. Einst wurden sie aber dringend gebraucht, geachtet und hoch geschätzt. Es sieht jetzt so aus, als wäre das nun vorüber. Sie hätten das Gefühl, nur noch geduldet zu sein, nur noch zu stören.

Es seien die kleinen regionalen Bonzen, die ihnen das Leben erschweren. Nicht die in Bukarest, auch der allergrößte Halunke nicht, der sich gerade einen riesigen Palast errichten würde. Dies bekam ich zu hören. Sie verstünden es nicht, warum man sie hier nicht mehr in Ruhe ließe.

Trotzdem gefiele es noch den meisten von ihnen auf „ihrem" Land. Aber diejenigen, die in die Städte gezogen sind, sehnten sich viele nach Deutschland, da wo ihre Ahnen einst gelebt haben. Ich würde doch sicher folgenden Spruch kennen: „In Ulm, um Ulm und um Ulm herum".

Nein, ich kannte diese Redewendung nicht, versuchte sie nachzuahmen, wie ich es hörte und verplapperte mich sofort. Die Gäste am Tisch brachen gleich in heiteres Gelächter aus. Jeder von ihnen konnte es besser als ich. Nicht einmal ich, als Deutscher, könne so gut deutsch reden, wie sie es immer noch bei sich in der Fremde pflegten, erklärte mir gutmütig mein linker Tischnachbar und legte seinen Arm auf meine Schulter.

Lautstärke und Frohsinn an der Tafel stiegen. Auch ich konnte mich dem nicht entziehen und bevor ich mich wiederholt im „Ulmer Wortspiel" übte, fielen mir die leeren Straßenzüge in den durchfahrenen Orten ein. Jetzt wusste ich um den Grund ihrer Verlassenheit.

Etwas verlegen über meine sprachliche Ungeschicktheit amüsierte ich mich über mich selbst und bog mich lachend zur Seite. Und unwillkürlich schaute ich direkt in die dunklen Augen eines jungen Mädchens.

Ohne dass ich es bemerkte, hatte sie auf dem freien Stuhl rechts neben mir Platz genommen. Sie war ebenfalls mit einer Trachtenjacke bekleidet. Ihr langer schwarzer Rock verlor sich unter dem Tisch. „Johanna" heiße sie. Die Braut sei ihre Schwester. Gestern wäre sie aus „Hermannstadt", auf rumänisch „Sibiu", angereist, um bei dieser Hochzeit mit dabei zu sein.

Sie arbeite als Kinderkrankenschwester in einem städtischen Krankenhaus. Gut würde es ihr dort gefallen, käme aber bei jeder sich bietenden Gelegenheit gern in ihr Heimatdorf zu Besuch der Eltern und Freunde.

Alle hielten hier sehr zusammen. Mit viel Liebe würden die alten deutschen Bräuche gepflegt, versicherte sie mit unüberhörbarem bedeutungsvollen Unterton.

Noch bevor ich ihr die Frage stellen konnte, ob sie es auch schon bedauert habe, als Nachkömmling schwäbischer Vorfahren ausgerechnet in einem solch armen Landstrich versetzt worden zu sein und ob sie ihre Vorfahren wegen deren Auswanderung vielleicht sogar verurteile, stimmte die Tischgesellschaft das Lied von der „Vogelhochzeit" an.

Zugleich öffnete der Wirt den hinteren Ausgang zum Innenhof. Bald darauf flogen einige Porzellantassen, bereits kaputte Schüsseln und Teller im Hof an die Wand. Der kleine Haufen Scherben wurde vom Bräutigam schnell weggeräumt.

Die „Polterei" hielt sich damit in engen Grenzen. Offenbar erschien den Menschen ihr Porzellangeschirr als zu kostbar, um es einem kurzen Spaß zu opfern.

Nach einer reichlichen Stunde zog mich Johanna schließlich am Ärmel nach draußen. Vor dem Gasthof warteten schon ein paar andere junge Leute. Sie nahmen uns sogleich in ihre Mitte. Wir liefen mit ihnen aus dem Dorf hinaus und setzten uns hinter den letzten Häusern unter eine weit verzweigte alte Buche auf die sorgfältig um den Stamm herum gezimmerte Bank.

Einer der Burschen griff in die Saiten seiner Gitarre. Er spielte den Rhythmus einiger Beatleslieder an. Leise summten einige mit, andere unterhielten sich, wieder andere schwiegen und hörten nur zu.

Johanna wich nicht von meiner Seite. Ich musste ihr meinen Namen nennen, den sie zweimal nachsprach, so als wolle sie ihn sich einprägen.

Als ich ihr erzählte, ich sei Lehrer und käme gerade aus Ostdeutschland, wurde ihr Interesse an mir auf einmal merklich geringer. Erst staunte ich ein wenig, konnte mir keinen Reim darauf machen und sie auch nicht fragen. Sie stand abrupt auf und plauderte mit einem anderen jungen Mann aus der Gruppe. Es war wohl ihr Freund.

Als es kühl wurde, lief ich kurze Zeit später mit einem Teil der jungen Leute ins Dorf zurück. Keiner von ihnen nahm noch Kontakt mit mir auf.

Unweit des Gasthauses trat Johanna noch einmal an meine Seite. Sie wünschte mir eine gute Weiterreise. Dann war sie rasch in das Gewimmel der Gaststätte eingetaucht. Vielleicht sollte ich sie dort suchen. Wahrscheinlich aber hatte sie sich geirrt, wenn sie annahm, durch mich eine Verbindung zu einer „besseren" Welt herstellen zu können.

Unwiderstehlich zog es mich die Treppe zu meinem Zimmer hinauf. Dort legte ich mich in der Unterwäsche ins Bett und schlief sofort ein, ungeachtet des Lärms von unten.

Dem Wirt drückte ich am nächsten Morgen einhundert „Lei" in die Hand, bedankte mich für Speise und Trank und für die freundliche Aufnahme.

Wieder im Auto wurde mir beim Studium des alten Schulatlas klar, zu weit im Süden gelandet zu sein. Nur noch strikt den wenigen Wegweisern nach „Bukaresti" zu folgen, nahm ich mir jetzt vor. Das bedeutete zwar einen Umweg zu machen. Ich hoffte aber auf gute Straßen, weil sie auf die Hauptstadt zuführten.

Tatsächlich brauchte ich fast den ganzen Tag, um in die Höhe von Bukarest vorzurücken. Oft konnte streckenweise nur sehr langsam gefahren werden, weil die Straßen von Schlaglöchern übersät waren. Einen Achsenbruch wollte ich nicht auch noch riskieren.

Es waren am frühen Abend immer noch geschätzte zweihundert Kilometer bis ans Schwarze Meer zu bewältigen. Chancenlos, ein nochmaliges Quartier auf dieser Straße zu finden, legte ich eine kleine Rast ein und startete anschließend zur letzen Etappe.

Mit zu Ende gehenden Kräften war dann schließlich doch noch am selben Tag „Constanta" erreicht. Trotz eingetretener Dunkelheit war aber der Zeltplatz leicht zu finden. Es ging nur geradeaus dem Meere zu. Er lag unmittelbar am Ende der Hauptstraße.

Für nur eine Nacht bekam ich ohne Umstände einen Stellplatz zugeteilt. Gleich neben der Einfahrt. Es war mir sehr Recht.

Das Zelt stand sehr schnell. Provisorisch mit nur wenigen Handgriffen befestigt, war darin der Schlafplatz hergerichtet. Total erschöpft schlief ich endlich auf ihm ein.

Wie lange ich so gelegen hatte, wusste ich nicht, wurde irgendwann vom munteren Geplauder um das Zelt herum geweckt. Ich musste mich erst besinnen, um zu wissen, wo ich war. Die Neugierde auf das Meer trieb mich aber gleich hoch und aus dem Zelt heraus.

Ohne zu zögern lief ich in der Badehose zum Strand und stürzte mich in die Wellen. Es erschien mir kälter als ich dachte, erfrischte aber ungemein. Hinterher fühlte ich mich putzmunter.

In kürzester Zeit klappte ich das Zelt nach diesem ersten Bad wieder zusammen und verstaute es im Kofferraum des Autos. Dem Platzaufseher zahlte ich ein paar „Lei" und saß bald wieder vor dem Steuerrad. Weit konnte es nun bis nach „Varna" nicht mehr sein. So fuhr ich auf der glatten Küstenstraße mit ständigem Meerblick weiter nach Süden bis zur Grenze nach Bulgarien.

Die üblichen Formalitäten, von argwöhnischen Blicken begleitet, waren bald erledigt und in nur einer knappen Stunde Fahrt kam schon der Zeltplatz des Badeortes Varna in Sicht.

Nach drei Tagen Ausruhen, Baden und ausgiebigem Strandspazieren lösten sich Erschöpfung und Anspannung der langen und mühsamen Autofahrt auf. Eine gewisse heitere Gelassenheit, fast Trägheit und auch ein wenig Stolz auf mich selbst erfasste mein Gemüt.

Die Wärme tagsüber tat dabei ihre beruhigende Wirkung. Abends erwachte der Ort. Das eigentliche Leben am Strand und auf den Promenaden entfaltete sich erst, nachdem sich die Sonne ins Meer „versenkt" hatte. Das bunte Treiben übte auf mich einen anziehenden Charme von ungewohnter internationaler Vielfältigkeit aus.

Ein sehr angenehmer Ort zum Erholen, empfand ich. Leider nur für den Urlaub auf sehr kurze Zeit. Und gleich erwachte in mir die von der überwältigenden Ferienatmosphäre verdrängte eigentliche Absicht dieser meiner Reise in neuer Dringlichkeit.

Neben meinem Zelt richtete sich ein junges Pärchen aus „Belgrad" ein. Nicht weit entfernt stand ein Wohnanhänger mit dem Städtekennzeichen aus „Würzburg". Die älteren Herrschaften, die sich in ihm bereits die fünfte Woche hier wie Zuhause fühlten, nahmen sofort mit mir Kontakt auf, wollten sich mit mir unterhalten. Sie kämen schon das zehnte Jahr mit „Jimmy", ihren Rauhaardackel her, weil hier alles so ungezwungen und locker sei. Ich ging ihnen weitgehend aus dem Wege.

Kontakte mit Deutschen musst du vermeiden, nahm ich mir vor. Vor allem deshalb, weil von ferngesteuerten „Aufpassern" solche Begegnungen beobachtet und nach Hause berichtet werden konnten. Das war allgemein bekannt.

Beim Volleyballspielen ergab sich die lockere Bekanntschaft mit drei Männern ungefähr gleichen Alters aus Budapest. Gänzlich unbefangen verständigten wir uns in holprigem Englisch, unterstützt durch Mimik und mitunter einfallsreichen theatralischen Gesten. Unverstandenes wurde mit Lächeln ausgeglichen. An einer der zahlreichen Bars entlang der Strandpromenade erkannten wir auch ohne viele Worte die Schönheit der vorüber flanierenden jungen Frauen übereinstimmend an.

Schnell kamen wir übereins, gemeinsam für unser leibliches Wohl zu sorgen. Abwechselnd holte einer am Nachmittag vom Markt die vom Verkauf übrig gebliebenen Fische, bevor diese an die Katzen gingen. Auch Kalamares und recht ordentliche Krebse waren darunter. Beim Grillen förderte immer einer auch eine Flasche Wein vom Plattensee zu Tage. Er half, den intensiven Knoblauchduft zu übertönen, der sich wie ein unsichtbarer Schleier regelmäßig über den Zeltplatz ausbreitete.

Nach dem Essen brach dann jeder in der sich vertiefenden Dämmerung zu eigenen Entdeckungstouren auf, bis der Schlafplatz im Zelt rief.

Schon am dritten Tag borgte sich das Pärchen aus Belgrad vom Nachbarzelt meinen dreizehner Maulschlüssel aus, um die Fensterkurbel ihres schon sehr betagten „Moskwitsch" fest zu drehen. Die Scheibe an der Beifahrerseite stand halb offen und ließ sich mit der Kurbel nicht mehr bewegen. Also lösten sie die Verschraubungen mit meinem Schlüssel, entfernten die Innenverkleidung der Tür und schoben die Fensterscheibe wieder in ihre Führung zurück, aus der sie herausgeglitten war.

Ich schaute dieser Reparatur zu und bestätigte mild lächelnd: Solange man an einem Auto noch selbst etwas „drehen" kann, ist alles prima. Mit Hinweis auf meinen hinter dem Zelt parkenden Skoda erzählte ich ihnen unter Einsatz von Händen und Füßen ebenfalls von den Aufbauarbeiten an ihm. Mit Respekt bestaunen die beiden Belgrader dann mein Auto. Wie weit es doch von Deutschland aus bis hierher gefahren sei. Und den langen Weg zurück sollte es ja auch noch bewältigen.

Denn eine „Versenkung" im Schwarzen Meer komme wohl nicht in Betracht!

Bei diesem kauderwelschenden Geplänkel schnappte ich sogar einige Brocken Bulgarisch auf. Sie sollten sich in Kürze als überaus nützlich erweisen.

Meine Frage, wie weit sich denn der schöne Strand entlang der Küste weiter ausdehnte, wollte ich nicht vertiefen. Ein argwöhnischer Blick von den Bulgaren warnte mich.

So erklärte ich am Morgen des siebten Tages allen neuen Bekannten, wie gern ich nun auch noch ein Stückchen mehr von der wunderbaren Küstenlandschaft kennen lernen möchte. Wenn ich schon einmal im Leben am Schwarzen Meer sein durfte. Das Zelt bliebe hier. Vielleicht würde ich auch in „Burgas" übernachten. Einmal im Auto schlafen ginge ebenfalls. Vielleicht sei aber auch ein privates Quartier zu finden.

Unter diesem Vorwand ließ ich mir meine Ausweispapiere im Zeltplatzbüro aushändigen. Spätestens nach drei Tagen würde ich wieder zurück sein.

Die Nacht im Walde

Auf dem größten Parkplatz mitten im Zentrum von Burgas fand der Skoda eine unauffällige Ruhestelle am Rande zwischen mehreren vor sich hin dämmernden alten Wohnmobilanhängern.

Der Abschied von diesem Gefährt musste kurz und rein technisch sein, kein Anlass für Sentimentalität abgeben.

Zündschlüssel raus, Handbremse an, Handschuhfach leerräumen, Türen und Kofferraum zuschließen. Nur noch einen dieser kurzen Momente der Unschlüssigkeit, die sich ungerufen aus meinem tiefsten Innern zuweilen meldeten, galt es zu überspielen, bis ich die Schwere des prall gefüllten Rucksacks auf dem Rücken spürte.

Es schien an alles gedacht: Proviant für drei Tage, mehrere Flaschen Wasser, Isolierfolie, Schlafsack, eine vollständige Bekleidung, alle Papiere in Plastikbeuteln eingeklebt. Am Rucksackboden eingebaut verbarg sich außerdem Werkzeug, mit dem Zäune aufgebrochen werden konnten. Zwei Zangen und ein Messer, sowie ein fünf Meter langes Seil, an dessen Ende ein Haken angeknüpft war. Sogar eine kleine Rolle Stahldraht lag bei. Aus ihm konnten Festhalteösen gebogen werden.

Am Gürtel band ich noch den zusammen geklappten Feldspaten fest, den ich für unverzichtbar hielt und vielfältig verwenden konnte. Er stammte aus der zurück gelassenen Zeltausrüstung. Zuletzt kam auch die handliche kleine Axt mit dem Stiel nach unten an meinen Gürtel. Sie konnte mit einem Griff schnell zur Hand genommen werden.

In dieser Weise beladen machte ich mich auf den Weg. Zunächst am Rande der Küstenstraße neben ihr entlang bis zum Wald, der sich gleich hinter dem Ort ins Land erstreckte. Ein heikles Wegestück, offen den Blicken Vorbeifahrender ausgesetzt.

Noch sehr viel später erinnerte ich mich an das mulmige Gefühl, als mein Fuß beim Aussteigen aus dem Skoda, den ich nie wiedersehen würde, den Boden berührte und mir den Rucksack umlegte. Ein Zurück gab es ab jetzt kaum mehr. Umkehren schien unmöglich. Keine verharmlosende Ausrede mit diesem Gepäck wäre einer Personenkontrolle gegenüber glaubhaft.

Am Waldesrand hielt ich kurz inne. Niemand hatte mich bisher aufgehalten, keiner eines Blickes gewürdigt. Ich atmete tief durch. Wenn das auch weiter so glatt geht, dann würde ich die geschätzten fünfzig Kilometer bis zur Grenze in die Türkei in zwei Tagen zurück legen können.

Ich rechnete nicht mit einer Mauer, die überwunden werden musste. Ein solches massives Bauwerk traute ich den Bulgaren nicht zu. Auch nicht ein Stacheldrahtzaun, an dem Selbstschussgeräte befestigt sind, wie an der deutschen grünen Grenze, würde sich mir in den Weg stellen.

Ich erwartete einen oder mehrere höhere Zäune, an denen von Zeit zu Zeit bewaffnete Polizisten fußläufig patrouillieren. Deren Bewegungsrhythmus würde ich einen ganzen Tag und eine Nacht lang auskundschaften und eine geeignete Stelle für den Durchbruch suchen. Ich verließ mich dabei auf meine Erfahrungen aus der Zeit an der Berliner Mauer.

Auch das Verhalten im Gelände hatte ich in der Armeezeit gelernt. Jede natürliche Deckung musste als eine solche erkannt und bei Bedarf umgehend genutzt werden.

Mit geschärften Sinnen lief ich in die Richtung los, die mir mein kleiner Schulkompass wies: nach Süden.

Sobald ein Knattergeräusch schon von weitem an meine Ohren drang, suchte ich eine Bodenvertiefung, in die ich mich hineinwerfen konnte, duckte mich hinter einen Baumstamm oder unter ein dichtes Gebüsch.

Die Straße, die sich durch den Wald schlängelte, wurde schon bald immer schmaler und von Bäumen an ihr verdeckt. Bisher konnte ich sie an freien Stellen ab und zu aus sicherem Abstand durchschimmern sehen. Nur noch ein enger Weg blieb bald von ihr übrig, auf dem in unregelmäßigen Abständen Motorräder in beiden Richtungen unterwegs waren. Vermutlich Grenzpolizisten.

Die Befürchtung, entdeckt zu werden, wenn ich weiter in der Nähe dieses Weges blieb, zwang mich nach kurzer Zeit, tiefer in den Wald einzudringen und nur noch nach meiner Kompassnadel zu laufen.

Unmerklich stieg das Gelände an. Nach nur wenigen Kilometern spürte ich, wie ich zwar an Höhe gewann, jedoch immer langsamer voran kam. Aus dem im Auto zurück gelassenen Atlas konnte entnommen werden, dass dieses Gelände zu den Ausläufern des „Balkangebirges" gehörte. Vor meiner Abreise studierte ich die für mich interessanten Atlasseiten sehr gründlich, hatte sie mir fest eingeprägt. Jetzt, an Ort und Stelle, überraschte mich die Wildheit der Landschaft. Ständig ging es am zerklüfteten Gebirgsboden mal abwärts, dann wieder bergauf.

Felsen mussten umgangen und an tiefen Einschnitten ein Weg an ihnen vorbei gesucht werden. Ein mühsames Laufen, aber die dadurch gewonnene Sicherheit rechtfertigte die sich ständig auftuenden Erschwernisse.

Einen Fuß vor den anderen setzend, tastete ich mich stundenlang durch dichtes Unterholz. Dabei war mir klar, jeder Schritt in die falsche Richtung bedeutete Verschwendung von Kraft und Zeit. Die Armbanduhr kündigte bereits das Nahen der einbrechenden Dunkelheit an.

Erst unmerklich, dann immer dichter, zogen dicke Wolken am stets blauen Himmel auf. Damit ließ auch die Tageshitze deutlich nach. Die Luft wurde angenehm frisch und es begann zu tröpfeln. Rasch verwandelte der Sprühregen den Wald um mich herum in eine neblige, gleichmäßig rauschende Wunderwelt.

An einen vorspringenden Kalksandsteinbrocken gelehnt atmete ich mit halb geöffnetem Mund die schwer gewordene Luft. Weiterlaufen war zu qualvoll. Erschöpft ging ich in die Hocke und entschloss mich, hier ein Nachtlager einzurichten, wenn der Regen vorüber war.

So hielt ich Ausschau nach einer einigermaßen geschützten Stelle und fand sie nach kurzer Suche an dem Felsen, vor dem ich gerade halt machte. Der Waldboden unter einem Vorsprung federte weich unter den Füßen. Er konnte schnell mit dem Klappspaten geebnet werden.

Von dem Untergrund trug ich nun gerade so viel ab, dass ich mich ausgestreckt in die ausgekratzte Vertiefung hineinlegen konnte. Vor dem Felsen schichtete ich von den Bäumen herab gefallene Zweige und Äste auf, flechtete sie zu einem halbdurchsichtigen Zaun ineinander und häufelte die ausgehobene Erde von außen an.

Derartig geschützt fühlte ich mich so gut wie unsichtbar. Nachdem ich etwas gegessen und getrunken hatte, ließ ich mich im Schlafsack auf der mitgeführten Plastikfolie, mit leicht angezogenen Beinen in meiner Kuhle nieder.

Taschenlampe, Klappmesser und Axt griffbereit neben mich gelegt, vermittelten diese Gegenstände ein gewisses Gefühl der Wehrhaftigkeit.

Der Regen hatte wieder eingesetzt. Ein heftiger Guss ging jetzt hernieder. Alles umher triefte vor Nässe und ich war froh, diese trockene Stelle gefunden zu haben. Nach wenigen Augenblicken fiel ich in einen tiefen, fast bewusstlosen Erschöpfungsschlaf.

Stunden später schreckte ich von einem krächzenden Laut geweckt auf. Noch halb in Trance wusste ich dennoch sofort, wo ich mich befand. Suchend tastete ich nach der Taschenlampe. Es war kurz nach Drei. Der Regen hatte aufgehört und über den blass beschienen Bäumen funkelten die Sterne am klaren Nachthimmel.

Ein vorzeitig wach gewordener Vogel hatte mich aufwachen lassen. Reglos daliegend lauschte ich den Tropfen, die von den Ästen fielen und überließ mich den schweifenden Gedanken, die jetzt über mich mit Wucht herein brachen.

Selbstzweifel meldeten sich überlaut zu Wort. Was hatte ich hier allein im Wald unter diesem Felsen, einer steinzeitlichen Höhle ähnlich, verloren? Wo befand ich mich eigentlich ganz genau? Wie bin ich überhaupt, von keinem Menschen aufgehalten, hierher gelangt? Wo wollte ich noch hin? Welcher Teufel hatte mich gepackt, tausende Kilometer weit weg von zu Hause, die Welt herauszufordern und sich in eine solch unheimliche Lage zu begeben?

Alles in mir befand sich in Auflösung. Niemals in meinem bisherigen Leben hatte ich mich so einsam und verlassen gefühlt, wie in diesem Moment. Allein gelassen von allen Menschen dieser Erde, absolut auf mich selbst geworfen, fixiert auf die eigenen Probleme, als wäre ich das einzige Lebewesen auf dem Planeten.

Die Gefährlichkeit meines Tuns und Vorhabens stieg überdeutlich vor mir auf. Ich stellte mir vor, alles würde schief gehen, mir völlig entgleiten. Ich hatte das Gefühl, gleich verrückt zu werden. Vielleicht war ich es ja auch schon!

Am liebsten wäre es mir, ich könnte alles bisher Unternommene ungeschehen machen, schnell zum Auto zurück rennen und einfach heim fahren. Rettung im letzten Moment!

Ich musste an meine Eltern denken, an meine Freunde. Gerlinde strich mir zärtlich übers Haar und als ich dem unwillkürlichen Impuls nachgeben wollte, die Arme um sie zu legen, spürte ich die Enge des Schlafsackes.

Sich meiner Lage plötzlich bewusst werdend, brach es aus mir heraus. Hemmungslos hörte ich mich Schluchzen. Tränen der Angst und der Verzweiflung rannen unaufhaltsam übers Gesicht.

Aber ich konnte nicht fort. Hilflos einem ungewissen Schicksale ausgeliefert, lag ich so still, ohne Zeitgefühl im Walde, ein total unglückliches, innerlich zerrissenes Häuflein Mensch.

Allmählich aber versiegten die Tränen. Ich spürte die in mir aufsteigende Wut. Wütend wurde ich, weil ich mir schwach und unfähig vorkam. Aber noch wütender wurde ich auf die Verhältnisse, die mich in diese Situation manövriert hatten, die zu dem Entschluss führten, allem Vertrauten und Liebgewonnen den Rücken zu kehren.

Dieser Staat, der mich erst aufbaute, der mich dann aber drangsalierte und in diese unwürdige Lage trieb, war die Ursache meines Elends. Ein Staat, der auf Sand gebaut war, der nur deshalb bestehen konnte, weil eine Mauer und unüberwindbare Hindernisse um ihn herum die Menschen einsperrten, ihnen die Selbstentfaltung verweigerte, der seine Landschaften rücksichtslos aus-beutete, Seen und Flüsse vergiftete, die Luft verpestete und der Jugend einredete, ihre Landsleute im Westen seien ihre natürlichen Feinde, die sie nur zu verführen trachteten. Freies kritisches Denken und Reden wurde gnadenlos schon im Ansatz unterdrückt.

Deshalb konnten die meisten Sechzehnjährigen kaum eine eigene Meinung sachlich begründet und argumen-tativ logisch vortragen. Ihre Sprache und ihr Denken war im Korsett aus lauter hohlen Phrasen gefangen. Eine ideologische Klammer hatte sich, von ihnen selbst un-bemerkt, um sie herum gelegt und ihre Persönlichkeit zugeschnürt. Nur in dieser Verfassung waren sie den Par-teibonzen genehm. Und mit ihrem Älterwerden wurden sie den Bonzen immer ähnlicher, bis sie schließlich als Erwachsene denkunfähig am Tisch saßen und beim montäglichen Parteilehrjahrespalaver eingebleut beka-men, wie sie sich selbst und die Welt zu sehen hatten. Die Partei hatte ja immer Recht. Eine unwürdige Zumutung für den denkenden Menschen!

Wehe denen, die von der vorgesehenen Linie abwichen.

Die wenigen jungen Leute, die trotz allem von sich aus ihre wirkliche Situation reflektierten, über den Zusammenhang von gesellschaftlichem Schein und Sein nachdachten, die sich nicht von der angenehmen sorgenbefreiten Welt der Pionierlager einlullen ließen, sie wurden zur Räson gebracht, mundtot gemacht und ihrer ohnehin nur wenigen Chancen beraubt.

Wehe auch denen, die von der Parteilinie abwichen. Dabei konnte doch jeder, der es sehen wollte, dass diese „Linie" zwar anfänglich einen guten soliden Kern in sich trug. Zunehmend entfernte sich diese anfänglich gut gemeinte Politik für den einfachen Menschen von ihren eigenen Grundsätzen. Sie artete bald in eine allumfassende Diktatur aus, die sich unweigerlich selbst irgendwann zersetzen muss, weil ihr die Grundlage fehlte: Die über Jahrhunderte gereifte bürgerliche Bildung.

Diese bürgerliche Bildung, vor allem ihr philosophischer Gehalt, wurde verachtet und damit der Boden für Verdummung bereitet.

Nein, dieses Staatsgebilde konnte mir keine Zukunft bieten. Es besaß ja selbst keine. Im Gegenteil. Ich konnte dort nur verkümmern, vor mich hin vegetieren, gar nicht richtig leben, so wie ich es wollte. Andere mögen es in dieser Schärfe nicht empfinden und sich mit ihrem Schicksal abfinden. Ich konnte es aber nicht.

Langsam vergaß ich über diesen Gedanken meine missliche Lage. Strategische Überlegungen begannen in meinem Kopf zu kreisen. Ich hatte wieder ein von Zweifeln befreites Ziel vor mir. Darüber beruhigte ich mich und schlief noch einmal ein.

Noch mindestens weitere vier Stunden musste ich geschlafen haben, bis ich von einem Sonnenstrahl ein zweites Mal geweckt wurde, dessen Schein mir durch die geschlossenen Lider hindurch den hellen Tag anzeigte.

Der Wald atmete noch die Feuchtigkeit des nächtlichen Regens. In dieser morgendlichen Stille, die nur von leisem Plätschern gestört wurde, nahm ich ein deutliches Klopfen wahr. Ich hörte mein Herz schlagen, blickte um mich und wurde sofort hellwach.

Ohne zu Zögern schälte ich mich aus dem Schlafsack heraus, schob die umgelegte Decke beiseite, schlüpfte in die Schuhe, räumte mit wenigen Handgriffen die Äste der Krüppelkiefer weg, hinter denen ich mich verborgen hatte und kroch aus meiner Mulde hervor.

Nur ein paar Schritte weiter ist über Nacht ein kleines Bächlein, mehr ein Rinnsal, am Waldboden entstanden. An ihm rasierte ich mich langsam und sorgfältig, wusch Gesicht und Oberkörper mit dem Rest des Rasierschaums. Danach fühlte ich mich ausgeruht und erfrischt.

Das Brot schmeckte herrlich und mit Wasser brauchte nicht gespart zu werden. Alle Flaschen wurden am Bach aufgefüllt und zusammen mit den anderen Sachen im Rucksack verstaut. Voller Tatendrang mache ich mich wieder auf den Weg.

Der Kompass wies in ein leicht abschüssiges Tal. Bald musste ich die Grenze erreichen. Und diese überwinden, koste es was es wolle. Auch wenn ich vorher noch entdeckt würde. Ich nahm es in Kauf. Dann hatte ich es wenigstens versucht. Außerdem gab es ab jetzt in meiner Einbildung ohnehin keinen Weg mehr zurück. An das Allerschlimmste wollte ich nicht denken.

Die Bulldog

Die Freude über den leichten Gang talabwärts währte nicht lang. Wieder begann das Gelände anzusteigen. Noch dazu erhob sich unmittelbar vor mir ein kahles Bergmassiv. Es wirkte in seiner Schroffheit sehr schwer begehbar.

Kurz entschlossen wich ich von dem bisher streng eingehaltenen Südkurs ab und verschob meine Bewegungsrichtung leicht in die östliche Richtung, dorthin, wo ich das Schwarze Meer vermutete. So konnte das karge, fast unbewachsene Gesteinsmassiv umgangen werden. Es hätte mir beim Erklettern nur wenig Sichtschutz geboten und zu viel Kraft gekostet.

Ohnehin wiesen die immer kärglicher aussehenden Bäumchen und Sträucher auf die schon erreichte beträchtliche Höhenlage hin. Nur noch Krüppelkiefern, kleinwüchsige Eichen und viel stacheliges Gebüsch bestimmten den Pflanzenbewuchs.

Gegen Mittag entschloss ich mich, auf eine der niedrigen Bäume zu klettern. Vorsichtig zog ich mich von Ast zu Ast in die Höhe. Endlich gelang ein kurzer Rundumbick. Das Meer schimmerte links unten in der gleißenden Sonne. Es schien noch ziemlich nahe. Ihm entgegen gesetzt und auch um meinen Standort herum war durchgängig eine zerklüftete Waldlandschaft auszumachen. Keine Schneise, die auf den Grenzverlauf hindeutete, zerschnitt die Flur.

Bedächtig stieg ich vom Baum herab. Auf keinen Fall wollte ich riskieren, mich durch einen Sturz zu verletzen und sei er auch aus noch so geringer Höhe. Selbst eine Verstauchung hätte mein Vorhaben massiv erschwert oder gar zunichte gemacht.

Wieder half der Kompass als einziger Wegweiser in der Wildnis. Um nur ja nicht im Kreis zu laufen, hielt ich ihn in der Hand und korrigierte halbstündlich die Laufrichtung.

Schneller als empfunden wurde es im Vorwärtsgehen Nachmittag. Eine innere Stimme riet mir, nun noch aufmerksamer als bislang zu sein, auf Anzeichen für Absperrungen im Vorland der Grenze zu achten. Sie konnte nicht mehr weit weg sein.

Noch ließ sich aber nichts Derartiges entdecken. Sehnlichst wünschte ich mir, einfach so weiterlaufen zu dürfen und dann irgendwo in einem türkischen Dorf herauskommen. Sogar noch eine Nacht im Walde würde ich gern auf mich nehmen.

Schon fast bereit, mir eine geeignete Ruhestelle im Gelände zu suchen, entschloss ich mich zu rasten und erst einmal einem dringenden Bedürfnis nachzukommen.

Nach verrichteter Notdurft ließ ich mich ermüdet vom Kraxeln vor einem abgebrochenen Baumstamm auf den Boden sinken und schloss die Augen.

Wieder überfielen mich in diesem Moment der Schwäche Zweifel, ob es überhaupt zu schaffen sein würde, das angepeilte Ziel zu erreichen, als ich in unmittelbarer Nähe ein leises Knurren vernahm.

Der kräftige Hund mit dem langen braungescheckten Fell, so groß wie ein ausgewachsener Schäferhund, fixierte mich in gleicher Augenhöhe mit mir, das Maul halb geöffnet, die Zähne entblößt, zum Sprung bereit.

Im ersten Impuls wollte ich beide Arme vor dem Gesicht verkreuzen, unterließ es aber als ich eine männliche Stimme hörte. Ein kurzer Befehlsruf. Das Blut stockte mir in den Adern. Nur ein einziger Gedanke schoss mir durch den Kopf: Ich war entdeckt, jetzt ist alles vorbei.

Als ich den Mann erblickte, der hinter einem Baum stand und jetzt hervortrat, setzte jedoch sofort Erleichterung ein. Blitzschnell erkannte ich, dass die bärtige Erscheinung in bäuerlichem Aussehen, gestützt auf einen knotigen Stock, keine unabwendbare Gefahr für mich sein musste. Ein Grenzsoldat war es jedenfalls nicht.

Wieder zu mir gekommen erhob ich mich nun sehr langsam, denn der Hund stand immer noch bedrohlich vor mir. Ich streckte dem Mann beide Hände entgegen, um ihm meine Wehrlosigkeit anzuzeigen. Die immer noch nicht am Bund geschlossene Hose rutschte mir in diesem Moment bis in die Kniekehle.

Rein zufällig bewirkte unabsichtlich diese meine Nachlässigkeit den Eindruck eines absolut glaubhaften Notstands, wie er mit Worten kaum zu erzeugen war.

Für meinen Entdecker zeigte sich das vor ihm aufgetauchte menschliche Wesen unweigerlich als ein verirrter, hilfsbedürftiger Wanderer. Geradezu froh über diese Begegnung hier im Wald, um nach dem rechten Weg nach Burgas zu fragen.

Diesen Eindruck verstärkte ich noch, rief ihm ein „Hallo" zu und ergriff die leere Wasserflasche, aus der ich eben noch den letzten Schluck genommen hatte. Diese hielt ich dem Bauern entgegen, schüttelte sie mit der Öffnung nach unten und verzog das Gesicht zu einem ratlosen Grinsen.

Wortlos betrachtete er mich eine Weile.

Das Zeitempfinden in solchen heiklen Momenten verschwindet in der Wahrnehmung hinter dem plötzlichen Bewusstwerden des entscheidenden Ereignisses, aus dem heraus die Weichen für das weitere Leben gestellt werden. Erst viel später wurde mir klar, an welchem „dünnen Faden" mein Geschick gehangen hatte, ausgeliefert einem unsichtbaren Spiel der unbekannten Kräfte des Zufalls.

War es die bittende Geste um Wasser oder war es der unsichere, immer noch ängstliche Ausdruck in dem hellen Gesicht des Fremden oder rührte die halb am Körper hängende Hose an das Mitleid des bärtigen Bauern. Zögernd trat er schließlich auf mich zu, den struppigen Hund hinter sich haltend.

Fünf Schritte vor mir blieb er stehen. Seine Stimme klang erstaunlich jungendlich, die überhaupt nicht zu seinem Äußeren passen wollte. Er richtete eine Frage an mich.

Es konnte nur eine Frage sein, denn in seinem Ton schwang keine auffordernde oder feststellende Nachdrücklichkeit mit. Es war zu erahnen, was dieser wissen wollte: wen hatte er da vor sich.

Einige der mehr gestammelten als gesprochenen wenigen aufgeschnappten bulgarischen Wörter, in die sich englische und deutsche Ausdrücke einflochten, mussten den Bauer wohl überzeugt haben. Denn bei dem Wort „Allemania" nickte er. Seine harten Züge im Gesicht entspannten sich deutlich.

Endlich machte er dann eine einladende Handbewegung und stapfte los. Schnell befestigte ich meine immer noch in Halbhöhe hängende Hose, nahm den Rucksack auf und folgte ihm.

Nach einigen Metern drehte er sich nach seinem vierbeinigen Gefährten um, wartete, bis dieser an seiner Seite stand und wies mit dem Stock vor sich, um den Weg zu weisen.

Eine gute halbe Stunde schritten wir schweigend nebeneinander her, den ab und zu knurrenden Hund zwischen uns. Schließlich öffnete sich der Wald und wir standen vor einer Wiese, die sich in ein sanftes Tal hinein erstreckte. Am Ende dieses Grundes erspähte ich das Steindach eines Hauses, auf welches ein schmaler Trampelpfad zulief.

Bald standen wir vor einem ländlichen Anwesen. Es bestand aus dem einstöckigen Haupthaus, an dem sich zu beiden Seiten windschiefe Nebengebäude anschlossen. Sie schmiegten sich an das Haus, als wären sie anlehnungsbedürftig. Die klobigen Steinquader, auf denen diese Gebäude ruhten, kündeten jedoch von solider Erdhaftung und von der Absicht, Jahrhunderte überdauern zu wollen.

Verwitterte Holzschindeln an den Fassaden, von denen viele schief hingen, glänzten matt im abgemilderten Licht der Sonne. Nicht mehr lange, dann würden nur noch die Kronen der Bäume in ihrem Scheine stehen. Und plötzlich geschah etwas völlig Unerwartetes:

Wie ein alter Bekannter fühlte ich mich begrüßt, als mir beim Abschätzen des Anwesens der helle Widerschein eines von der Sonne gerade noch beschienenen metallischen Gegenstandes ins Auge fiel.

Ich war zwar nicht geblendet, aber beeindruckt. Einen Traktor hätte ich hier nicht vermutet, so wenig passte ein solcher in dieses archaisch anmutende Umfeld. Halb ragte sein Vorderteil aus dem Schuppen neben dem Haus, dessen Tür sperrangelweit offen stand. Es kam mir vor, als habe dieses alte Exemplar nur auf mich gewartet, um einen vielleicht letzten Dienst zu tun.

Daneben gähnte das Dunkel eines leeren Stalls.

Dem Hause gegenüber erstreckte sich ein mit Stangen und Ästen eingezäunter Garten, mehr ein Feld. Aus diesem Landstück bewegte sich nun eine Gestalt in weitem Rock und dunklen Kopftuch auf uns zu.

Nahe genug, rief ich ihr ein halblautes „Hallo" entgegen, wie ich es zuvor bei der Begegnung mit dem Bauern im Wald auch schon getan hatte. Es folgte ebenfalls keine verständliche Antwort.

Jetzt vor uns stehend, redete der Bauer auf seine Frau ein, die fast andächtig seinen Worten lauschte. Ich vermutete, er berichtete ihr von den Umständen unseres Zusammentreffens.

Nachdem er geendigt hatte, lief die Bäuerin behänd ins Haus und brachte kurz darauf in einem Korb drei kleine keramische Trinkbecher, in die sie Wasser aus einer Kanne einfüllte. Im Hof stehend tranken wir und zu mir gewandt sagte sie dann: „Dobre dolschi".

Ich wusste um die Bedeutung dieser Worte und mir fiel ein Stein vom Herzen. Dankbar lächelte ich den beiden Leuten vor mir zu.

In diesem Moment wurde die Haustür knarrend von innen aufgestoßen. Halb hüpfend sprang eine junge Frau leichtfüßig die wenigen ausgetretenen Sandsteinstufen herab. Ihr bunter Rock bauschte sich dabei auf und ich dachte sogleich an einen Schmetterling.

Schon trat sie in eiligen Schritten auf unsere kleine Gruppe zu. Ohne zu Zögern streckte sie mir ihre Hand entgegen. „My name is Antonia and this is my father Kiro and this is my mother Ziwa". Sie rollte das "R" in ihres Vaters Namen lang gezogen und bedächtig heraus.

Wer ich denn sei und wie ich hierher gelangt bin, fragte sie sofort anschließend in verständlichem Englisch.

Innerlich immer noch angstvoll und besorgt, denn es hätte durchaus auch geschehen können, vom Bauern mit seinem Wachhund zu einer Polizeistation geführt zu werden, löste sich jetzt beim Anblick dieses freundlichen Wesens, welches sich arglos nach meiner Herkunft erkundigte, auf. Meine gespannte Verkrampfung verflog restlos.

Und dennoch konnte ich perplex vor Erstaunen nur stammeln. Ich stammelte mehrsprachig, zusammengestückelt aus rumänischen, bulgarischen und englischen Wörtern. Auf alles Mögliche war ich gefasst, nur nicht darauf, nach meinem Ortsempfinden am Ende der Welt einen englischsprechenden jungen Menschen Rede und Antwort stehen zu müssen.

Meine Verlegenheit war mit Händen zu greifen. Gleichwohl sprach sie aber auch für mich, wie es sich gleich zeigen sollte.

Die kleine bulgarische Familie verständigte sich schnell untereinander. Offenbar kamen sie überein, mich in das Haus zu geleiten. Drinnen setzten sich alle an den großen Holztisch.

Den Rucksack neben mir auf den Boden abgestellt, öffnete ich bedächtig, um nur bloß keine Hast zu zeigen, die Verknotungen der Stricke, die ihn fest verschlossen hielten. Als erstes zog ich die kleine Axt heraus und drückte sie Kiro, dem Bauern, in die Hand.

Dieser verzog keine Miene und legte sie unter seinem Stuhl ab. Aus den erwartungsvollen Gesichtern der beiden Frauen las ich keine unmittelbare Gefahr für mich heraus und entschloss mich spontan, ihnen, den einfachen Leuten, zu vertrauen. Ich kramte meinen Ausweis aus der Plastikfolie hervor. Mit der Geste, ihn sich anzuschauen, legte ich das kleine blaue Büchlein auf den Tisch.

Antonia nahm ihn sogleich auf, blätterte die wenigen Seiten um und blieb bei dem Passbild und dem Namen hängen. Umständlich entzifferte sie meinen Vornamen. „Chelmut", sprach sie halblaut und ihre Augen glitten dann schnell über die Ziffern hin, die über Körpergröße, Geburtsdatum und Gültigkeit Auskunft gaben, bevor sie mir den Ausweis zurück gab.

Inzwischen fingerte ich die mir verbliebenen bulgarischen Geldscheine hervor und fragte mit ruhiger Stimme, fast schon geschäftsmäßig, in die Runde: „Can I stay overnight by you? I can pay for it!"

Kaum ausgesprochen, schob auch schon der Bauer meine Hand mit den Geldscheinen von sich und schüttelte den Kopf. Stattdessen setzte Antonia nun wiederholt nach, wollte wissen, wie es mich hierher verschlagen habe.

Daraufhin erzählte ich, oft nach Worten suchend, wie sehr ich mich als Lehrer für Naturkunde für die Pflanzenwelt interessiere, die im Klimagebiet des Schwarzen Meeres gedeiht. Mein Auto stünde in Burgas. Ich habe mich bei der Erkundung des Gebirgszuges wohl verirrt, denn eine Landkarte hätte ich vergeblich versucht aufzutreiben. Auch berichtete ich, wie ich die letzte Nacht im Walde überstanden hätte.

Aufmerksam lauschten sie meinen Worten, als ob sie aus dem Klang des Redeflusses seinen Wahrheitsgehalt heraushören wollten. Kiro und Ziwa nickten ab und zu fast unmerklich und blickten zu Antonia hinüber, die sich nach kurzem Schweigen am Tisch mit der Bemerkung erhob, sie müsse jetzt die Kuh von der Wiese heimholen und ging hinaus.

Gleichzeitig erhob sich auch die Bäuerin und gab mir ein Zeichen, ihr zu folgen.

Nur wenige Blicke untereinander hatten offenbar ausgereicht, um das gemeinsame stille Einverständnis für die Übernachtung des Fremden in ihrem Heim zu erwirken.

Ziwa führte mich über eine schmale Stiege ins Obergeschoß, dort einen dunklen Gang entlang, bis zu einer nur angelehnten Tür, hinter der sich eine kleine Kammer auftat. In ihr befand sich weiter nichts als ein hölzernes Bettgestell und ein Stuhl.

An der Wand, mit Stricken befestigt, hing der Rest eines Bärenfells, von dem der Kopf abgetrennt worden war. Trotzdem zog es sofort den Blick auf sich. Gewaltig strahlte es als einziges Schmuckstück auf den Raum aus und verlieh ihm den heimeligen Anschein einer gemütlichen Höhle.

Meinen Rucksack könne ich in die Ecke stellen, bedeutete mir Ziwa. Dann öffnete sie das Fenster zur Seite hinaus.

Auf ihren fragenden Blick hin nickte ich sogleich. Ich war heilfroh über diese Schlafstatt, zu der ich so unverhofft gekommen bin. Ziwas Aufforderung unverzüglich folgend, stellte ich den Rucksack auf den Stuhl und entleerte ihn. Dabei sortierte ich den Feldspaten, das Klappmesser und die Beißzange aus und übergab diese Utensilien an Ziwa zur Aufbewahrung. Ich wollte damit zeigen, dass ich mich den Gastgebern rückhaltlos anvertraue, nichts vor ihnen verberge.

Tatsächlich nahm die Bäuerin die Werkzeuge an sich und verbrachte sie mit nach unten.

Nach einer Weile, in der ich meine Sachen ordnete, folgte ich der Bäuerin ins Untergeschoß nach. Hier wartete auch schon der Bauer auf mich. Er hatte sich inzwischen eine Pfeife angezündet.

Gemütlich sah er mit der qualmenden Pfeife aus. Als er sie aus dem Mund nahm, um seiner Frau zu sagen, dass er mit mir, seinem Gast, ums Haus gehen wolle, kamen die beiden verbliebenen gelbbraunen Zähne unten links zum Vorschein. Zwischen ihnen hängte er gleich seine Pfeife wieder ein.

Aha, dachte ich. Es sind die fehlenden Zähne, die das Gesicht älter erscheinen lassen, als es sehr wahrscheinlich wirklich war.

Der Rundgang war schnell gemacht, vorbei am Hühnergatter, am Brunnen und am Stall entlang, in dem inzwischen die rotgefleckte Kuh stand, bis hin zum Verschlag, in dem der alte Traktor stand.

Hier angekommen, strich Kiro um das total verschmutzte Ackergefährt herum, das Gesicht wehmütig verkniffen und zeigte auf den seitlich angebrachten Schriftzug: „Lanz-Bulldog".

Vom Anblick des Traktors gleichsam wie von der Wehmütigkeit des Bauern seltsam angerührt, betrachtete ich den Traktor nun genauer. Eine plötzliche Eingebung ließ mich in diesem Moment erahnen, dass sich jetzt vielleicht eine noch versteckt liegende Chance für mich und mein Vorhaben ergeben könnte.

Zurück in der Bauernküche. Der Tisch fand sich schon zum Abendbrot vorbereitet. Antonia übernahm wieder die Übersetzung des Gesprächs.

Beim Essen berichtete sie von sich und ihren Eltern. Sie sei hier auf diesem Hof vor zwanzig Jahren zur Welt gekommen. So weit abseits, dass alle ihre späteren Freunde und Bekannten annahmen, sie komme aus einer anderen Welt.

Nein, vermisst habe sie in ihrer frühen Kindheit jedoch nichts. Sie sei ein „Naturkind" gewesen, vertraut mit den Tieren und dem Wald. Als sie Sechs wurde, lernte sie das Leben im Internat in Burgas kennen, besuchte nach der Volksschule drei Jahre lang die Fachschule in Sofia. Nun arbeite und lebe sie in Burgas. Sie sei Disponentin im Raffineriewerk. Ihr Verlobter sei ebenfalls dort beschäftigt und noch in diesem Jahr möchten sie heiraten.

Hier verbringe sie regelmäßig bei den Eltern ihren Urlaub. Der beste Ort sei es, den sie kenne, um sich zu erholen und gleichzeitig den Eltern bei der Landwirtschaft ein wenig unter die Arme zu greifen. Diese wären ja nun mit ihren zweiundfünfzig Jahren nicht mehr die jüngsten.

Nur sehr wenige Bauern würden weit in die Berge verstreut, heute noch ihre Höfe bewirtschaften, so wie es ihre Eltern täten. Die anderen wären im Laufe der letzten zehn Jahre in die Nähe von Burgas umgesiedelt worden. Aus welchem Grunde, ließ sie Unerwähnt.

Interessiert lauschte ich ihrer Erzählung, immer auf der Hut, alles daraufhin abwägend, ob es als realistisch gelten kann. Immerhin musste ich in Betracht ziehen, auch noch in der bevorstehenden Nacht durch herbeigeholte Polizisten in Gewahrsam genommen zu werden.

Aber alles bisher Gesagte erschien mir plausibel, vor allem auch Antonias Sprechweise deutete auf nichts Unehrliches hin, auf keinerlei Täuschung.

Unter anderem fragte ich sie, welchen Weg sie bei ihren Besuchen aus der Stadt nach hierher nehmen würde. So erfuhr ich, dass es oben im Wald nur ein paar Kilometer entfernt, einen befestigten Weg gäbe, der gut mit dem Fahrrad befahrbar sei. Dieser Weg sei sehr sicher, weil hier eigentlich nie fremde Leute herkämen. Denn sie wären wegen der nahen Grenze, schon in einem für Touristen gesperrten Gebiet. Ich sei eine große Ausnahme.

Bei diesen Worten blickte sie sinnend an mir vorbei aus dem Fenster.

Um schnell von diesem Gedanken abzulenken, musste ich dem Gespräch eine andere Wendung geben. Ohne richtig nachzudenken hörte ich mich jetzt fragen: „I can try to repair your truk, I wish to help you!"

Als dies Antonia übersetzte, begannen die Augen des Bauern unter seinen dichten Brauen zu leuchten. Lebhaft sprudelte es gleich aus ihm heraus. Es goss sich ein für mich unverständlicher Wortschwall über uns, bis Ziwa, die Bäuerin, ihre Hand beschwichtigend hob. Jetzt konnte Antonia mir erklären, wie gut ihr Vater die Bulldog für sein Feld brauchen könne.

Aufgeregt wollte Kiro sich eine zweite Pfeife an der Kerze anzünden, die schon eine ganze Weile auf dem

Tisch stand. Aber mit schnellem Griff zog Ziwa die Kerze an sich heran. Beinahe wäre sie dabei erloschen. Allen wurde jetzt klar: es war Zeit für die Nachtruhe.

War es der Staub aus der mit Tierhaaren, Heu und Stroh gefüllten Unterlage oder war es der Lichtschein, der schräg von oben durch ein faustgroßes Loch direkt auf mein Gesicht fiel? Ich musste so heftig niesen, dass ich vor mir selbst erschrak. Dann gleich noch einmal, bis die Nase frei wurde.

Anschließend hellwach geworden, empfand ich tiefe Dankbarkeit dafür, diese Nacht heil überstanden zu haben.

Der Bauer und Antonia beschäftigten sich bereits im Stall und fütterten die Hühner. Ziwa hantierte in der Küche. Sie goss mir warme Milch in einen Becher und legte ein Stück Fladenbrot vor mich auf den blanken Tisch. Dazu gab es einen grauen Brei. In einer Schale lagen hart gekochte Eier bereit.

Es schmeckte mir vorzüglich. Während ich mein Frühstück aß, zeigte ich nach oben, wollte damit auf das Loch im Dach hinweisen, weil es das Erste war, was mir beim Aufwachen in den Blick fiel

Ziwa verstand erst nicht, was ich meinte. Sie zuckte dann aber bedauernd mit den Schultern, lächelte und winkte gelassen mit beiden Händen ab, als könne sie an dem Dach nichts Ungewöhnliches finden. Ihre Haltung drückte eine gewisse Ergebenheit in etwas Unabänderliches aus. Was soll man da halt machen, hätte es bedeuten können.

Ob ich denn das nicht allzu hohe Dach in Augenschein nehmen dürfe, machte ich mich verständlich. Unter Einsatz von Gesten und an das Bulgarische heranreichende Kauderwelsch folgte mir Ziwa nach einigem Zögern endlich hinter das Haus.

Dort angelangt, bedeutete ich ihr, hier zu warten und erklomm den Hang, an den das Haus anlag. Dann lehnte ich mehrere dicke Äste vom Waldrand, von denen ich annahm, sie halten mein Körpergewicht aus, an das Dach an und balancierte über ihnen hinauf.

Oben näherte ich mich auf allen Vieren kriechend der offenen Stelle, schob den nach unten abgerutschten flachen grauen Stein wieder an seinen Platz und klatschte in die Hände. In nur wenigen Handgriffen war das Loch im Dach verschwunden. Ein Rundumblick über die gesamte Dachfläche weckte jetzt meinen Ehrgeiz. An anderen Stellen lagen die Dachsteine ebenfalls schief, bildeten Spalten, wiesen Brüche auf. Einer fehlte sogar.

Zurück bei Ziwa, die immer noch auf mich wartete, ließ ich gleich von ihr einen langen Strick hole. Mit diesem zog ich, wieder auf dem Dach, so viele der flachen Abdecksteine zu mir herauf, wie ich benötigte. Sie fanden sich im Kuhstall an der Wand aufgestapelt, waren fast neu, von Stroh bedeckt. So überdauerten die Steine die Jahre, vor Verwitterung bestens geschützt.

Ziwa half, die Dachsteine am Strick zu befestigen. Wir redeten dabei miteinander, zeigten uns gegenseitig nützliche Griffe. Bis in den Mittag hinein dauerte die Reparatur. Wir hatten uns inzwischen aufeinander richtig „eingespielt". Ihr warnender Ruf bewahrte mich vor einem Fehltritt, mein lautes „Achtung Ziwa" behütete sie vor herabgleitenden lockeren Steinssplittern.

Antonia empfing uns nach dieser Aktion in der Küche. Sofort übertrug sich die fröhliche Mine ihrer Mutter auch auf sie. Die Frauen verständigten sich. Ziwa berichtete. Sie zeigte dabei mehrere Male auf mich und lächelte. Es hatte ihr gefallen, mit mir gemeinsam zu Handwerken, vielleicht auch, weil ich sie währenddessen öfter bei ihrem Namen rief.

Ein wenig übermütig durch die in der Luft schwebende Heiterkeit, versuchte Antonia nun, die in der Herdpfanne längsseits aufgeschnittenen Gurkenscheiben schwungvoll zu wenden. Sie wirbelte aber die Scheiben derart ungeschickt in die Höhe, dass die Hälfte der Scheiben zu Boden fielen. Eine landete sogar auf der Fensterbank. Unter hellem Gelächter klaubten die Frauen die Stücke zusammen und legten sie wieder in die heiße Pfanne zurück.

Als der Bauer Kiro zu uns stieß, hellte sich auch sein Gesicht auf. Er freute sich schon auf die Kartoffeln aus der Herdklappe. Der über diesen zähflüssig verlaufende Käse verströmte augenblicklich einen aromatischen Duft, dem sich keiner entziehen konnte. Ich sah Kiro zu ersten Mal vergnügt lächeln.

Nachmittags dann, nach kurzer Verschnaufpause, führte mich Kiro zur Scheune. Der dort abgestellte Traktor empfing uns in schweigender Bewegungsstarre. Er bot einen jämmerlichen Anblick. Dennoch strich Kiro mit der flachen Hand fast zärtlich über seinem Seitenblech entlang.

Ohne ein Wort zu sagen, nahm er dann die Anlasskurbel von der Wand. Sie hing dort schräg zwischen zwei rostigen Nägeln, wie verloren, so als würde sie nie mehr gebraucht werden.

Er drückte mir die Kurbel in die Hand und sagte mit zusammen gekniffenen Lippen, kaum verständlich „Chelmut, blago darja!"

Von nun an war ich der „Chelmut". Ich versuchte es, dem Motor mithilfe der Kurbel eine Bewegung zu entlocken. Vergebens. Jetzt legte ich die Kurbel beiseite und drehte mit beiden Händen am Schwungrad, seitlich am Motorblock. Es ging sehr schwer. Aber nach viermaligem Vordrehen und wieder Zurückdrehen und nach dem fünften Mal mit Schwung wieder vorwärts gedrückt, war doch eine volle Umdrehung endlich gelungen.

Für mich war damit klar: Der Motor selbst ist intakt, aber nicht funktionabel. Es gab also eine gewisse Chance, ihn wieder flott zu bekommen.

Zunächst befreiten wir den Traktor vom Dreck. Eine dicke Kruste hatte sich überall wie ein Überzug aufgelegt. Ich bedeute Kiro, wie wichtig die Säuberung ist, weil die Schrauben und Falze sonst nicht zu sehen sind, von denen die äußeren Bleche zusammen gehalten werden.

Abwechselnd holten wir nun Wasser vom Brunnen hinter dem Haus und bürsteten alle Teile solange ab, bis die ursprüngliche grüne Farbe der Karosserie zum Vorschein kam. Wahre Ströme von Spülwasser folgten dann noch nach. Endlich zeigte sich das blitzblanke Gefährt in seiner reinen Form. Selbst Kiro staunte. Noch nie hatte er seinen Traktor so gesehen. Ich sagte zu mir selbst: der erste Schritt ist damit getan!

Am Lenkrad festhaltend, zog ich mich hoch und ließ mich nach einer reichlichen Stunde auf der blanken Sitzschale nieder. Ich besann mich einen Augenblick.

Vergeblich suchte ich dann nach Zündschloss und Gaspedal. Meine Verlegenheit vor Kiro verbergend, der mich aufmerksam beobachtete, verschob ich den langen Hebel neben dem Sitz. An dem nur für mich auf Sitz spürbaren fast unmerklichen Ruckeln erkannte ich die jetzt gelöste Handbremse.

In einem weiteren etwas kürzeren Hebel auf der anderen Sitzseite vermutete ich den Gangschalter. Auch diesen probierte ich, merkte sofort, dass bei diesem nur noch eine andere als die eingestellte Stellung möglich ist. Nur fahren oder nicht fahren, erkannte ich gleich. Ein äußerst einfaches Getriebe!

Allmählich begann es in mir zu dämmern. Entfernt erinnerte ich mich, im zweiten Studienjahr in einer Abhandlung über verschiedene thermodynamische Zusammenhänge bei Hubkolbenmaschinen von einem „Glühkopfmotor" gelesen zu haben. Bei diesem bringt die von außen erhitzte Motorwand den Kraftstoff zur Entzündung, wenn er zusammen mit zugeführter Luft verdichtet wird.

Weitere Einzelheiten gab das Gedächtnis jedoch nicht preis, so sehr ich mich auch anstrengte. Also blieb mir nichts anderes übrig, selbst herauszufinden, wie dieser Motor funktionierte und wie er zum Laufen gebracht werden könnte.

Inzwischen hatte mich Kiro mit dem Bulldog allein gelassen. Resigniert wandte er sich einer anderen Arbeit im Garten zu, von wo aus er mich dennoch aber immer in den Blick nehmen konnte. Er erhoffte sich wohl ein Wunder von mir. Kurz bevor er sich davon stahl, zeigte er mir noch schnell sein Arsenal an Werkzeug. Zuhaufe lag es unter dem einzigen Fenster des Schuppens auf einem schmalen Brettertisch.

Die Zeit bis zum Abendessen brachte ich noch damit zu, Schraubenschlüssel, Hämmer, Zangen, Sägen und die vielen herumliegenden anderen Kleinteile so anzuordnen, dass ein schneller Zugriff auf diese ohne umständliche Suche möglich wurde. Unter dem Tisch entdeckte ich auch noch eine Lötlampe und mehrere Kanister mit dem Aufdruck „Nafta".

Vom Hantieren schmutzig und schweißdurchnässt, beschloss ich, mich noch vor dem Abendessen gründlich zu waschen. Es ging mir sehr darum, den guten Eindruck aufrecht zu erhalten, den ich hoffte, gemacht zu haben. Auf den ich baute.

Der große Holztrog hinter dem Schuppen war rasch vor den Brunnen gerollt. Er lief in wenigen Minuten voll.

Mit dem Seifenstück aus meinem Rucksack in der Hand stellte ich mich neben den Zuber, wusch zuerst Hände, Gesicht, Hals, Arme und den gesamten Oberkörper. Danach kurzerhand, zog ich die Unterhose aus. Ich stieg in den Zuber hinein und hockte mich nieder. Lange hielt ich es aber nicht aus, beschleunigte meine Säuberung und stieg aus dem Trog. Das kalte Wasser hatte mich herrlich erfrischt und die schon tief stehende Sonne trocknete anschließend mit ihrer Restwärme den nackten Körper.

Sich diesem wohligen Gefühl hingegeben, verharrte ich einige Atemzüge reglos der untergehenden Sonne zugewandt.

Gerade wollte ich mich vollends mit dem Handtuch abrubbeln, als ich unwillkürlich den Kopf zum Haus drehte. Ich spürte einen Blick auf mich ruhen. Täuschte ich mich oder sah ich gerade noch, wie ein schwarzer Haarschopf schnell aus dem Fensterrand in den Hintergrund des dunklen Zimmers huschte?

Mit Bestimmtheit konnte ich es nicht beantworten. Es war mir auch egal. Gemächlich trocknete ich mich weiter ab, zog mich wieder an, kippte den Trog um und brachte die Seife in den Verschlag auf dem Dachboden zurück. Ich fühlte mich wie neu geboren.

Beim Abendessen, es gab Bohnenbrei mit zerstampften Kartoffeln, kreiste das Gespräch natürlich um den Bulldog. Antonia half, Kiros umständliche Beschreibungen verständlich zu machen.

Vor zwei Jahren im Frühjahr, wollte der Traktor nicht mehr anspringen. Der Pflug war schon an seinem Hinterteil angekoppelt.

Mit viel Geduld heizte damals Kiro die Glühnase unter dem Motorblock vor, kurbelte immer wieder. Leider umsonst. Dabei gelangen die Umdrehungen noch leichter als es heute ging. Nach mehreren Versuchen gab er schließlich auf und pflügte das Feld so, wie es sein Vater schon tat, indem er den Pflug äußerst mühsam mit einem Strick hinter sich her zog. Letztes Jahr bestellte er das Feld gar nicht mehr. Nur noch wenige Kartoffeln baut er jetzt an, gerade nur soviel, wie er für sich und Ziwa zum Essen braucht. Zunehmend fällt ihm die Arbeit mit der Hacke auch immer schwerer.

Traurig löffelte Kiro seinen Brei und verstummte. Bald jedoch unterbrach ich das einsetzende Schweigen am Tisch.

Ob er denn noch frischen Nafta in einem ungeöffneten Kanister besäße, bat ich Antonia zu übersetzen. Kiro entsann sich nicht, wolle aber gleich nach dem Essen nachsehen gehen.

Schon begann es zu dunkeln. Da durchstöberten wir beide, Kiro und ich, noch einmal den Schuppen. Wir klopften alle vorhandenen Kanister ab. Die meisten erwiesen sich als leer. Einer jedoch schien halbvoll und ein anderer noch ganz voll zu sein.

Das ist super, gab ich zu verstehen, nahm die beiden gefüllten Kanister und stellte sie zu den sortierten Werkzeugen auf den Tisch. Für Kiro war damit der Arbeitstag erfüllt. Er gab an, noch eine Runde mit dem Hund zum Waldesrand hinauf laufen zu wollen. Ich könne ja mit gehen.

Gerne liefe ich mit, würde aber lieber noch eine Weile bei dem Traktor bleiben, erklärte ich, soweit ich mich verständlich machen konnte. Während er im Gehen begriffen war, setzte ich mich erneut auf den blechernen Traktorensitz und überlegte, wie ich weiter vorgehen könne.

Erst muss der alte Naftakraftstoff aus dem Tank heraus, legte ich fest. Umgehend drehte ich den Tankdeckel mit der Rohrzange auf. Mit einem biegsamen Holzstückchen stocherte ich in die Öffnung und stieß nur auf schwarzen Schlamm. Katastrophal, dachte ich. Dann suchte ich in der Dämmerung nach der Stelle am Tank, wo der Kraftstoff in die Einlassdüse am Motor mündet.

Wenn es mir gelingt, diesen Anschluss im Übergang vom Tank zum Motor aufzuschrauben, dann kann auch der Tank gespült werden, so mein Plan.

Gerade war ich dabei, die Tankverschraubung zu messen, um den passenden Schlüssel ansetzen zu können, als es in diesem Moment hinter mir raschelte. Antonia brachte zwei brennende Kerzen. Sie nahm offenbar an, ich wolle mich noch bis spät in den Abend hinein an dem Traktor zu schaffen machen.

Noch halb gebückt sah ich auf und war von ihrer Erscheinung überrascht. In ihrem Gesicht konnte ich deutlich eine Spur von Unschlüssigkeit lesen, den nächsten Schritt ins Innere des Schuppens zu tun. Die beiden Kerzen spiegelten sich in ihren Augen. Sie schienen etwas ausdrücken zu wollen, etwas, von dem sie nicht reden konnte.

Einen Augenblick lang betrachtete ich sie, fasste mich aber sofort, trat an sie heran und ergriff die Kerzen. Dann pustete ich kräftig, um die Flämmchen verlöschen zu lassen. Zu gefährlich erschienen sie mir in diesem Raum, der vom Kraftstoffdunst angereichert war.

Welch eine hilfreiche Geste, mir ein Licht zu bringen, schoss es mir durch den Kopf. Bei dieser Arbeit jedoch reichen zwei Kerzen bei weitem nicht. Deshalb bedankte ich mich: „Thank you, Antonia. You means very good". Im Dunkeln suchte ich ihre Hand, erwischte dabei ihren ganzen Arm und wollte mit ihr den Schuppen verlassen. Sie aber riss sich los, drehte sich wortlos um und rannte über den Hof zum Haus.

Etwas benommen und von dieser heftigen Reaktion berührt, blieb ich noch ein Weilchen vor dem Schuppen stehen. Dann suchte ich meine Kammer auf.

Beim ersten Hahnenschrei sprang ich am nächsten Morgen aus dem Bett. Die Bauersfamilie war auch gerade aufgestanden und so frühstückten wir gemeinsam.

Gleich anschließend machte ich mich über die Lanzbulldog her. Von Ziwa hatte ich ein altes Leinenhemd und eine halblange alte Hose, die sie aus einer großen Kiste unter der Treppe heraus kramte, angezogen. Abgelegte löchrige Sachen von Kiro, die ihm nicht mehr passten.

Als ich ein wenig später die Kraftstoffleitung aus ihren Verschraubungen löste, blubberte mir eine zähe, klumpige schwarze Brühe entgegen. Die Restmenge aus dem Tank, längst paraffiniert und nicht mehr zündfähig.

Also musste nun der Tank solange gespült werden, bis der aus dem halbvollen Naftakanister immer wieder nachgefüllte Kraftstoff leicht heraus floss.

Genauso wie der Tank, fand sich auch die Einlassdüse verstopft. Zugeklebt mit eingedicktem Kraftstoff. Mit einer Nadel von Ziwa stieß ich die dünne Öffnung durch. Dann verschraubte ich Tankleitung und Einlassdüse wieder miteinander. Ein ungehinderter Kraftstofffluss ist damit wohl wieder möglich. Wie steht es aber um den Motor selbst, überlegte ich weiter und drehte an der Anlasskurbel. Viel zu schwer für einen Einzylinder, befand ich.

Jetzt legte ich erst richtig los. Mühsam mussten die sechs Schrauben am Motorblock gelöst werden. Mit der Lötlampe erwärmte ich jede einzelne Schraube, klopfte sie immer wieder mit dem Hammer leicht an, bis sie sich bewegen ließ.

Beim Abnehmen des Zylinderkopfes bot sich dann ein entsetzliches Bild von verrußten Oberflächen. Kolben, Zylinderwand, Pleuel starrten vor öligem Dreck. Am ärgsten aber stand es mit dem Kurbelkasten.

Bis die schlammigen Beläge aufgeweicht und weggekratzt waren, die den Auslasskanal, aus dem die verbrannten Restgase entweichen sollen, vollständig zugesetzt hatten, vergingen allein mehr als drei Stunden.

Immer wieder erschien Kiro zwischendurch. Er schaute mir neugierig über die Schulter, staunend über das Innenleben des Motors. Er entschwand jedoch bald wieder auf sein Feld. Es kam ihm wohl auch alles etwas unheimlich vor, was mit seinem Traktor geschah. Vielleicht glaubte er auch gar nicht, dass der bei ihm herein geschneite Fremde seinem Lieblingsgefährt neues Leben einhauchen könne.

Zum Mittagessen gab es ein Breigemisch aus Kartoffeln und Mais. Ungesalzen und ungewürzt. Dennoch schmeckte es vorzüglich, des beträchtlichen Hungers wegen.

Während wir aßen, kam ich auf die verwegene Idee, Kiro nach einem Schnaps zu fragen. Nicht, um das Essen damit herunter zu spülen, nein, gar nicht. Ich stellte mir den Schnaps als Zündhilfe für die „Lanz" vor.

Erst machten alle am Tisch verwunderte Gesichter. Dann holte Kiro nach kurzer Bedenkzeit tatsächlich eine kleine Flasche aus dem Keller und stellte sie vor mich hin. Ich erbrach den Verschluss und roch daran. Gut, meinte ich, hochprozentig! Damit würde ich gleich versuchen, den Traktor „aufzuwecken".

Auch noch den ganzen Nachmittag über brachte ich mit dem Montieren, Säubern und Befestigen zu. Auf ein wirklich kaputtes, gebrochenes oder gerissenes Funktionsteil stieß ich glücklicherweise aber nicht. Zwischendurch hielten mich immer wieder die notwendigen Überprüfungen auf, bei denen ich den festen Sitz der zusammen gefügten Motoreninnereien absicherte.

Schon ging der Nachmittag in den Abend über. Die Kuh stand bereits zufrieden widerkäuend im Stall nebenan.

Die Bulldog ruhte nun endlich gründlich gesäubert und wieder zusammen gebaut vor mir. Nur noch der Luftfilter musste ausgeschüttelt und eingesetzt werden. Danach holte ich die Lötlampe, entzündete sie und stellte sie direkt unter die Glühnase.

Jetzt hieß es geduldig zu warten. Ich umkreiste den Traktor mehrere Male, lehnte mich an die Schuppenwand und räumte das verstreut herumliegende Werkzeug auf. Nach einer Weile drehte ich am Schwungrad. Es ging leicht. Ein Zündgeräusch ließ sich aber nicht vernehmen.

Noch zu kalt, befand ich und wartete weiter. Noch eine halbe Stunde gab ich dem gesamten Vorhaben. Sollte sich dann nichts tun, würde ich aufgeben. Ein zweites Mal von vorn anfangen und Aufschrauben, Untersuchen und wieder Zusammenbauen, erachtete ich als zwecklos.

Auf dieses Misslingen bereitete ich mich gedanklich schon vor und tastete nach geraumer Zeit, nach mehr als einer halben Stunde, mit der Hand nach dem Zylindergehäuse. Es schien mir jetzt für einen erneuten Startversuch heiß genug zu sein. Heißer würde es wohl bei dieser Brennflamme nicht mehr werden.

Noch ein Blick in den Tankstutzen. Ach ja, beinahe hätte ich es fast vergessen. Da stand immer noch die Flasche Schnaps, die mir Kiro schon heute Mittag mitgegeben hatte. Mit dem Gefühl der hoffnungsvollen Erwartung kippte ich den Inhalt der Flasche bis auf einen kleinen Rest in den Tank. Dann wartete ich noch einen Moment und ging dann aufs Ganze.

Erst bewegte ich den Kolben mit der Anlasskurbel.

Das könne nicht schaden, überlegte ich. Der Kraftstoff würde so vorverdichtet. Dann packte ich das Schwungrad mit beiden Händen. Nach der achten Umdrehung hörte ich plötzlich ein schwaches „Husten". Jetzt wusste ich, es war „nahe dran".

Noch einmal Innehalten. Dann suchte ich mit allen Sinnen gespannt, den Kompressionsdruckpunkt und zog mit einem kräftigen Ruck das Schwungrad herum.

Es war ein unglaubliches Gefühl der Freude. Später dachte ich, wie paradox es doch sein kann, über ein lautes Auspuffgeräusch hoch erfreut sein zu können.

Der Motor sprang mit lautem Getöse an. Aus dem Abgasrohr quoll eine dichte Wolke. Sie spie alle im Kanal noch verbliebenen Rückstände heraus.

Der ganze Schuppen wackelte. Die Kuh nebenan, gerade noch friedlich den großen Kopf wiegend, ging nach hinten los. Sie musste wohl derartig über das ungewohnte Knattern erschrocken sein, dass sie das Weite suchen wollte, als ob der Teufel hinter ihr her sei. Sie stieß die halb geschlossene Stalltür so heftig auf, dass ihre Flügel mit Wucht auseinander flogen. Eines der Hühner, welches nach Körnern pickte, hatte keine Zeit mehr, das Weite zu suchen.

Der Motorenlärm erfüllte den Hof. Es dauerte nicht lang und die beiden Frauen stürzten aus dem Haus und liefen eilends herbei. Geistesgegenwärtig packte Antonia die verängstigte Kuh bei den Hörnern. Beruhigend auf sie einredend führte sie das Tier vom Stall weg und band es am Gartenzaun gegenüber fest.

Ziwa mit weit aufgerissenen Augen stand vor dem knatternden Bulldog und sah zu, wie ich inzwischen auf den Sitz geklettert, die Handbremse löste. Ihr Kopftuch war ihr auf die Schultern gerutscht und gab ihre vollen, leicht ergrauten langen Haare frei.

Rasch trat sie zur Seite, als sie sah, wie ich den Ganghebel umlegte und daraufhin das Gefährt bedächtig aus dem Schuppen heraus rollte. Mitten im Hof hielt ich an. Die Handbremse quietschte ohrenbetäubend.

Kiro musste auf dem Feld am gegenüber liegenden Hang die Geräusche gehört haben, denn er hastete jetzt herbei. Ängstlich blieb sein Hund weit hinter ihm, stimmte aber bellend in den Motorenlärm mit ein, als wolle er ihn übertönen.

Völlig unpassend zu seinem an sich bedächtigen Wesen, wie sich Kiro sonst gab, stieß er einen kurzen aber aus der Tiefe seiner Seele herausbrechenden Jubelschrei aus und klatschte in die Hände. Es konnte nur Jubel sein, denn er lachte anschließend laut. Derartig aufgeregt hatte ich ihn noch nicht erlebt.

Der Anblick des Bulldog im Hof, wie er nun warmgelaufen, sich gleichmäßig in sanfter Schaukelbewegung nach vorn und zurück wiegte, musste seine Lebensgeister vollends geweckt haben, die wohl seit gestern schon auf der Lauer lagen, um endlich hervorbrechen zu dürfen.

Er umarmte seine Frau und Antonia. Anschließend zog er mich von meinem hohen Sitz am Arm herunter und drückte mich mit seinen kräftigen Armen an die Brust. Erst links, dann rechts und wieder links, bekam ich seine rauhen Lippen zu spüren. Dabei lachte er unentwegt und sprudelte den Umstehenden im Überschwang der Gefühle mir völlig unverständliche Worte entgegen.

Niemand konnte ihn nun zurück halten. Im Handumdrehen saß er gleich selbst auf dem Fahrersitz und drehte mit seinem Traktor mehrere Runden im Hof. Er schien überglücklich, freute sich wie ein Kind. Nach einer Weile stoppte er seine Probefahrt und stieg ab. Langsam beruhigte er sich.

Ziwa, das verunglückte Huhn in der Hand haltend, begab sich hinter das Haus. Nach kurzer Zeit erschien sie wieder mit dem gerupften Tier und trug es in die Küche. An eine Arbeit in Haus und Hof war nun nicht mehr zu denken.

Kiro wich nun fortan nicht von meiner Seite. Gemeinsam räumten wir den Schuppen auf. Wir verstauten das Werkzeug in eine große Schachtel, stellten die noch halbvollen Treibstoffkanister in Griffweite und säuberten den Brenner der Lötlampe. Alles zur Vorbereitung für einen erneuten Start des Bulldog. Dann setzte ich den Traktor zurück und Kiro führte die wieder ruhig gewordene Kuh an ihren Platz im Stall neben dem Schuppen. Als wir gemeinsam zum Haus gingen, leuchteten uns die vier Buchstaben „LANZ" metallisch hell im Abendlicht hinterher.

Anschließend wiederholte ich meine Badeprozedur im Trog vor dem Brunnen. Zufrieden mit mir selbst, ließ ich mir Zeit. Ich blieb, solange ich es aushielt, im kalten Wasser sitzen. Tauchte unter und wusch mir zum Schluss mit dem Seifenschaum die Haare.

Als ich endlich aus dem Zuber stieg und mich abtrocknete, blickte ich geradewegs in Antonias Antlitz. Sie stand am offenen Fenster ihres Zimmers, sah mir unverwandt zu und winkte mir fröhlich lachend mit erhobener Hand zu. Sie hatte mich wohl schon eine ganze Weile bei meinem Bade beobachtet.

Erfrischt zog ich mich in meinen Schlafverschlag um und vernahm wenig später einen Ruf aus der Küche. Das erste Mal rief Ziwa mich bei meinem Namen. Mit noch halbnassen Haaren stieg ich sogleich die schmale Treppe zu ihr nach unten, wollte sie nicht warten lassen.

Der Tisch war an diesem Abend mit einem weißen Tuch bedeckt. Bunt bemalte Steingutteller und Gläser standen darauf. Ein ungewöhnlicher Anblick.

Kiro saß bereits an seinem Platz. Mit schwarzer Hose und dem weißen Leinenhemd erkannte ich ihn kaum. Auch Ziwa trug ein blumig besticktes langes Kleid. Nur Antonia erschien in kurzen Shorts, über die eine gelbe, seidig schimmernde Bluse hing, als letzte am Tisch.

Nachdem auch ich auf meinem mir schon vertraut gewordenen Sitz Platz genommen hatte, forderte mich Kiro mit einladender Geste auf, den geräucherten Schinken anzuschneiden. Welch eine Ehre, wird mir heute zuteil, dachte ich und säbelte mit dem größten vorhandenen Messer vier viel zu grobe Scheiben von dem guten Stück herunter. Das stumpfe Messer gab nichts Feineres her.

Aber alle schienen zufrieden und stillten mit den auf dem Herd erwärmten Maisfladen und der Schinkenscheibe ihren ersten Hunger.

Wortlos, wie selbstverständlich, füllte anschließend Kiro den Rest aus der Schnapsflasche, der vom Startversuch des Bulldog übrig geblieben war, in die bereit stehenden Gläser. Er prostete zuerst mir, dann seiner Tochter und seiner Frau zu. Beim Aufräumen des Schuppens musste Kiro offenbar hinter meinem Rücken die Flasche entdeckt und an sich genommen haben.

Antonia nippte nur an ihrem Glas. Dabei warf sie mir einen warnenden Blick zu. Wie beiläufig bemerkte sie, der „Raki" sei sehr stark. Und wirklich spürte ich sofort seine benebelnde Wirkung. Kiro jedoch löste er die Zunge. Er begann zu sprechen, wie er es sonst nicht tat. Antonia hörte bald mit ihren Übersetzungsbemühungen auf. Wir ließen ihn reden.

Nur soviel gab sie wider: Für Kiro ist heute ein sehr freudiger Tag, weil sein Traktor wieder liefe. Er habe oft davon geträumt und jetzt ist es doch noch wahr geworden. Solch einen Kerl wie mich, hätte er sich als eigenen Sohn gewünscht. Ich habe ihn heute glücklich gemacht. Er möchte mich am liebsten gar nicht mehr fortgehen lassen.

Ziwa holte nun das dunkelbraun gebratene Huhn aus der Herdklappe. Geschickt zerbrach sie das weiche Tier mit den Händen in Stücke, so dass die Knochen knackten. Jeder bediente sich davon.

Gemächlich gaben wir uns dem Essen hin. Fast waren bereits alle Hühnerstücke schon verspeist. Ziwa betrachtete die übrig gebliebenen Reste unseres Mahles und sammelte diese in einen Eimer zusammen. Völlig unvermittelt bat sie während ihres Hantierens, mich zu fragen, ob ich denn keine Frau habe.

Im ersten Moment war ich verunsichert, musste mich erst kurz besinnen. Weil ich mir vorgenommen hatte, ehrlich zu sein, erklärte ich, dass es zwar eine Freundin gäbe. Sie sei jedoch mit einem anderen Mann verheiratet. Es falle mir schwer, darüber zu berichten.

Ziwa schien sich damit zu begnügen und schleppte gleich eine große Schüssel voller Beeren aus dem Garten, in die sie am Tisch eine dickliche Milchmasse einrührte. Das Dessert.

Über dem üppigen Essen ist es inzwischen draußen längst dunkel geworden. Schon seit einiger Zeit brannten die Kerzen und die Augen von Kiro glänzten vom Schnaps beträchtlich. Auch Ziwa gähnte schon, als Antonia vom Tisch aufstand und aus ihrem Zimmer eine Gitarre holte, deren Alter beträchtlich sein musste. Mit geübten Griffen spannte sie die schlaffen Saiten, bis sie ihrem Gehör nach in einigermaßen richtigem Ton schwangen. Dann setzte sie an, griff einige Akkorde und begann halblaut zu summen.

Bald perlten aus Ziwas Augen, mit denen sie ihre Tochter eben noch liebevoll angesehen hatte, ein paar Tränen hervor. Sie war von dem ihr vertrauten Kinderlied gerührt.

Auch ich fühlte mich inzwischen weich und warm, aufgenommen von dieser freundlichen Familie. Ich überließ mich ganz dem Zauber, den die junge Frau gegenüber ausstrahlte.

Nach dem dritten Lied saß dann Kiro mit geschlossenen Lidern, den Kopf nach hinten an die Wand gelehnt, auf seinem Platz. In seinem Gesicht spiegelte sich zufriedene Entspanntheit. Auch Ziwa, die leise mitgesummt hatte, wurde nun still.

Noch mit der letzten Melodie im Ohr, verabschiedete ich mich und stieg nach oben in meinen Verschlag. Dort entledigte ich mich meiner Kleider und legte mich ins Bett. An die harte Unterlage schon gewöhnt, drückte ich mit Daumen und Zeigefinger die Kerze aus. Ich versuchte noch die Gedanken zu ordnen, denn ich war nun schon den vierten Tag hier auf dem Gehöft. Länger konnte ich kaum bleiben. Meinem eigentlichen Vorhaben würde ein noch längeres Verweilen das sichere Scheitern drohen, wenn das in Burgas abgestellte Auto bald entdeckt und intensiv nach dem Fahrer gesucht würde.

Weiter konnte ich nicht denken, denn mit leisem Knarren öffnete sich sacht die Kammertür. Antonia verharrte einen Augenblick lang auf der Schwelle. Im ersten Impuls wollte ich sofort aufspringen, weil ich zuerst annahm, ich würde gebraucht, um Kiro aufzuhelfen, der vielleicht, so betrunken wie er war, hingestürzt sei.

Sie aber legte gleich den Zeigefinger auf ihren Mund, schloss leise die Tür hinter sich und kam zu mir. Neben dem Bett stellte sie die Kerze auf den Boden ab. Mit einer energischen Bewegung streifte sie dann ihr weites Nachthemd ab. Nur die langen schwarzen Haare, die ihr nach vorn fielen, bedeckten noch ihre weiße Haut.

Der Sprung

Als mich die Klappergeräusche aus der direkt unter mir liegenden Küche aufwachen ließen, war schon heller Vormittag. Ich war allein. Durch das offene Fenster drang ein bereits bekanntes Knattern des Bulldog.

Kiro hatte es nicht ausgehalten. Schon am frühen Morgen heizte er den Traktor an und startete ihn. Es ging leicht, wie er zu verstehen gab. Seit einer Stunde wartete er nun bereits auf mich, wollte mich aber nicht wecken.

Als ich dann aber endlich im Hof erschien, bedeutete er mir, mit mir zusammen zu seinem Weinberg am Ende des Tals fahren zu wollen. Diesen müsse er mir unbedingt zeigen. So zuckelten wir nach dem Frühstück eine gute halbe Stunde auf einem Wiesenweg weit in das sich lang hinstreckende Tal hinein.

Auf das letzte Stück, nur zu Fuß begehbar, nahmen wir jeder eine Hacke mit. „Ugni Raki", meinte Kiro, am Weinberg angelangt. Er nahm eine Traube in die Hand, prüfte deren Festigkeit und zerquetschte sie zwischen den Fingern.

Eine mühsame Arbeit, dachte ich im Angesicht des unbewaldeten Plateaus, an dessen Südhang einige dutzend Rebstöcke standen. Nur kleine Trauben hingen an ihnen. Die Rebstöcke waren bis zu den Trieben mit dünnen angeknabberten Holzstöckchen umstellt. Hasen haben sich hier zu schaffen gemacht.

Vielleicht zwei Stunden hackten wir den Boden um die Weinstöcke herum locker, rissen dabei auch eine Menge

Unkraut heraus. Als es dann zu heiß wurde, wollte Kiro zurück zum Hof.

Kurz vor dem Abstieg vom Weinberg blieb er plötzlich wie angewurzelt stehen, wies auf den Bergrücken direkt gegenüber und sagte bedeutungsvoll „Türk"!

Mit dem Stiel seiner Hacke zeichnete er jetzt den Verlauf der bulgarischen Grenzlinie in den Boden. Als wolle er etwas loswerden, was er schon lange in sich trug. Er zeichnete mit Eifer den ersten Absperrzaun, deutete seine Höhe an und woraus er besteht. Auch in welchem ungefähren Abstand der eigentliche Grenzzaun zu ihm entfernt zu finden ist. Selbst dessen Beschaffenheit gab er preis. Ich staunte und wunderte mich zugleich, wie genau Kiro die Grenzanlage kannte.

Kiro wusste, dass es sich um einen Streckmetallzaun handelte, von dem er sogar ein kleines Stück bekommen hatte, als die Grenze eingerichtet wurde. Er könne damit sein Hühnergehege befestigen, schlug der Grenzarbeiter damals vor, der bei ihnen für mehrere Wochen ein Quartier zugewiesen bekam und den sie auch noch versorgen mussten. Gegen eine Flasche „Raki" überließ er Kiro eine ganze Zaunsrolle.

Für mich stand es jetzt fest: Kiro und seine Frau, vermutlich auch Antonia, ahnten meine eigentliche Absicht. Sie taten bisher so, als ob sie mir meine Verirrung im Walde glaubten, mussten jedoch spätestens nach zwei Tagen annehmen, dass ich am Weg zurück nach Burgas nicht wirklich interessiert bin. Nur mein tätiger Einsatz bei ihnen überzeugten sie davon, mir „weiterhelfen" zu müssen. Vielleicht dachten sie aber auch noch an mehr.

Die Bestätigung meiner Annahme erhielt ich wenig später im Hof. Kiro stellte den Bulldog im Schuppen ab und räumte eine alte Holzkiste voller Gerümpel leer. Auf ihrem Boden holte er vor meinen Augen ein dicht zusammen gerolltes dickes Seil hervor.

Er drückte mir den Seilanfang in die Hand und entrollte das gesamte Stück, indem er es um den Traktor herum wickelte. Zweimal umschlang er so den Bulldog. Mit dieser Länge könne ich den Zaun in seiner gesamten Höhe überwinden. Nur noch einen Haken müsse ich an ihm befestigen.

Es dauerte nicht allzu lang, bis ich mich gefangen hatte, denn Kiro versetzte mich mit seinem Geschenk und mit den detaillierten Angaben zur Beschaffenheit der Grenzanlagen in helle Aufregung. Offenbar will er mir zur Flucht verhelfen, erkannte ich gleich. Jetzt stellte ich ihm keinerlei Fragen, warum er mir beistehen und vielleicht sogar sich selbst in Gefahr bringen sollte. Später dachte ich darüber nach und vermutete Dankbarkeit als Grund oder auch Abneigung gegen den Staat. Vielleicht aber auch sorgte er sich um seine Tochter. Vieles war vorstellbar. Leider konnte ich ihn nie darüber befragen.

Jetzt aber im Schuppen, knoteten wir gemeinsam das Seil. Wir brachten in Halbmeterabständen einfache Knoten an, nahe beim Haken an dem einen Ende knoteten wir doppelt in kürzeren Abständen. Der Haken erhielt ebenfalls eine doppelte Verknotung.

Die Bulldog war noch warm und startete sofort. Dann schlangen wir das Seil um den nächst stehenden Baum, verankerten den Haken am Hinterteil des Traktor und zogen vorsichtig die Knoten fest. Gleichzeitig konnten wir sehen, ob das Seil mit dem Haken fest genug war, um einen erwachsenen Menschen auszuhalten. Es hielt.

Nun war ich tief beeindruckt. Wie sehr hatte ich Kiro unterschätzt. Eine solche bedingungslose Mitmenschlichkeit hatte ich bisher noch nicht erfahren.

Beim Mittagessen wenig später waren nur die Frauen am Tisch. Ziwa schwieg wie immer, nur etwas anders als sonst, in sich gekehrt. Antonia mit Ringen unter den Augen, sagte nur leise „high" zu mir, als sei nichts weiter zu besprechen.

Mechanisch, fast lautlos, löffelten wir den Hirsebrei in uns hinein. Während wir in Gedanken versunken beisammen saßen, legte unvermittelt Antonia ihre Hand auf die meine. Ziwa schaute kurz von ihrem Teller auf, lächelte unmerklich und ließ uns bald allein.

Zurück im Hof arbeitete ich an Seil und Haken. Ich entschloss mich, noch zwei weitere Haken am ersten anzubringen. Diese bog ich im Schuppen mithilfe des Werkzeuges so, dass ihre Spitzen in die jeweils entgegen gesetzte Richtung zeigten und probierte aus, ob sie in die schmalen Zwischenräume des Streckmetallzaunes einrasteten. Danach lief ich mit dem etwa sieben Meter langen Seil in den Wald und übte an mehreren Bäumen, wie ich werfen musste und wie schnell ich am oberen Ende hoch geklettert war. Die Knoten erleichterten den Aufstieg ungemein. Mindestens zwanzig Mal trainierte ich den Wurf und die Handhabung. Schließlich fühlte ich mich sicher und lief zum Hof zurück. Mittlerweile war es schon dämmrig geworden.

Die Verabschiedung am späteren Abend von Ziwa war

tränenreich. Sie schob mir schließlich ein riesiges Paket unter die Arme. Es enthielt Brot, Speck und Wurst.

Antonia begleitete uns bis zum Wald. Sie schien tapfer, konnte aber dann doch ein lautes Schluchzen nicht unterdrücken. Nach einer festen Umarmung drehte sie sich um, lief ein paar Schritte von uns weg und hielt inne. Sie winkte, wartete, bis Kiro und ich im dichten Unterholz verschwanden.

Kiro bewegte sich in der Abenddämmerung sicher und des Weges gewiss, meistens auf den schmalen Pfaden der Wildtiere im unwegsamen Gelände, mal aufsteigend, dann wieder an den Flanken leichter Berghänge entlang. Er trug den schweren Rucksack und das um den Körper gewickelte Seil. Er wollte meine Kräfte schonen. Ich folgte ihm direkt auf den Fersen.

Zum Abschied hatte ich mir das Bärenfell aus der Schlafkammer gewünscht, an dessen Anblick ich mich in den letzten Tagen gewöhnt hatte. Es strahlte Zuversicht und Sicherheit auf mich aus. Nun trug ich es zusammengerollt auf dem Rücken.

Endlich näherten wir uns dem Waldessaum. Es war inzwischen Nacht geworden.

Kurz davor blieb Kiro stehen. Er streifte den Rucksack ab, wickelte das Seil von den Schultern und ließ Beides zu Boden gleiten. Hinter den letzten Bäumen, nur wenige Schritte noch, erhob sich vor uns der erste Sperrzaun.

Wie bei einem Gartengrundstück, empfand ich. Das ist keine echte Hürde. Kiro verabschiedete sich herzlich, umarmte mich wortlos und ließ mich schnell allein. Alles Nötige war zuvor besprochen worden. So wusste ich auch, dass die heutige Nacht zum Sonntag günstig für mein Vorhaben war.

Seit der Zeit, als die Sperranlagen errichtet wurden, hatte es sich eingeschliffen, am Wochenende nur halb so häufige Patrouillengänge abzuhalten, wie an den Wochentagen sonst üblich. Viele Grenzposten durften am Samstag zu ihren Familien. Die an Ort und Stelle verbliebenen Polizisten saßen am Abend gern in ihren Unterkünften beim Kartenspielen zusammen. Kiro hatte mir diesen Umstand verraten. Verlassen sollte ich mich allerdings nicht darauf!

Unmittelbar am Waldesrand suchte ich mir nun einen verdeckten Platz und beobachtete die Umgebung. Jetzt war ich ganz allein auf mich gestellt.

Im klaren Mondlicht machte ich einen Maschendrahtzaun aus, etwa doppelt so hoch wie ich.

Alles lag ruhig, schien zu schlafen. Bevor ich mich entschloss, es mit dem Zaun aufzunehmen, biss ich in das mitgenommene Brot und nahm einen tiefen Schluck Wasser.

Auf allen Vieren robbte ich dann vorwärts. Vor dem Zaun legte ich mich flach auf den Boden. Tastete ihn ab und stellte fest, dass der Zaun unmittelbar auf der Erde aufsaß.

Ruhig und ohne Eile nahm ich jetzt kurz entschlossen den Klappspaten und grub. Nach einer reichlichen halben Stunde war die Mulde für den Rucksack groß genug. Einige Spatenstiche noch und ich zwängte mich unten durch. Auf der anderen Zaunseite angelangt, zog ich mein Seil zu mir herüber und nahm mir Zeit, so gut es ging, die Mulde wieder zuzuschieben.

Nur beim genauen Hinsehen war die lockere Erdstelle noch auszumachen. Sie hätte auch ein Tier scharren können. Dann kroch ich in das von Bäumen gerodete Steppenland soweit hinein, bis ich im Gras genügend Deckung finden konnte. Ich befand mich jetzt im direkten Grenzgebiet. War vogelfrei, ohne fliegen zu können.

Ein sorgfältiger Blick auf den Kompass wies mir die südliche Richtung. In diese lief ich nach kurzer Besinnung nun los, vom Gedanken begleitet, jederzeit gestellt und zur Strecke gebracht werden zu können.

In geschätzten fünf Kilometern, höchstens sieben, erwartete ich dann das entscheidende Hindernis: den Sperrzaun, der die Grenze markierte, auf den ich mich eingestellt hatte. Für die Strecke bis dorthin würde ich mindestens drei Stunden benötigen, wenn nicht sogar noch mehr. Bis zur Morgendämmerung allerdings musste jedoch der Durchbruch geschafft sein. Ein Zurück gab es nun endgültig nicht mehr.

Nach allen Seiten Ausschau haltend, setzte ich in aufrechtem Gang, erst langsam tastend Schritt für Schritt voran. Steuerte jede Bodenwelle an, nutzte jeden Strauch, der in dem kargen verbuschten Gelände wuchs.

Über Rucksack und Seilrolle hing das Bärenfell, mit zwei sich kreuzenden Stricken vor der Brust zusammengeknotet. Sobald Gefahr drohte, wollte ich mich sofort in das fast kniehohe Gras fallen lassen, in der Hoffnung, nur als brauner Erdhaufen oder als größeres Tier wahrgenommen zu werden.

Die innere Unruhe trieb mich an. Bald beschleunigte ich den Schritt und kam ins Schwitzen. Nach einer gefühlten reichlichen Stunde musste ich eine Pause einlegen. Auf keinen Fall die Kräfte verausgaben, nahm ich mir vor und ließ mich nieder.

Auf der Seite liegend, ein Bein angewinkelt, schloss ich die Augen. Bisher ging alles glatt. Ungerufen zogen nach einer Weile in dieser Ruhestellung Bilder aus der Kindheit an mir vorüber. Deutlich sah ich mich auf dem Balkon des Elternhauses in kurzen Hosen sitzen. Vor mir glatte Holzklötzchen, die ich mit selbst gemischtem Mehlkleister zu einem Turm aufbaute.

Ich erinnerte mich daran, wie mir erst unbehaglich zumute wurde und mich gleich darauf panische Angst überkam, denn meine Mutter war zum Einkaufen unterwegs. Sie ließ mich allein vor mich hin spielen.

Im dunklen Balkonfenster glaubte ich plötzlich in der Spiegelung die grässliche Fratze eines Unwesens zu sehen. Starr vor Entsetzen verharrte ich eine gefühlt unendliche Zeit wie gelähmt, mit den Augen auf die Holzklötzchen gerichtet, bis endlich die Mutter aus der Balkontür heraustrat und mich erlöste.

Gleich danach wechselte das innere Bild. Die Gestalt meines ehemaligen Klassenlehrers tauchte auf. Dieser saß in einem alten Armstuhl mir gegenüber. Er drohte mir mit dem Zeigefinger und wies mich aus dem Zimmer der elterlichen Wohnung. Ich hörte ihn mit sonorer Stimme sagen, ich sei undankbar und unwürdig. Ich habe schlechte Gedanken, mit denen ich mich zum Teufel scheren solle. Ich möge als Verräter ihrer gemeinsamen Idee nicht mit einem milden Urteil rechnen.

Dann auf einmal schlugen die Wellen der Ostsee über mir zusammen. Ich war auf Sommerbesuch bei der Großmutter und allein ins Strandbad gegangen. Hier watete ich unbekümmert vom Strand aus ins seichte Wasser hinein. Plötzlich, von einem Schritt zum anderen tat sich die Tiefe des Meeres auf. Die Sandbank unter mir riss ab und ich versank augenblicklich in den Fluten. Wild mit Armen und Beinen strampelnd fasste ich schließlich nach Momenten der Todesangst wieder festen Fuß. Ich konnte mit Dreizehn noch nicht schwimmen.

Als sich endlich eine Wolke vor den hell leuchtenden Mond schob, gab ich mir schließlich einen Ruck, erhob mich und stapfte weiter. Keinen anderen Gedanken ließ ich jetzt noch zu: weiter, weiter, weiter. Nur nicht schwach werden. Bald würde ich mein Ziel erreichen!

Es konnte nur noch eine Stunde sein, vielleicht ein wenig mehr, so meine Überzeugung. Die Armbanduhr konnte ich nicht finden. Sie befand sich in der Tiefe des Rucksacks versenkt. Nichts sollte an meinem Körper im Widerschein des Lichts verräterisch aufblitzen.

Plötzlich, nach einiger Zeit des verhaltenen aber dennoch zügigen Vorwärtslaufens, erspähte ich rechts am Horizont ein Scheinwerferlicht.

Blitzschnell warf ich mich zu Boden. Wartete und zählte die Sekunden. Tatsächlich dauerte es nur wenige Minuten, als ich ins Gras gedrückt, den Kopf zur Seite gedreht, einen Lichtkegel über mich hinweg streifen sah. Ich hörte auch das Motorengeräusch eines Motorrades.

Wieder still und dunkel geworden, erhob ich mich halb. Nur noch in gebückter Haltung, jederzeit zum Niederwerfen bereit, schlich ich weiter auf den vermuteten Weg zu, auf dem die Patrouille vorüber gefahren ist.

Es kam mir wie eine Ewigkeit vor. Endlich aber zeichnete sich vor mir die Silhouette des Grenzzauns ab. Unmittelbar an ihm entlang musste der Fahrweg sein. Es waren nun nur noch etwa fünfzig Meter bis dorthin.

In diesem Abstand vertiefte ich hier mit dem KIappspaten eine Bodenwelle in Körperlänge. Den Rucksack neben mir, zog ich das Fell über den Rücken und legte mich bäuchlings in die Vertiefung. In dieser Lage konnte ich einen weiten Ausschnitt des Grenzverlaufs überschauen, wenn ich den Kopf ein wenig anhob.

Ich musste Kraft schöpfen. Die Anstrengung des zurückgelegten Wegs machte sich spürbar.

Aus dem Rucksack fingerte ich das mitgenommene Werkzeug. Drahtzange und Seil legte ich griffbereit zurecht. Dann zwang ich mich, ein Stück Brot zu essen. Dazu trank ich eine kleine Wasserflasche leer, denn ich verspürte enormen Durst. Dann wartete ich auf die Patrouille.

Es dauerte meines Ermessens nach sehr lange, bis sie kam und in Sichtweite an mir vorbei fuhr. Zwei Männer saßen auf dem Motorrad, wie erwartet.

Mit dem Rucksack auf dem Rücken, dem eingerollten Fell vor der Brust und in den Händen Zange und Seilhaken, überquerte ich sofort nach dem Verschwinden der Streife den Fahrweg. Jetzt stand ich unmittelbar vor dem Zaun, hell erleuchtet von Peitschenlampen und in bleiches Mondlicht getaucht.

Der erste abschätzende Blick in die Höhe schreckte mich nicht. Knapp vier Meter, schoss es mir durch den Kopf. Von der Spitze der ausgestreckten Hände bis zum Zaunsende konnten es nur hoch höchstens zwei Meter sein. Damit war zu rechnen. Das Muster des Streckmetalls vor meiner Nase ließ mich aufatmen. Es stimmte wirklich mit dem überein, an dem ich meine Seilhaken angepasst hatte.

Der zweite Blick versetzte mir jedoch einen Schreck. Mit den drei Stacheldrähten am oberen abgewinkelten Ende des Zauns würde ich fertig werden. Ich könnte sie mit der Drahtzange durchtrennen. Aber da erblickte ich noch einen feineren dünnen Draht. Es konnte nur ein Signaldraht sein, der bei Berührung einen Alarm auslösen würde.

Damit hatte ich nicht gerechnet und mir wurde schwindelig. In meinem Kopf drehte sich alles. Sollte hier an dieser Stelle mein Plan doch noch scheitern? Wenige Meter vor dem Ziel?

Einige Momente stand ich da wie erstarrt, zu keiner Überlegung fähig, wie vor einem Abgrund. Dann aber begann es von irgendwoher angestoßen in mir zu arbeiten.

Blitzschnell verwarf ich die Möglichkeit, mich wie bei dem ersten Absperrzaun, unter diesen hindurch zu graben. Dieser hier saß nämlich auf einem Betonsockel auf. Auch die Signalleitung konnte ich von ihrer Stärke her nicht einschätzen. Besäße sie eine elektrische Spannung über einhundert Volt, dann würde ich meine Hand beim Durchtrennen an ihr verbrennen. Auch würde beim Anbringen meines Seils sofort ein Signal ausgelöst werden.

Hier und jetzt, an der Schwelle aller Möglichkeiten, überließ ich mich spontan einem Ablauf, der über mein weiteres Schicksal entschied. Er folgte einer Logik, die mir später zwar wie fremdgesteuert vorkam, bei eingehender Analyse jedoch nichts anderes war als der auf nur wenige erfahrungsbezogene Handlungen konzentrierte Wille zum Überleben.

Mit wenigen Handgriffen hängte ich zuerst das Bärenfell am benachbarten Zaunsegment auf, die beiden Vordertatzen in Löcher so verkeilt, dass das herabhängende Fell von Ferne aus den Anschein erwecken konnte, als hinge hier eine Gestalt am Zaun. Ein Versuch, von mir abzulenken. Auch um vielleicht ein paar Sekunden Zeit zu gewinnen.

Einen kurzen Moment hielt ich inne. Alles war ruhig und keine Streife in Sicht. Gleich darauf packte ich meinen Rucksack, stellte mich mit dem Rücken in ausreichendem Abstand vor den Zaun. Breitbeinig schwang ich den Rucksack dreimal zwischen den Beinen hindurch, vor und zurück und im letzten Schwung hoch in die Luft.

Knapp hinter dem Zaun hörte ich den dumpfen Aufschlag. An ungefähr derselben Stelle schwang ich sofort mein Seil, jetzt seitlich zum Zaun gedreht. Als es sich beim zweiten Anlauf an der Gegenseite verharkte, wusste ich, dass ich damit ein Signal ausgelöst hatte und es ab jetzt um nur wenige Minuten ging.

Kein Augenblick des Zögerns mehr. Ich prüfte nicht die Festigkeit der Haken an dem Seil und trat gleich auf den ersten Knoten. Seil und Knoten hielten der Belastung stand. In großer Eile hangelte ich mich bis fast oben, da wo die schräg gespannten Stacheldrähte hingen.

Mit der linken Hand am Seil geklammert, mit beiden Füßen auf einem der Knoten abgestützt, versuchte ich, mit der Rechten die Drähte zu durchtrennen. Es gelang nicht. Erst als ich auch die linke Hand zur Unterstützung nahm und den Druck auf die Schere verstärken konnte, gelang es dann doch. Und nach kurzem Innehalten setzte ich auch die Schere an den Signaldraht. Es knisterte und brannte in meiner Hand. Aber schließlich fielen die losen Teile des Signaldrahtes ebenfalls herab.

Jetzt nahm der Wettlauf gegen die Zeit noch einmal an Tempo zu. Es sollten die gefährlichsten Momente meines Lebens werden. Sehr bald schon mussten Soldaten angefahren kommen, denn es war nun ganz sicher, dass ich sie alarmiert hatte. Jetzt musste alles sehr schnell gehen.

Sofort ließ ich nun die Schere fallen und stieg am Seil bis ganz nach oben. Mit der unversehrten linken Hand klammerte ich mich, oben am Zaunsende angelangt, an ihn fest. Dann stieg ich auf den letzten Knoten des Seils und versuchte, ein Bein über den Zaun zu heben. Es wollte mir nicht gelingen, denn ich war noch nicht hoch genug. So hing ich halb und stand halb unmittelbar am Zaun. Ich zwang mich zur Ruhe und blieb in dieser Stellung eine kostbare halbe Minute fast regungslos. Eine halbe Minute, die ewig zu währen schien.

Dann raffte ich mich auf, nahm alle meine Kräfte zusammen und riss mein rechtes Bein hoch. Gleichzeitig zog ich den Oberkörper mit dem linken Arm über den Zaun. Mit dem Schuh hielt ich mich nun an der Oberkante des Streckmetalls fest. Ein kurzer Ruck noch und ich brachte mein Bein über den Zaun.

Jetzt aber vollends drüber und runter. Dieser Impuls wurde sofort verstärkt, denn schon gewahrte ich das Licht mehrerer sich nahender Scheinwerfer.

Ohne zu Zögern drückte ich mich vom Streckmetall-zaun ab und sprang in die Tiefe, nein, ich ließ mich in die Tiefe fallen. Fallübungen und Übungen zum weichen Abrollen hatte ich als Jugendlicher beim Sport gelernt. Diese Reflexe steckten offenbar noch in mir und ließen mich einigermaßen unbeschadet auf der Erde aufprallen.

Blitzschnell durchzuckten mich in diesem Moment die japanischen Begriffe, die ich vor fast zwanzig Jahren bei einem Judokurs einst gelernt hatte.

Überlaut in der nächtlichen Stille hörte ich indessen die heranfahrenden Motorräder. Den heftigen Drang unterdrückend, aufzustehen und davonzurennen, kroch ich nur noch auf allen Vieren zu meinem ganz in der Nähe liegenden Rucksack, packte ihn an einem der Tra-gegriffe und schleifte ihn hinter mir her vom Zaune weg, einen leichten Abhang hinunter.

Gerade schaffte ich es noch, vielleicht vierzig oder auch fünfzig Meter weit weg zu kriechen, als die Schüsse fielen. Mehrere Salven aus zwei Maschinenpistolen prallten ge-gen den Zaun. Ich presste mich dicht an den Boden. De-ckung hatte ich keine, nur den Rucksack vor dem Kopf.

Eine gefühlte Ewigkeit dauerte der Beschuss. Ein-mal sirrte ein Querschläger über mich hinweg. Endlich hörten jedoch die Schüsse auf. Vorsichtig und sehr lang-sam hob ich den Kopf und spähte zum Zaun hinüber.

Das Bärenfell hing in einzelnen Fetzen noch dort. Davor standen wild gestikulierende Gestalten. Der Ke-gel ihrer Taschenlampen wanderte unruhig die Zauns-felder auf und ab. Auch in meine Richtung schwenkte ihr Strahl, konnte mich jedoch nicht mehr erreichen.

Einen Augenblick noch, dann stemmte ich mich auf

und rutschte in schlängelnder Bewegung weiter den Abhang hinunter. Bis ich nur noch die Oberkante des Grenzzaunes ausmachen konnte. Noch ein Stück weiter und ich verlor ihn völlig aus dem Blickfeld.

Jetzt erst überließ ich mich rücklings dem kniehohen Gras, schob den Rucksack an die Seite und blickte in den Himmel. Ich war in der Türkei und am Leben.

Langsam kam ich nun zu mir, atmete tief durch und wollte schreien. Vor Glück. Aber nur ein jämmerlicher krächzender Laut drang aus meiner Kehle. Ich schloss die Augen, drehte mich zur Seite mit dem Rücken an den Rucksack gelehnt und überließ mich der zu Ende gehenden Nacht.

Still daliegend sog ich den Geruch der fremden Gräser, Kräuter, Blumen, der nahen Platanen und Eichen in mich ein. Eine schwere Duftwolke legte sich betäubend über mich. An diesen Geruch werde ich mich wohl mein Leben lang erinnern, dachte ich noch, bevor ich total erschöpft einschlief. Er war für mich in diesem Augenblick der Duft der Freiheit.

Viele Jahre später werde ich durch eine mir zufällig in die Hände fallende Dokumentation erfahren, dass in der Zeit des „Eisernen Vorhangs" an dieser Grenze hunderte Fluchtversuche tödlich endeten.

Der lange Arm Ostdeutschlands reichte bis hinter das Balkangebirge. Die ostdeutschen Behörden verlangten die Bestattung der Getöteten auf nicht zu benennenden bulgarischen Friedhöfen.

Diese Menschen fielen auf eine besonders perfide Falle herein. Absichtlich sollte der Eindruck erweckt werden, diese Grenze sei leichter zu bewältigen als andere Absperrungen zwischen Ost und West. Lediglich einige Grenzsteine und ein harmlos erscheinender Maschendraht markierten das abgesperrte Gebiet.

Die eigentliche Absperrung zwischen Bulgarien und der Türkei wurde tatsächlich überaus scharf bewacht. Sie war fast unüberwindbar. Bis auf sehr seltene Ausnahmen.

Eine Mitfahrgelegenheit

Wie betäubt lag ich auf dem Boden, nicht fähig aber auch nicht willens, aufzustehen. Die Kräfte reichten gerade noch dazu, die Isolierfolie aus dem Rucksack herauszufingern und neben mich auf die Erde zu legen, auf die ich mich aufschob. Eine Weile starrte ich in die Weite vor mir. Ich spürte, wie sich allmählich die gewaltige Spannung in mir aufzulösen begann, die mich seit Wochen begleitete. Irgendwann sank ich in einen an Bewusstlosigkeit grenzenden Schlaf.

Es war bereits hell, als ich frierend erwachte. Am noch klaren Himmel zogen immer dichtere Wolken heran. Die Grashalme um mich her bogen sich im kühlen Wind.

Vom Liegen auf dem harten Boden steif, zog ich die Beine an, rollte von der linken zur rechten Seite und richtete mich endlich auf.

Ach ja, der Rucksack. Er war das Wichtigste in diesem Moment, an dem ich mich festhalten konnte. Seinen Inhalt vor mich ausgeschüttet, stellte ich fest, dass nichts aus ihm heraus gefallen war. Sorgfältig wurden die Papiere, die Unterwäsche, Hemden, Hosen und Schuhe neu geordnet und wieder in ihm verstaut. Der Proviant kam zuletzt oben drauf.

Erst jetzt bemerkte ich das schon eingetrocknete Blut an Händen und Unterarmen. Der Stacheldraht fiel mir ein. Ich tastete Arme und Beine nach weiteren Verletzungen ab und richtete mich schließlich beruhigt auf. Von den Kratzern, Schürfungen und den verbrannten

Hautstellen der rechten Hand abgesehen, befand ich mich als unversehrt.

Kaum nachdem ich meinen Zustand festgestellt hatte, meldete sich der Magen. Ich verdrängte jedoch das einsetzende Hungergefühl und gab dem noch drängenderem Bedürfnis nach, von der noch nahen Grenze weiter weg zu laufen.

So marschierte ich langsam kräftiger werdend mit immer ausholenderen Tritten im mit niedrigen Bäumchen und Sträuchern bewachsenen Hügelland abwärts. Irgendwo im Tal, so hoffte ich, würde ich auf Menschen stoßen.

Indessen verzogen sich die Regenwolken und nah einer guten Stunde Fußmarsch entschloss ich mich zu einer Rast. An einem Geröllhang luden in der Vormittagssonne hell schimmernde Kalksteine ein, sich den Rücken an ihnen zu wärmen.

Vor dem größten Stein ließ ich mich nieder und bereitete alles Essbare zwischen meinen ausgestreckten Beinen aus. Es war noch genug da, reichte für einen ganzen Tag. Brot, Wurst und ein gutes Stück Schinken machten mir unbändigen Appetit.

Schon den ersten Bissen im Munde, hielt ich abrupt im Kauen inne. Aus dem rings um mich undurchschaubaren Gebüsch lautlos aufgetaucht, standen drei wilde Hunde vor mir. Sie sind mir wohl bereits eine Weile auf den Fersen gewesen, mir unbemerkt gefolgt. Jetzt, als ich mich niederließ, näherten sie sich, angelockt durch den Geruch des Schinkens.

Das größte Tier duckte sich, erhob sich gleich wieder und schlich mit heraus hängender Zunge um mich herum, während die anderen beiden Hunde abwarteten und zusahen.

„Verflixt", murmelte ich vor mich hin. „Die wollen deinen Speck oder auch dich selbst. Wirfst du ihnen den Schinken hin, reicht das nicht für Drei und du selbst hast nichts mehr."

Bei diesen abwägenden Überlegungen fingerte ich mit behutsamen Bewegungen, um ja nicht die Tiere zu provozieren, das Klappmesser aus dem Rucksack heraus. Einmal in der Hand, schnappte ich die Klinge auf.

In der rechten Hand das Messer, warf ich mit der linken Hand den Rest des Schinkens links so weit weg, wie ich vermochte. Die Tiere fielen sogleich über ihn her, knurrten sich gegenseitig an. Ich raffte rasch die mir noch verbliebenen Essereien an mich, schnappte den Rucksack und schlich mit dem geöffneten Messer in der Hand davon. Der Hunger war mir vergangen.

So lief ich noch eine ganze Weile, bis ich endlich auf einen Wiesenweg stieß, der allmählich fester und breiter wurde. Er führte mich aus dem Buschland heraus.

Als ich nach kurzer Zeit die ersten Hausdächer eines kleinen türkischen Dorfes auftauchen sah, verstaute ich das Messer wieder im Rucksack, legte abermals eine Rast ein, bei der ich die Wurstreste und das Brot aufaß, die mir noch geblieben sind, trank auch die Flasche leer und hielt geradewegs auf den Ort vor mir zu.

Ich hatte jetzt keine Zeit darüber nachzudenken, ob der Vorfall mit den Hunden, bei dem ich gezwungen war, meine Haut zu retten, reiner Zufall war oder eventuell mehr bedeuten sollte. Es war schließlich das erste drastische Ereignis im neuen Leben im Westen.

Am ersten kleinen Häuschen angelangt, entschloss ich mich spontan, an der Tür zu klopfen.

Es dauerte nicht lange und von innen wurde hörbar ein hölzerner Riegel beiseite geschoben. Durch die halb sich öffnende Tür blickten mich nun erstaunte Kinderaugen an.

Unwillkürlich wollte ich lauf auflachen, unterdrückte aber diesen Impuls. Zu komisch erschien mir der Anblick dieses jungen Mädchens im Türspalt. Ihr Kopftuch hing schief über die halbe Stirn verschoben und ließ die lange Nase in dem kleinen Kindergesicht übergroß hervor treten.

„Halala", schrie das Mädchen sogleich nach hinten ins Haus gewandt und schlug die Tür mit Schwung zu, als ob es ein Unwesen erblickt hätte. Im Gegensatz zu mir war sie offenbar über den fremden Mann erschrocken, der vor ihr unerwartet auftauchte. Ich hörte sie wegrennen.

Kurz darauf öffnete sich die Tür erneut und eine sehr stämmige untersetzte Frau, ebenfalls mit einem Tuch auf dem Kopf, erschien jetzt in ihr. Sie musterte mich kurz von Kopf bis Fuß, gab etwas für mich vollkommen Unverständliches von sich und entschwand ebenfalls gleich wieder im Haus. Sie ließ jedoch die Tür offen. Vielleicht war sie von meinem Gesichtsausdruck wohlwollend eingenommen, in dem sie noch einen Rest Heiterkeit gewahrte.

Ratlos an der Schwelle stehend, äugte ich in das dunkle Innere dieses Hauses hinein, wartete unschlüssig ab. Ich überlegte, ob es nicht besser wäre, einfach zum nächsten Haus zu gehen. Doch dann vernahm ich laute Stimmen, begleitet von Türenschlagen irgendwo da hinten.

„Salam aleikum", rief mir jetzt ein schlanker junger Mann entgegen, noch drei Schritte vor mir. Gleich hinter ihm ein kleinerer, viel älterer, wiederholte den Gruß. Beide Männer, Vater und Sohn, wie es sich bald herausstellte, bauten sich vor mir auf und schauten mich fragend an.

Auf meinen Rucksack weisend, ging ich nun in die Offensive. Ich komme aus Deutschland, sprach ich in Englisch, in der Hoffnung, dass ich verstanden wurde, dass Deutschland auch hier, am Ende der Welt, bekannt sei. „I am an German and I would ask you, can do you help me, please?"

Der ältere der beiden Türken strich sich zunächst über seine vollen schwarzgrauen Haare, dann öffnete er mit einem Ruck die Tür bis zum Anschlag. Ich möge eintreten, sei bei ihnen willkommen, erwiderte er in gebrochenem Deutsch.

Überrascht trat ich unsicher ins Haus und folgte den Männern bis in die geräumige Wohnküche.

Die drei Töchter erhoben sich sofort, grüßten freundlich und entfernten sich. Der Hausherr, seine Frau und sein Sohn, nahmen augenblicklich auf den frei gewordenen Stühlen Platz. Für mich holte der Sohn vorher extra einen bequemen kleinen Sessel aus dem der Küche gegenüber liegenden Wohnraum.

Es dauerte nun eine reichliche Stunde, bis ich erklärt hatte, in welcher Lage ich mich gerade befinde. Oftmals musste ich schon Gesagtes wiederholen, bis ich den Eindruck bekam, verstanden worden zu sein. Immer wieder musste ich auch ganz neu ansetzen, auf die erstaunten, ungläubig wirkenden Nachfragen eingehen, bis allmählich eine allgemeine Fröhlichkeit die türkische Familie zu erfassen schien. Oft musste ich versichern, tatsächlich über den bulgarischen Grenzzaun geklettert und bis hierher gelaufen zu sein.

Der Familienvater erzählte anschließend, wo er fünf Jahre lang in Deutschland gewesen war. Zuerst drei Jahre in Stuttgart. Dort habe er an einem Fließband Heckscheiben in Autos eingepasst. Immer dieselben Handgriffe. Einhundert Mal am Tag.

Er führte die Bewegungen in der Luft aus, die ihm immer noch geläufig sind, einem Automaten gleich. Selbst der Rhythmus der Verrichtung steckte noch unvergessen in ihm. Zuletzt arbeitete er noch zwei weitere Jahre in der Nähe von Baden-Baden bei der Lastwagenmontage. Den genauen Ortsnamen habe er inzwischen vergessen. Viel Geld, viel mehr als in Stuttgart, habe er dort verdient. Allerdings sei er aber bald krank geworden. Der Rücken!

Außerdem habe er seine Familie vermisst. So ist er doch wieder in sein Dorf zurück gekehrt. Hier, in seinem eigenen Haus, mache er, was er wolle, was ihm keine Schmerzen bereite.

Seine Frau und der Sohn besorgen das Feld. Er betreue die Schafe, dort oben, wo ich hergekommen sein musste. Sie alle zusammen sind sehr zufrieden. Denn mit dem in Deutschland verdienten Geld sei dieser Besitz hier möglich geworden. Haus, Feld und Schafherde seien sein Eigentum. Besonders auf das eigene Haus wären sie sehr stolz.

Während der Hausherr schwadronierte, holte seine Frau aus dem bis zur Zimmerdecke reichenden Vorratsschrank einen in Tuch gewickelten Brotlaib und einen verschlossenen Krug. Der Bauer zerteilte jetzt das Brot in große Stücke, schenkte die herbei geholten Trinkbecher mit weißlicher Flüssigkeit voll. „Kefir", erklärte er und forderte zum Zugreifen und Trinken auf.

Beides, Getränk und Brot, schmeckten deutlich säuerlich. Es tat mir aber gut. Ich atmete innerlich auf.

Nach kurzem Schweigen ergriff der Bauer wieder das Wort. Er stellte sich als „Cemir" vor. Es sei ihm eine Ehre, meinte er schlicht, es sei eine Ehre für seine Familie und eine Freude für ihn selbst, einem deutschen Gast behilflich sein zu können. Eine einmalige Gelegenheit, sich dankbar für die einst ihm entgegen gebrachte deutsche Freundlichkeit zu zeigen. Eine solche Gelegenheit würde wohl in diesem abgelegenen Dorf nie wieder kehren. Ein Geschenk Allahs. Solange ich es wünsche, könne ich bei ihnen bleiben. Er denke aber, dass ich in zwei oder drei Tagen nach München oder Stuttgart aufbrechen möchte. Sein Sohn nickte eifrig bei diesen Worten und lächelte.

Beeindruckt von dieser Geste bedankte ich mich, bat um Verständnis, erst einmal ein paar Stunden ausruhen zu dürfen. Sie sähen ja, in welchem Zustand ich mich befände. Ich zeigte auf die Rißstellen an Händen und Armen.

Cemir begutachtete jetzt ernst und sorgenvoll die blutigen Stellen. Dann wechselte er mit Frau und Sohn ein paar Worte und bald waren alle eifrig beschäftigt, den Küchenofen mit Holzscheiten zu befeuern, auf dem ein riesiger Kessel mit Wasser aufgefüllt wurde. Sie bereiteten damit für mich ein Bad in einer Blechwanne im Waschraum des Hauses vor, der offenbar auch als Schlachtraum für die Schafe diente. Entsprechendes Werkzeug an der Wand sprach dafür.

Nach dem Bad, in gewechselter Unterwäsche, fühlte ich mich äußerst angenehm aber auch ermattet, vom Wunsche beherrscht, endlich richtig Ruhen zu dürfen.

Zum Abendessen steuerte ich den Rest meines mitgeführten Proviants bei. Ein kleines Stück Wurst und ein wenig Brot waren noch übrig. Abe keiner rührte etwas davon an. Na gut, dachte ich, vielleicht ist die Wurst nicht würzig genug. Von einer türkischen Schweinefleischabstinenz hatte ich zu diesem Zeitpunkt noch keine Ahnung.

Kaum erhob sich Cemir, hörte die gesamte Familie ebenfalls mit dem Essen auf. Auch ich war satt.

Anschließend bekam ich das zwar ziemlich kurze, aber sehr weiche Sofa in der Wohnstube als Schlafstelle angeboten, einem mit unzähligen Teppichen verhängten Zimmer zwischen Küche und Stall. Cemir meinte, dies sei der beste Platz im Haus, wünschte mir gute Ruhe und schloss die Tür hinter sich.

Nachdem eine einigermaßen bequeme Seitenlage gefunden war, bei der ich nicht die eingewickelte wunde Hand belastete, schloss ich die Augen. Meine wunden Stellen hatte mir die Bäuerin zuvor mit einer cremigen Masse bestrichen und mit einem sauberen Tuch verbunden. Angenehm spürte ich die Kühle dieser Tinktur. Später erklärte mir Cemir auf die Frage nach dem Heilmittel, es sei „Kefir" gewesen. Es wirke absolut zuverlässig.

In der heimeligen Geborgenheit des Raumes schlief ich umgehend vor Erschöpfung ein. Mitten in der Nacht ließ mich aber eine innere Unruhe wach werden. Es war dunkel um mich herum. Kein Laut drang zu mir herein. Als ich mich besann, wo ich mich befand, tastete ich mich vorsichtig zum Fenster und schob die schweren Vorhänge ein wenig zur Seite.

Nur die Sterne und der abnehmende Mond beleuchteten die Nachbarhäuser und die Landschaft. Über allem lag eine lautlos atmende friedliche Stille.

Die drückende Blase hinderte mich daran, mich diesem wohltuenden Anblick länger hinzugeben. Glücklich fand ich nach eingehendem Betasten der Wände des Zimmers den Ausgang nach hinten hinaus und lief die wenigen Schritte zur bleich beschienen Wiese. Anschließend kehrte ich zurück auf meine Liege und schlief sofort wieder ein.

Es musste schon kurz vor Mittag sein. Ausgeruht und mit dem seit Wochen vermissten Gefühl der Sicherheit, erhob ich mich von meiner Liegestatt und kleidete mich an. Dann klopfte ich an der Tür zur Wohnküche.

Die gesamte Familie wartete dort bereits auf mich. Cemir, der inzwischen im Dorf unterwegs gewesen war, hatte beredt für die Verbreitung der Neuigkeit gesorgt, dass bei ihm ein deutscher Gast logiere. Er konnte es nun gar nicht mehr erwarten, bis die aufgetragene Hammelkeule verspeist war, um mich gleich nach dem Mahle zu einem Rundgang durch das Dorf mitzunehmen.

Überall um die unregelmäßig zueinander versetzt stehenden Häuser, die sich entlang des festgefahrenen Hauptweges durch den Ort an den sanften Hang schmiegten, war Bewegung zu sehen. Kinder und Frauen, die meisten von ihnen mit Kopftüchern geschmückt, wuselten um die Anwesen herum. Sie machten sich im Vorgarten zu schaffen, führten Schafe in den Stall. Manche brachten auch die Tiere an der Leine zum Nachbarn. Dabei verständigen sie sich durch Zurufe und Zeichensprache.

Cemir grüßte ständig, mal nach links, mal nach rechts. Rufe ergingen auch von ihm und zu ihm hin. So erreichten wir den Hof seines Schwagers, eines etwa gleichaltrigen hageren Mannes mit wuscheligem Kinnbart.

Dieser redete mich sogleich in fließendem Deutsch an. Ich könne mich hier wie zu Hause fühlen, gab er zu verstehen. Auch er sei eine Weile in Deutschland gewesen. Zehn Jahre lang habe er in Hannover gutes Geld verdient.

Als er hörte, dass ich kein verirrter Tourist bin, sondern es aus Ostdeutschland bis hierher geschafft hätte, löste dies bei den beiden Türken eine unverkennbare Freude aus. Sie lachten und schlugen mir anerkennend auf die Schulter.

Daraufhin berichtete ich in wenigen Worten, wie es mir gelungen ist, als Bär getarnt, über die grüne Grenze zu steigen. Das führte bei ihnen sogleich zu einem regelrechten Heiterkeitsausbruch, von dem die Nachbarn angelockt wurden und zu uns stießen. Immer wieder musste ich meine verletzte Hand vorzeigen, die noch umwickelt war.

Ständig hörte ich jetzt „Merhaba" und „Salam" rufen und lernte so die türkischen Grußformeln. Schließlich sah ich mich von lauter palavernden jungen und älteren Männern umringt. Alle gaben sich sehr freundlich, bestaunten mich wie eine ganz ungewohnte Erscheinung.

Cemir genoss die ihm zuteil werdende Aufmerksamkeit ausgiebig. Stunden vergingen, in denen wir ständig schwarzen Tee angeboten bekamen. Viel ist ja nicht in diesen „Likörgläsern" drin, schmunzelte ich in mich hinein, spürte aber doch sehr bald die belebende Wirkung des Getränks.

Wie im Fluge verging so der Nachmittag. Das halbe Dorf nahm in dieser Weise an mir Anteil. Es dunkelte schon, als Cemir zum Aufbruch drängte. Auf dem Weg zu seinem Haus schlug er vor, morgen mit mir nach „Edirne" radeln zu wollen. Er besäße fünf Fahrräder. Eines von ihnen würde zu mir passen, meinte er zuversichtlich.

Dort in Edirne, arbeite ein Sohn seines Onkels an einer großen Tankstelle, tat er kund. Dieser kenne viele Lastwagenfahrer. Etliche unter ihnen fahren regelmäßig bis nach Deutschland. Feigen, Datteln, Oliven, in dieser Jahreszeit aber vor allem Melonen, bringen sie bis in deutsche Städte. Mit Radiogeräten, Fernsehern, Autoteilen und anderen Dingen kämen sie dann zurück. Alles sehr schöne Sachen, die hier gebraucht würden, wie auch seine Fahrräder.

Mit einem dieser Lastwagenfahrer könnte ich vielleicht mitfahren, wenn nicht morgen, dann eben später. Er wirkte ziemlich zuversichtlich.

Früh am übernächsten Tag brachte ich ein schon fast akzentfreies „Sabah" über die Lippen, als ich mich zu dem jungen Mann in einen „MAN-Laster" stieg, der mit halbreifen Melonen beladen war. Und schon gings los.

Gerade waren wir eine knappe Stunde unterwegs, da hielt Yussuf. So stellte sich der junge Mann vor, den Laster auf dem letzten Parkplatz vor dem Übergang nach

Griechenland einparkend. Er zeigte mir einen frei gelassenen Platz hinter den Melonenpaletten. Nach dem Austreten im Gesträuch setzte ich mich hinter die Melonen auf den Boden und überließ mich dem Schaukeln des Lastwagens.

Es würde zu unnötigen und langwierigen Gesprächen führen, wenn ich meine ostdeutschen Papiere vorzeigen müsste. Yussuf beruhigte mich. Noch nie habe er eine intensive Prüfung seiner Fracht im Laderaum erlebt, solange er diese Touren mache. In meinem Versteck brauche ich keine Fragen zu beantworten, lächelte er und drückte mir ein langes Messer in die Hand. Damit dürfe ich in der Wartezeit vor der Grenze ruhig eine einigermaßen gereifte Melone zerteilen und verzehren.

Und wirklich. Außer dem kurzen Halt bemerkte ich nichts von der Kontrolle. Sie beschränkte sich auf den nötigen Stempelaufdruck auf die Frachtpapiere. Bald saß ich wieder völlig entspannt neben Yussuf vorn im Fahrerhaus, eine halbe saftige Melone für ihn in Händen.

Die Gegend, durch die wir nun fuhren, wurde allmählich karger und gebirgiger, die Straße jedoch immer ebener und breiter. In der baumlosen, von Kalksteinbrocken gesäumten felsigen Landschaft tauchten ab und zu scheinbar namenlose Orte auf, deren niedrige hell getünchte Häuschen sich um die kleine Kirche scharten, erkennbar an deren offenen Glockentürmchen.

Yussuf kannte den Weg auch ohne Wegweiser. Ohne Vorwegweisung erreichten wir plötzlich eine Abzweigung nach links. An ihr konnte ich seltenerweise doch ein Schild entdecken. Gerade noch entzifferte ich auf ihm den Namen „Orestiada" im Vorbeifahren. Halbblaut murmelte ich den Namen am leicht zu übersehenden griechischen Schriftzug des Schildes vor mich hin. Gleichzeitig bedachte ich, welch total unterschätzter Beitrag die Vermittlung vieler physikalischer Kenngrößen aus dem griechischen Alphabet für Sprachverstehen doch ist. Nur aus dem Lesen der Zeichen für „Alpha" bis „Omega" gelang es mir jetzt, den angezeigten Ortsnamen zu entziffern.

Gänzlich unerwartet riss mich Yussuf abrupt aus meinen Gedanken. Er antwortete mir mit einem türkischen Schimpfwort und schlug dabei mit der Hand heftig auf das Lenkrad.

Ein wenig stutzig und auch erschrocken, blickte ich ihn sofort fragend von der Seite an.

Yussuf winkte aber gleich darauf gelassen ab. Er versuchte seine ärgerliche Reaktion zu erklären:

Aus dem letzten Jahr seiner Schulzeit wisse er, wie bekannt die sogenannten griechischen Tragödien vor allem in der westlichen Welt wären.

Missbilligung und Verachtung konnte ich deutlich seinem Redefluss entnehmen.

Nur bei ihnen Zuhause kenne diese "Griechengeschichten" kaum jemand. Für sie als Türken wäre es ein Greuel, ein Ärgernis, schwächte er leicht ab. Sie hätten im Geschichtsunterricht gelernt, dass der Dichter „Aischylos" seine Figur namens „Agamemnon", Troja erobern ließ. Bei diesem Eroberungskampf wurden die Männer ausnahmslos getötet und die Frauen als Sklavinnen verschleppt.

Eine äußerst hinterhältige List haben dabei die Griechen gebraucht. Sie hätten unter dem Vorwand, ein Friedensgeschenk übergeben zu wollen, in einem hölzernen Pferd ihre Krieger versteckt. Diese öffneten dann bei Nacht die Tore der Stadt.

Nur durch diesen heimtückischen Betrug sei Troja gefallen. Seitdem würde alle Welt vom „Trojanischen Pferd" reden. Viel besser, vor allem richtiger sei es aber, stattdessen vom „Griechischen Pferd" zu sprechen. Denn die Griechen seien schließlich die „Pferdebesitzer" gewesen und nicht die ehrlich kämpfenden Türken. „Orest", der Namensgeber dieser Stadt hier links drüben, sei der Sohn dieses hinterhältigen Heerführers gewesen.

Yussuf wies mit der Hand nach links in die Gegend hinein. Bevor er sich wieder schweigend dem Fahren zuwandte, ergänzte er noch, dass auch heute die Griechen lauter verschlagene Leute seien, vor denen sich die Türken in Acht nehmen müssen. Ständig veranstaltete angeblich das griechische Militär zahlreiche Manöver vor der türkischen Küste. Und von dem Ärger, den die Griechen ihnen auf Zypern bereiten, schon durch ihre bloße Anwesenheit, wolle er lieber schweigen. Ein Glück sei es aber, dass auch die Türkei der NATO angehöre. Das würde die Griechen in ihrer Unverschämtheit bremsen, das Schlimmste immer wieder verhindern.

Zudem erbrächte die NATO-Mitgliedschaft ihnen, den Türken den riesigen Vorteil, sich gegenüber dem östlichen Nachbarland, dem Iran, sicher zu fühlen. Denn auch mit den „Persern" hätten sie in ihrer Geschichte schon schlimme Erfahrungen gemacht.

Am besten aber verstünden sich die türkischen Menschen mit den Deutschen. Deutschland wäre ihnen das liebste Land auf der ganzen Welt. Viele von ihnen betrachteten Deutschland als zweite Heimat. Dort würden sie gebraucht und geachtet.

Auch er selbst möchte am liebsten nur noch auf deutschen Autobahnen und Straßen den dazu passenden Laster lenken, als sich von den griechischen Kontrolleuren schikanieren zu lassen. Heute hätten wir allerdings sehr viel Glück gehabt und sind schnell durchgekommen. Oft aber müssten die LKW's stundenlang grundlos warten, weil die Griechen keine Lust zur Abfertigung hätten.

Erstaunt nahm ich zur Kenntnis, was Yussuf mit entschiedenen Worten von sich gab. Sie duldeten keinen Widerspruch. Das hörte ich deutlich heraus.

Deshalb verkniff ich mir, den Wert der antiken griechischen Dichtungen für die Kultur der gesamten Menschheit zu erwähnen. So entschloss ich mich nur vorsichtig anzumerken, dass die griechischen Tragödien immerhin den Anstoß gaben, über humanes Recht und Gerechtigkeit an sich nachzudenken. Vor allem um auch endlich von der unseligen archaischen Blutrache Abstand nehmen zu können. Nicht auszudenken wäre es, wenn eine Tat, die immer schrecklich ist, die nächste Tat nach sich zöge, die vielleicht noch schrecklicher wäre und diese dann in nicht endenden Fehden einmündet, ohne Hoffnung auf Heilung.

Yussuf nickte zwar zustimmend, hatte sich aber derart in Rage geredet, dass er, nun verstummt, angestrengt nur noch nach vorn auf die Fahrbahn blickte.

Nicht sicher, ob er meine zarten Hinweise auf die Bedeutung antiker Dichtungen auch für uns heute Lebende so verstanden hatte, wie es gemeint war, schwieg ich ebenfalls vor mich hin.

Außerdem drängte sich mir der Zweifel an der Abstammung des flüchtig am Straßenrand aufgetauchten Ortsnamens von einer bestimmten Gestalt der wohl viel älteren Dichtung auf. Dieser Zweifel hätte Yussuf bestimmt überhaupt nicht gefallen. Er wäre ihm als Besserwisserei vorgekommen.

So musste es eben bei seiner Sicht der Dinge bleiben. Sie ließ mich aber ahnen, weshalb griechisch-türkische Verhältnisse nicht ohne Spannungen sind.

Um Yussuf zu trösten und seine Stimmung wieder aufzuhellen, erzählte ich nach einigen schweigsamen Minuten, dass die Deutschen wahrscheinlich ebenfalls, wie die Türken, auf den Trick mit dem Trojanischen Pferd herein gefallen wären. Denn in Deutschland verbiete es sich, „einem geschenkten Gaul ins Maul zu schauen", um sein Inneres zu ergründen.

Dieser Lapsus behagte Yussuf. Seine Gesichtszüge entspannten sich und er suchte ohne Hinzusehen am Autoradio nach einem türkischen Sender, der noch bis zu uns einstrahlte.

Augenblicklich brach jetzt ein leiernder, orientalisch klingender Liederrhythmus herein. Er war nicht leicht auszuhalten. Gewöhnungsbedürftig, dachte ich, nur einzelne Brocken aus dem „Gesang" heraus hörend, die im Liedtext immer wieder auftauchten. „Aischa", merkte ich mir, vermutlich der Name einer Angebeteten.

Endlich erblickte ich eine Stadt schräg unter uns an der Küste. „Igomenitsa", verkündete Yussuf.

Noch am Abend rollte er unseren Laster auf ein wartendes Containerschiff und stellte ihn in eine Reihe mit anderen Lastwagen ab.

Zufrieden über die geschaffte erste Reiseetappe, atmeten wir tief die frische Seeluft in uns ein und begaben uns in die Bordkantine. Yussuf spendierte mir ein reichliches Abendessen und erwähnte beiläufig, dass wir gleich die Grenz nach Italien passieren würden, ohne es zu merken.

Dann suchten wir unsere Liegeplätze im LKW auf. Ich lag noch lange wach, von den Eindrücken der Fahrt überfordert. Denn wir hatten einen großen Teil Griechenlands flott durchfahren und waren nun schon dabei, auf die italienische Seite des adriatischen Meeres zu wechseln.

Yussuf musste es scheinbar ebenso ergehen. Kopf an Kopf liegend, fragte er mich nach einer Weile, ob ich denn nicht auch verheiratet sei, so wie er. Ohne die Antwort abzuwarten, zeigte er Verständnis für mich. Er könne es sich überhaupt nicht vorstellen, mit einer deutschen Frau verheiratet zu sein. Viel zu anspruchsvoll und viel zu schwierig im Umgang mit ihnen, meinte er. Er bedauere mich aus tiefstem Herzen.

Er sei schon zwei Jahre mit seiner Emine verheiratet. Sie stamme aus einer befreundeten Familie, hießen allesamt „Kaja", wie er auch. Seine Emine habe ganz bequem ihren Nachnahmen behalten können

Emine ist immer freundlich, gehorsam und guter Dinge, ziehe niemals etwas in Zweifel, wenn er seine Meinung sage. Sein kleiner Sohn könne schon lange laufen und Emine erwarte bald ihr zweites Kind. Hoffentlich wieder ein Junge, setzte er hinzu.

Auf diese Schilderung drängte es mich jetzt doch, den Versuch einer Erklärung zu unternehmen. So setzte ich an: Derartig anspruchsvoll wie meinem neuen Freund, kämen mir die deutschen Verhältnisse gar nicht vor.

Dann aber schweiften meine Gedanken ab und ich wusste nicht, warum ich gerade Yussuf nun von meiner ersten Liebe erzählen wollte. Vielleicht, weil es an dieser Stelle zu dieser Stunde passte. Vielleicht aber auch, weil ich Verständnis für mich von ihm, dem fremden Weggefährten ins Ungewisse, erhoffte. So erzählte ich von Regina, der ich glühend als junger Mann, kaum der Pubertät entwachsen und deshalb sehr verwundbar, zugetan war:

Im letzten Schuljahr ließen wir keinen Tanzabend aus, besuchten gemeinsam Geburtstagsfeiern, unternahmen Spaziergänge und verbrachten die Abende zusammen, so oft es die schulischen Pflichten zuließen. Eben alles, was verliebte Teenager so tun, berichtete ich.

Wir übten uns im gegenseitigen Verstehenlernen. Wir spielten uns aufeinander ein, fassten Vertrauen zueinander. Eines Tages wurden wir dann zum Paar.

Hier machte ich eine kurze Pause, bevor ich zum dramatischen Verlauf meiner Beziehung zu Regina kam.

Die letzten Sommerferien unserer langen Schulzeit begannen. Beide hatten wir gerade das Abschlusszeugnis in der Tasche und fühlten uns schon mächtig erwachsen. Da meldete sich Regina zum Geldverdienen für drei Wochen bei mir ab. Sie wollte an die Ostsee. In den Monaten zuvor nahm sie eigens für diesen Zweck an einem Kurs für Rettungsschwimmer teil und trainierte eifrig. „Eine bessere Gelegenheit, an die See zu kommen, gibt es kaum", überzeugte sie mich. Zu einem Widerspruch rang ich mich nicht durch, weil ich spürte, wieviel ihr an dem Vorhaben lag. Ich selbst fühlte mich nicht gleichermaßen sportlich genug, um ebenfalls als Lebensretter im Notfall einspringen zu können.

Die drei Wochen vergingen. Beim Wiedersehen sprudelte es auf den ersten gemeinsamen Waldspaziergang nur so aus ihr heraus: Wie das alte Rettungsboot jeden Morgen erst ausgeschöpft und getrocknet wurde, denn seine viel zu weiten Fugen zwischen den Planken ließen ständig geringe Wassermengen eindringen. Wie sich an einem windigen Tag ein leichtsinniger Schwimmer zu weit hinaus gewagt, an einer der „Buhnen" festgehangen hat und nicht mehr allein zurück schwimmen konnte, also gerettet werden musste. Welch eine eingeschworene Mannschaft sie gewesen waren. Jeder konnte sich auf den anderen verlassen. Sie war das einzige Mädchen unter den sechs Jungs.

Von den jungen Männern umworben fühlte sie sich beschwingt, frei und mutig. Jeder Wunsch wurde ihr von den Augen abgelesen und sogleich erfüllt.

Abends, nach Dienstschluss, wurde immer gefeiert. Die im Wasser gekühlten Biere schmeckten vorzüglich. Dazu gab es auch einmal einen Aal, der heimlich vom Fischer gekauft und in einer leeren Blechtonne selbst geräuchert und mit viel Gaudi verzehrt wurde.

Prächtig hätten sie sich miteinander verstanden, viel gelacht und gealbert.

Regina nahm meine Hand. „Es waren schöne Tage dort. Aber jetzt bin ich froh, wieder bei dir zu sein. So aufregend die Zeit auch gewesen ist, vorbei ist vorbei. Hier ist doch das richtige Leben."

Wir ließen uns auf einer sonnenbeschienenen Lichtung nieder und umarmten uns. Plötzlich hielt sie inne und fing wieder an zu erzählen.

Kleinlaut, als habe sie noch etwas vergessen zu sagen, gegen einen unsichtbaren Widerstand ankämpfend, versuchte sie stockend zu erklären, dass unter dem Dach des Rettungshochstandes ihre Arme und Beine einfach nicht so braun wurden, wie sie es sich ersehnte.

Deshalb ist sie eines Tages vom Turm hinab gestiegen. Hinter der Düne fand sich ein lauschiges Plätzchen zum Sonnenbaden.

Am siebten Tag erhielt sie dort unerwartet oder vielleicht doch erwartet, Besuch. Ingolf, so nannte sie ihn, setzte sich neben sie in den Sand. Tags zuvor hatten sie am Strand Rettungsgriffe geübt. Trockenübungen. Seine umsichtige Art dabei gefiel ihr. Mit Leichtigkeit zog er sie mit seinen trainierten Armen im flachen Wasser dann hinter sich her. Dabei scherzte er und meinte, sie sei für ihn die ideale Trainingspartnerin.

Jetzt saß dieser Ingolf neben ihr. Und ließ feinen Sand über ihren Rücken rieseln. Sie fühlte sich unbeschwert, warm und weich. Als er sich neben ihr ausstreckte und seine Lippen an ihrem Körper zu wandern begannen, konnte sie ihm nicht mehr allzuviel entgegen setzen.

Schon am selben Abend aber scherzte Ingolf mit einem anderen Rettungsschwimmer, der wie er, Pharmazie studierte. Ihren Gesichtern entnahm ich, dass sie sich über sie lustig machten.

Ihr ohnehin vorhandenes schales Gefühl schlug sofort in Scham und noch mehr in Wut um. Sie nahm sich vor, es den Beiden zu zeigen und ging am nächsten Tag offen auf den Flirt mit Bernhard, den Leiter der Gruppe, ein.

Zur gewohnten „Sonnenstunde" verzog sie sich mit ihm kurz entschlossen in Richtung Düne. So blieb es bis zum Ende des Aufenthalts.

Auf der gesamten langen Rückreise nach Hause überlegte sie im Zug sitzend, ob sie mir das überhaupt erzählen könne. Ihr war völlig klar, dass sie mich verlieren könnte. Nie wieder käme eine solche Schwachheit jemals vor, nahm sie sich zu Herzen. Sie wollte mir gegenüber aber ganz ehrlich sein. Dazu habe sie sich schließlich durchgerungen. Sie bat mich dann inständig um Verzeihung.

Langsam spürte ich, wie der Schmerz in ihm immer stärker wurde, Raum gewann, solange Regina redete. Jetzt, nachdem sie still geworden war, wusste ich nichts zu entgegnen. Wie im Trance zog ich allmählich meine schon abgelegten Kleidungsstücke wieder an und ließ Regina allein auf der Lichtung zurück.

Noch oft begegnete ich ihr dann bei den Tanzabenden am Wochenende. Immer fragte ich nach ihrem Wohlbefinden und den weiteren beruflichen Plän en. Eines Tages hörte ich schließlich von einem Freund, dass sie geheiratet habe und in die Nähe von Dresden verzogen sei.

Yussuf zeigte nur mäßiges Interesse an meiner Erklärung auf seine Frage nach einer Frau oder einer Freundin an meiner Seite. Er verstand offenbar überhaupt nicht, wie sich eine Frau völlig selbstbestimmt nach für sie passenden Partnern umsehen könne und dass der Mann dies zu akzeptieren habe. Immerhin nahm sie es in Kauf, den Anderen in seinen innigen Gefühlen zu verletzen, um den eigenen Weg zu finden, um glücklich zu werden. Für Yussuf unvorstellbar.

Nach einer kurzen Pause dachte ich, vielleicht kannst du jetzt auch die Gelegenheit nutzen, um zwar bei dem gerade angerissenen Thema zu bleiben, aber diesem doch einen anderen Akzent zu geben. Ganz direkt und vor allem authentisch wollte ich einen Eindruck von der türkischen Schule bekommen.

Könne Yussuf es sich vorstellen, dass seine Frau einem Beruf nachgehen würde, ja sogar studieren und vielleicht als Lehrerin arbeiten würde, fragte ich ihn.

Erst lachte Yussuf kurz auf. Nein, das sei in seinem Dorf gänzlich undenkbar, erwiderte er gleich darauf, leicht empört über eine solche Frage. Nur in den größeren Städten, wie Edirne, Istanbul oder Ankara, arbeiten auch Frauen als Lehrerinnen. Sie seien aber wenig geschätzt.

Eine einzige Lehrerin sei ihm in seiner Schulzeit begegnet. Im letzten Schuljahr in Edirne. Jeder wusste von ihr, der Lehrerin, dass sie einige Jahre in Deutschland gelebt und dort studiert habe. Erst seit Kurzem sei sie in ihre Heimat zurück gekommen, habe ihren türkischen Verlobten geheiratet, den sie schon aus ihrer Kindheit kannte. Ein deutscher Mann wäre für sie nicht infrage gekommen.

Einmal habe er einen Fußball in den Schreibunterricht mitgenommen. Mitten beim Schreiben habe er den Ball aus Übermut seinem Freund zugeworfen. Dieser wieder einem anderen Jungen. So habe gleich die halbe Klasse eine schöne Abwechslung vom langweiligen Abschreiben gehabt.

Als er schon am Ende der Stunde den Ball mit dem rechten Fuß wegstieß, denn dieser war wieder bei ihm gelandet, löste sich sein Latschen. Der Latschen flog dem Ball hinterher und streifte die Lehrerin am Arm.

Das wollte er natürlich nicht und erschrak im ersten Augenblick. Die Lehrerin lachte jedoch, brachte ihm den Schuh an seinen Platz, auf dem er gesessen hatte und band ihm mit festen Griffen die Schnürsenkel zu. Er sehe noch das seidene Tuch auf dem Haupte der Frau und schäme sich bis heute. Nein, gelernt hätten sie nicht besonders viel. Aber für seine Bedürfnisse reiche es .

Bei diesen Worten blitzte einen Augenblick lang das Bild der letzten Sitzung des „Pädagogischen Rates" in mir auf, an der ich teilgenommen hatte. Kurz vor Schuljahresende. Über die Hälfte des Kollegiums waren Frauen. Sie verkörperten selbstbewusste Autoritäten in ihren Fächern.

Ich enthielt mich nun, weiter in den jetzt ermüdeten Yussuf zu dringen. Bald war nur noch ein leises Schnarchen von ihm zu vernehmen.

Am nächsten Morgen: Bari. Yussuf steuerte bei den Touren über das Ionische Meer stets denselben Stellplatz im Hafengelände zu. Kaum bei diesem angekommen, drückte er mir ein Bündel italienischer Geldscheine in die Hand. Einige tausend Lire.

In der Altstadt möge ich ein wenig „Mozarella", ein paar Tomaten und ein „Panini" einkaufen. An jedem Kiosk würde ich fündig werden. Er selbst müsse sich endlich die Füße vertreten, sich bewegen und käme danach gleich zurück, um mit mir zu frühstücken.

Gern willigte ich ein und nach nur wenigen Schritten sah ich mich von ungewohnt quirreligem Verkehr umtost. Den Leuten schien es durchaus lustvoll zu sein, knapp aneinander vorbei mit kleinen Autos und Mopeds zu flitzen, geschickt um die Fußgänger herum zu lenken.

Ich war heilfroh, unbeschadet an einem der unzähligen Marktstände das Gewünschte zu finden.

Auf meine Frage nach „Mozarella" erstrahlte die Verkäuferin übers ganze Gesicht. Sie reichte mir die Mozarellastückchen, die wie zusammen gedrückte Wattebällchen aussahen, mit den Worten. „Bene molto reale Mozarella per vero Signori". Dafür nahm sie mir fast das ganze Geld ab.

Ich wusste ja nicht, dass es sich wirklich um Büffelmilch handelte, aus dem der Käse gewonnen wurde, freute mich aber über die freundliche Bedienung und lief frohgemut zurück.

Fast schon wieder am Hafenparkplatz angelangt, trat mir eine dunkelhaaige hagere Gestalt in den Weg. Die Frau in fußlangem bunten Rock schien wie aus dem Nichts aufgetaucht. Sie musste wohl aus einem der vielen Hauseingänge herausgetreten sein.

Ihr aufgesetztes Lächeln deutete auf mehr als nur auf bloße Freundlichkeit und südländischen Frohsinn hin. Es lag auch in in dem Lächeln eine deutliche Aufforderung versteckt. Als ich auf ihrer Höhe an ihr vorbeilaufen wollte, hörte ich sie fragen: „Prego amore, Signore?"

Im ersten Moment stutzte ich, völlig im Unklaren, worum es ging. War die Frau eine Bettlerin? Wollte sie mich nach dem Weg zur Schiffsanlegestelle fragen? Beides konnte nicht zutreffen, denn sie trug keine Sammelbüchse mit sich und der Hafen lag in greifbarer Nähe. Er war nicht zu verfehlen.

Dann aber, als sie mit einem schnellen Griff für einen Augenblick ihre Bluse beiseite schob, erkannte ich endlich die Lage, schüttelte den Kopf und beschleunigte meine Schritte.

An ihr vorbei, entdeckte ich dann auch die anderen Frauen. Und, ich traute meinen Augen nicht, erkannte ihn aber doch, sah ich Yussuf. Gerade trat er aus einer der Haustüren, in deren Eingängen ähnliche Gestalten saßen und herumlungerten, die der Frau ähnelten, die mich angesprochen hatte.

Kurz darauf beim Frühstücken, erwähnte ich nichts von dem, was ich gerade gesehen und erlebt hatte.

Ich empfand meine Beobachtung als sehr befremdlich, die Schilderungen Yussufs über seine Familie in der letzten Nacht noch im Gedächtnis. Auch musste ich erst einmal „verdauen", dass es tatsächlich stimmte, was ich zwar schon gehört aber doch nicht geglaubt hätte: Es gibt eine „Markt" für die Liebe und für dasjenige, wofür sie gehalten wird.

Langsam rollten wir aus Bari in nördliche Richtung hinaus. An Foggia vorüber, stellte Yussuf den Laster auf ein gleichmäßiges Drehmoment ein.

So rauschten wir an Pescara und Ancona vorbei. Nach etlichen Fahrstunden streiften wir die Vorstadt von Rimini und schon bald erreichten wir Bologna. Hier müssen wir nach Ferrara abbiegen und nicht weiter auf Milano zuhalten, bemerkte Yussuf.

Als ich wenig später links an der Straße Bologna auftauchen sah, erhob ich mich halb von meinem Sitz und schaute hinüber. Gern wäre ich mitten in die Stadt hinein gefahren. Aber Yussuf winkte ab. Zu viel Zeit sei dafür nötig, Zeit, die sie leider nicht hätten, denn vor ihnen lägen noch die Steigungen der Alpen.

Schade, dachte ich, nahm mir aber fest vor, sobald ich Fuß gefasst habe und es mir leisten konnte, werde ich noch einmal hierher kommen.

Yussuf erzählte ich aber nun von „Luigi Galvani", dessen Haus ich in Bologna sehr gern besichtigt hätte. Ich schilderte, wie der Arzt Galvani mit einem Messer den vorher in einer Kupferschale sezierten Frosch rein zufällig berührte und dabei bemerkte, wie bei jeder Berührung die Froschmuskeln zuckten.

Man könne doch hierbei sehen, wie wichtig rein zufällige Berührungen im Leben sind, die sich aus der Eingebung des Augenblicks heraus ergeben.

Von Galvanis Messer floss nämlich durch den Frosch zur Kupferschale ein elektrischer Strom hindurch, der die Muskeln bewegte. Diese Entdeckung faszinierte Galvani so sehr, dass er später sogar eine Eisenstange auf dem Dach seines Hauses in Bologna über einen Draht mit einem weiteren Frosch verband.

Er wartete, bis ein Gewitter aufzog und ein Blitz den Frosch in die Höhe schnellen ließ. Dieses gewagte Experiment wurde als „Froschschenkelversuch" in aller Welt bekannt. Es führte schließlich sogar dazu, verschiedene metallische Gegenstände miteinander zu kombinieren. Aus einer solchen Kombination ging dann das „Galvanische Element" hervor.

Jede Autobatterie setzt sich aus solchen Elementen zusammen, ohne denen auch dieser Laster nicht fahren könnte, wies ich abschließend hin.

Yussuf schwieg eine Weile, als müsste er das Gehörte

erst verdauen. Dann zog er plötzlich die Augenbrauen hoch. Ihm sei jetzt eine Frage eingefallen. Aber ich dürfte diese nicht allzu ernst nehmen:

Wäre es denn nicht vielleicht möglich, auch ein Menschenbein statt eines Froschschenkels, durch den Anschluss an eine Batterie wieder beweglich zu machen? Im Kino in Edirne habe er so etwas ähnliches sogar schon gesehen.

Mit der abschlägigen Antwort unzufrieden, berichtete Yussuf dann, wie er selbst auch schon einmal „ausgeschlagen" habe. Allerdings nicht wie ein Frosch, sondern eher wie ein Pferd.

Der Doktor hätte ihn bei der Untersuchung zum Eintritt in die türkische Armee mit dem Hammer aufs Knie geschlagen. Daraufhin wäre sein Bein sofort nach vorn geschwungen. Es sei heftig gegen die empfindlichste Stelle des Arztes geprallt. Dieser musste die Untersuchung gleich für eine Weile unterbrechen. Hinterher habe er sich die Frage gefallen lassen, ob er eigentlich normal sei.

Jetzt lachten wir beide hell auf. Yussuf wieherte dabei wie ein Pferd.

Amüsiert ließ ich es nun mit Galvani auf sich beruhen und erzählte lieber noch von einem anderen bedeutenden italienischen Gelehrten aus dieser Gegend, durch die wir gerade fuhren.

„Guglielmo Marconi" habe in der Nähe von Bologna Versuche zur drahtlosen Telefonie unternommen. Er sei einer der Väter des Funkverkehrs, wenn nicht der wichtigste. Auch dieses Autoradio hier gehe auf diesen zurück.

Im Garten seines Landhauses habe er sich an einem schönen Sonntag im Frühjahr hinter Pflanzen und Bäumen versteckt und in sein selbstgebasteltes Mikrofon gesprochen. Seine Frau und die gerade anwesenden Kaffeegäste im Salon waren derartig erschrocken, als am Tisch aus einem hinter einer Vase verborgenen, ebenfalls selbst gebauten Lautsprecher, plötzlich die Stimme des abwesenden Marconi verzerrt aber gut verständlich, erschallte, wie aus dem Jenseits.

Frau Marconi sei dabei ihre kostbare Tasse aus der Hand gefallen. Sie stammte aus der berühmten venezianischen Porzellanmanufaktur.

Vermutlich aus Schadenfreude musste Yussuf schon wieder lachen und er bat mich, noch weitere solche Geschichten zu erzählen. Allerdings ging mir jetzt ein wenig der Redestoff aus. Zu sehr wurde ich auch immer mehr von dem alpinen Panorama gefesselt, welches vor uns auftauchte.

Pinien, Zypressen, Platanen prägten die Landschaft, die der durchfahrenen Gegend ein ungewohnt fremdländisches Ansehen verliehen. Dazu die vielen Büsche und Sträucher am Straßenrand mit ihren üppigen Blüten, die ich nicht benennen konnte.

Am ersten Parkplatz hinter Udine entschloss ich mich, nicht mehr das Versteck im Laderaum aufzusuchen, sondern lieber vorne im Fahrerhaus sitzen zu bleiben. An der Grenze zu Österreich würde ich meine Papiere vorzeigen. Auch wenn ich dann vielleicht nicht mehr mit Yussuf weiterreisen dürfte.

Vorausblickend verabschiedete ich mich in „Arnoldstein" von Yussuf. In den drei Tagen gemeinsamer Fahrt waren wir so etwas wie Vertraute geworden. Eine solch gute Unterhaltung habe er noch nie gehabt, bestätigte er mir. Er bedanke sich herzlich dafür. Ich sei jederzeit später als Gast bei ihnen zu Hause willkommen. Die zehntausend Lire könne ich behalten. Im Übrigen wünsche er mir viel Glück.

Epilog

Unschlüssig wendete der Grenzbeamte mit erstaunter Mine den blauen Ausweis wie ein seltenes Münzstück in seinen Händen. Immer wieder aufs Neue blätterte er von vorn die wenigen Seiten durch. Schließlich verschwand er mit dem Büchlein in dem flachen Gebäude neben der Straße.

Als er endlich wieder erschien, verkündete er, ich dürfe auf keinen Fall sofort weiterfahren. Es seien zunächst einige wichtige Fragen zu beantworten. Ich möge mit ihm kommen.

Drinnen im Grenzgebäude bot mir der Beamte zunächst einen Kaffee an. Dann telefonierte er. Seinen Ausführungen konnte ich absolute Ratlosigkeit entnehmen. Ich stellte ein Problem dar.

Nach kurzer Zeit beobachtete ich durch das geöffnete Fenster, wie eine schwarze Limousine vorfuhr, der ein wohlbeleibter Mann in dunkelblauer Uniform entstieg. Er trat unmittelbar zu uns herein und grüßte verhalten freundlich. An seiner Mütze glänzte ein hellgelbes Band, über dem ein vergoldetes österreichisches Staatswappen eingelassen war.

Der Uniformierte stellte sich als Offizier der Polizeibehörde der Stadt Klagenfurt vor und forderte mich auf, ihn zu begleiten, nachdem er meinen Ausweis an sich genommen hatte. Er hieß „Rosnik".

Anschließend fuhren wir geradewegs ins Polizeipräsidium in der Innenstadt. Unterwegs erklärte er mir, wie ungewöhnlich es sei, an diesem Grenzübergang einen ostdeutschen Bürger anzutreffen. Käme ich aus der Bundesrepublik Deutschland, bestünde für ihn kein Anlass, mich reisen zu lassen, wohin auch immer. Ich müsse Verständnis aufbringen, wenn ich gleich darüber befragt würde, wie ich in einen türkischen Lastwagen gelangt sei.

Gern könne ich alle Fragen beantworten, gab ich freundlich zurück. Ich sei sehr froh darüber, in Österreich zu sein. Ein Land, welches ich nur aus dem Schulatlas kenne und wegen seiner vielfältigen herrlichen Landschaften bewundere.

Wir hielten uns nicht lange in Rosniks Büro auf. Es war ja schon später Nachmittag.

Rosnik verwahrte sämtliche Papiere, die ich bei mir hatte, in seinem Schreibtischtresor. Dann brachte er mich in eine Gaststätte in der nächsten Seitenstraße, an dessen Eingang die Leuchtschrift „Wiener Wald" weithin sichtbar prangte.

Ein kurzes Gespräch mit dem Kellner genügte und ich erhielt sogleich einen Zimmerschlüssel. Auf Kosten der Republik, meinte Rosnik zu mir gewandt und setzte hinzu: auch das Essen und Trinken.

Dann gab er mir die Hand. Schon im Gehen bat er mich noch, ihm mein Gepäck zu überlassen. Nur die Dinge für die Nacht möge ich an mich nehmen. Er würde sich noch heute um eine Expressreinigung meiner Sachen kümmern.

Leicht verdutzt aber auch gleichzeitig dankbar für diese Fürsorge, überreichte ich Rosnik meinen Rucksack mit den gebrauchten Kleidern, der schon benutzten Unterwäsche, den verschwitzten Hemden, der verdreckten Hose und den gebrauchten Socken.

Als ich wenig später die wohltuende Wirkung des ersten warmen Essens seit meiner Abfahrt aus der Türkei spürte, wähnte ich mich glücklich. Frisch geduscht streckte ich mich gleich nach dem reichlichen Mahle in dem herrlich weichen Hotelbett aus und überließ mich dem beruhigenden Gefühl vorläufiger Geborgenheit.

Das Taxi wartete schon am nächsten Morgen auf mich. Im Präsidium begrüßte mich Rosnik wieder mit der mir bereits bekannten verhaltenen Freundlichkeit. Er stellte mir einen sehr schlanken Mann vor. Ich schätzte ihn auf Mitte Vierzig. Dieser sei Mitarbeiter des österreichischen militärischen Abschirmdienstes. Seinen Namen nannte er nicht.

„Sie geben an, aus Ostdeutschland zu kommen. Der Ausweis und alle anderen Papiere sind bereits als echt geprüft worden", eröffnete Rosnik das Gespräch. Ich möge erklären, auf welchen Wegen und auf welche Weise ich bis hierher gelangt bin, lückenlos, bitte!

Bevor ich zu Sprechen begann, fragte mich Rosnik noch, ob ich damit einverstanden bin, meine Äußerungen aufzeichnen zu lassen. Ich bejahte.

So legte ich los und erzählte. Angefangen habe es mit kleineren Problemen bei der alltäglichen Lebensart. Dann wurde es allmählich immer schwieriger und mündete schließlich in eine totale Unverträglichkeit den ostdeutschen Zwangsverhältnissen gegenüber. Diese bewogen mich, den Weg nach Westen zu suchen.

Nun schilderte ich die einzelnen Etappen meiner Reise, fasste Vieles zusammen, verzichtete auf Details.

Während ich sprach, unterbrach mich Rosnik nur ein einziges Mal. Er fragte mich, ob ich auch gern einen „Braunen" trinken möchte. Als ich ihn unsicher anschaute, erklärte er, dass ein „Brauner" ein Kaffee wäre und schloss gleich die nächste Frage an, ob der „Braune" mit oder ohne „Schlagobers" gewünscht würde.

Wieder musste er deutlicher werden und erläutern, welch gewaltigen Unterschied es ausmache, ob die geschlagene Sahne oben schwimmt oder untergerührt, im Kaffee aufgelöst wird.

Beeindruckt von dieser Kaffeevielfalt fiel mir die Entscheidung dennoch nicht schwer. Als der Kaffee dann mit weißer Haube vor mir stand, schilderte ich die Geschehnisse der letzten Wochen in jetzt zunehmend gelöster Stimmung.

Eine reichliche Stunde füllte ich mit meinem Bericht und schloss dann mit dem Gedanken ab, dass ich noch nicht wisse, wie es von nun an mit mir weitergehen könnte, aber guten Mutes sei.

Jetzt hob der Militärangehörige seinen Blick. Er hatte bisher geschwiegen und mir aufmerksam zugehört. Vor ihm lag ein maschinengeschriebenes Blatt Papier.

Mit leiser Stimme, aber sehr bestimmt und erkennbar vorwurfsvoll erklärte er, dass die nächtliche Eilüberprüfung der Sachen und Kleidung aus meinem Gepäck zwar einen eindeutigen Herkunftsnachweis erbracht hätte. Aber eines sei aufgefallen. Er warf dabei Rosnik einen schnellen Seitenblick zu.

In der rechten Seitentasche meines Rucksacks seien bei der chemischen Analyse Spuren von Schwarzpulver gefunden worden. Ich müsse das erklären!

Damit hatte ich nicht gerechnet und war im ersten Moment sprachlos. Eine derartige Durchleuchtung meiner Sachen überraschte mich. Meine Ratlosigkeit und Verlegenheit war mit Händen zu greifen.

Rasend schnell überdachte ich die vielen Gelegenheiten, bei denen ich den Rucksack im letzten Jahr benutzte. Beinahe wollte ich schon meine Unkenntnis eingestehen, als mir das letzte Silvester einfiel. Ja, natürlich, lachte ich erfreut auf. In dieser Tasche steckten die Knallkörper für das kleine Tischfeuerwerk im Clubhaus der Stadt, in der ich mit Freunden feierte.

Ohne Regung nahm der Mann meine Angaben zur Kenntnis. Über diesen Bericht würde ein gesondertes Protokoll angefertigt und einer zentralen Registratur zugeführt werden, gab er sich schließlich zufrieden.

Dem inzwischen entspannten Gesichtsausdruck Rosniks war anzusehen, wie gut ihm die ganze Geschichte gefiel, die er gerade vernommen hatte. Zum Schluss erhob er sich und sagte, wenn das alles wahr sei, könne ich auf eine aussichtsreiche Zukunft hoffen. Originelle Einfälle, verbunden mit einem beträchtlichen Maß an Risikobereitschaft wären bei ihnen hier immer gefragt, denn diese Eigenschaften führen zum Selbstsein und zum Glück. Soviel könne er sagen. Im Übrigen heiße er mich jetzt in der „freien Welt" willkommen.

Zum Gesprächsabschluss bekam ich von Rosnik eine Fahrkarte und mehrere hundert Schilling. Ich könne heute noch nach Wien fahren und mich im Zentralen Aufnahmelager melden. Meine Ankunft dort würde von ihnen aus sogleich vorangekündigt werden. In diesem

Lager bekäme ich ein Visum für Österreich und könne, wenn ich wolle, ungehindert in die Bundesrepublik Deutschland weiterreisen. Ab jetzt gäbe es keine Grenzen mehr für mich!